ВСЕМИРНАЯ
КЛАССИКА
ПРИКЛЮЧЕНИЙ

# Фенимор Купер

# ПОСЛЕДНИЙ ИЗ МОГИКАН,

*или*

## ПОВЕСТВОВАНИЕ О 1757 ГОДЕ

*Иллюстрации М. Э. Андриолли*

#эксмодетство
Москва
2017

УДК 821.111-311.3(73)
ББК 84(7Сое)-44
К 92

**Купер, Джеймс Фенимор.**

К 92 Последний из Могикан, или повествование о 1757 годе : [роман : пер. с англ. ] / Джеймс Фенимор Купер ; ил. М. Э. Андриолли. – Москва : Эксмо, 2017. – 512 с. : ил. – (Всемирная классика приключений).

**УДК 821.111-311.3(73)**
**ББК 84 (7Сое)-44**

**ISBN 978-5-699-77388-6**

# *Глава I*

Готов узнать я самое плохое
И страшное, что ты
мне мог принесть,
Готов услышать
тягостную весть:
Ответь скорей – погибло ль
королевство?!

Шекспир.
*«Король Ричард II»*[1]

Может быть, на всем огромном протяжении границы, которая отделяла владения французов от территории английских колоний Северной Америки, не найдется более красноречивых памятников жестоких и свирепых войн 1755–1763 годов, чем в области, лежащей при истоках Гудзона и около соседних с ними озер.

Эта местность представляла для передвижения войск такие удобства, что ими нельзя было пренебрегать.

Водная гладь Шамплейна тянулась от Канады и глубоко вдавалась в колонию Нью-Йорк; вследствие этого озеро Шамплейн служило самым удобным путем сообщения, по которому французы могли проплыть до половины расстояния, отделявшего их от неприятеля.

---

[1] Перевод стихотворных эпиграфов, за исключением особо оговоренных, выполнен Р. Сефом.

Близ южного края озера Шамплейн с ним сливаются хрустально-ясные воды озера Хорикэн — Святого Озера.

Святое Озеро извивается между бесчисленными островками, и его теснят невысокие прибрежные горы. Изгибами оно тянется далеко к югу, где упирается в плоскогорье. С этого пункта начинался многомильный волок, который приводил путешественника к берегу Гудзона; тут плавание по реке становилось удобным, так как течение свободно от порогов.

Выполняя свои воинственные планы, французы пытались проникнуть в самые отдаленные и недоступные ущелья Аллеганских гор и обратили внимание на естественные преимущества только что описанной нами области. Действительно, она скоро превратилась в кровавую арену многочисленных сражений, которыми враждующие стороны надеялись решить вопрос относительно обладания колониями.

Здесь, в самых важных местах, возвышавшихся над окрестными путями, вырастали крепости; ими овладевала то одна, то другая враждующая сторона; их то срывали, то снова отстраивали, в зависимости от того, чье знамя взвивалось над крепостью.

В то время как мирные земледельцы старались держаться подальше от опасных горных ущелий, скрываясь в старинных поселениях, многочисленные военные силы углублялись в девственные леса. Возвращались оттуда немногие, изнуренные лишениями и тяготами, упавшие духом от неудач.

Хотя этот неспокойный край не знал мирных ремесел, его леса часто оживлялись присутствием человека.

Под сенью ветвей и в долинах раздавались звуки маршей, и эхо в горах повторяло то смех, то вопли многих и многих беззаботных юных храбрецов, которые в расцвете своих сил спешили сюда, чтобы погрузиться в глубокий сон долгой ночи забвения.

Именно на этой арене кровопролитных войн развертывались события, о которых мы попытаемся рассказать. Наше повествование относится ко времени третьего года войны между Францией и Англией, боровшимися за власть над страной, которую не было суждено удержать в своих руках ни той, ни другой стороне.

Тупость военачальников за границей и пагубная бездеятельность советников при дворе лишили Великобританию того гордого престижа, который был завоеван ей талантом и храбростью ее прежних воинов и государственных деятелей. Войска англичан были разбиты горстью французов и индейцев; это неожиданное поражение лишило охраны большую часть границы. И вот после действительных бедствий выросло множество мнимых воображаемых опасностей. В каждом порыве ветра, доносившемся из безграничных лесов, напуганным поселенцам чудились дикие крики и зловещий вой индейцев.

Под влиянием страха опасность принимала небывалые размеры; здравый смысл не мог бороться с встревоженным воображением. Даже самые смелые, самоуверенные, энергичные начали сомневаться в благоприятном исходе борьбы. Число трусливых и малодушных невероятно возрастало; им чудилось, что в недалеком будущем все американские владения Англии сделаются достоянием французов или будут опустошены индейскими племенами – союзниками Франции.

Поэтому-то, когда в английскую крепость, возвышавшуюся в южной части плоскогорья между Гудзоном и озерами, пришли известия о появлении близ Шамплейна маркиза Монкальма и досужие болтуны добавили, что этот генерал движется с отрядом, «в котором солдат что листьев в лесу», страшное сообщение было принято скорее с трусливой покорностью, чем с суровым удовлетворением, которое следовало бы чувствовать воину, обнаружившему рядом с собою врага. Весть о наступлении Монкальма пришла в разгар лета; ее принес индеец в тот час, когда день уже склонялся к вечеру. Вместе со страшной новостью гонец передал командиру лагеря просьбу Мунро, коменданта одного из фортов на берегах Святого Озера, немедленно выслать ему сильное подкрепление. Расстояние между фортом и крепостью, которое житель лесов проходил в течение двух часов, военный отряд, со своим обозом, мог покрыть между восходом и заходом солнца. Одно из этих укреплений верные сторонники английской короны назвали фортом Уильям-Генри, а другое – фортом Эдвард по имени принцев королевского семейства. Ветеран-шотландец Мунро командовал фортом Уильям-Генри. В нем стоял один из регулярных полков и небольшой отряд колонистов-волонтеров; это был гарнизон, слишком малочисленный для борьбы с подступавшими силами Монкальма.

Должность коменданта во второй крепости занимал генерал Вебб; под его командованием находилась королевская армия численностью свыше пяти тысяч человек. Если бы Вебб соединил все свои рассеянные в различных местах отряды, он мог бы выдвинуть против врага вдвое больше солдат, чем было у предприимчивого француза, который отважился уйти так далеко от своего пополнения с армией ненамного большей, чем у англичан.

Однако напуганные неудачами английские генералы и их подчиненные предпочитали дожидаться в своей крепости приближения грозного неприятеля, не рискуя выйти навстречу Монкальму, чтобы остановить французов у Декеснского форта, дать им сражение и остановить их.

Когда улеглось первое волнение, вызванное страшным известием, в лагере, защищенном траншеями и расположенном на берегу Гудзона в виде цепи укреплений, которые прикрывали самый форт, прошел слух, что полуторатысячный отборный отряд на рассвете должен двинуться из крепости к форту Уильям-Генри. Слух этот скоро подтвердился; узнали, что несколько отрядов получили приказ спешно готовиться к походу. Все сомнения по поводу намерений Вебба рассеялись, и в течение двух-трех часов в лагере слышалась торопливая беготня, мелькали озабоченные лица. Новобранец тревожно сновал взад и вперед, суетился и чрезмерным рвением своим только замедлял сборы к выступлению; опытный ветеран вооружался вполне хладнокровно, неторопливо, хотя строгие черты и озабоченный взгляд ясно говорили, что страшная борьба в лесах не особенно радует его сердце.

Наконец солнце скрылось в потоке сияния на западе за горами, и, когда ночь окутала своим покровом это уединенное место, шум и суета приготовлений к походу смолкли; в бревенчатых хижинах офицеров погас последний свет; сгустившиеся тени деревьев легли на земляные валы и журчащий поток, и через несколько минут весь лагерь погрузился в такую же тишину, какая царила в соседних дремучих лесах.

Согласно приказу, отданному накануне вечером, глубокий сон солдат был нарушен оглушительным грохотом барабанов, раскатистое эхо которых далеко разносилось во влажном утреннем воздухе, гулко отдаваясь в каждом лесном углу; занимался день, безоблачное небо светлело на востоке, и очертания высоких косматых сосен выступали на нем все отчетливей и резче. Через минуту в лагере закипела жизнь: даже самый нерадивый солдат и тот поднялся на ноги, чтобы видеть выступление отряда и вместе с товарищами пережить волнения этой минуты. Несложные сборы выступавшего отряда скоро закончились. Солдаты построились в боевые отряды. Королевские наемники красовались на правом фланге; более скромные волонтеры, из числа поселенцев, покорно заняли места слева.

Выступили разведчики. Сильный конвой сопровождал повозки с походным снаряжением; и, прежде чем первые лучи солнца пронизали серое утро, колонна тронулась в путь. Покидая лагерь, колонна имела грозный, воинственный вид; этот вид должен был заглушить смутные опасения многих новобранцев, которым предстояло выдержать первые испытания в боях. Солдаты шли мимо своих восхищенных товарищей с гордым и воинственным выражением. Но постепенно звуки военной музыки стали замолкать в отдалении и наконец совершенно замерли. Лес сомкнулся, скрывая от глаз отряд.

Теперь ветер не доносил до оставшихся в лагере даже самых громких, пронзительных звуков; последний воин исчез в лесной чаще.

Тем не менее, судя по всему, что делалось перед самым крупным и удобным из офицерских бараков, еще кто-то готовился двинуться в путь. Перед домиком Вебба стояло несколько великолепно оседланных лошадей; две из них, очевидно, предназначались для женщин высокого звания, которые не часто встречались в этих лесах. В седле третьей красовались офицерские пистолеты. Остальные кони, судя по простоте уздечек и седел и привязанным к ним вьюкам, принадлежали низшим чинам. Действительно, совсем уже готовые к отъезду рядовые, очевидно, ждали только приказания начальника, чтобы вскочить в седла. На почтительном расстоянии стояли группы праздных зрителей; одни из них любовались чистой породой офицерского коня, другие с тупым любопытством следили за приготовлениями к отъезду.

Однако в числе зрителей был один человек, манеры и осанка которого выделяли его из числа прочих. Его фигура не была безобразна, а между тем казалась донельзя нескладной. Когда этот человек стоял, он был выше остальных людей; зато сидя он казался не крупнее своих собратьев. Его голова была чересчур велика, плечи слишком узки; руки длинные, неуклюжие, с маленькими, изящными кистями. Худоба его необыкновенно длинных ног доходила до крайности;

колени были непомерно толсты. Странный, даже нелепый костюм чудака подчеркивал нескладность его фигуры. Низкий воротник небесно-голубого камзола совсем не прикрывал его длинной худой шеи; короткие полы кафтана позволяли насмешникам потешаться над его тонкими, длинными ногами. Желтые узкие нанковые брюки доходили до колен; тут они были перехвачены большими белыми бантами, истрепанными и грязными. Серые чулки и башмаки довершали костюм неуклюжей фигуры. На одном башмаке чудака красовалась шпора из накладного серебра. Из объемистого кармана его жилета, сильно загрязненного и украшенного почерневшими серебряными галунами, выглядывал неведомый инструмент, который среди этого военного окружения можно было ошибочно принять за некое таинственное и непонятное орудие войны. Высокая треугольная шляпа, вроде тех, какие лет тридцать назад носили пасторы, увенчивала голову чудака и придавала почтенный вид добродушным чертам лица этого человека.

Группы рядовых держались в почтительном отдалении от дома Вебба; но та фигура, которую мы только что описали, смело вмешалась в толпу генеральских слуг. Странный человек без стеснения осматривал лошадей; одних хвалил, других бранил.

– Вот этот конек не доморощенный, его, вероятно, выписали из-за границы... может быть, даже с острова, лежащего далеко-далеко, за синими морями, – сказал он голосом, который поражал своей благозвучной мягкостью, так же как удивляла вся его фигура своими необычными пропорциями. – Скажу без хвастовства: я могу смело рассуждать о подобных вещах. Я ведь побывал в обеих гаванях: и в той, которая расположена при устье Темзы и называется по имени столицы старой Англии, и в той, что зовется просто Нью-Хейвен — Новой гаванью. Я видел, как бригантины и барки собирали животных, точно для ковчега, и отправляли их на остров Ямайка; там этих четвероногих продавали или выменивали. Но такого коня я никогда не видывал. Как это сказано в Библии? «Он нетерпеливо роет копытами землю долины и радуется своей силе; он несется навстречу воинам. Среди трубных звуков он восклицает: «Ха, ха!» Он издали чует битву и слышит воинский клич». Это древняя кровь, не правда ли, друг?

Не получив ответа на свое столь необычное обращение, которое было высказано с такой полнотой и силой звучного голоса, что заслуживало некоторого внимания, он обернулся к молчаливо стоявшему человеку, который явился его невольным слушателем, и новый, еще более достойный восхищения объект предстал перед взором чудака. Он с удивлением остановил свой взгляд на неподвижной, прямой и стройной фигуре индейца-скорохода, который принес в лагерь невеселые вести.

Хотя индеец стоял точно каменный и, казалось, не обращал ни малейшего внимания на шум и оживление, царившие вокруг, черты его спокойного лица в то же время выражали угрюмую свирепость, которая непременно бы привлекла к себе внимание и более опытного наблюдателя, чем тот, кто разглядывал его теперь с нескрываемым удивлением. Индеец был вооружен томагавком и ножом, а между тем не был похож на заправского воина. Напротив, во всем его облике сквозила небрежность, происходившая, возможно, от какого-то большого недавнего напряжения, от которого он еще не успел оправиться. На суровом лице туземца военная окраска расплылась, и от этого его темные черты невольно выглядели еще более дико и отталкивающе, чем в искусных узорах, наведенных для устрашения врагов. Лишь глаза его, сверкавшие, словно яркие звезды между туч, горели дикой злобой. Только на одно мгновение пристальный, мрачный взгляд скорохода поймал удивленное выражение глаз наблюдателя и тотчас же, отчасти из хитрости, отчасти из пренебрежения, обратился в другую сторону, куда-то далеко-далеко в пространство.

Вдруг засуетились слуги, послышались нежные женские голоса, и все это возвестило о приближении тех, кого ожидали, чтобы вся кавалькада двинулась в путь. Человек, любовавшийся конем офицера, внезапно отступил к своей собственной низкорослой, худой лошади с подвязанным хвостом, которая пощипывала сухую траву; одним локтем он оперся на шерстяное одеяло, заменяющее ему седло, и стал следить за отъезжающими. В это время с противоположной стороны к его кляче подошел жеребенок и принялся лакомиться ее молоком.

Юноша в офицерском мундире подвел к лошадям двух девушек, которые, судя по их костюмам, приготовились отправиться в утомительное странствие через леса.

Вдруг ветер откинул длинную зеленую вуаль, прикрепленную к шляпе той из них, которая казалась младшей (хотя они обе были очень молоды); из-под вуали показались ослепительно белое лицо, золотистые волосы, блестящие синие глаза. Нежные краски неба, которые все еще разливались над соснами, не были столь ярки и прекрасны, как румянец ее щек; начинавшийся день не был столь светел, как ее оживленная улыбка, которой она наградила молодого человека, помогавшего ей сесть в седло.

Офицер с таким же вниманием отнесся и ко второй всаднице, лицо которой заботливо скрывала вуаль. Она казалась старше сестры и была немного полнее.

Как только девушки сели на лошадей, молодой человек легко вскочил в седло. Все трое поклонились генералу Веббу, вышедшему на крыльцо, чтобы проводить путников, повернули лошадей и легкой рысью двинулись к северному выезду из лагеря. Несколько нижних чинов поехали вслед за ними. Пока отъезжающие пересекали пространство, отделявшее их от большой дороги, никто из них не произнес ни слова, только младшая из всадниц слегка вскрикнула, когда мимо нее неожиданно проскользнул индеец-скороход и быстрыми плавными шагами двинулся по военной дороге. Старшая из сестер при появлении индейца-скорохода не проронила ни звука. От удивления она выпустила складки вуали, и ее лицо открылось. Сожаление, восхищение и ужас мелькнули в ее чертах. Волосы этой девушки были цвета воронова крыла. На незагорелом лице ее играли яркие краски, хотя в нем не было ни малейшего оттенка грубости. Ее черты отличались тонкостью, благород-ством и поразительной красотой.

Словно сожалея о своей забывчивости, она улыбнулась: блеснул ряд ровных зубов, белизна которых могла соперничать с лучшей слоновой костью.

Потом, поправив вуаль, она опустила голову и продолжала свой путь в молчании, подобно человеку, чьи мысли были далеки от всего окружающего.

## Глава II

О-ла́! О-ла́! Где вы? О-ла́?

Ш е к с п и р.

*«Венецианский купец»*

В то время как одна из двух очаровательных девушек, которых мы так бегло представили читателю, была поглощена собственными мыслями, младшая, быстро оправившись от мгновенного испуга, засмеялась над своим страхом и сказала офицеру, который ехал рядом с ней:

– Скажите, Дункан, такие привидения часто встречаются в здешних лесах или это представление было организовано в нашу честь? Если так, то мы должны быть благодарны, но в ином случае нам с Корой понадобится все наше мужество, раньше чем мы встретимся со страшным Монкальмом.

– Этот индеец – скороход при нашем отряде и, по понятиям своего племени, герой, – сказал молодой офицер. – Он вызвался проводить нас до озера по малоизвестной тропинке, которая сильно сокращает путь. Благодаря этому мы явимся на место скорее, чем следуя за нашим отрядом.

– Он мне не нравится, – ответила девушка и притворно вздрогнула, хотя в душе ей было также страшно. – Вы хорошо знаете его, Дункан? Ведь в противном случае вы, конечно, не доверяли бы ему.

– Скорее я бы не доверился вам, Алиса. Я знаю этого индейца, иначе я не выбрал бы его проводником, особенно в такую минуту. Говорят, Магуа – уроженец Канады, а между тем служит нашим друзьям мохокам, которые, как вам известно, принадлежат к Союзу шести племен[1]. Мне говорили, что он попал сюда по какой-то странной случайности, имевшей отношение к вашему отцу. Кажется, генерал жестоко поступил с этим индейцем... Впрочем, я позабыл эту досужую болтовню. Достаточно, что теперь он наш друг.

– Если он был врагом моего отца, тем хуже для нас, – заметила девушка, встревожившись не на шутку. – Майор Хейворд, пожалуйста, заговорите с ним, мне хочется услышать звук его голоса. Может быть, это глупо, но я всегда сужу о человеке по его голосу.

– Если я заговорю с ним, это, по всей вероятности, ни к чему не поведет, – проговорил Хейворд. – Он ответит мне каким-либо односложным восклицанием. Мне кажется, Магуа понимает по-английски, но делает вид, что не знает нашего языка. Кроме того, он вряд ли пожелает вести со мной разговор теперь, когда военное время требует от него всех признаков высшего воинского достоинства... Но смотрите, наш проводник остановился. Очевидно, тут начинается та тропинка, на которую нам придется свернуть.

Дункан был прав. Когда всадники подъехали к индейцу, который неподвижно стоял, указывая на чащу кустов, окаймлявших военную дорогу, они разгля-

---

[1] Союз шести племен – мохо́ки, она́йды, сене́ки, кайю́ги, ононда́ги и тускаро́ры, родственные племена, враждовавшие с племенами лена́пов (могика́н и делава́ров). Эти шесть племен носили различные прозвища. Их часто называли макуа́сами, ми́нгами или ироке́зами.

дели тропинку, настолько узкую, что по ней можно было ехать только гуськом.

— Мы должны свернуть на эту дорожку, — шепотом сказал Хейворд. — Не выражайте никаких опасений, не то вы навлечете на себя именно ту опасность, которой боитесь.

— Кора, как ты думаешь, не безопаснее ли ехать вместе с отрядом? — спросила сестру златокудрая Алиса. — Хотя это будет более утомительно...

— Алиса, вы плохо знаете обычаи и привычки дикарей, а потому не понимаете, в каких случаях следует бояться, — возразил Хейворд. — Если неприятель уже дошел до волока, что совершенно невероятно, так как наши разведчики донесли бы нам об этом, он стал бы, очевидно, окружать наш отряд, надеясь добыть большое количество скальпов. Путь отряда известен всем, наша же дорожка еще составляет тайну, так как мы решили ехать по ней всего какой-нибудь час назад.

— Неужели мы не должны верить этому человеку только потому, что его движения и повадки не похожи на наши, а цвет его лица темнее кожи белых? — холодно спросила Кора.

Алиса перестала колебаться: она ударила хлыстом своего наррагансета[1], первая раздвинула ветви и поехала вслед за скороходом по темной, узкой лесной тропинке. Хейворд с восхищением смотрел на Кору; он не заметил даже, что ее белокурая спутница одна углубилась в чащу. Слуги, повинуясь полученному заранее приказанию, не последовали за ними, а двинулись вдогонку за отрядом. Хейворд объяснил девушкам, что это было сделано из осторожности, по совету

[1] Наррагансе́т — лошадь очень выносливой породы.

их хитрого проводника – индеец желал уменьшить количество следов на случай, если бы сюда забрели разведчики канадских племен. Сложный путь не располагал к разговору; вскоре путники миновали широкую опушку густого леса и очутились под темными сводами больших деревьев. Дорога стала удобнее; скороход, заметивший, что молодые всадницы теперь лучше управляли своими лошадьми, прибавил шагу, и Коре с Алисой пришлось пустить наррагансетов иноходью. Хейворд обернулся было, чтобы сказать что-то черноглазой Коре, но в эту минуту раздался отдаленный звук копыт, стучавших по корням на тропинке. Это заставило молодого человека остановить своего коня. Кора и Алиса тоже натянули поводья. Все трое хотели узнать, в чем дело.

Через несколько мгновений они увидели жеребенка, который, точно олень, несся между стволами сосен; вслед за тем появилась нескладная фигура, описанная нами в прсдыдущей главе. Неуклюжий незнакомец приближался со всей скоростью, на которую была способна его тощая лошадь. До настоящего мгновения эта фигура выпала из поля зрения путешественников. Если он обычно привлекал любопытных своим высоким ростом, то его грация как наездника заслуживала еще большего внимания.

То и дело одной ногой шпорил он свою клячу, но добивался только того, что ее задние ноги шли легким галопом, тогда как передние делали какие-то неопределенные, постоянно изменявшиеся движения, похожие на хромую рысь. Частая смена рыси галопом создавала оптический обман, вследствие которого казалось, будто лошадь движется быстрее, нежели это было на самом деле; во всяком случае, знаток коней

Хейворд никак не мог решить, каким аллюром двигалось бедное животное, подгоняемое шпорой настойчивого всадника.

Все движения как всадника, так и коня были необычны. При каждом шаге лошади незнакомец приподнимался в стременах и, то слишком выпрямляя, то непомерно сгибая ноги, внезапно вырастал, а потом съеживался так, что положительно никто не мог бы судить о его росте. Если к этому прибавить, что под действием его шпоры одна сторона лошади, казалось, бежала скорее, чем другая, а движения ее косматого хвоста беспрестанно указывали, который ее бок страдает от шпоры, мы довершим изображение клячи и ее наездника.

Морщинки, которые легли было на красивый, открытый, мужественный лоб Хейворда, постепенно разгладились, и он слегка улыбнулся. Алиса не сдержала смеха. И даже в темных задумчивых глазах Коры блеснула усмешка.

– Вы хотите видеть кого-нибудь из нас? – спросил Дункан, когда странный всадник подъехал и задержал лошадь. – Надеюсь, вы не привезли нам дурных известий?

– Вот именно, – ответил незнакомец, размахивая своей треугольной шляпой, чтобы привести в движение душный лесной воздух, и предоставив слушателям решать, к какой части вопроса относится его замечание. Однако, освежив свое разгоряченное лицо и отдышавшись, чудак прибавил: – Говорят, вы едете в форт Уильям-Генри. Я направляюсь туда же, а потому решил, что всем нам доставит удовольствие совершить этот переезд в приятном обществе.

— Вы, кажется, присвоили себе право решающего голоса, — возразил Хейворд. — Но нас трое, вы же посоветовались только с одним собой.

— Вот именно. Самое главное — это узнать свои собственные желания, а когда это уже известно, то остается только выполнить свое намерение. Поэтому-то я и догнал вас.

— Если вы едете к озеру, вы ошиблись дорогой, — высокомерно заметил Дункан, — большая дорога осталась по крайней мере на полмили позади вас.

— Вот именно, — ответил странный всадник, нимало не смущенный холодным приемом. — Я прожил всего неделю в Эдварде и не спросил бы, по какой дороге мне нужно ехать, только в том случае, если бы онемел, а немой я погиб бы для избранной мною профессии. — Он слегка хихикнул, словно скромность не позволяла ему открыто восхищаться своим остроумием, которое было совершенно непонятно слушателям, и потом продолжал: – Со стороны человека моей профессии неосторожно слишком запросто держаться с людьми, которых он должен поучать; вот причина, по которой я не поехал вслед за отрядом. Кроме того, я считаю, что такой джентльмен, как вы, конечно, лучше всех других может руководить путниками. Это соображение заставило меня присоединиться к вашему обществу. И, наконец, с вами мне будет веселее ехать: мы можем беседовать.

– Какое самовольное и необдуманное решение! – ответил Хейворд, не зная, дать ли волю раздражению или расхохотаться в лицо незнакомцу. – Но вы говорите о поучениях и о профессии. Кто вы? Не учитель ли, преподающий благородную науку обвинений и защиты? Или вы один из тех, что вечно чертят прямые линии да углы, говоря, будто они занимаются математикой?

Незнакомец с явным удивлением посмотрел на Хейворда, потом без самодовольства – напротив, с величайшим торжественным смирением – ответил:

– Надеюсь, ни о каких обвинениях речь не идет; о защите я не помышляю, так как, по милости Божией, не совершил никакого великого греха. Вашего намека на линии и углы я совершенно не понял; дело обучения ближних я предоставляю тем, кто избран совершать это святое дело. Я предъявляю только притязания на светлое искусство псалмопения, на умение возносить хвалы и славословия.

– Это, очевидно, ученик Аполлона, – смеясь, воскликнула Алиса, – и я принимаю его под свое особое покровительство!.. Полно, Хейворд, перестаньте хмуриться. Вообразите, что мой слух жаждет нежных звуков, и позвольте этому чудаку остаться с нами. Кроме того, – прибавила она, торопливо и искоса взглянув на опередившую их Кору, которая медленно ехала вслед за мрачным индейцем, – в случае нужды у нас окажется лишний друг и союзник.

– Неужели, Алиса, вы думаете, что я решился бы вести по этой неизвестной тропинке тех, кого люблю, если бы мог предполагать, что нас ждет какая-нибудь опасность?

– Нет, нет, я этого не думаю. Но этот странный человек забавляет меня, и, если действительно в его душе звучит музыка, не будем грубо отталкивать его.

Она повелительно указала хлыстом на дорогу. Хейворд встретился глазами с Алисой и хотел было продлить этот взгляд, но, подчиняясь воле девушки, пришпорил коня и через несколько прыжков очутился рядом с Корой.

Алиса знаком подозвала к себе незнакомца и пустила своего наррагансета легкой иноходью.

– Я рада, что встретила вас, друг мой. Пристрастные родственники утверждают, что я недурно пою в дуэтах, – шутливо сказала она. – Значит, мы могли бы скрасить путешествие, предаваясь нашему любимому искусству. Кроме того, было бы приятно услышать мнение маэстро о моем голосе.

– Действительно, псалмопение освежает и дух и тело, – ответил учитель пения, подъехав поближе к Алисе, – и, конечно, как ничто на свете успокаивает взволнованную душу. Однако для полной гармонии нужны четыре голоса. Очевидно, у вас приятное, богатое сопрано; я, при известном усилии, могу брать самые высокие теноровые ноты. Но нам не хватает контральто и баса. Конечно, офицер королевской армии, так долго не желавший принять меня в свое общество, мог бы петь басовую партию... Судя по тонам, звучавшим в его разговоре, у него бас.

– Не судите опрометчиво по внешним признакам: они обманчивы, – улыбаясь, возразила молодая девушка. – Правда, майор Хейворд иногда говорит на низких нотах, но, поверьте, его обыкновенный голос гораздо ближе к сладкому тенору, чем к тому басу, который вы слышали.

– Много ли он упражнялся в искусстве псалмопения? – спросил Алису ее простодушный собеседник.

Алиса была склонна рассмеяться, но ей удалось подавить свое веселье, и она отвечала:

– Мне кажется, что Хейворд отдает предпочтение светским песням. Условия солдатской жизни мало располагают к степенным занятиям.

– Благозвучный голос, как и все другие таланты, даруется человеку для того, чтобы он употреблял его на пользу своим ближним и не злоупотреблял им. Меня никто не может упрекнуть в том, что я давал своему таланту неверное направление.

– Вы занимаетесь только духовным пением?

– Вот именно. Как псалмы Давида превосходят все другие поэтические произведения, так и мелодии, на которые они переложены, стоят превыше всех светских песен. Где бы я ни останавливался, по каким бы странам ни путешествовал – ни во время сна, ни в минуты бдения я не расстаюсь с любимой книгой, изданной в Бостоне в 1744 году, под заглавием «Псалмы, гимны и священные песни Ветхого и Нового Завета, переведенные английскими стихами для поучения и утешения истинно верующих в общественной и частной жизни, преимущественно в Новой Англии».

При этих словах чудак вынул из кармана книжку и, надев на нос очки в железной оправе, открыл томик с такой осторожностью и почтением, которых требует обращение со священными предметами. Потом, без дальнейших рассуждений и объяснений, он вложил в рот какой-то странный инструмент. Послышался пронзительный, высокий звук. Вслед за тем псалмопевец взял голосом ноту октавой ниже и наконец запел. Понеслись нежные, мелодичные звуки; даже беспокойное движение лошади не помешало пению.

О, как отрадно это –
Жить в братстве и труде,
Как будто благовония
Текут по бороде!

Псалмопевец все время отбивал такт правой рукой. Опуская ее, он слегка касался страниц книги; поднимая же, размахивал ею с особым искусством. Его рука не переставала двигаться, пока не замер последний звук.

Тишина леса была нарушена.

Магуа повернулся к Дункану и пробормотал несколько слов на ломаном английском языке, а Хейворд, в свою очередь, заговорил с незнакомцем, прервав его музыкальные упражнения:

– Сейчас, по-видимому, не предвидится никакой опасности, но все же ради простой осторожности нам следует ехать без шума. Мне придется, Алиса, лишить вас удовольствия и просить этого джентльмена отложить пение до более благоприятного времени.

– Действительно, вы лишаете меня большого удовольствия, – с лукавой усмешкой ответила девушка. – Право, мне еще никогда не случалось слышать, чтобы так превосходно пели такие бессмысленные слова! Я уже собиралась спросить нашего спутника о причинах такого странного несоответствия, но ваш громовой бас, Дункан, прервал нить моих размышлений.

– Не понимаю, почему вы называете мой голос громовым басом? – произнес Хейворд, слегка обиженный ее словами. – Я знаю только одно, а именно: что безопасностью вашей и Коры дорожу несравненно больше, нежели всей музыкой Генделя![1]

Молодой офицер замолчал и посмотрел в сторону чащи, потом искоса и подозрительно взглянул на

[1] Гендель Георг-Фридрих (1685–1759) – великий немецкий композитор.

Магуа, который шел по-прежнему спокойно и невозмутимо. Увидав это, молодой человек улыбнулся, потешаясь над собственными тревогами: разве не принял он только что блики света на каких-то блестящих лесных ягодах за горящие зрачки притаившегося в листве индейца! Теперь майор ехал спокойно, продолжая разговор, прерванный мелькнувшими в его уме опасениями.

Но Хейворд сделал великую ошибку, позволив своей юной гордости заглушить голос осторожности.

Едва спутники проехали несколько шагов, как ветви кустов осторожно и бесшумно раздвинулись и из них выглянуло свирепое лицо в грозной боевой раскраске.

Злобное торжество осветило темные черты жителя лесов, провожавшего взглядом маленький беззаботный отряд.

Легкие и грациозные всадницы то исчезали, то появлялись среди ветвей; за ними двигался отважный майор на своей превосходной лошади, а позади всех – нескладный учитель пения. Наконец и его фигура скрылась среди темных стволов глухого леса.

## *Глава III*

А раньше здесь пестрел ковер
Возделанных и тучных нив.
Стеной стоял дремучий бор,
И бурных рек гремел разлив.
И мчал поток, и пел ручей,
И бил фонтан в тени ветвей.

Брайент

Предоставим ничего не подозревавшему Хейворду и его доверчивым спутникам углубляться в дремучий лес, населенный вероломными жителями, и, используя свое авторское право, перенесем место действия нашего рассказа на несколько миль к западу от того места, где мы их видели последний раз.

В этот день два человека сидели на берегу небольшого, но очень быстрого потока, протекавшего на расстоянии одного часа пути от лагеря Вебба. По-видимому, они ждали появления какого-то человека или начала каких-то событий.

Могучая стена леса доходила до самого берега речки, ветви густых деревьев свешивались к воде, бросая на нее темную тень.

Солнце уже не жгло с такой силой, дневной зной спал, и прохладные испарения ручьев и ключей легкой дымкой висели в воздухе. Нерушимая тишина, царившая в этом лесном уголке, прерывалась по временам ленивым постукиванием дятла, резким криком пестрой сойки или глухим однообразным гулом отдаленного водопада, доносимым ветром.

Но эти слабые обрывки звуков были хорошо знакомы жителям лесов и не отвлекали их внимания от беседы. Красный цвет кожи одного из собеседников и его одежда обличали в нем воина-индейца. Загорелое лицо другого, одетого тоже в очень простое и грубое платье, было гораздо светлее; он казался несомненным потомком европейских переселенцев.

Краснокожий сидел на краю мшистого бревна и спокойными, но выразительными движениями рук подчеркивал свои слова. Его почти обнаженное тело являлось ужасной эмблемой смерти: оно было расписано черной и белой краской, что придавало человеку вид скелета. На бритой голове индейца была только одна прядь волос[1], украшением же служило лишь орлиное перо, спускавшееся на левое плечо. Из-за пояса виднелись томагавк и скальпировальный нож английского производства. На мускулистом колене небрежно лежало короткое солдатское ружье, одно из тех, какими англичане вооружали своих краснокожих союзников. Все в этом воине – его широкая грудь, прекрасное телосложение и горделивая осанка – доказывало, что он достиг полного расцвета жизни, но еще не начал приближаться к старости.

Судя по фигуре белого, можно было сказать, что он с самой ранней юности познакомился с лишениями и невзгодами. Он был мускулист, скорее худощав, чем толст; каждый напряженный нерв и стальной мускул его тела говорили о том, что жизнь этого человека проходила в беспрестанном риске и тяжелом труде; одежда его состояла из охотничьей рубашки защитного цвета, окаймленной желтой бахромой; го-

---

[1] Североамериканские индейцы бреют голову, а на макушке оставляют прядь волос, взявшись за которую враг может легко снять скальп.

лову прикрывала летняя кожаная шляпа. За поясом охотника торчал нож, но томагавка у него не было. По обычаю краснокожих его мокасины украшала пестрая отделка, кожаные штаны были зашнурованы по бокам, а выше колен перевязаны олеными жилами. Кожаная сумка и рог с порохом довершали его снаряжение; у ствола соседнего дерева стояло его очень длинное ружье. В небольших глазах этого охотника или разведчика светились живость, проницательность и ум. Во время разговора он оглядывался по сторонам, то ли высматривая дичь, то ли опасаясь какого-нибудь скрытого нападения. Несмотря на обычную подозрительность, лицо его было не только бесхитростным, но в тот момент, о котором идет речь, оно было преисполнено безукоризненной честности.

– Предания твоего племени, Чингачгук, говорят за меня, – сказал он.

Беседа велась на том наречии, которое было знакомо всем туземцам, занимавшим область между реками Гудзоном и Потомаком, и мы будем для удобства читателя давать лишь вольный перевод, стараясь, однако, сохранить некоторые особенности речи собеседников.

– Твои отцы пришли из Страны заходящего солнца, переправились через большую реку[1], сразились с местными жителями и завладели их землями. Мои предки пришли от красной утренней зари, переплыли через Соленое Озеро и поступили так же, как твои родоначальники. Не будем же спорить об этом и попусту тратить слова.

– Мои праотцы сражались с обнаженными краснокожими людьми, – сурово ответил индеец на том

[1] Имеется в виду Миссисипи.

же языке. — Скажи, Соколиный Глаз, разве ты не видишь разницы между стрелой с каменным острием и свинцовой пулей, которой ты приносишь смерть?

— Природа дала индейцу красную кожу, но у него есть разум, — сказал белый, покачав головой, словно человек, которому этот призыв к его справедливости не прошел впустую. На мгновение показалось, что ему пришло в голову только слабое доказательство, но потом, собравшись с мыслями, он ответил на возражение своего соперника наилучшим образом, насколько ему это позволяли его скудные знания: — Я неученый человек и не скрываю этого; однако, судя по тому, что я видел во время охоты на оленей и белок, мне кажется, что ружье в руках моих дедов было менее опасно, нежели лук и хорошая кремневая стрела, которую послал в цель зоркий глаз индейца.

— Все это ты слышал от твоих отцов, — холодно ответил краснокожий, махнув рукой. — Но что говорят ваши старики? Разве они говорят воинам, что бледнолицые были встречены краснокожими в военной раскраске, с каменными топорами и деревянными ружьями в руках?

— У меня нет пристрастий, я не хвастаюсь преимуществами своего рождения, хотя мой злейший враг — макуас[1] — не посмеет отрицать, что я чистокровный белый, — ответил охотник, с тайным удовлетворением разглядывая свою потемневшую жилистую, костлявую руку. — Но я охотно сознаюсь, что не одобряю многих и очень многих поступков моих соотечественников. Один из обычаев этих людей — заносить в книги все, что они видели или сделали, вместо того

[1] Делавары называли своих противников из Союза шести племен мингами, голландцы — макуасами, а французы — ирокезами.

чтобы рассказать обо всем в поселениях, где всякая ложь трусливого хвастуна немедленно обнаружится, а храбрый солдат сможет призвать в свидетели собственным правдивым словам своих же товарищей. И поэтому многие ничего не узнают о настоящих делах отцов своих и не будут стараться превзойти их. Что касается меня, то в обращении с ружьем у меня прирожденные способности, и это, наверное, передается из поколения в поколение, ибо, как говорят наши священные заповеди, хорошее и плохое наследуется. Впрочем, я бы не хотел отвечать за других. Каждую историю можно рассматривать с двух сторон. Скажи мне, Чингачгук, что говорят предания краснокожих о первой встрече твоих дедов с моими?

Наступило молчание. Индеец долго не говорил ни слова; наконец, полный сознания важности того, что он скажет, он начал рассказ, и в его тоне зазвучала торжественная искренность.

– Слушай, Соколиный Глаз, и твои уши не воспримут лжи! Вот что говорили мои отцы, вот что совершили могикане! Мы пришли оттуда, где солнце вечером прячется за необъятные равнины, на которых пасутся стада бизонов, и безостановочно двигались до великой реки. Тут мы вступили в борьбу с аллигевами и бились, пока земля не покраснела от их крови. От берегов великой реки до Соленого Озера мы не встретили никого, только одни макуасы издали следили за нами. Мы сказали, что весь этот край наш. Мы мужественно завоевали этот край и охраняли его, как сильные и смелые мужи. Мы прогнали макуасов в леса, полные медведей, и они добывали для себя соль только из ям пересохших соленых источников. Эти псы не выловили ни одной рыбы из Великого Озера, и мы бросали им одни кости...

— Обо всем этом я уже слыхал и всему верю, — сказал белый охотник, видя, что индеец замолчал. — Но ведь все, о чем ты рассказываешь, случилось задолго до того времени, когда пришли англичане.

— Тогда сосны росли там, где теперь поднимаются каштаны. Первые бледнолицые, пришедшие к нам, говорили не по-английски. Они приплыли в большой пироге. Это случилось в те дни, когда мои отцы вместе со всеми окрестными племенами зарыли свой томагавк[1]. И тогда... — произнес Чингачгук, и глубокое волнение выразилось только в тоне его голоса, — тогда, Соколиный Глаз, мы составляли один народ. Мы были счастливы! Соленое Озеро давало нам рыбу, леса — оленей, воздух — птиц. У нас были жены, которые приносили нам детей. Мы поклонялись Великому Духу, и макуасы боялись наших победных песен...

— А ты знаешь, что было в то время с твоими предками? — спросил белый. — Должно быть, они были храбрыми, честными воинами и, сидя в советах вокруг костров, давали соплеменникам мудрые наставления.

— Мое племя — прадед народов, но в моих жилах нет ни капли смешанной крови, в них кровь вождей — чистая, благородная кровь, и такой она останется навсегда... На наши берега высадились голландцы. Белые дали моим праотцам огненную воду; они стали пить ее; пили с жадностью, пили до тех пор, пока им не почудилось, будто земля слилась с небом. И они решили, что увидели наконец Великого Духа. Тогда моим отцам пришлось расстаться со своей родиной. Шаг за шагом их оттесняли от любимых берегов.

[1] Торжественный обряд, означающий окончание войны.

И вот теперь я, вождь и сагамор[1] индейцев, вижу лучи солнца только сквозь листву деревьев и никогда не могу подойти к могилам моих праотцев.

– Могилы внушают благоговейный трепет, – заметил собеседник индейца, растроганный благородной и сдержанной печалью Чингачгука, – и они часто помогают человеку в его благих начинаниях; правда, что касается меня, то я бы хотел, чтобы мои кости остались белеть в лесах или были разодраны на части волками. Но скажи, где живут представители твоего рода, потомки людей, которые пришли в делаварскую землю много весен назад?

– Ответь мне, куда исчезли, куда скрылись цветы давно улетевших летних дней? Они упали, осыпались. Так погиб и весь мой род: все могикане, один за другим, отошли в страну духов. Я стою на вершине горы, но скоро придет время спускаться вниз. Когда же и Ункас уйдет вслед за мною, тогда истощится кровь сагаморов: ведь мой сын – последний из могикан!

– Ункас здесь, – послышался мягкий молодой голос. – Кто упомянул об Ункасе?

Белый охотник поспешно вынул свой нож из ножен и невольно потянулся за ружьем. Чингачгук же, заслышав голос, остался спокойно сидеть и даже не повернул голову.

В следующее мгновение показался молодой индеец; беззвучными шагами он проскользнул между двумя друзьями и сел на берегу быстрого потока. Ни одним звуком не выразил индеец-отец своего удивления. В течение многих минут не слышалось ни вопросов, ни ответов; каждый, казалось, ждал удобно-

---

[1] Сагамóр (буквально: мудрый, могучий) – почетное звание старейшин племени.

го мгновения, чтобы прервать молчание, не выказав любопытства, свойственного только женщинам, или нетерпения, присущего детям. Белый охотник, очевидно подражая обычаям краснокожих, положил ружье и тоже сосредоточенно молчал.

Наконец Чингачгук медленно перевел взгляд на лицо своего сына и спросил:

– Не осмелились ли макуасы оставить следы своих мокасин в этих лесах?

– Я шел по отпечаткам их ног, – ответил молодой индеец, – и узнал, что число их равняется количеству пальцев на моих обеих руках. Но ведь они трусы и прячутся в засадах.

– Мошенники залегли в чаще и ждут удобной минуты, чтобы добыть скальпы и ограбить когонибудь, – сказал Соколиный Глаз. – Этот француз Монкальм, конечно, послал своих шпионов в лагерь англичан и во что бы то ни стало узнает, по какой дороге движутся наши.

– Довольно! – сказал старший индеец, взглянув в сторону заходящего солнца. – Мы выгоним их из кустов, как оленей... Соколиный Глаз, закусим сегодня, а завтра покажем макуасам, что мы настоящие мужчины.

– Я согласен. Но для того чтобы разбить ирокезов, прежде всего нужно отыскать, где прячутся эти хитрые плуты, а чтобы поесть, нужно найти зверя... Да вот он, тут как тут! Посмотри-ка, вон самый крупный олень, какого я встречал в течение нынешнего лета! Видишь, он бродит внизу в кустах?.. Послушай, Ункас, – продолжал разведчик, понизив свой голос до шепота и смеясь беззвучным смехом человека, привыкшего к осторожности, – я готов прозакладывать три совка пороха против одного фунта табака, что попаду ему между глаз, и ближе к правому, чем к левому.

— Не может быть! — ответил молодой индеец и с юношеской пылкостью вскочил с места. — Ведь над кустами видны только его рога, даже только их кончики.

— Он — мальчик, — усмехнувшись, сказал Соколиный Глаз, обращаясь к старому индейцу. — Он думает, что, видя часть животного, охотник не в силах сказать, где должно быть все его тело.

Он прицелился и уже собирался показать свое искусство, которым так гордился, как вдруг Чингачгук ударил рукой по его ружью и сказал:

– Ты, верно, хочешь сразиться с макуасами, Соколиный Глаз?

– Эти индейцы точно чутьем узнают, что кроется в чаще, – произнес охотник, опуская ружье и поворачиваясь к Чингачгуку, как бы признавая свою ошибку. – Ну что делать! Предоставляю тебе, Ункас, убить оленя стрелой, не то, пожалуй, мы действительно свалим животное для этих воров-ирокезов...

Чингачгук одобрил предложение белого, выразительно кивнув головой. Ункас бросился на землю и стал осторожно подползать к оленю. Когда молодой могиканин очутился всего в нескольких ярдах от кустов, он бесшумно наложил стрелу на тетиву лука. Рога шевельнулись: казалось, их обладатель почуял в воздухе близость опасности. Еще секунда – и тетива зазвенела. Стрела блеснула в воздухе. Раненое животное выскочило из ветвей прямо на своего скрытого врага, грозя нанести ему удар рогами. Ункас ловко увернулся от взбешенного оленя и, подскочив к нему сбоку, быстро пронзил его шею ножом. Олень ринулся к реке и упал, окрашивая воду своей кровью.

– Дело сделано с ловкостью индейца, – с одобрением сказал Соколиный Глаз, беззвучно смеясь. – Приятно было смотреть! Но все же стрела хороша лишь на близком расстоянии, и в помощь ей нужен нож.

– У-у-ух! – произнес его собеседник и быстро повернулся, точно собака, почуявшая дичь.

– Клянусь Богом, кажется, сюда идет целое стадо! – заметил Соколиный Глаз, и его глаза заблестели. – Если олени подойдут на расстояние ружейного выстрела, я все-таки пущу в них пулю-другую, хотя

бы весь Союз шести племен услышал грохот ружья! Что ты слышишь, Чингачгук? Для моего слуха лесные чащи молчат.

– Вблизи только один олень, да и тот убит, – сказал индеец и наклонился так низко, что его ухо почти коснулось земли. – Но я слышу звуки шагов.

– Может быть, волки гнали этого оленя и теперь бегут по его следам?

– Нет. Приближаются кони белых, – ответил Чингачгук, горделиво выпрямился и принял прежнюю позу. – Соколиный Глаз, это твои братья. Поговори с ними.

– Хорошо. Я обращусь к ним с такой английской речью, что самому английскому королю не было бы стыдно ответить мне, – сказал охотник на том языке, знанием которого он гордился. – Но я ничего не вижу и не слышу: ни шагов животных, ни топота человеческих ног... Ага! Вот треск сухого хвороста! Теперь и я слышу, как зашелестели кусты. Да-да, шум шагов! Я его принял за отголосок рева водопадов. Но вот и люди. Боже, спаси их от ирокезов!

## Глава IV

Ты не уйдешь из леса раньше,
Чем за обиду я не отомщу.

Шекспир.
*«Сон в летнюю ночь»*[1]

Едва разведчик замолчал, как показался первый всадник небольшого отряда. Его-то шаги и уловил настороженный слух индейца.

Через полянку бежала одна из тех извилистых тропинок, которые протаптывают олени на своем пути к водопою; она упиралась в речку подле того места, где отдыхали белый охотник и его краснокожие товарищи. По тропинке медленно двигались путешественники, появление которых в глубине этих непроходимых лесов казалось весьма странным. Соколиный Глаз сделал навстречу им несколько шагов.

– Кто идет? – спросил разведчик, как бы нечаянно подняв левой рукой ружье и приложив указательный палец правой к курку; в то же время он старался, чтобы в этом движении не было угрозы. – Кто идет сюда по опасной и дикой тропе зверей?

– Друзья закона и короля, – ответил всадник, ехавший впереди остальных. – С восхода солнца мы едем в тени этого леса и жестоко измучены усталостью, голодом и своим трудным странствием...

[1] *Перевод* Т. Щепкиной-Куперник.

– Вы, наверное, заблудились, – прервал его Соколиный Глаз, – и настолько беспомощны, что не знаете, ехать ли вам направо или налево.

– Вот именно. Не знаете ли вы, как далеко отсюда до королевского форта Уильям-Генри?

– О! – воскликнул белый охотник и расхохотался, но быстро подавил неосторожный громкий смех, опасаясь привлечь внимание врагов. – Вы потеряли дорогу, как собака теряет след оленя, когда между нею и зверем расстилается озеро Хорикэн. Уильям-Генри!.. Боже мой! Если вы друзья короля и у вас есть дела с королевской армией, лучше поезжайте по течению реки к форту Эдвард и скажите о том, что вам нужно, Веббу, который спрятался в этой крепости, вместо того чтобы пробиться в теснины и прогнать дерзкого француза в его берлогу за Шамплейном.

Путник ничего не ответил на это странное предложение, потому что другой всадник выехал из рощи и, обогнав его, сказал, обращаясь к охотнику:

– Сколько отсюда до форта Эдвард? Из того места, куда вы теперь советуете нам отправиться, мы выехали сегодня утром, а направляемся в верховье озера.

– Значит, вы раньше потеряли зрение, а потом уже заблудились, потому что дорога через волок, шириной по крайней мере в две сажени[1], просторней, пожалуй, чем лондонское шоссе, и шире дороги перед самим королевским дворцом.

– Мы не будем оспаривать достоинства военной дороги, – с улыбкой возразил Хейворд, ибо, как, на-

---

[1] С а ж е́ н ь – старинная мера длины, равная 2,13 м.

Andriolli
1883

верное, догадался читатель, это был он. – Полагаю, в настоящую минуту достаточно сказать вам, что мы доверились проводнику-индейцу, который обещал провести нас ближайшей, хотя и очень глухой тропинкой. Но оказалось, что он плохо знал ее, и теперь совсем непонятно, где мы очутились.

– Индеец, заблудившийся в лесу? – сказал охотник и с сомнением покачал головой. – Он заблудился в такое время, когда солнце жжет вершины деревьев, а ручьи полны до краев, когда мох каждой березы может сказать, в какой стороне неба загорится вечером северная звезда? Леса полны оленьих троп, которые сбегают или к рекам, или к соляным ямам – словом, к местам, известным каждому. Кроме того, и гуси не все еще улетели к канадским водам. Странно, необыкновенно странно, что индеец сбился с пути между Хорикэном и излучиной реки! Не мохок ли он?

– По рождению нет, хотя это племя приняло его к себе. Мне кажется, его родина севернее и он принадлежит к индейцам, которых вы называете гуронами.

– У-у-ух! – в один голос вскрикнули краснокожие товарищи белого охотника.

До сих пор они сидели неподвижно и, по-видимому, бесстрастно относились ко всему происходящему, но в эту минуту могикане вскочили: удивление, видно, взяло верх над их выдержкой.

– Гурон? – повторил суровый разведчик и снова, не скрывая недоверия, покачал головой. – Это предательское, вороватое племя. Гурон остается гуроном, кто бы ни принял его к себе. Никакими средствами вы ничего не сделаете из него, он всегда останется трусом и бродягой. Раз вы отдали себя в руки одного из этих людей, надо только удивляться, что он еще не заставил вас наткнуться на целую шайку.

— Этого нечего бояться, так как форт Уильям-Генри всего в нескольких милях от нас. Кроме того, вы забыли, что наш проводник теперь мохок, что он служит нашей армии и стал нашим другом.

— А я говорю вам, что тот, кто родился гуроном, гуроном и умрет, — уверенно ответил Соколиный Глаз. — Мохок!.. Если хотите видеть честных людей, ищите их среди могикан или делаваров. Да. Они честно дерутся, хотя не все из их племени соглашаются идти в бой, так как многие позволили макуасам превратить себя в слабых женщин. Но уж если они дерутся, то это настоящие воины.

— Довольно об этом! — нетерпеливо заметил Хейворд. — Я не буду здесь собирать сведения о хорошо знакомом мне человеке, который совершенно неизвестен вам. Вы еще не ответили на мой вопрос: на каком расстоянии мы находимся от главного отряда, расположенного в форте Эдвард?

— Это зависит от того, какой проводник поведет вас. А на таком коне, как ваш, можно покрыть это расстояние между восходом и заходом солнца.

— Я не хочу тратить слова попусту, — сказал Хейворд, подавляя свое недовольство и продолжая разговор в более миролюбивом духе. — Если только вы скажете мне, сколько миль осталось до форта Эдвард, и согласитесь проводить нас туда, вы получите вознаграждение за труды.

— А кто поручится, что, сделав это, я не провожу врага и шпиона Монкальма в наши укрепления? Не всякий говорящий по-английски – честный и верный человек.

– Если вы действительно служите разведчиком, то, конечно, знаете шестидесятый королевский полк?

– Шестидесятый? Как не знать! Немногое скажете вы мне об американских сторонниках короля, чего я сам не знал бы, хотя на мне и не красный мундир, а охотничья куртка.

– Тогда вам известно имя майора этого полка...

– Майора? – прервал его Соколиный Глаз и выпрямился с видом человека, гордящегося своей репутацией. – Уж если в колониях есть человек, знающий майора Эффингэма, то он перед вами.

– В шестидесятом полку не один майор. Эффингэм – старший из них, а я говорю о самом младшем, о том, который командует гарнизоном форта Уильям-Генри.

– Да-да, слыхал, что это место занял какой-то молодой и богатый джентльмен из южных провинций. Но он слишком молод для такого поста, не следовало поручать начальство над седеющими людьми юному офицеру. А между тем, говорят, он отлично знает свое дело и очень храбр.

– Кто бы он ни был, что бы ни говорили о нем, он теперь разговаривает с вами, и, конечно, вы не должны опасаться его.

Разведчик с удивлением посмотрел на Хейворда, потом, сняв шляпу, ответил тоном менее самоуверенным, но все же выражавшим сомнение:

– Я слышал, что один отряд должен был сегодня утром выступить из форта Эдвард к озеру.

— Вам сказали правду. Но я выбрал кратчайшую дорогу и доверился опытности того индейца, о котором уже упоминал.

— А он обманул вас и потом бросил?

— Он не сделал ни того, ни другого — во всяком случае, второго, так как он находится здесь.

— Хотелось бы мне взглянуть на этого человека! Если он настоящий ирокез, я узнаю его по хитрому взгляду и по раскраске, — сказал разведчик.

Пройдя мимо лошади Хейворда и клячи псалмопевца, около которой уже примостился сосать молоко жеребенок, он двинулся вдоль кустов и вскоре подошел к девушкам, с нетерпением и некоторой тревогой ожидавшим конца переговоров.

Позади Коры и Алисы стоял индеец-скороход; прислонившись к дереву, он бесстрастно встретил впившийся в него взгляд разведчика. Лицо индейца выражало такую мрачную свирепость, что невольно внушало чувство страха.

Удовлетворенный своим осмотром, Соколиный Глаз отошел от краснокожего, остановился на мгновение, любуясь красотой девушек, и радушно ответил на улыбку и ласковый кивок Алисы, затем подошел к лошади псалмопевца, кормившей своего жеребенка, с минуту смотрел на ее всадника, напрасно стараясь угадать, кто он, и наконец, покачав головой, снова вернулся к Дункану.

— Минг всегда останется мингом, и ни мохоки и никакое другое племя не изменят его, — сказал он, занимая свое прежнее место. — Если бы вы были одни и согласились отдать в жертву волкам вашего благородного коня, я в один час довел бы вас до форта Эдвард, потому что эта крепость находится всего на расстоянии часа пути отсюда. Но с вами женщины, для которых такой переход невозможен.

— Почему? Правда, они устали, но могут проехать еще несколько миль.

— Немыслимо, — повторил разведчик. — После того как стемнеет, я и мили не прошел бы с этим скороходом, хотя бы за то мне обещали лучшее ружье во всех колониях. Здесь, в чаще, скрываются ирокезы, и ваш мохок слишком хорошо знает, где прячутся они, чтобы я согласился пуститься с ним в путь.

— Неужели? — сказал Хейворд, наклоняясь вперед и понижая голос почти до шепота. — Сознаюсь, у меня тоже появились некоторые сомнения. Правда, я старался скрыть их и притворялся спокойным, но я делал это только для успокоения моих спутниц. Потому-то я не позволил индейцу идти вперед, а заставил его следовать за нами.

— С первого же взгляда видно, что это обманщик, — сказал охотник, притронувшись пальцем к носу в знак предостережения. — Вон этот вороватый минг прислонился к стволу молодого клена, там, за кустами, правая нога мошенника приходится на одной линии со стволом... — Соколиный Глаз многозначительно дотронулся до своего ружья. — Я могу попасть в него между щиколоткой и коленом, и после этого он по крайней мере на месяц лишится возможности двигаться. Подойти ближе нельзя: хитрая тварь заподозрит меня и кинется в кусты, как испуганный олень.

— Нет-нет, это не годится. Может быть, он ни в чем не виноват, и мне не хочется, чтобы вы ранили его. Хотя если бы я вполне удостоверился, что он предатель...

– Ну, в этом нечего сомневаться: ирокез всегда готов изменить и обмануть, – сказал Соколиный Глаз. Говоря это, он вскинул ружье и навел его дуло на Магуа.

– Погодите, – остановил его Дункан, – не стреляйте. Придумайте какой-нибудь другой способ от него избавиться, хотя я имею основание предполагать, что негодяй обманул меня.

Соколиный Глаз отказался от намерения перебить ногу индейцу-скороходу; он на минуту задумался, потом сделал рукой знак своим друзьям-могиканам, которые тотчас же подошли к нему.

Все трое вполголоса заговорили на делаварском наречии.

С серьезным выражением они сосредоточенно и тихо совещались о чем-то. Судя по движениям рук белого охотника, который часто указывал в сторону поднимавшегося над кустами молодого деревца, он, очевидно, говорил о предателе.

Его товарищи скоро сообразили, чего он ждет от них, и, отложив свои ружья, исчезли в чаще. Один пошел направо, другой – налево.

Они прятались в чаще и скользили в кустах совершенно бесшумно.

– Теперь вернитесь к вашим спутницам, – обращаясь к майору, сказал Соколиный Глаз, – и заговорите с индейцем. Могикане схватят его, не попортив даже раскраски.

– Нет, – гордо ответил Дункан, – я сам хочу его схватить!

– Ну скажите, что сделаете вы, сидя на лошади, когда вашим противником окажется индеец, скользящий среди кустов?

– Я сойду с коня.

– А вы думаете, что, увидав, как вы освобождаете из стремени одну ногу, он будет терпеливо стоять и дожидаться, чтобы вы спрыгнули на землю? Всякий, кто вступает в эти леса и собирается иметь дело с туземцами, должен перенять обычаи индейцев, если желает удачи... Итак, вперед! Заговорите с этим злодеем и сделайте вид, будто вы считаете его верным другом.

Хейворд согласился подчиниться, чувствуя сильное отвращение к делу, которое ему предстояло выполнить. Однако с каждой минутой в нем усиливалось сознание опасности, которая нависла над его спутницами из-за их доверчивости. Солнце село, и сгустившиеся тени придавали лесу мрачный вид. Очертания деревьев расплывались, и тьма ясно напоминала Дункану, что приближались часы, в которые дикари совершали свои самые кровавые деяния – деяния мести или вражды. Эти опасения заставили Хейворда расстаться с Соколиным Глазом. Разведчик немедленно завязал очень оживленный и громкий разговор с певцом, который так бесцеремонно присоединился с утра к маленькому обществу. Проезжая мимо девушек, Дункан бросил им несколько ободряющих слов и с удовольствием заметил, что они бодры, несмотря на усталость, и что остановка не встревожила их. Сказав Коре и Алисе, что ему нужно переговорить с индейцем о дальнейшей дороге, Хейворд пришпорил своего коня и снова натянул поводья, когда благородное животное очутилось в нескольких ярдах от Магуа, все еще стоявшего подле дерева.

— Вот, Магуа, ты сам видишь, — начал Хейворд, стараясь говорить спокойным и дружеским тоном, — наступает ночь, а до форта Уильям-Генри не ближе, чем было, когда на восходе солнца мы выходили из лагеря генерала Вебба. Ты сбился с дороги, да и я оплошал. К счастью, мы столкнулись с охотником — слышишь, он разговаривает с певцом, — с охотником, который хорошо знает все оленьи тропы, все дорожки глухого леса и обещает проводить нас в такое место, где мы в безопасности отдохнем до следующего утра.

Блестящие глаза индейца впились в лицо Хейворда, и он спросил на ломаном английском языке:

— Он один?

— Один? — с легким колебанием повторил Дункан, с трудом заставляя себя сказать неправду. — О, не совсем один, Магуа: ведь с ним мы, его спутники!

— В таком случае Хитрая Лисица уходит, — произнес индеец и хладнокровно поднял с земли свою сумку. — С бледнолицыми останутся только люди их племени.

— Хитрая Лисица уходит? Но кого ты называешь Хитрой Лисицей, Магуа?

— Это имя дали Магуа его канадские отцы, — ответил скороход, и по его лицу было заметно, что он гордится данным ему прозвищем. — Для Хитрой Лисицы, когда Мунро ждет его, ночь равняется дню.

— А что скажет Лисица начальнику форта Уильям-Генри, когда старик спросит его о своих дочерях? Осмелится ли он объяснить начальнику, что его дочери остались без проводника, хотя Магуа обещал охранять их?

– Правда, у седовласого начальника громкий голос и длинные руки, но в глубине лесов Лисица не услышит его крика и не почувствует его ударов.

– А что скажут люди твоего племени? Они сошьют для Лисицы женское платье и велят ему сидеть в вигваме с женщинами, так как ему нельзя больше доверять дела мужественных воинов.

– Хитрая Лисица знает путь к Великим Озерам, сумеет он отыскать и прах своих отцов, – прозвучал непреклонный ответ индейца.

– Довольно, Магуа, довольно! – сказал Хейворд. – Разве мы с тобой не друзья? Зачем нам говорить друг другу жестокие и горькие слова? Мунро посулил наградить тебя, когда ты выполнишь свое обещание. Я тоже в долгу перед тобой. Итак, ляг, дай отдых усталому телу, открой свою сумку и подкрепись пищей. Мы недолго останемся здесь. Не будем же тратить коротких минут привала и спорить, точно вздорные женщины. Когда всадницы отдохнут, мы снова двинемся в путь.

– Бледнолицые превращают себя в покорных собак белых женщин, – пробормотал индеец на своем наречии. – Когда женщинам хочется есть, белые воины покорно бросают свои томагавки, чтобы исполнить желание ленивиц.

– Что говоришь ты, Лисица?

– Хитрая Лисица говорит: «Хорошо».

Проницательный взгляд индейца был прикован к лицу майора, но, когда Хейворд тоже взглянул на Магуа, скороход быстро отвел глаза в сторону, уселся на землю, осторожно и медленно оглянулся

и наконец вынул из сумки остатки съестных припасов.

– Отлично! – продолжал Дункан. – Пища придаст Хитрой Лисице сил, увеличит его проницательность, и он утром найдет тропинку.

Дункан на мгновение замолчал, услышав треск переломившейся сухой ветки и шелест листьев в соседних кустах, но, быстро овладев собой, продолжал:

– Нам нужно двинуться до восхода солнца, не то мы, пожалуй, встретим Монкальма и он отрежет нам доступ в крепость.

Поднятая рука Магуа застыла, и, хотя его глаза не отрывались от земли, он повернул голову; его ноздри расширились, и даже уши его, казалось, вытянулись, придавая ему вид статуи, изображавшей напряженное внимание.

Хейворд следил за каждым его движением и с притворной небрежностью вынул одну ногу из стремени, а руку положил на чехол из медвежьей шкуры, скрывавшей его пистолеты.

Глаза Магуа ни на мгновение не останавливались на одном каком-либо отдельном предмете, хотя лицо было неподвижно.

Майор не знал, на что решиться. Между тем Лисица поднялся на ноги, но так медленно и осторожно, что при этом не было слышно ни малейшего шороха. Хейворд почувствовал, что ему следует начать действовать; он перекинул ногу через седло и соскочил с лошади, твердо решив схватить предателя, во всем остальном полагаясь на свою силу и смелость.

Однако, не желая без нужды пугать своих спутниц, майор все же постарался сохранить наружное спокойствие и дружески заговорил с Магуа.

– Хитрая Лисица не ест, – сказал он, называя индейца тем именем, которое, по-видимому, казалось ему особенно лестным. – Его хлебные зерна недостаточно прожарены и жесткие? Дай-ка я посмотрю – может быть, в моих запасах найдется что-нибудь по его вкусу.

Магуа подал майору свою сумку, по-видимому, желая воспользоваться предложением офицера. Их руки встретились; при этом индеец не выказал ни малейшего смущения, и его напряженное внимание не ослабело ни на миг. Но когда он почувствовал, что пальцы Хейворда тихо скользнули по его обнаженному локтю, он отбросил руку майора, пронзительно вскрикнул, увернулся и исчез в чаще. В следующую секунду из-за кустов появилась фигура Чингачгука, раскраска которого придавала индейцу вид скелета. Могиканин кинулся за скороходом. Послышались крики Ункаса. Лес озарился вспышкой; вслед за тем прогремел выстрел ружья охотника.

## *Глава V*

> В такую ночь
> Ступала робко Фисба по росе
> И, устрашась не льва,
> а львиной тени,
> Бежала в ужасе.
>
> Шекспир.
> *«Венецианский купец»*

Внезапное бегство проводника-индейца, дикие крики его преследователей, шум и смятение — все это вместе ошеломило Хейворда; на мгновение он остолбенел, потом, вспомнив о необходимости захватить беглеца, кинулся в кусты, которые окаймляли маленькую поляну, и побежал в лес на помощь преследователям. Однако через сотню ярдов он столкнулся с охотником и его двумя друзьями, которые возвращались, не поймав беглеца.

— Почему вы так скоро отчаялись в успехе? — спросил их Дункан. — Конечно, этот мошенник спрятался где-нибудь в чаще, и его можно поймать. Пока он на свободе, мы не можем считать себя в безопасности.

— Разве облако может догнать ветер? — ответил Соколиный Глаз. — Я слышал, как этот бес шуршал в сухих листьях, пробираясь ползком, точно черная змея. Я видел его вон за той сосной и пустил в него пулю... Куда там! А между тем я хорошо целился и могу сказать, что в этих делах я мастер. Взгляните на то дерево. Его листья красны. Но всякий знает, что в июне оно цветет желтым цветом!

— Это кровь Лисицы, он ранен. И, может быть, еще упадет.

— Нет-нет! — решительно ответил охотник. — Я только задел его, и он убежал. Ружейная пуля, которая лишь слегка царапнет, — это те же шпоры: она заставляет ускорить бег, оживляя тело, вместо того чтобы отнять жизнь.

— Нас четверо здоровых, сильных людей, а наш противник один и ранен.

— Вам, верно, надоела жизнь? — спросил разведчик. — Эта Лисица подведет нас под удары томагавков своих соплеменников раньше, чем погоня успеет разогреть вашу кровь. Неблагоразумно поступил я, когда выстрелил так близко от засады гуронов. Но как было тут удержаться?.. Ну, друзья, снимемся с лагеря и постараемся сделать это так, чтобы хитрый минг пошел по ложному следу; не то завтра в этот час наши скальпы уже будут сохнуть перед лагерем Монкальма.

Страшное предупреждение, которое Соколиный Глаз произнес с хладнокровием человека, не боящегося смотреть опасности прямо в глаза, напомнило Дункану о важности принятой им на себя обязанности. Он огляделся кругом, стараясь пронизать взглядом тьму, которая сгущалась под сводами леса. Ему уже чудилось, что его беспомощные спутницы скоро очутятся в руках диких врагов, которые, точно хищные звери, ждут только тьмы, чтобы с уверенностью и без помехи напасть на них.

Его возбужденное воображение, обманутое неверным светом, превращало в человеческую фигуру каждый колеблющийся куст, каждую корягу. Ему казалось, будто страшные, свирепые лица выглядывают из-за ветвей и следят не отрываясь за каждым их шагом. Хейворд посмотрел на небо: легкие облачка-барашки, которые вечер разбросал по небу, утрачивали понемногу свой розовый цвет; а реку, которая плавно несла свои воды совсем рядом, можно было проследить уже только по темной границе ее лесистых берегов.

— Что делать? — спросил Дункан, чувствуя страшную беспомощность в такой тяжелый момент. — Не бросайте меня, друзья, останьтесь, чтобы защитить девушек, которых я сопровождаю! И не стесняйтесь: требуйте от меня какой вам угодно награды.

Но ни Соколиный Глаз, ни индейцы не обратили внимания на этот горячий призыв. Они разговаривали между собой на своем наречии.

Правда, их беседа велась тихо, почти шепотом, но Хейворд без труда отличал взволнованный голос младшего воина от спокойной речи его старших собеседников. Они, очевидно, обсуждали какую-то меру, касавшуюся безопасности путешественников. Дункана, конечно, интересовал предмет их разговора, и в то же время его беспокоило промедление; он подошел ближе к своим спутникам, чтобы еще раз предложить этим людям награду, когда белый охотник махнул рукой, словно уступая в споре, и сказал по-английски, как бы говоря себе самому:

— Ункас прав: недостойно поступили бы мы, оставив беспомощных девушек на произвол судьбы, хотя наше вмешательство может навсегда лишить нас надежного тайного убежища. Если вы хотите спасти эти нежные цветы от ядовитых зубов самых опасных змей, джентльмен, не теряйте времени и перестаньте колебаться.

– Можно ли сомневаться в том, что я хочу их спасти! Разве я не обещал вам награду?..

– Обратите свои молитвы к Всевышнему, чтобы он даровал нам мудрость перехитрить этих дьяволов, которые наводнили лес, и не предлагайте мне денег, – спокойно прервал его Соколиный Глаз. – Может быть, вы не доживете до того, чтобы исполнить свое обещание, а я – чтобы воспользоваться им. Могикане и я – мы сделаем все, что только может придумать человек, чтобы спасти от зла эти благоухающие цветы, не созданные для такого дикого места. Но прежде вы должны дать мне два обещания – от своего имени и от лица ваших друзей. В противном случае мы не поможем вам и только повредим себе.

– Скажите, каких обещаний вы требуете?

– Первое: что бы ни случилось – молчите, подобно этим спящим деревьям. Второе: сохраните в тайне от всех, где помещается убежище, в которое мы вас отведем.

– Я исполню ваши условия.

– Тогда – за мной! Мы даром тратим время, такое же драгоценное для нас, как для раненого оленя капли крови его сердца.

В темноте наступившего вечера Хейворд различил нетерпеливый жест охотника и быстро двинулся вслед за ним к тому месту, где их ожидали остальные спутники.

Хейворд быстро подошел к своим спутницам, вкратце объяснил Коре и Алисе условия их нового проводника и прибавил, что они должны отбросить всякие опасения. Хотя сообщение Хейворда наполнило страхом сердца сестер, его серьезный и решительный тон, а может быть, также мысль о грозной опасности придали девушкам силы приготовиться к какому-то неожиданному и необыкновенному испытанию; молчаливо и без всяких промедлений они с помощью Дункана соскочили с седел и быстро спустились к реке.

Соколиный Глаз молча, жестами, пригласил туда всех остальных.

– А что делать с этими бессловесными созданиями? – пробормотал он. – Если мы зарежем лошадей и трупы бросим в реку, мы потеряем время. Оставив же лошадей здесь, ясно покажем мингам, что владельцы коней недалеко.

– В таком случае отпустите их в лес, – попытался предложить Хейворд.

– Нет, лучше обмануть врага. Пусть они вообразят, будто им нужно гнаться за нами бегом. Да-да, это обманет их, конечно... Чингачгук, что это шелестит в кустах?

– Жеребенок.

– Вот его придется убить, – сказал охотник и протянул руку к холке молоденького создания, которое быстро отскочило в сторону. – Ункас, твои стрелы!

– Стойте! – воскликнул хозяин обреченного на смерть жеребенка, не обращая внимания на то, что остальные говорили шепотом. – Пощадите жеребенка моей Мириам! Это красивый отпрыск верной лошади, и он никому не делает зла.

– Когда люди борются за свою жизнь, даже собственные их собратья значат для них не больше, чем лесные звери. Если вы скажете еще хоть одно слово, я отдам вас в руки макуасов... Будь метким, Ункас! Для второй стрелы у нас нет времени.

Глухой, угрожающий голос еще не замолк, когда раненый жеребенок вскинулся на дыбы, потом упал на колени, а Чингачгук быстрее мысли полоснул его ножом по горлу и столкнул свою жертву в реку; жеребенок поплыл вниз по течению.

Этот поступок, по всей видимости жестокий, но, в сущности, вызванный крайней необходимостью, наполнил души путешественников унынием.

Все происходящее казалось путникам странным предвестием опасности, и чувство это усилилось при виде спокойной, но непоколебимой решимости, сквозившей в каждом движении охотника и могикан. Кора и Алиса, дрожа, прижались друг к другу, а рука Хейворда сама собой легла на один из пистолетов, вынутых из кобуры; он занял место между девушками и темной стеной леса.

Индейцы, не теряя времени, взяв под уздцы испуганных упирающихся лошадей, ввели их в реку.

Невдалеке от берега могикане повернули коней и скоро скрылись под нависшими берегами, пустив наррагансетов против течения. Между тем разведчик вывел сделанную из березовой коры пирогу из тайника, где она была скрыта под ветвями низких кустов, касавшихся воды, и молча, жестом, предложил девушкам сесть в эту лодку.

Они повиновались без колебаний, пугливо оглядываясь на сгущающийся мрак, который теперь, точно темная ограда, лег вдоль берегов потока.

Едва Кора и Алиса очутились в пироге, разведчик предложил Хейворду войти в воду и поддержать один край утлого челна, а сам взялся за челн с другой стороны. Таким образом они некоторое время тащили пирогу по воде против течения. Вслед за ними шел опечаленный и унылый хозяин убитого жеребенка. Тишина вечера нарушалась только журчанием воды, весело разбивавшейся о пирогу и о ноги осторожно шагавших людей. Хейворд предоставил разведчику свободу действий, и тот, по мере надобности, то приближал лодку к берегу, то отдалял, избегая торчащих из воды камней или водоворотов; каждое его движение доказывало, как хорошо знал он путь. Время от времени Соколиный Глаз останавливался; тогда среди полного безмолвия доносился глухой, постепенно усиливающийся гул водопада. Напрягая слух, разведчик старался уловить звуки в дремлющем лесу. Удостоверившись в полной тишине и не уловив никаких признаков приближения врага, он снова, по-прежнему осторожно, двигался вперед.

Наконец взгляд Хейворда упал на что-то черневшее в особенно густой тени, которую высокий берег кидал на воду. Майор указал Соколиному Глазу на темное пятно.

– Да, – спокойно произнес разведчик, – индейцы скрыли тут лошадей. На воде следов не остается, и даже глаза совы оказались бы слепы в этой темноте.

Скоро небольшой отряд снова был в сборе. Охотник устроил совет, на котором путешественники, чьи судьбы зависели теперь от преданности и изобретательности этих незнакомых лесных жителей, подробно обсудили свое положение.

Реку теснила стена высоких зубчатых скал; один из утесов свешивался над тем местом, где стояла пирога. На скалах возвышались высокие деревья, которые, казалось, готовы были упасть в пропасть. Все было черно под этими скалами и деревьями, чьи очертания смутно вырисовывались на фоне темно-синего, усыпанного звездами неба. Река делала здесь излучину, а впереди и, по-видимому, невдалеке вода словно громоздилась к небу и ниспадала в глубокие пещеры, из которых несся грозный гул, наполнявший вечерний воздух. Казалось, что место это создано для уединения, и сестер охватило успокаивающее чувство безопасности, когда они созерцали эту романтическую, несколько страшную красоту. Движение среди проводников оторвало девушек от размышлений о дикой красоте, которую ночь придавала этим местам, и вернуло их к горестному сознанию опасной действительности.

Лошади были привязаны к редким кустам, которые росли в трещинах камней; они стояли в воде, и им предстояло провести целую ночь в этом месте.

Соколиный Глаз предложил Дункану и его спутникам сесть в носовую часть пироги, сам же поместился на корме и стоял так прямо, будто под его ногами была палуба большого корабля, сделанного не из древесной коры, а из гораздо более прочного материала. Индейцы осторожно отошли в сторону. Соколиный Глаз с силой уперся шестом в прибрежную скалу и оттолкнул пирогу от берега на середину бешеного потока. Несколько долгих минут шла ожесточенная борьба между утлым челном и бурлящим потоком. Путешественники с лихорадочным напряжением смотрели на воду, не решаясь шевельнуть рукой или вздохнуть поглубже, чтобы не опрокинуть хрупкую пирогу.

Раз двадцать им казалось, что водоворот увлечет их к гибели, но умелая рука кормчего легко направляла и поворачивала пирогу. Долгая, упорная и, как иногда начинало казаться девушкам, безнадежная борьба завершилась успешно.

Как раз в то мгновение, когда Алиса в ужасе закрыла глаза, думая, что водоворот унесет их к подножию водопада, пирога подплыла к плоской скале, еле выдававшейся из воды.

– Где мы? И что делать дальше? – спросил Хейворд, поняв, что Соколиный Глаз достиг своей цели.

– Это Гленн, – громко ответил разведчик, зная, что при грохоте воды ему незачем понижать голос. – Прежде всего нам нужно умело причалить, чтобы не опрокинуть пирогу, не то вас понесет вниз по течению туда же, откуда мы только что приплыли, только гораздо быстрее. Трудно идти против течения, когда река бурлит; да и маленькой пироге из березовой коры, смазанной смолой, нелегко нести пятерых человек. Высаживайтесь на эту скалу, а я привезу могикан и съестные припасы. Лучше спать без скальпа, нежели страдать от голода при изобилии.

Путешественники с радостью согласились с указаниями Соколиного Глаза.

Едва последний из них ступил на скалу, высокая фигура охотника скользнула над водой и тотчас исчезла в непроницаемой тьме, которая окутывала реку. Несколько минут путешественники, оставшиеся без своего руководителя, беспомощно колебались, не зная, на что решиться, боясь сделать хотя бы шаг по неровным камням, опасаясь при первом неверном

движении упасть в глубину одной из пещер, в которые вода с ревом низвергалась со всех сторон.

Однако им пришлось ждать недолго: пирога снова подошла к низкой скале, и, как показалось ожидающим, раньше, нежели Соколиный Глаз мог добраться до могикан.

– Теперь у нас тут и крепость, и гарнизон, и провиант, – весело крикнул Хейворд, – и нам не страшны ни сам Монкальм, ни его союзники! Скажите же мне, бдительный страж, что вы думаете о тех, кого называете ирокезами?

– Ничего хорошего я не скажу об ирокезах! Если Вебб желает видеть честного и верного индейца, он должен позвать к себе делаваров, а французам отдать жадных, лживых мохоков и онайдов вместе с шестью племенами их Союза.

– Но в таком случае нам пришлось бы заменить воинственных людей бездействующими друзьями. Я слыхал, что делавары бросили томагавки и страшатся войны, как робкие женщины.

– Да, стыдно голландцам[1] и ирокезам, которые своими дьявольскими хитростями заставили их заключить такой Союз. Но я знаю делаваров двадцать лет и назову лгуном всякого, кто скажет, что в жилах делавара течет кровь труса. Вы оттеснили эти племена от морских берегов, а теперь готовы верить их врагам, которые клевещут на них, чтобы вы могли спокойно спать.

– Во всяком случае, я отлично вижу, что ваши товарищи – храбрые и осторожные воины. Скажите,

[1] Нью-Йорк был основан голландцами.

не успел ли кто-нибудь из них заметить врагов или узнать что-нибудь о них?

– Индейца прежде почуешь, а потом увидишь, – ответил Соколиный Глаз, поднимаясь на скалу и сбрасывая на землю убитого оленя. – Выслеживая мингов, я доверяю не глазам.

– А слух не говорит вам, что они напали на путь к нашему убежищу?

– Мне было бы очень грустно думать, что это случилось, хотя место нашей стоянки может послужить отличной крепостью для мужественных и смелых людей. Впрочем, не отрицаю, что, когда я проходил мимо лошадей, они дрожали и жались, точно чуя приближение волков; а ведь волки часто рыщут близ засады индейцев, надеясь поживиться остатками мяса убитых оленей.

– Но вы забыли оленя, лежащего у ваших ног! И разве звери не могли почуять убитого жеребенка?.. О, что это за шум?

– Бедная Мириам! – бормотал Давид Гамут (так звали псалмопевца). – Бедный жеребенок был обречен стать добычей диких зверей!

Вдруг голос Давида присоединился к неумолкаемому грохоту воды, и он запел псалом:

Первенцев Египта убил он,
Первенцев людей и зверей.
О фараон! Поразил он
Тебя десницей своей!

– Смерть жеребенка тяжело гнетет сердце его хозяина. Впрочем, если человек заботится о своих бессловесных друзьях, это говорит в его пользу. Может быть, вы правы, – продолжал Соколиный Глаз, отвечая на последнее предположение Дункана. – Тем скорее нам нужно срезать мясо оленя с костей и бросить остатки в реку. Не то, пожалуй, здесь скоро раздастся вой дикой стаи, и волки, стоя на окрестных утесах, будут с завистью и жадностью следить за каждым проглоченным нами куском. Ирокезы хитры и отлично разберут по волчьему вою, в чем дело.

Говоря это, Соколиный Глаз, заботливо собрав необходимые вещи, прошел мимо группы остальных путников. Могикане двинулись за ним; можно было подумать, что индейцы угадали намерения своего белого товарища. Скоро все трое исчезли один за другим; казалось, они вошли в темную отвесную стену, которая поднималась в нескольких ярдах от берега.

## *Глава VI*

Напев прекрасный,
что звучал в Сионе[1],
Он растоптал своей
заботой здравой
И тотчас же торжественно
сказал:
«Восхвалим Господа
со славой!»

Бернс

Хейворд и его спутницы с некоторой тревогой смотрели на непонятное исчезновение своих проводников.

Хотя поведение белого человека до сих пор не вызывало никаких опасений, но его грубая одежда, резкая речь, глубокая ненависть к врагам и его молчаливые товарищи – все вместе рождало недоверие у людей, встревоженных недавним предательством индейца.

Только Гамут не обращал внимания на происходившее вокруг него. Он сидел на выступе скалы, и его присутствие не было бы заметно, если бы волнение души псалмопевца не выражалось частыми глубокими и тяжелыми вздохами.

Вот послышались заглушенные голоса, словно люди перекликались где-то далеко-далеко в недрах земли. И вдруг яркий свет ударил в глаза путешественникам, расположившимся на камнях. Перед ними от-

[1] Сион – гора в Иерусалиме.

крылась тайна убежища, в котором скрывались разведчик и могикане.

В дальнем конце узкой глубокой пещеры стоял разведчик, держа в руке связку пылающих сухих сосновых ветвей. Отсвет огня, падавший на его суровое, обветренное лицо и на его лесной наряд, придавал оттенок романтической дикости этому человеку, хотя при обыкновенном свете дня он поразил бы глаз только своеобразной одеждой, железной неподвижностью своего стана да настороженностью и простосердечием, которые отражались на его лице. Недалеко от разведчика, ближе к выходу из пещеры, стоял Ункас. Путешественникам видны были гибкие и непринужденные движения молодого индейца. Хотя его фигура была закрыта зеленой, обшитой бахромой охотничьей рубашкой, но голова оставалась непокрытой, так что ничто не мешало наблюдателям с тревогой следить за блеском его глаз, пугающих и вместе с тем спокойных, смелыми очертаниями гордого лица, не обезображенного красками, благородной высотой его лба и изящной формой обритой головы, на макушке которой красовалась длинная прядь волос. Впервые Дункан и его спутники получили возможность разглядеть своих проводников-индейцев, и путешественники вздохнули с облегчением, когда увидели гордое, решительное, хотя и суровое выражение лица молодого воина; чувствовалось, что он не способен на гнусное предательство. Алиса с интересом разглядывала его открытое лицо и гордую осанку, как она рассматривала бы драгоценную статую, изваянную резцом древних греков и чудом ожившую; а Хейворд, хотя и привык наблюдать совершенство форм, столь распространенное среди туземцев, открыто выражал свое восхищение при виде такого безупречного образца благороднейших пропорций человека.

– Я могла бы спокойно заснуть, – шепотом произнесла Алиса, – зная, что такой бесстрашный и, по-видимому, великодушный часовой охраняет меня. Я уверена, Дункан, что жестокие убийства и мучительные пытки, о которых мы так часто слышим и читаем, не могут совершаться в присутствии людей вроде Ункаса.

– Я согласен с вами, Алиса, – ответил Хейворд. – Мне тоже кажется, что такой лоб и такие глаза способны внушать страх, но не обманывать... Однако не будем заблуждаться: мы должны ждать от него только проявления тех достоинств, которые считаются добродетелями среди краснокожих. Впрочем, встречаются замечательные люди и среди белых и среди индейцев. Будем же надеяться, что этот молодой могиканин не разочарует нас и докажет, что его наружность не обманчива, что он действительно храбрый и преданный друг.

– Теперь майор Хейворд говорит, как подобает майору Хейворду, – заметила Кора. – Кто, глядя на это создание природы, может вспомнить о цвете его кожи!

Наступило короткое, как бы неловкое молчание, которое прервал разведчик, предложив путникам войти в пещеру.

– Огонь разгорается слишком ярко, – сказал он, – того и гляди, укажет мингам наш приют. Ункас, опусти-ка одеяло – это скроет огонь... Угощайтесь! Конечно, перед вами не такой ужин, какого имеет право ожидать майор королевской армии, но я ви-

дывал, как многие военные с удовольствием глотали сырое мясо, даже без всякой приправы. А у нас есть соль, и мы можем быстро зажарить мясо. Вот свежие ветки сассафраса[1]. Пусть дамы присядут на них, хоть это и не стулья из красного дерева... Ну, друг, — обратился он к псалмопевцу, — не пе-

[1] Сассафра́с — дерево из семейства лавровых.

чальтесь о жеребенке: это было невинное создание и еще не успело узнать печалей. Смерть спасла его от многих неприятностей: от ссадин на спине, от натруженных ног...

Между тем Ункас исполнил приказание разведчика.

Голос Соколиного Глаза замолк, и грохот водопада зазвучал, точно раскат отдаленного грома.

– Не опасно ли оставаться в этой пещере? – спросил Хейворд. – Не грозит ли нам здесь внезапное нападение? Ведь, стоя подле выхода, один вооруженный человек может держать нас в своих руках.

В темноте из-за спины разведчика вынырнула какая-то фигура, похожая на воплощение смерти, и, взяв горящую головню, осветила ею отдаленный конец узкого грота. Алиса вскрикнула, и даже смелая Кора вскочила при появлении страшного существа. Но Хейворд успокоил девушек, сказав им, что это только их проводник, Чингачгук. Приподняв второе одеяло, индеец показал, что в пещере был еще один выход. Потом, держа в руках пылающую головню, он проскользнул через узкий проход в утесе в другой грот, совершенно сходный с первым.

– Таких опытных лисиц, как мы с Чингачгуком, не часто ловят в норе с одним выходом! – со смехом заметил Соколиный Глаз. – Это отличное место! Скалы – черный известняк, а это очень мягкая порода. Прежде водопад находился на несколько ярдов ниже, чем теперь, и, думаю, в свое время представлял собой такую же спокойную и прекрасную гладь, какие вы встречаете в лучших местах Гудзона. Но годы уносят красоту – это еще суждено вам узнать, молодые девушки. Местность эта сильно изменилась со временем. В скалах и утесах появилось множество трещин. В одних местах камни мягче, чем в других, и вода проточила в них большие выбоины, одни скалы свалила, другие изломала, и теперь эти водопады не имеют ни красоты, ни силы.

— Где же мы находимся? — спросил Хейворд.

— Близ того места, где когда-то низвергался водопад. С обеих сторон от нас порода оказалась мягкой, поэтому мятежная вода вырыла вот эти две маленькие пещеры, устроив для нас отличный приют, и отхлынула вправо и влево, обнажив середину своего русла, которое стало сухим островком.

— Значит, мы на острове?

— Да, по обеим сторонам от нас водопады, а река и выше и ниже нас. При дневном свете вам стоило бы подняться на скалу и посмотреть на причуды воды. Она падает безумными прыжками. Иногда скачет, иногда течет гладко; тут она кувыркается, там тихо струится; в одном месте бела как снег, в другом кажется травянисто-зеленой; то журчит и поет, как кроткий ручей, то вдруг начинает крутиться водоворотом и размывает каменные скалы, как мягкую глину. Да, леди, тонкая ткань, паутинкой обвивающая вашу шею, покажется грубым неводом в сравнении с узорами речных струй. После того как река набушуется вволю, она спокойно течет дальше, чтобы слить свои воды с морской волной.

Такое описание гленнских водопадов внушило путешественникам уверенность в недоступности их убежища, но им было не до того, чтобы замечать красоты природы. Потом все решили заняться необходимым, хотя и более низменным делом — ужином.

Ункас оказывал Коре и Алисе все услуги, какие только были в его силах.

Сочетание гордости и радушия на его лице забавляло Хейворда, который знал, что такая услужливость – не в обычаях индейцев. Однако правила гостеприимства считались священными, а потому незначительное отступление от строгих законов воинского достоинства не вызвало, по-видимому, порицания со стороны Чингачгука.

При этом внимательный наблюдатель мог бы заметить, что Ункас не совсем одинаково относится к девушкам. Например, подавая Алисе флягу с водой или кусок оленины на деревянном блюде, он только соблюдал вежливость; оказывая же подобные услуги ее темноволосой сестре, молодой могиканин устремлял долгий взгляд на ее красивое, выразительное лицо. Раза два ему пришлось заговаривать с сестрами, чтобы привлечь их внимание. И каждый раз в таких случаях он говорил по-английски – правда, на ломаном языке, но все же понятно. Его глубокий гортанный голос придавал особую музыкальность английским словам. Кора и Алиса обменялись с ним несколькими фразами, и благодаря этому между ними установилось нечто похожее на дружеские отношения.

Ничто не нарушало важного спокойствия Чингачгука; он сидел в свете костра, и путешественники, беспокойно поглядывая на старого индейца, увидели наконец истинное выражение его лица, которое проступало сквозь наводящую ужас военную раскраску. Сестры находили между отцом и сыном большое сходство, с той лишь разницей, которую накладывают возраст и пережитые невзгоды. Свирепое выражение лица Чингачгука смягчилось, и от него веяло теперь

ясным спокойствием, которое отличает обычно индейского воина, когда для него нет необходимости напрягать все свои способности, защищая жизнь. Легко было заметить по теням, которые иногда пробегали по смуглому лицу индейца, что вспышки гнева было достаточно, чтобы вступила в силу та страшная эмблема, которая на страх врагам была изображена на теле Чингачгука.

В отличие от него Соколиный Глаз не знал покоя. Живой взгляд разведчика постоянно блуждал, не останавливаясь ни на мгновение. Он ел и пил с удовольствием, но бдительная осторожность ни на минуту не покидала его. Раз двадцать фляга или кусок жареного мяса замирали в руке охотника, и он поворачивал голову то в одну, то в другую сторону, как бы прислушиваясь к отдаленному шуму.

– Друг, – заговорил Соколиный Глаз, вынимая из-под покрова листьев небольшой бочонок с вином и обращаясь к певцу, который отдавал должное его поварскому искусству, – попробуйте-ка этого виноградного сока – он прогонит все мысли о жеребенке и оживит вашу душу. Я пью за нашу дружбу и надеюсь, что бедная лошадка не послужит причиной ненависти между нами. Как ваше имя?

– Гамут, Давид Гамут, – ответил учитель пения, собираясь залить свои печали глотком вкусного и сильно приправленного пряностями напитка.

– Отличное имя, и, полагаю, оно передано вам хорошими, честными предками. Я люблю такие имена, хотя изобретательность христиан в этом случае значительно отстает от остроумных обычаев индейцев. Самого большого труса, какого я когда-либо знал, звали Львом, а его жена носила имя Пейшенс (терпение), между тем эта особа успевала наговорить множество неприятных слов в течение меньшего времени, чем нужно оленю, чтобы промчаться сажень. У индейца имя – дело чести. Индеец обыкновенно принимает какое-нибудь подходящее для себя прозвище. Конечно, имя Чингачгук, что значит «Великий Змей», не означает, что он и в самом деле змея; нет, его имя говорит, что ему известны все извороты, все уголки человеческой природы, что он молчалив и умеет наносить своим недругам удары в такие мгновения, когда они совсем этого не ожидают. Каково же ваше призвание?

– Я – недостойный преподаватель благородного искусства псалмопения.

– О!

– Я преподаю пение юным новобранцам Коннектикута[1].

– Вы могли бы выбрать занятие получше. Эти щенки и так слишком много хохочут и поют в лесах, когда им следовало бы сидеть затаив дыхание, как лисице в засаде. Умеете ли вы, по крайней мере, обращаться с ружьем?

– Слава Богу, мне еще никогда не приходилось иметь дело со смертоносным оружием.

– Может быть, вы умеете находить путь по компасу, наносить на бумагу направление вод, обозначать на ней горы и пустыни так, чтобы люди сумели отыскать эти места?

– Нет, этим я не занимаюсь.

– У вас такие ноги, которые могут превратить длинную дорогу в короткую. Я полагаю, генерал посылает вас с поручениями?

– Никогда. Я следую только моему высокому призванию, то есть обучаю людей церковной музыке.

– Странное призвание, – произнес Соколиный Глаз и усмехнулся. – Всю жизнь повторять, как пересмешник, все высокие и низкие ноты, которые вырываются из человеческого горла! Впрочем, друг, пение – ваш талант, и никто не имеет права его хулить, как никто не смеет порицать искусство стрельбы или какое-нибудь другое умение. Покажите-ка ваше искусство. Пусть это будет наше дружеское прощание на

[1] Конне́ктикут – местность, граничившая с колонией Нью-Йорк.

ночь. Ведь девушкам предстоит набраться сил перед долгой дорогой, в которую мы отправимся на рассвете, пока еще не зашевелились макуасы.

– С великим удовольствием, – сказал Гамут. Поправив очки в железной оправе, он вынул свой излюбленный томик и немедленно передал книгу Алисе. – Что может быть более подходящим и успокаивающим, чем вечерняя молитва после дня, полного опасности и риска!

Алиса улыбнулась. Она взглянула на Хейворда и вспыхнула, не зная, как ей поступить.

– Не стесняйтесь, – шепнул ей молодой офицер.

Алиса приготовилась петь. Давид выбрал гимн, отвечавший положению беглецов. Кора тоже пожелала поддержать сестру.

Давид, который всегда придерживался в пении строгих правил, предварительно дал певцам тон, пользуясь своим камертоном.

Полился торжественный напев; иногда молодые девушки склонялись над книгой и усиливали свои звучные голоса, иногда понижали их, так что шум воды превращался в глухой аккомпанемент песен. Природный вкус и верный слух Давида руководили певицами. Он соразмерял силу голосов с размерами узкой пещеры, каждая трещина, каждая впадина которой наполнялась задушевными звуками. Индейцы с таким пристальным вниманием смотрели на скалы, что казалось, они сами превратились в камни.

Разведчик сначала сидел, равнодушно опершись подбородком на руку, но мало-помалу его суровые черты смягчились. Может быть, в уме охотника воскресли воспоминания детства, тихие дни, когда ему приходилось слышать такие же псалмы из уст матери. Задумчивые глаза жителя лесов увлажнились, слезы покатились по его обветренным щекам, хотя он скорее привык к житейским бурям, чем к проявлениям душевного трепета. Пронесся один из тех низких, замирающих звуков, которые слух впивает с жадным восторгом, точно сознавая, что это наслаждение сейчас прервется... И вдруг раздался вопль, не похожий ни на человеческий крик, ни на вопль другого земного существа; он потряс воздух и проник не только во все уголки пещеры, но и в самые укромные тайники человеческих сердец. Вслед за этим наступила полная тишина, чудилось, будто даже воды Гленна остановились, пораженные ужасом.

– Что это? – прошептала Алиса, очнувшись от столбняка.

– Что это? – громко спросил Дункан.

Ни Соколиный Глаз, ни индейцы не ответили. Они слушали, очевидно ожидая повторения вопля, и молчанием выражали свое изумление. Наконец они быстро и серьезно заговорили между собой на делаварском наречии.

По окончании их беседы Ункас осторожно выскользнул из отдаленного выхода пещеры.

Когда он ушел, разведчик снова заговорил по-английски:

– Никто из нас не может сказать, что это было, хотя двое из нас в течение тридцати с лишком лет изучали леса. Я думал, что моему слуху знакомы все крики индейцев, все звериные голоса, но теперь вижу, что я был просто тщеславным, самонадеянным человеком.

— Разве это не военный клич воинов, не вой, которым они стараются испугать врагов? — спросила Кора, спокойно опуская на лицо вуаль, в то время как ее младшая сестра заметно волновалась.

— Нет-нет, сейчас раздался зловещий, потрясающий звук, и в нем было что-то неестественное. Если бы вы хоть раз слышали боевой клич индейцев, вы никогда не приняли бы его за что-нибудь другое... Ну что же, Ункас? — снова по-делаварски обратился разведчик к возвратившемуся в пещеру молодому могиканину. — Что ты видел? Не просвечивает ли наш огонь сквозь завесы?

Послышался короткий и, по-видимому, отрицательный ответ на том же наречии.

— Ничего не видно, — продолжал по-английски Соколиный Глаз, с неудовольствием покачивая головой. — Но наша стоянка все еще остается тайной. Перейдите в другую пещеру, леди, и постарайтесь заснуть: вы нуждаетесь в отдыхе. Мы поднимемся задолго до восхода солнца, и нам придется торопиться, чтобы дойти до форта Эдвард, пока минги будут спать.

Кора повиновалась с таким спокойствием, что более робкая Алиса была принуждена последовать ее примеру. Однако, выходя из пещеры, она шепотом попросила Дункана пойти вместе с ними.

Ункас откинул для сестер завесу из одеяла. Повернувшись, чтобы поблагодарить его за внимание, девушки увидели, что разведчик снова уселся над потухающими углями, закрыв лицо руками, и, по-видимому, весь ушел в раздумье о непонятном звуке, который прервал вечернее пение.

Хейворд захватил с собой горящую сосновую ветку, и этот факел слабо осветил узкую пещеру, где девушкам предстояло провести ночь. Дункан укрепил свой светильник в трещине камня и подошел к сестрам; они остались с ним наедине в первый раз после отъезда из форта Эдвард.

– Не уходите, Дункан! – попросила его Алиса. – Мы не заснем в этом страшном месте, особенно теперь, когда ужасный вопль еще звучит у нас в ушах.

– Прежде всего осмотрим, достаточно ли безопасна наша крепость, – ответил Хейворд, – а потом поговорим об остальном.

Он прошел в самый дальний угол пещеры, к выходу, тоже закрытому тяжелым одеялом, и, отодвинув его, вдохнул полной грудью свежий, живительный воздух, веявший от водопадов. Ближайший рукав реки стремился по узкому глубокому ущелью, прорытому течением в мягком камне. Вода неслась у самых ног молодого офицера и, как ему казалось, образовала отличную защиту с этой стороны.

– Природа создала неодолимую преграду, – продолжал он, указав на черный поток под обрывом, и опустил завесу, – и вы сами знаете, что честные, верные люди охраняют вас. Поэтому почему бы вам не воспользоваться советом Соколиного Глаза? Я уверен, Кора согласится со мной и скажет, что вам обеим необходимо заснуть.

– Кора может согласиться с вашим мнением, но не сможет последовать вашему совету, – проговорила старшая из девушек, устроившись рядом с Алисой на ложе из ветвей сассафраса. – Если бы мы даже не слышали непонятного, страшного крика, нам все равно было бы трудно заснуть. Скажите-ка сами, Хейворд, могут ли дочери позабыть о том, как должен тревожиться их отец, не знающий, где они и что с ними случилось в этой глуши среди стольких опасностей?

– Он воин. Правда, ему известны опасности, но известны и преимущества лесов.

– Но он – отец, и от чувств отцовских он не сможет отречься.

– Как снисходительно, как терпеливо переносил он мои глупые затеи! С какой любовью исполнял все мои желания! – со слезами произнесла Алиса. – Кора, мы поступили неблагоразумно, предприняв эту рискованную поездку.

– Может быть, я необдуманно настояла на том, чтобы отец позволил нам приехать к нему в такое беспокойное время, но я хотела доказать ему, что если на других он не может положиться, то его дети остались ему верны.

– Когда он услыхал о вашем решении приехать в форт Эдвард, – ласково сказал Хейворд, – в его душе произошла жестокая борьба между страхом и любовью, и любовь одержала победу. «Я не хочу останавливать их, Дункан, – сказал он. – Дай Боже, чтобы все защитники нашего короля выказали половину той смелости, которую проявила Кора».

– А обо мне он ничего не сказал, Хейворд? – с ревнивой нежностью спросила Алиса. – Я уверена, что папа не мог совсем позабыть о своей маленькой Эльси...

– Конечно, нет, – ответил молодой человек. – Он осыпал вас множеством ласковых слов, которые я не осмелюсь повторить, чувствуя, однако, их справедливость. Раз он сказал...

Дункан вдруг умолк; глаза его были прикованы к Алисе, которая в порыве дочерней любви повернулась к нему, чтобы услышать слова отца, когда снова пронесся тот же ужасный вопль, и вслед за тем наступило долгое мертвое молчание. Все переглядывались, со страхом ожидая повторения дикого воя. Наконец медленно отодвинулось одеяло, и в отверстии пещеры показалась фигура разведчика; суровая твердость его лица сменилась неуверенностью при мысли о таинственных звуках, казалось предвещавших неминуемую опасность, перед которой были бессильны и ловкость его и опытность.

## *Глава VII*

Они не спят.
И вижу я на скалах тех –
Всей дикой бандой они сидят.

Грей

– Если мы останемся здесь, – сказал Соколиный Глаз, – мы пренебрежем предупреждением, которое дается нам для нашего же блага. Пусть нежные создания побудут в пещере, но мы, то есть я и могикане, пойдем на скалу сторожить. И, полагаю, майор шестидесятого полка присоединится к нам.

– Разве близка опасность? – спросила Кора.

– Только тот, кто издает эти странные вопли, знает о грозящей нам опасности. Я буду считать себя недостойным человеком, если стану прятаться в нору, слыша такое знамение в воздухе. Даже слабая душа, которая проводила свои дни в псалмопении, взволнована этими звуками и говорит, что «готова идти вперед на битву». Но если бы нас ждала только битва, то с этим мы бы успешно справились. Но я слышал, что, когда между небом и землей разносятся подобные крики, это предвещает не совсем обычную войну.

– Если вы считаете, мой друг, что эти звуки вызваны сверхъестественными причинами, то нам не стоит слишком волноваться, – продолжала невозмутимая Кора. – Но не думаете ли вы, что наши враги хотят запугать нас и этим своеобразным путем без труда одержать над нами победу?

– Леди, – торжественным тоном ответил разведчик, – больше тридцати лет прислушивался я ко всем лесным звукам, как прислушивается человек, жизнь и смерть которого зависят от чуткости его слуха! Меня не обманут ни мурлыканье пантеры, ни свист пересмешника, ни крики дьявольских мингов. Я слыхал, как лес стонал, точно человек в жестокой печали; слыхал я и треск молнии, когда от ее огненных стрел разлетались сверкающие искры. Теперь же ни могикане, ни я – мы не можем объяснить себе, что это был за вопль. И потому мы думаем, что это – знамение Неба, посланное для нашего блага.

– Странно... – сказал Хейворд и взял свои пистолеты, которые, входя в пещеру, положил на камень. – Все равно: знамение ли это мира или призыв к бою – нужно выяснить, в чем дело. Идите, друг мой, я следую за вами.

Все почувствовали прилив отваги, когда, выйдя под открытое небо, вдохнули не душный воздух грота, а бодрящую прохладу, которая стояла над водопадами и водоворотами. Сильный ветер реял над рекой и, казалось, относил рев воды в глубину гротов, откуда слышался непрерывный гул, напоминающий раскаты грома за отдаленными горами. Луна поднялась, ее свет кое-где играл на поверхности воды; тот же край скалы, на котором они стояли, окутывала густая мгла. За исключением гула падающей воды да сильных вздохов порывистого ветра, все было так тихо, как только бывает ночью в полной глуши. Напрасно глаза всматривались в противоположный берег, стараясь уловить там малейшие признаки жизни, которые могли бы объяснить, что значили страшные звуки. Неверный свет луны обманывал напряженное зрение встревоженных людей, и их взгляд встречал только обнаженные утесы да неподвижные деревья.

– Среди тьмы и покоя прелестного вечернего затишья ничего не видно, – прошептал Дункан. – Как любовались бы мы картиной этого уединения в другое время. Кора! Представьте себе, что вы в совершенной безопасности, быть может...

– Слушайте! – прервала его Алиса.

Но ей незачем было останавливать майора: снова раздался тот же звук. По-видимому, он доносился с реки и, вырвавшись из узких, стеснявших ее утесов, колеблясь, прокатился по лесу и замер где-то далеко-далеко.

– Как можно назвать такой вопль? – спросил Соколиный Глаз, когда последний отзвук страшного вопля затерялся в лесной глуши. – Если кто-нибудь из вас понимает, в чем дело, пусть скажет. Я же считаю, что это нечто сверхъестественное.

– В таком случае здесь найдется человек, который может разубедить вас, – сказал Дункан. – Эти вопли хорошо знакомы мне, так как я часто слыхал их на поле сражения при обстоятельствах, которые нередко встречаются в жизни солдата. Это крик лошади. Иногда боль вырывает этот звук из ее горла, а иногда ужас. Вероятно, мой конь сделался добычей хищных зверей или же он видит опасность, которую не в силах избежать. Я мог не узнать этих воплей, пока был в пещере, но на открытом воздухе не могу ошибиться.

Разведчик и его товарищи слушали это простое объяснение Дункана с интересом людей, которых новые понятия заставили отказаться от некоторых старых убеждений.

— У-у-ух, — произнесли могикане, когда истина стала им ясна.

Соколиный Глаз подумал немного и ответил:

— Я не могу отрицать справедливость ваших слов, потому что плохо знаю лошадей, хотя их здесь немало. Вероятно, на берегу вокруг них собрались волки, и теперь испуганные животные зовут на помощь человека, как умеют звать... Ункас, — на языке делаваров обратился он к молодому индейцу, – сойди-ка в пирогу и спустись по течению, швырни в стаю волков горящую головню, иначе страх сделает то, чего не в силах сделать волки, и мы останемся без лошадей. Между тем завтра нам нужно двигаться быстро.

Молодой туземец спустился уже к воде, чтобы исполнить приказание разведчика, когда на берегу реки раздался протяжный громкий вой, который скоро стал удаляться – казалось, охваченные внезапным ужасом волки бросили свои жертвы.

Ункас поспешно вернулся обратно. И трое друзей снова стали совещаться.

– Мы напоминали собой охотников, потерявших указания звездного неба и несколько дней не видевших скрытого от них солнца, – сказал Соколиный Глаз, делая несколько шагов в сторону. – Теперь мы снова начинаем видеть приметы пути, и он, слава Богу, очищен от многих препятствий. Сядьте-ка в тени берега, здесь темнее, чем в тени сосен. Говорите только шепотом, хотя, быть может, нам лучше и благоразумнее в течение некоторого времени беседовать только с собственными мыслями.

Стало ясно, что тревога Соколиного Глаза исчезла; теперь он был снова готов к борьбе. Было очевидно, что с открытием тайны, которой его собственный опыт не мог объяснить ему, исчез его мгновенный страх и, хотя он ясно представлял, в каком положении они находятся, он был готов встретить любую опасность со всей отважностью своего мужественного характера. Его чувства, казалось, разделяли и туземцы. Они стояли на скале, с которой открывался вид на оба берега; в то же время сами они были скрыты от глаз врага. Хейворд и его спутницы нашли

нужным послсдовать примеру своих благоразумных проводников. Дункан собрал большую груду веток сассафраса и положил ее в расселину, которая разделяла две пещеры. Кора и Алиса спрятались в эту расселину. Стены скал могли предохранить сестер от вражеских выстрелов; в то же время майор успокоил встревоженных девушек, сказав им, что никакая опасность не застигнет их врасплох. Сам Хейворд поместился недалеко от Коры и Алисы и мог разговаривать с ними вполголоса. Между тем Давид, подражая обитателям леса, спрятался между камнями так, что его неуклюжего тела не было видно.

Шли часы. Ничто не нарушало тишины и спокойствия ночи. Луна поднялась до зенита, и ее отвесные лучи освещали двух сестер, которые мирно спали, обняв друг друга. Дункан прикрыл сестер большой шалью Коры, тем самым спрятав от себя зрелище, которое он с такой любовью созерцал, потом опустил голову на обломок камня. Со стороны Давида неслись такие звуки храпа, которые в минуту бдения, конечно, возмутили бы его же собственный слух. Словом, кроме разведчика и могикан, всех победил сон, все утратили сознание действительности. Но бдительные стражи не знали ни сонливости, ни усталости. Неподвижные, как камни, они лежали, сливаясь с очертаниями утесов, беспрестанно окидывая взглядом темные ряды деревьев, которые окаймляли противоположный берег узкого потока. Ни один звук не ускользал от их слуха, и самый тщательный наблюдатель не мог бы сказать, дышат они или нет. Было очевидно, что такую осторожность породила долгая опытность и что самая тонкая хитрость врагов не могла бы обмануть ее. Однако все было спокойно. Наконец луна закатилась; над верхушками деревьев у излучины реки появилась розовая полоска и возвестила о наступлении нового дня.

Тогда Соколиный Глаз впервые пошевелился, пополз вдоль утеса и разбудил крепко спавшего Дункана.

– Пора в путь, – прошептал охотник. – Разбудите девушек и, когда я подведу пирогу к удобному месту, приготовьтесь спуститься к реке.

– А ночь прошла спокойно? – спросил Хейворд. – Меня сморил сон и помешал мне караулить.

– Да, и теперь все тихо, как было в полночь. Но тише! Молчите и торопитесь! – И разведчик пошел к пироге.

Окончательно проснувшись, Дункан приблизился к спящим девушкам и, откинув шаль, прикрывавшую их, сказал:

– Кора! Алиса! Проснитесь, пора в путь!

Кора подняла руку, точно отталкивая кого-то. Алиса же пролепетала своим нежным голоском:

– Нет-нет, дорогой отец, нас не покинули, с нами был Дункан!

– Да, Дункан здесь, – с волнением прошептал юноша, – и, пока он жив и пока грозит опасность, он тебя не покинет!.. Кора! Алиса! Вставайте! Пора в путь!

Вдруг Алиса пронзительно вскрикнула, а Кора вскочила и выпрямилась во весь рост. Не успел майор выговорить слова, как раздались такие страшные завывания, что даже у Дункана вся кровь прихлынула к сердцу. С минуту казалось, будто все демоны ада наполнили воздух, окружавший путешественников, и вились около них, изливая свою лютую злобу в диких криках.

Ужасный вой несся со всех сторон.

Испуганным слушателям чудилось, что нестройные вопли раздавались в чаще леса, в пещерах подле водопадов, среди скал, неслись с русла реки, падали с небес. Под звуки этого адского шума и гама Давид выпрямился, зажал уши и вскрикнул:

– Откуда эта какофония? Может быть, разверзлись адские своды? Человек не решился бы издавать такие звуки!

Его неосторожное движение вызвало залп выстрелов с противоположного берега. Несчастный учитель пения без чувств упал на камни, служившие ему ложем во время его долгого сна. Могикане смело ответили криками на военный клич своих врагов, которые при виде падения Гамута завыли, торжествуя. Началась быстрая перестрелка; но обе враждующие стороны были так опытны, что ни на миг не покидали прикрытия. С величайшим напряжением Дункан прислушивался, надеясь уловить звук весел; он думал, что осталось только одно средство спасения – бегство.

Река по-прежнему катила свои волны мимо утесов, но пироги не было видно на черной воде. Хейворд уже начал думать, что разведчик безжалостно бросил их, как вдруг на скале под его ногами блеснуло пламя, и свирепый вой доказал, что посланница смерти, отправленная из ружья Соколиного Глаза, отыскала себе жертву. Даже этот слабый отпор заставил нападающих отступить. Мало-помалу крики дикарей замолкли, и Гленн снова окутала та же тишина, которая обнимала его дикие скалы до начала смятения и шума.

Дункан, пользуясь благоприятной минутой, подбежал к распростертому Гамуту и отнес его в узкую расселину, служившую убежищем обеим сестрам.

– Скальп бедняка уцелел, – спокойно заметил Соколиный Глаз, проводя рукой по голове Давида. – Вот человек, у которого слишком длинный язык! Это было безумием – показаться дикарям на незащищенной скале во весь свой огромный рост. Удивляюсь, что он остался жив!

– Разве он не умер? – спросила Кора голосом, в котором зазвучали хриплые нотки, выдававшие происходившую в ней борьбу между ужасом и желанием сохранить наружное спокойствие. – Можем ли мы помочь этому несчастному?

– Он жив, сердце бьется. Дайте ему отдохнуть немного – он придет в себя, станет благоразумнее и доживет до назначенного ему конца, – ответил Соколиный Глаз, снова искоса посмотрев на неподвижное тело певца и в то же время с изумительной быстротой и ловкостью заряжая свое ружье. – Ункас, внеси его в пещеру и положи на ветки сассафраса. Чем дольше он проспит, тем будет лучше для него, так как вряд ли ему удастся найти достаточно хорошее прикрытие для своей длинной фигуры, а пением он не защитит себя от ирокезов.

– Значит, вы думаете, что атака повторится? – спросил Хейворд.

– Могу ли я думать, будто голодный волк насытится одним кусочком мяса? Макуасы потеряли одного из своих, и после первой потери, даже после неудачного нападения они всегда отступают. Но злодеи вернутся и придумают новое средство получить наши скальпы. Мы должны, – продолжал он, подняв свое лицо, омраченное тенью тревоги, – продержаться здесь, пока Мунро не пришлет нам на помощь солдат. Дай Бог, чтобы это случилось поскорее и чтобы вел солдат тот, кто знает обычаи индейцев.

– Вы слышите, Кора, что, по всей вероятности, нас ожидает? – спросил Дункан. – Мы можем надеяться только на заботливость вашего отца. Войдите же обе в пещеру, там вы будете, по крайней мере, в безопасности от выстрелов наших врагов, и позаботьтесь о нашем несчастном товарище.

Молодые девушки прошли вслед за ним во внутреннюю пещеру, где лежал Давид, все еще неподвижный, но его вздохи показывали, что к нему возвратилось сознание. Передав раненого на попечение девушек, Хейворд пошел было к выходу, но его остановили.

– Дункан... – дрожащим голосом сказала Кора.

Майор обернулся и посмотрел на девушку. Ее лицо смертельно побледнело, губы дрожали, а в устремленных на него глазах было такое напряжение, что майор мгновенно вернулся к ней.

– Помните, Дункан, как необходима ваша жизнь для нашего спасения! Помните, что отец доверил нас вашим заботам; помните, что все зависит от вашей осторожности, – сказала она, и красноречивый румянец покрыл ее черты. – Словом, помните: вами дорожат все носящие имя Мунро.

– Если что-нибудь может увеличить мою привязанность к жизни, – сказал Хейворд, бессознательно глядя на молчавшую Алису, – то именно такая уверенность. Как майор шестидесятого полка я должен принять участие в обороне. Но нас ожидает нетрудная задача: нам придется только короткое время отбивать нападение дикарей.

Не дожидаясь ответа, он заставил себя уйти от сестер и присоединился к разведчику и могиканам, которые все еще лежали в узкой расселине между двумя пещерами.

– Повторяю тебе, Ункас, – говорил охотник, когда к ним подошел Хейворд, – ты даром тратишь порох – из-за этого ружье отдает и мешает пуле лететь как следует. Небольшое количество пороха, легкая пулька и долгий прицел – вот что почти всегда вызывает предсмертный вопль мингов... Идемте, друзья, спрячемся, потому что никто не в силах сказать, в какую минуту и в каком месте макуас нанесет удар.

Индейцы молча поместились так, что могли видеть всех, кто приблизится к подножию водопадов. Посредине маленького островка росло несколько низких, чахлых сосен, которые образовали рощицу. Сюда с быстротой оленя бросился Соколиный Глаз; энергичный Дункан побежал за ним. Здесь они постарались спрятаться между деревьями и обломками камней, рассеянных в роще.

Над ними высилась округленная скала, по обеим сторонам которой играла и бурлила вода, низвергаясь в пропасть. Теперь, когда рассвело, противоположный берег был отчетливо виден; Соколиный Глаз и майор вглядывались в чащу, различая все предметы под навесом мрачных сосен.

Долго тянулось тревожное ожидание; однако караульные не замечали признаков нового нападения. Дункан уже надеялся, что выстрелы его товарищей оказались успешнее, чем они сами предполагали, и что дикари окончательно отступили, но, когда он сказал об этом разведчику, Соколиный Глаз недоверчиво покачал головой:

– Вы не знаете макуасов, если думаете, что их так легко прогнать. Ведь им не удалось добыть ни одного скальпа. Если бы в это утро там вопил лишь один дьявол, а ведь их там было около сорока, – сказал он. – Они слишком хорошо знают, как нас мало, чтобы отказаться от преследования... Тсс! Посмотрите-ка на реку, вверх по течению, туда, где струи разбиваются о камни! Дьяволы переправились в этом месте! Им повезло: смотрите, они добрались до того края острова... Тсс! Тише, тише, не то волосы в одну секунду слетят с вашей головы!

Хейворд выглянул из-за своего прикрытия и увидел то, что ему по справедливости показалось верхом ловкости и отваги. Бурные струи сточили угол скалы, с которой свергалась река, и первый уступ камня стал менее отвесным. И вот, руководствуясь только легкой рябью, видневшейся там, где поток ударялся о край маленького острова, несколько гуронов решились броситься в поток и поплыли к этому месту, зная, что оттуда легко будет взобраться на остров и настичь намеченные жертвы.

Едва шепот разведчика замолк, четыре человеческие головы показались над бревнами, прибитыми течением к обнаженным скалам. В следующее мгновение в зеленой пене показалась пятая фигура; она плыла и боролась с водой. Индеец изо всех сил старался добраться до безопасного места. Стремительное течение несло его; вот он уже протянул руку своим товарищам, но бурлящий поток снова отбросил его от них. Вдруг гурон как бы взлетел на воздух, вскинул руки и исчез в зияющей бездне. Из пучины раздался отчаянный вопль. Потом все смолкло; наступила минута страшного затишья...

Первым искренним желанием Дункана было кинуться на помощь погибающему существу, но железные тиски рук охотника приковали его к месту.

– Вы хотите обнаружить наше укрытие и навлечь на всех нас верную смерть? – сурово спросил Соколиный Глаз. – Это сберегло нам один заряд. А боевые припасы так же дороги нам, как минутная передышка утомленному оленю. Перемените-ка порох в ваших пистолетах. Над водопадом поднимается такая водяная пыль, что селитра, пожалуй, отсырела. Приготовьтесь к борьбе врукопашную, я же буду стрелять.

Разведчик вложил палец в рот и громко, протяжно засвистел. Могикане, сторожившие скалы, ответили ему тем же. Дункан успел заметить, что головы над бревнами, прибитыми к берегу, мгновенно поднялись, но так же быстро исчезли из виду. Вскоре он услышал шорох, повернул голову и в нескольких шагах от себя увидел Ункаса; молодой индеец ловко полз по земле. Соколиный Глаз сказал могиканину несколько слов на языке делаваров, и Ункас необыкновенно осторожно и спокойно занял новую позицию. Хейворд переживал минуты лихорадочного и нетерпеливого ожидания, а разведчик нашел это время подходящим для лекции о благоразумном и осторожном обращении с ружьями и пистолетами.

— Из всех видов оружия, — начал он свои наставления, — в опытных руках самое действенное — длинноствольное ружье, хорошо отполированное и сделанное из мягкого металла. Однако для обращения

с таким ружьем нужны сильные руки, верный глаз и хороший прицел; только при таких условиях ружье покажет все свои достоинства. Я считаю, что оружейные мастера плохо знают свое ремесло, когда изготовляют короткие ружья и кавалерийские...

Тихое, но выразительное восклицание Ункаса прервало его речь.

– Вижу, вижу, друг, – продолжал Соколиный Глаз. – Они готовятся напасть, не то не стали бы поднимать над бревнами свои спины... Ну и отлично! – прибавил он, оглядывая свое ружье. – Первый из них, конечно, встретит верную смерть, будь то сам Монкальм.

Из леса донесся новый взрыв диких криков, и по этому сигналу четыре дикаря выскочили из-за прикрывавших их бревен. Ожидание было до того мучительно, что Хейворд почувствовал жгучее желание броситься им навстречу, но его остановило спокойствие Ункаса и разведчика. Гуроны перескочили через черные гряды скал, которые возвышались перед ними, и с диким воем кинулись вперед.

Когда они очутились в нескольких саженях от разведчика и его товарищей, ружье Соколиного Глаза медленно поднялось над кустами, и из длинного ствола вылетела роковая пуля. Передний гурон подпрыгнул, как подстреленный олень, и упал между утесами.

– Теперь, Ункас, твоя очередь, – приказал Соколиный Глаз и, сверкая глазами, вынул из-за пояса свой длинный нож. – Последний из этих бесов – твой. С остальными справимся мы, о них не заботься.

Хейворд отдал Соколиному Глазу один из своих пистолетов и вместе с разведчиком стал быстро спускаться навстречу врагам.

Разведчик и майор выстрелили одновременно, но оба неудачно.

– Я так и знал, так и говорил! – прошептал Соколиный Глаз и презрительно кинул маленький пистолет в водопад. – Ну, подходите, кровожадные адские псы!

И тотчас же перед ним выросла исполинская фигура индейца с жестоким, свирепым лицом. В то же время между Дунканом и другим краснокожим начался рукопашный бой. Соколиный Глаз и его противник с одинаковой ловкостью схватили друг друга за поднятые руки, сжимавшие страшные ножи. С минуту они неподвижно стояли, напрягая свои мускулы и силясь одолеть один другого. Вздувшиеся мышцы белого одерживали победу над менее изощренными мускулами гурона; руки дикаря уступали усилиям разведчика. Вдруг Соколиный Глаз окончательно освободился от врага и одним ударом ножа пронзил его грудь.

Между тем Хейворд ожесточенно боролся со своим врагом, и смерть грозила молодому офицеру. В первой же схватке индеец выбил из рук Хейворда его тонкую шпагу, и майор остался без защиты; все спасение Дункана зависело только от его силы и ловкости. У него не было недостатка ни в том, ни в другом, но он встретил противника, который не уступал ему. К счастью, Хейворду удалось обезоружить гурона, и нож индейца со звоном упал на камень.

С этого мгновения началась отчаянная борьба: вопрос шел о том, кто из противников сбросит другого с головокружительной высоты.

С каждой минутой они приближались к обрыву; здесь предстояло сделать окончательное, последнее усилие. Оба вложили всю свою решимость в это усилие, и оба, шатаясь, остановились над пропастью. Хейворд чувствовал, как пальцы дикаря впиваются в его горло, душат его, видел злобную улыбку гурона, который надеялся увлечь с собой в пропасть врага и заставить его разделить свою страшную участь. Тело майора медленно уступало страшной силе краснокожего, но вдруг перед глазами Хейворда мелькнула темная рука, сверкнуло лезвие ножа. Пальцы гурона мгновенно разжались, и спасительные руки Ункаса оттащили Дункана от края пропасти. Но молодой майор все еще не мог оторвать взгляда от страшного лица индейца, который теперь покатился в пропасть.

– Под прикрытие! – закричал Соколиный Глаз, только что покончивший со своим противником. – Если вам дорога жизнь, спрячьтесь за камни. Дело еще не окончено.

Из горла молодого могиканина вырвался победный клич, и он в сопровождении Дункана быстро поднялся на откос, с которого майор сбежал перед началом боя; оба скрылись среди камней и кустов.

## *Глава VIII*

Мстители родины
Все еще медлят.

Грей

Предостережение разведчика было своевременно. Пока происходила описанная нами борьба, ни человеческий голос, ни шум шагов не нарушали однообразного гула водопада. Гуроны с таким напряжением следили за исходом схватки, что, казалось, не могли сойти с места. Быстрые движения сражающихся мешали им стрелять во врагов, потому что их выстрелы могли оказаться гибельными и для друзей. Но когда все окончилось, поднялся свирепый вой, и один за другим стали вспыхивать ружейные выстрелы, посылая свинцовых вестниц целыми залпами, как будто нападающие изливали злобу на бесчувственные скалы.

Ружье Чингачгука отвечало им неторопливым, но метким огнем. Старший могиканин с бесстрастной твердостью не покидал своего поста в продолжение всей предыдущей сцены. Только когда победный клич Ункаса долетел до его слуха, отец ответил молодому человеку радостным восклицанием, но тотчас же снова замер, и теперь лишь его выстрелы доказывали, что он с непоколебимым усердием охраняет свой пост.

Так с быстротой мысли пролетело много минут. Нападающие стреляли то залпами, то врассыпную. И хотя окружающие скалы, деревья и кусты были все изрешечены пулями, до сих пор единственным пострадавшим из всего маленького отряда был бедный Давид – так надежно оказалось убежище осажденных.

– Пусть жгут свой порох, – спокойно сказал Соколиный Глаз, слушая, как свистят пули, пролетая мимо скалы, за которой он скрывался в безопасности. – Тем лучше: когда дело окончится, мы подберем пули. И, думаю, забава надоест этим бесам раньше, чем камни попросят у них пощады... Ункас, мальчик, ты даром тратишь порох и засыпаешь его слишком много. Ружье отдает, и пуля летит плохо. Я говорил тебе: целься в этого злодея так, чтобы угодить ему под белую черту, ну, а твоя пуля попала на два дюйма выше. Жизнь у мингов запрятана глубоко, а опыт учит нас быстро расправляться со змеями.

Спокойная улыбка осветила черты молодого могиканина, обнаружив его знание английского языка, однако Ункас ничего не ответил.

– Напрасно вы упрекаете Ункаса в недостатке искусства, – произнес Дункан. – Он спас мне жизнь самым разумным, отважным образом. Теперь я его друг навеки и никогда не забуду, чем ему обязан.

Ункас приподнялся и протянул Хейворду руку.

В момент этого дружеского рукопожатия молодые люди понимающе взглянули друг на друга, и Дункан позабыл и про характер, и про общественное положение своего дикого товарища. Тем временем Соколиный Глаз, который спокойно и доброжелательно смотрел на это проявление юношеских чувств, сказал:

– В пустынях и лесах друзья часто оказывают друг другу такие услуги. И мне случалось выручать Ункаса из беды, и я отлично помню, что он пять раз заслонял меня от смерти: три раза при столкновении с мингами, раз при переправе через Хорикэн и...

– Эта пуля была пущена лучше остальных! – вскрикнул Дункан и невольно отшатнулся от скалы, в которую попал выстрел.

Соколиный Глаз поднял сплющившуюся пулю, покачал головой и сказал:

– Свинец, падающий на излете, никогда не расплющивается. Это могло случиться, только если пуля свалилась с облаков.

Ункас поднял ружье, и глаза всех остальных устремились вверх. Загадка мгновенно открылась. На правом берегу реки поднимался могучий дуб; дерево это так наклонилось вперед, что его верхние ветви нависли над рекой. Посреди листвы, едва прикрывавшей узловатые ветви старого дуба, приютился гурон; он то прятался за ствол, то выглядывал из-за ветвей, желая увериться, попал ли в цель его выстрел.

– Эти бесы готовы забраться на самое небо, чтобы только погубить нас, – сказал разведчик. – Держи его под прицелом, мальчик, пока я заряжу свой «оленебой». Потом мы сразу выстрелим в дерево с обеих сторон.

Ункас дожидался сигнала разведчика. Наконец вспыхнули два выстрела. Кора и листья дуба полетели в воздух, и ветер разнес их в разные стороны. Дикарь ответил своим врагам только насмешливым хохотом и послал новую пулю, которая сбила шляпу с головы Соколиного Глаза. И снова из лесных чащ вырвался дикий, свирепый крик и свинцовый град засвистел над головами осажденных; казалось, будто дикари хотели заставить своих врагов не двигаться с места, чтобы облегчить прицел воину, взобравшемуся на высокий дуб.

– Нужно защититься от пуль, – сказал разведчик. – Ункас, позови-ка отца: нам нужны все ружья, чтобы справиться с хитрым чертом и выбить его из гнезда.

Прозвучал сигнал, и не успел Соколиный Глаз зарядить свое ружье, как Чингачгук был уже рядом. Когда Ункас показал опытному воину положение, занятое противником, с губ старого могиканина сорвалось только обычное восклицание «у-у-ух»; больше он ничем не выразил ни своего удивления, ни тревоги. Соколиный Глаз и могикане несколько секунд оживленно совещались на делаварском наречии, а потом каждый из них спокойно занял свое место, готовясь выполнить намеченный план.

С тех пор как осажденные заметили воина, скрывавшегося среди ветвей, его выстрелы стали беспорядочны, потому что, едва он показывался из-под прикрытия, ружья врагов грозили ему. Все же его пули иногда долетали до них. Мундир Хейворда был пробит в нескольких местах. На одном рукаве его показалась кровь, выступившая из легкой раны.

Наконец, ободренный терпеливым ожиданием врагов, гурон попытался прицелиться получше. Быстрые взгляды Чингачгука и Ункаса тотчас же уловили его намерения. Сквозь скудную листву в нескольких дюймах от ствола дуба мелькнули ноги дикаря, и ружья могикан мгновенно выстрелили. Гурон присел на раненую ногу, и все его тело показалось из-под прикрытия. С быстротой мысли Соколиный Глаз воспользовался этим и выстрелил из своего рокового «оленебоя». Листья дуба заволновались, ружье гурона упало с высоты, и после короткой напрасной борьбы тело дикаря закачалось в воздухе, хотя он все еще отчаянно цеплялся за обнаженный сук дерева.

– Во имя милосердия, пустите в него пулю! – воскликнул Дункан, с ужасом отводя взгляд от несчастного.

– Не истрачу ни одной дробинки, – твердо произнес Соколиный Глаз. – Он все равно погиб, а у нас нет лишнего пороха, между тем бой с индейцами иногда длится по нескольку дней. Вопрос идет о том, сохранят ли они свои скальпы или уцелеют наши.

Никто не мог возражать против такого сурового и непоколебимого решения.

Крики в лесу смолкли, выстрелы ослабли; взгляды друзей и врагов не отрывались от несчастного, висевшего между небом и землей. Ветер раскачивал тело, и, хотя из уст погибающего не вырвалось ни стонов, ни ропота, он по временам мрачно оглядывался на своих противников, и тогда, несмотря на расстояние, они читали в его чертах лица муку отчаяния. Три раза разведчик поднимал свое ружье, три раза осторожность останавливала его, и длинное дуло прославленного «оленебоя» медленно опускалось. Наконец одна рука гурона разжалась и, обессилев, повисла вдоль тела. Отчаянно, но бесплодно пытался он снова овладеть веткой – рука судорожно хватала пустоту. Молния не была быстрее выстрела Соколиного Глаза; труп дикаря дрогнул и, точно свинцовый, упал в пенящиеся волны реки.

Ни один победный клич не огласил воздух после этого события, и даже суровые могикане с ужасом молча переглянулись между собой. Из леса снова донесся страшный вопль. Только один Соколиный Глаз сохранил способность рассуждать; он покачал головой и укоризненно пробормотал:

– Это был последний заряд пороха, последняя пуля из сумки... Я поступил, как мальчишка, – сказал он. – Ну не все ли мне было равно, живой или мертвый он свалится в воду!.. Ункас, мальчик мой, пройди-ка к пироге да принеси оттуда большой рог. Там весь запас нашего пороха. К сожалению, мы, вероятно, скоро истратим его до последней крупинки. Если я ошибаюсь, пусть скажут, что я совсем не знаю макуасов.

Молодой могиканин быстро пошел исполнить приказание разведчика. Соколиный Глаз уныло и бесполезно перебирал содержимое своей сумки и напрасно старался выскрести порох из пустой пороховницы. Его занятие скоро прервал громкий и пронзительный крик Ункаса. Даже для неопытных ушей Дункана восклицание молодого могиканина показалось сигналом нового, нежданного бедствия. Хейворд быстро вскочил, совершенно позабыв об опасности, которую мог на себя навлечь, встав во весь рост. Точно поддаваясь его побуждению, все остальные тоже кинулись в узкий проход между двумя пещерами. Они двигались так быстро, что выстрелы их врагов пропали впустую. Крик Ункаса заставил сестер и раненого Давида выйти из своего приюта, и скоро все поняли, какое несчастье привело в ужас молодого индейца.

Невдалеке от утеса виднелась легкая пирога разведчика; она неслась по реке, очевидно, под управлением какого-то невидимого пловца. Когда Соколиный Глаз увидел это, он мгновенно вскинул ружье и спустил курок; сверкнула искра кремня, но ствол не ответил выстрелом.

– Поздно! Слишком поздно! – воскликнул Соколиный Глаз и с отчаянием уронил ружье на землю. – Этот злодей миновал быстрину, и, даже если бы у нас был порох, я не мог бы остановить его пулей.

1883.
Andriolli

Между тем предприимчивый гурон приподнял голову из-за борта пироги и, скользя по течению, взмахнул в воздухе рукой. Из его груди вылетел победный клич; из леса ему ответили завывания, смех и свирепые крики.

– Смейтесь, дети сатаны! – пробормотал разведчик, садясь на выступ скалы. – Самые меткие ружья, лучшие три ружья в этих лесах, теперь не опаснее прошлогодних оленьих рогов!

– Что же теперь делать? – спросил Дункан. – Что с нами будет?

Вместо ответа Соколиный Глаз только провел пальцем вокруг темени, и это движение было до того красноречиво, что никто из видевших жест разведчика не мог усомниться в его значении.

– Нет-нет, наше положение не может быть так безнадежно! – воскликнул молодой майор. – Гуроны еще не здесь, у нас есть возможность укрепить пещеры и помешать им высадиться.

– А какими средствами, спрошу я вас? – послышался вопрос Соколиного Глаза. – Стрелами Ункаса или слезами девушек? Нет-нет, вы молоды, богаты, у вас есть друзья, и я понимаю, что в ваши лета тяжело умирать. Но, – прибавил он и перевел взгляд на могикан, – не следует забывать, что мы с вами белые. Покажем жителям этих лесов, что белые так же бесстрашно проливают свою кровь, как и краснокожие, когда наступает их последний час!

Дункан посмотрел по направлению взгляда разведчика; поведение индейцев подтвердило его самые ужасные опасения.

Чингачгук в гордой позе сидел на обломке скалы; он положил на камень нож и томагавк, снял с головы орлиное перо и приглаживал единственную свою прядь волос, как бы приготовляя ее для последнего, ужасного назначения. Лицо индейца было спокойно, хотя и задумчиво; его темные глаза мало-помалу теряли воинственный блеск и принимали выражение бесстрастия и готовности к смерти.

– Я не верю, чтобы наше положение было совсем безнадежно, – повторил Дункан. – Каждую секунду может подойти помощь, и я не вижу ни одного врага. Им надоела борьба, во время которой они подвергаются слишком большой опасности, не видя впереди достаточных выгод.

– Может быть, через минуту... через час эти змеи подкрадутся к нам. В это самое мгновение они способ-

ны лежать и слушать нас, – сказал Соколиный Глаз. – Чингачгук, – прибавил он на языке делаваров, – брат мой, мы с тобой вместе бились в последний раз... Теперь макуас будет торжествовать при мысли о смерти мудрого могиканина и его бледнолицего друга, чьи глаза видят ночью так же, как и днем.

– Пусть жены мингов плачут над своими убитыми! – с непоколебимой твердостью и гордостью ответил индеец. – Великий Змей могикан свернул свои кольца в их вигвамах, отравил их победные клики плачем и стонами детей, отцы которых не вернулись домой. С тех пор как растаял последний снег, одиннадцать воинов уснули навеки вдали от могил своих праотцев, и никто не скажет, где они пали, после того как язык Чингачгука замолкнет навеки. Пусть обнажатся острые ножи макуасов, пусть взовьются в воздух их самые быстрые томагавки, потому что величайший враг мингов попался в их руки... Ункас, последний побег благородного дерева, позови этих трусов, прикажи им поторопиться.

– Они отыскивают своего умершего соплеменника там, среди рыб, – ответил тихий, мягкий голос молодого вождя. – Гуроны плывут вместе со скользкими угрями. Как спелые плоды, падают они с ветвей деревьев, а могикане смеются.

– Ого! – пробормотал Соколиный Глаз, который с глубоким вниманием слушал речь туземцев. – Пожалуй, их насмешки ускорят месть макуасов. Но я белый, без примеси индейской крови, а потому мне подобает умереть смертью белого, то есть без брани на устах и без горечи в сердце.

– Да зачем же умирать? – произнесла Кора, отступая от скалы, к которой ее приковало чувство ужаса. –

Путь открыт со всех сторон. Бегите в лес и просите Бога помочь вам. Идите, храбрые люди, мы и так уж слишком многим обязаны вам и не должны заставлять вас делить с нами несчастье.

– Плохо вы, леди, знаете хитрых ирокезов, если думаете, что они не отрезали все пути к отступлению в лес, – ответил Соколиный Глаз и тотчас же простодушно добавил: – Конечно, если бы мы пустились вплавь вниз по реке, течение скоро унесло бы нас на расстояние, не доступное ни для их выстрелов, ни для звуков их голосов.

– Попытайтесь же спастись вплавь! Зачем оставаться здесь и увеличивать число жертв! – в порыве великодушия сказала Кора.

– Зачем? – повторил разведчик, гордо оглядываясь кругом. – Затем, что человеку лучше умереть со спокойной совестью, чем до конца жизни мучиться раскаянием. Что скажем мы Мунро, когда он спросит нас, где мы оставили его дочерей?

– Подите к нему и скажите, что вы пришли за помощью для них, – сказала Кора и подошла к разведчику. – Скажите, что гуроны ведут его дочерей к северным пустыням, но что их можно еще спасти, если поторопиться. Если же, несмотря на все это, Господу будет угодно, чтобы помощь опоздала, принесите отцу… – голос Коры задрожал, и она с трудом подавила слезы, – наше благословение, последние молитвы, привет, полный любви…

По суровому, обветренному лицу разведчика пробежала судорога, и, когда Кора замолчала, он оперся подбородком на руку, как бы в глубоком раздумье над ее словами.

— В этих речах есть некоторая доля смысла, — сорвалось наконец с его дрожащих губ. — Чингачгук, Ункас! Слышите вы, что говорит черноглазая девушка?

И он заговорил со своими товарищами на делаварском наречии. Хотя речь разведчика текла медленно, спокойно, в его тоне звучала твердая решимость. Старший могиканин слушал в глубоком молчании и, по-видимому, взвешивал слова своего товарища, точно осознавая их огромное значение. После минутного колебания Чингачгук в знак согласия махнул рукой и сказал по-английски «хорошо» с такой выразительностью, которая свойственна только голосу индейцев. Потом, засунув за пояс свой нож и томагавк, воин медленно подошел к краю скалы, наименее заметному с берегов реки. Тут он постоял мгновение, многозначительно указал на лес внизу, произнес несколько слов на своем языке, точно определяя намеченный им путь, бросился в воду, нырнул и скрылся из глаз наблюдателей.

Разведчик немного задержался, чтобы сказать несколько слов Коре, которая с облегчением вздохнула, увидев, как подействовали ее слова.

— Иногда в юной душе проявляется такая же мудрость, как и в старой, — сказал он. — Если вас уведут в леса, то есть тех из вас, кого временно пощадят, заламывайте по пути ветки кустов и деревьев и старайтесь двигаться так, чтобы оставался широкий след. Тогда, поверьте, найдется друг, который не покинет вас, хотя бы ему пришлось идти за вами на край света!

Он ласково пожал руку Коре, поднял ружье, печально посмотрел на него, снова осторожно положил

свой «оленебой» на камень, наконец спустился к тому месту реки, где исчез Чингачгук. Соколиный Глаз на мгновение повис на скале, озабоченно оглянулся и с горечью произнес:

– Если бы у меня остался порох, не было бы такого несчастья и позора!

Наконец он разжал руки и очутился в воде, струи сомкнулись над его головой, и он скрылся.

Теперь взоры оставшихся обратились к Ункасу, который неподвижно стоял, прислонясь к утесу. Кора сказала ему:

– Враг не заметил наших друзей, и они теперь, вероятно, уже в безопасности. Не пора ли и вам последовать за ними?

– Ункас останется, – спокойно по-английски ответил молодой могиканин.

– Это только сделает наш плен еще тяжелее и уменьшит для нас возможность спасения, – произнесла Кора. – Идите, великодушный юноша, – продолжала она, опуская глаза под взглядом могиканина и смутно угадывая свою власть над ним. – Идите к моему отцу, как я уже говорила другим, и будьте самым верным из моих гонцов. Скажите ему, чтобы он дал вам денег для выкупа его дочерей из неволи. Идите! Я желаю этого! Я прошу вас идти!

На спокойном лице молодого вождя отразилась печаль, но он перестал колебаться. Неслышными шагами Ункас пересек скалистую площадку и скользнул в бурный поток. Почти не дыша смотрели на реку оставшиеся, пока его голова не показалась над водой довольно далеко от островка. Набрав воздуха, Ункас снова скрылся под водой.

Этот быстрый и, по-видимому, удачный маневр трех жителей лесов занял всего несколько минут. Посмотрев в последний раз вслед Ункасу, Кора повернулась к Хейворду и произнесла дрожащими губами:

– Я слыхала, что вы тоже славитесь искусством плавать. Итак, за ними! Последуйте благоразумному примеру этих простосердечных людей!

– А разве Кора Мунро требует именно такого доказательства верности от своего защитника? – с печальной улыбкой ответил Дункан, и в его тоне прозвучала горечь.

– Теперь не время спорить, – ответила девушка. – Настал момент, когда долг каждого – проявить себя лучшим образом. Здесь от вас не будет пользы, но ваша драгоценная жизнь может быть спасена для других, более близких друзей.

Дункан не ответил, а только посмотрел на прелестную Алису, которая с детской доверчивостью прижималась к его руке.

– Подумайте, – продолжала Кора после короткого молчания, во время которого она, видимо, изо всех сил старалась заглушить в себе боль, еще более острую, чем страх, – ведь смерть – самое худшее, что может ждать нас, а смерти никто не минует.

– Бывают несчастия хуже смерти, – резко, как бы досадуя на ее настойчивость, ответил Дункан, – но человек, готовый умереть ради вас, может отвратить их.

Кора перестала уговаривать его и, закрыв лицо шалью, увлекла почти потерявшую сознание Алису в глубину второй пещеры.

## Глава IX

Будь весела, моя любовь,
Не бойся.
Улыбкой светлой тучи
прогони ты,
Что омрачили нежное чело.

*«Смерть Агриппины»*

Шум и волнение боя, точно по волшебству, сменились тишиной, и возбужденному воображению Хейворда все это показалось каким-то страшным бредом. То, что произошло, глубоко запечатлелось в его памяти, а между тем он с трудом мог уверить себя в действительности недавних событий. Не зная, какая судьба постигла людей, вверившихся быстрому потоку, Дункан внимательно прислушивался, ожидая каких-нибудь сигналов или звуков тревоги, по которым он мог бы узнать, удался ли рискованный побег. Но напрасно напрягал он свое внимание: ничто не говорило о судьбе этих смелых людей. В этот миг горестного сомнения Дункан забыл о необходимости прятаться за скалу, к чему совсем недавно надо было прибегать для безопасности. Однако каждая попытка обнаружить хотя бы малейший намек на приближение врагов была такой же бесплодной, как и поиски уплывших друзей. Казалось, все живое снова покинуло лесистые берега реки. Ястреб-рыболов, наблюдавший за боем издали, сидя на верхних сучках сухой сосны, теперь слетел со своего высокого насеста и, описывая широкие круги, парил над добычей. Сойка, крикливый голос которой был заглушен диким воем индейцев, снова оглашала воздух нестройными криками, точно считая, что к ней вернулось владычество над лесной глушью. Эти звуки воскресили в Дункане слабое мерцание надежды; он собрался с силами к предстоящей борьбе, и в нем ожила уверенность в победе.

– Гуронов не видно, – сказал он Давиду, который все еще не оправился от удара, ошеломившего его. – Спрячемся в пещеру. В остальном да будет воля Провидения!

– Помнится, я вместе с двумя прелестными девушками воссылал Всевышнему славословия и благодарение, – в полубессознательном состоянии заговорил Давид, – но меня постигла жестокая... впрочем, справедливая кара за мои грехи. Я как бы заснул, но это был ненастоящий сон. Резкие, нестройные звуки сражения раздирали мой слух. Это был хаос. Казалось, наступил конец света и природа забыла о гармонии.

– Бедный малый! Вы действительно были на волосок от смерти. Но встаньте, идите за мной. Я отведу вас в такое место, где вы не услышите других звуков, кроме псалмопений.

– В шуме водопада звучит мелодия, и журчание вод сладко, – сказал Давид, прижав руку к своей полной смятения голове. – Только не звучат ли в воздухе взвизгивания и такие вопли, что кажется, будто души осужденных...

– Нет-нет, – нетерпеливо прервал его Хейворд, – крики смолкли. Все тихо и спокойно, кроме воды... Итак, идите туда, где вы можете спокойно распевать песни, которые вы так любите.

Давид печально улыбнулся, но при упоминании о его любимом деле на лице псалмопевца мелькнул луч удовольствия. Без колебаний позволил он отвести себя в пещеру, надеясь там успокоить мелодией свой измученный слух. Опираясь на руку Дункана, Гамут пошел к сестрам, а Дункан схватил охапку сассафраса, завалил ароматными ветвями вход в пещеру и замаскировал его. Позади этой хрупкой преграды он повесил брошенные лесными жителями одеяла; таким образом, во внутреннюю пещеру не мог проникнуть свет, во внешнюю же вливался легкий отблеск из узкого ущелья, по которому один рукав реки мчался вперед, чтобы там, ниже по течению, слиться с другим водяным потоком.

– Мне не по душе правило туземцев, которое принуждает их покориться несчастью без борьбы, – сказал Дункан, продолжая укладывать ветви. – Наше правило: «Пока не иссякла жизнь – не исчезла надежда» – гораздо утешительнее и более отвечает характеру воина. Вас, Кора, я не стану утешать, у вас достаточно мужества. Но не можете ли вы осушить слезы бедняжки, которая, дрожа, прижимается к вашей груди?

– Я стала спокойнее, Дункан, – отвечала Алиса, отстраняясь от сестры и стараясь, несмотря на слезы, казаться твердой, – гораздо спокойнее. Конечно, здесь, в этой закрытой пещере, мы в безопасности: нас не найдут, нам не сделают зла, и мы можем надеяться на помощь смелых людей, которые ради нас уже подвергались страшным опасностям.

– Вот теперь и наша кроткая Алиса говорит, как подобает дочери Мунро, – сказал Хейворд и, подходя к внешнему входу в пещеру, остановился, чтобы пожать ей руку. – Имея перед собой два таких образца мужества, позор быть трусом.

Дункан сел посредине пещеры и судорожно сжал уцелевший пистолет; суровые глаза майора говорили о мрачном отчаянии.

– Если сюда и придут гуроны, они займут эту позицию не так-то просто, – пробормотал он и, прислонив голову к скале, стал терпеливо ждать дальнейших событий, не спуская взгляда со входа в грот.

Когда замолк звук его голоса, наступила продолжительная, глубокая, почти мертвая тишина. Свежий утренний воздух проникал в пещеру. Минута проходила за минутой, ничто не нарушало покоя; в душе ожидавших помощи зародилось чувство надежды.

Один Давид не разделял общего волнения. Он сидел безучастно. Луч, заглянувший в отверстие пещеры, осветил его изнуренное лицо и упал на страницы томика, который певец стал снова перелистывать, точно отыскивая там песнь, наиболее подходящую к этой минуте. Скоро старания Гамута увенчались успехом; он громко произнес: «Остров Уайт», извлек протяжный нежный звук из своего камертона и собственным, еще более музыкальным голосом пропел вводные модуляции к тому гимну, название которого только что объявил.

– А это, может быть, опасно? – спросила Кора, и ее темные глаза вопросительно взглянули на майора.

– Голос певца так слаб, что его заглушит грохот и рев водопада, – был ответ. – Кроме того, пещера поглотит звук. Пусть же он отдастся влечению своего сердца, это не может быть опасно.

– «Остров Уайт»! – повторил Давид и оглянулся с тем важным видом, который помогал ему подавлять шепот своих учеников. – В этом гимне прекрасная мелодия и торжественные слова. И нужно петь его с должным уважением.

После короткого молчания послышался голос певца, понеслись тихие рокочущие звуки, наконец мелодия наполнила узкую пещеру. Все с глубоким волнением слушали, как льется чарующая мелодия, все забыли о бессмысленности произнесенных слов. Алиса бессознательно отерла слезу и мягко посмотрела на бледное лицо Гамута, не скрывая своего восторга. Кора одобрительно улыбнулась, а Хейворд отвел свой напряженный взгляд от входа в пещеру, глядя то на Давида, то на Алису, глаза которой светились восторгом. Сочувствие слушателей тронуло душу поклонника музыки; его голос приобрел прежнюю полноту и силу. Певец сделал новое усилие, и полились протяжные мощные звуки. Вдруг снаружи раздался страшный крик. Священный гимн мгновенно прервался; певец замолк, точно сердце несчастного подступило к его гортани и сразу задушило псалмопевца.

– Мы погибли! – вскрикнула Алиса, бросаясь в объятия Коры.

– Нет еще, нет еще! – ответил взволнованный, но неустрашимый Хейворд. – Крик донесся от середины острова и вырвался у дикарей при виде убитых товарищей. Они не открыли нашего убежища, и для нас еще не угасла надежда.

Как ни была слаба возможность спасения, слова Дункана не пропали даром: его замечание оживило энергию девушек настолько, что они нашли в себе силу молча ждать дальнейших событий.

Вскоре послышалось завывание, потом в различных местах острова зазвучали голоса; сначала они слышались в его дальнем конце, потом стали приближаться к пещере.

Наконец среди смятения и шума пронесся торжествующий, победный клич в нескольких ярдах от замаскированного входа в пещеру. Хейворд решил, что их убежище найдено, и остаток надежды погас в его душе. Но он снова немного успокоился, услыхав, что крики раздаются близ камня, на который Соколиный Глаз с таким сожалением положил свое ружье. Майор ясно различал говор индейцев; он слышал не только отдельные слова, но и целые фразы, произнесенные на канадском жаргоне, в основу которого положен французский язык. Вдруг хор голосов повторил: «Длинный Карабин!» Эти слова раздались эхом

в соседнем лесу, и Хейворд вспомнил, что это имя было дано врагами охотнику и разведчику английской армии; только теперь Дункан понял, кто был его спутник.

«Длинный Карабин, Длинный Карабин...» — переходило из уст в уста, и вот вся шайка, по-видимому, собралась около военного трофея, который как бы доказывал смерть его страшного владельца. Затем гуроны снова рассеялись по острову, оглашая воздух именем врага, чье тело, как это понял Хейворд из восклицаний гуронов, они думали отыскать в какой-нибудь расселине.

— Теперь, — шепнул Хейворд девушкам, — все скоро решится. Если гуроны не найдут нашего приюта, мы уцелеем. Во всяком случае, судя по фразам, которые мне удалось понять, наши друзья спаслись, и скоро мы можем ждать помощи от Вебба.

Прошло несколько минут страшного затишья. Хейворд понимал, что в это время гуроны производят новые, более тщательные поиски. Он различал шаги гуронов, задевающих за ветки сассафраса; слышал, как шуршали сухие листья и с треском ломались сучки. Наконец груда ветвей слегка подалась, один угол одеяла упал, и слабый свет заиграл в отдаленном углу пещеры. Кора в ужасе прижала Алису к своей груди. Дункан вскочил. Прозвучало восклицание из глубины внешней пещеры, и это означало, что в нее вошли враги. Через минуту многочисленные голоса дали понять затаившимся, что все дикари собрались около их убежища.

Так как лишь небольшое расстояние разделяло внутренние проходы обеих пещер, Дункан понимал, что бегство невозможно. Он прошел мимо Давида и обеих девушек и остановился подле входа, ожидая страшной встречи. Теперь всего несколько футов отделяло его от беспощадных преследователей. Майор прижал лицо к отверстию и с равнодушием отчаяния выглянул наружу, следя за движениями гуронов.

Он мог бы дотронуться до мускулистого плеча исполина-индейца, повелительный и властный голос которого направлял действия всех его товарищей. Под сводом другой пещеры толпа дикарей переворачивала и перетряхивала вещи, составлявшие скромное имущество разведчика. Кровь из раны Давида окрасила листья сассафраса; видя это доказательство успешности своих действий, индейцы схватили ароматные ветви, устилавшие пол пещеры, втащили их в расселину и стали разбрасывать, точно подозревая, что они скрывают тело ненавистного и опасного для них человека. Воин свирепого вида поднял целую охапку ветвей, с ликованием указал на темные пятна крови на листьях и закричал что-то. Хейворд мог понять смысл его слов только потому, что он несколько раз повторил имя «Длинный Карабин». Торжествующие голоса гуронов замолкли; воин бросил ветку на груду, сложенную Дунканом перед входом во вторую пещеру, и таким образом закрыл отверстие, через которое смотрел майор. Остальные дикари подражали ему; вытаскивая ветки из пещеры разведчика, они бросали их на груду ветвей сассафраса, не предполагая, что таким образом сами же прятали людей, которых искали.

Когда под давлением новых охапок зелени одеяла подались, а ветви от собственной тяжести забились в трещины камней, образовав плотную массу, Дункан, вздохнув свободно, вернулся на середину пещеры и остановился на своем прежнем месте, с которого мог видеть второй выход, обращенный к реке. В ту минуту, когда он отступал от груды сассафраса, индейцы, как бы поддаваясь общему побуждению, очистили проход между двумя пещерами, и теперь было слышно, как они снова побежали по острову к тем камням, на которые недавно высадились. Их новый жалобный вопль доказал, что они опять собрались подле тел своих убитых товарищей.

Теперь Дункан решился посмотреть на своих спутниц, потому что в течение опасных минут он боялся своим встревоженным лицом еще больше испугать девушек.

– Они ушли, Кора, – шепнул он. – Алиса, они вернулись на то место, на котором появились впервые, и мы спасены.

– Тогда я поблагодарю Небо! – произнесла Алиса, освобождаясь из объятий Коры и преклоняя колени. – Я поблагодарю Небо, которое избавило от слез нашего седого отца и спасло жизнь тех, кого я люблю больше всего в мире...

Дункан и Кора наблюдали искреннее чувство с горячей симпатией. И Дункан подумал, что никогда еще молитва не исходила от существа более прекрасного, чем юная Алиса.

Глаза Алисы сияли светом благодарности, прелестный румянец залил ее щеки; но, когда ее губы уже раскрылись для молитвы, слова, которые они собирались произнести, внезапно замерли, румянец сменила смертельная бледность, нежный блеск ее глаз потух, черты лица исказились от ужаса, судорожно сведенные пальцы указали на что-то. Хейворд повернулся и, взглянув на плоскую скалу, которая составляла как бы порог открытого отверстия пещеры, увидел злобные, свирепые черты Хитрой Лисицы.

Несмотря на неожиданность, самообладание не покинуло Дункана. По выражению лица индейца майор понял, что Магуа еще ничего не успел разглядеть в полумраке пещеры. Он уже хотел было отступить за выступ стены, которая все-таки могла скрыть его и его спутников, но в эту минуту понял, что отступать поздно.

Выражение глубокого торжества в чертах дикаря вывело Дункана из себя; забыв обо всем в мире и поддаваясь только побуждению гнева, Хейворд прицелился и выстрелил. Вся пещера загудела, точно от звуков извержения вулкана; когда же ветер, дувший из ущелья, рассеял клубы дыма, извергнутые гротом, на месте, где только что было видно злобное лицо предателя-проводника, никого не оказалось. Хейворд бросился к выходу и увидел темную фигуру дикаря — он крался вдоль низкого выступа скалы и скоро окончательно исчез из виду.

После грома выстрела среди дикарей воцарилось страшное молчание, но, когда раздался продолжительный и понятный для них крик Лисицы, топот ног и вопли стали снова приближаться, и, раньше чем Дункан успел оправиться от потрясения, хрупкая преграда из ветвей была разбросана во все стороны. Индейцы хлынули в пещеру с обоих концов. Хейворда и девушек вытащили из убежища в пещере, и их окружила толпа торжествующих гуронов.

## *Глава X*

Боюсь, что утром так же
мы проспим,
Как незаметно за ночь
засиделись.
Ш е к с п и р.
*«Сон в летнюю ночь»*[1]

Едва это внезапное несчастье обрушилось, Дункан стал наблюдать за действиями победителей. Краснокожие дергали украшения его мундира, в их глазах горело желание завладеть шитьем и галунами. Но грозные окрики исполина останавливали дикарей, и это убедило Хейворда, что его и Кору с Алисой решили щадить до какого-то особого момента.

Пока молодые гуроны выказывали признаки алчности, более опытные воины продолжали обыскивать обе пещеры со вниманием, которое доказывало, что они не удовлетворены достигнутым успехом. Не находя иных жертв, усердные мстители подступили к Дункану и Давиду, повторяя имя «Длинный Карабин» и произнося эти слова с таким злобным выражением, что нельзя было усомниться, о чем они спрашивали. Дункан притворился, будто он не понимает значения их вопросов, Давид же действительно не знал французского языка. Наконец настойчивость гуронов утомила Хейворда; кроме того, он боялся раз-

[1] *Перевод* Т. Щепкиной-Куперник.

дражать своих победителей упрямым молчанием. Он оглянулся кругом, отыскивая глазами Магуа, который мог перевести его ответы на вопросы гуронов; их голоса звучали все более настойчиво и грозно.

Поведение Магуа резко отличалось от образа действий его товарищей. Пока все остальные старались удовлетворить свою ребяческую склонность к грабежу, присваивая жалкое имущество разведчика, Хитрая Лисица спокойно стоял поодаль от пленников; он был, по-видимому, доволен, как будто уже достиг главной цели своего предательства. Когда глаза Хейворда впервые встретили взгляд его недавнего проводника, майор невольно с ужасом отвернулся от зловещего, хотя и спокойного лица Магуа. Однако, победив отвращение, он заставил себя говорить с ним.

– Хитрая Лисица слишком мужественный воин, – неохотно сказал Дункан, – чтобы отказаться объяснить безоружному человеку, что говорят победители.

– Они спрашивают, где охотник, знающий лесные тропинки, – на ломаном английском языке ответил Магуа и со свирепой усмешкой положил руку на листья, которыми была прикрыта и перевязана рана у него на плече. – Ружье Длинного Карабина превосходно, его глаза никогда не мигают, а между тем это ружье, так же как и короткий ствол белого вождя, бессильно отнять жизнь у Хитрой Лисицы.

– Лисица слишком храбр, чтобы помнить о ранах, полученных в битве, или о руках, которые нанесли их.

– А разве шла война, когда индеец отдыхал под сахарным деревом и хотел поесть хлеба? Кто наполнил кустарники подползающими врагами? Чей язык говорил о мире, когда мысли его были кровожадны?

Разве Магуа сказал, что томагавк вынут из земли и что его рука выкопала боевой топор?

Дункан не решился напомнить врагу о его предательстве, не хотел он также увеличить его злобу какими-либо оправданиями и потому промолчал. Магуа, казалось, тоже решил прервать дальнейшие разговоры; он снова прислонился к скале, от которой на минуту отошел во время вспышки гнева. Когда нетерпеливые дикари заметили, что короткий разговор между белым и Лисицей окончился, снова раздались крики: «Длинный Карабин!»

– Слышишь? – равнодушно сказал Магуа. – Гуроны требуют жизни Длинного Карабина, и, если их не удовлетворить, они убьют тех, кто прячет его.

– Он ушел. Они не могут схватить его.

Лисица холодно улыбнулся и презрительно ответил:

– Когда белый умирает, он думает, что для него наступила минута покоя, но краснокожие умеют мучить даже призраки своих врагов. Где его тело? Пусть гуроны увидят его скальп.

– Он не умер, он бежал.

Магуа недоверчиво покачал головой:

– Разве он птица и может расправлять крылья? Разве он рыба и умеет плавать, не дыша воздухом? Белый вождь считает гуронов глупцами!

– Правда, Длинный Карабин не рыба, но он умеет плавать. Когда весь его порох был сожжен, а глаза гуронов закрыло облако, он уплыл вниз по течению.

– А почему же белый вождь остался? – все еще недоверчиво спросил Магуа. – Разве он камень, который падает на дно? Или скальп жжет ему голову?

– Я не камень, это мог бы сказать твой убитый товарищ, который упал в водопад! – раздраженно ответил Дункан, в припадке досады употребляя те хвастливые выражения, которые могли возбудить уважение индейца. – Но белый считает, что только трусы бросают женщин.

Магуа пробормотал сквозь зубы несколько невнятных слов и продолжал вслух:

– А делавары плавают так же хорошо, как ползают в кустах. Где Великий Змей?

Судя по этим канадским прозвищам, Дункан понял, что гуроны гораздо лучше знали его недавних товарищей, нежели он сам, и неохотно ответил:

– Он тоже уплыл по течению.

– А Быстроногий Олень?

– Я не знаю, кого ты называешь так, – ответил Дункан, пользуясь возможностью затянуть разговор.

– Ункаса, – ответил Магуа, произнося делаварское имя с еще большим трудом, нежели английские слова.

– Ты говоришь о молодом делаваре? Он тоже уплыл по течению.

Магуа сразу поверил сказанному и этим доказал, как мало думает он о беглецах. Но его товарищам эти то беглецы и были нужны.

Они с характерным для индейцев терпением, в полном молчании ждали, пока кончится беседа офицера и Лисицы. Когда Хейворд замолчал, дикари устремили глаза на Магуа. Лисица указал им на реку и объяснил все немногими жестами и словами.

Поняв случившееся, дикари подняли страшный крик, который показал все их разочарование. Одни бросились к берегу реки, яростно размахивая в воздухе руками; другие стали плевать в воду, точно мстя ей за то, что она изменнически лишила их несомненных прав победителей. Некоторые, наиболее свирепые, бросали на пленников исподлобья взгляды, горящие сдержанной яростью. Двое-трое даже выразили злобные чувства угрожающими движениями рук; очевидно, ни красота, ни женская слабость обеих сестер не могли бы защитить их от ярости индейцев. Молодой офицер отчаянно порывался броситься к Алисе, когда один из гуронов схватил своей темной рукой прядь ее роскошных волос, которые густыми волнами упали ей на плечи, и провел ножом в воздухе вокруг ее головы. Но едва Хейворд сделал первое движение, как почувствовал, что индеец, распоряжавшийся всеми дикарями, точно клещами сжал его плечо. Он понял, что бесполезна была бы борьба с такой подавляющей силой, и подчинился своей судьбе, только тихо сказав девушкам, что дикари часто произносят угрозы, которых не выполняют.

Но, стараясь прогнать страх Коры и Алисы, Дункан и не думал обманывать себя. Он хорошо знал, что авторитет индейского вождя был весьма условным и поддерживался скорее физическим, чем моральным превосходством. И поэтому опасность возрастала с количеством окружающих дикарей. Сохраняя наружное спокойствие, Хейворд чувствовал, как его сердце замирало, когда кто-нибудь из индейцев подходил к беспомощным сестрам или мрачно оглядывал хрупкие фигуры девушек.

Однако его опасения значительно ослабели, когда он увидел, что вождь созвал на совет всех воинов. Их споры длились недолго, и, судя по молчанию большей части индейцев, скоро было принято единогласное решение. Немногие из говоривших часто указывали в сторону лагеря Вебба, очевидно опасаясь нападения с этой стороны. Мысль об отряде англичан, вероятно, заставила их быстро на что-то решиться и ускорила все последовавшее за этим.

Дикари перенесли легкую пирогу к тому месту реки, которое находилось близ выхода из внешней пещеры. Едва это было сделано, предводитель гуронов знаком приказал пленникам спуститься к нижним камням и сесть в пирогу.

Сопротивляться было невозможно, поэтому Дункан показал пример покорности, направившись к пироге, и вскоре уже сидел в лодке вместе с обеими сестрами и все еще изумленным Давидом. Хотя гуроны не могли знать узкого фарватера между водоворотами и быстринами потока, но им были слишком хорошо известны общие признаки опасных мест, чтобы они могли совершить какую-либо существенную оплошность. Когда лоцман, выбранный для того, чтобы вести пирогу, занял свое место, индейцы снова кинулись в реку, пирога скользнула по течению, и через несколько секунд пленники очутились на южном берегу реки, почти против той скалы, на которую они высадились накануне.

Тут дикари снова серьезно, но недолго совещались между собой. В то же время они привели из лесу лошадей, которых их владельцы считали причиной своего несчастья. Теперь толпа гуронов разделилась. Главный вождь сел на лошадь Хейворда и двинулся через реку, а вслед за ним бросилась в воду и большая часть его спутников. Скоро все они исчезли в лесу. Пленники остались под присмотром шести дикарей, которыми руководил Хитрая Лисица. С усиливающимся волнением Хейворд наблюдал за действиями дикарей. Видя необыкновенную сдержанность индейцев, Хейворд надеялся, что они отведут его к Монкальму как своего пленника. Мозг попавших в беду людей никогда не дремлет, а надежда, хотя бы и самая слабая, дает пищу воображению, поэтому Дункану уже представлялось, что Монкальм постарается превратить отеческие чувства Мунро в орудие, с помощью которого он попытается заставить ветерана забыть о своей верности английскому королю. И хотя было известно, что французский командующий обладал мужественным и предприимчивым характером, считалось, что он является знатоком всяких политических интриг, которые не требовали проявлений высоких моральных качеств и которые так опорочили европейскую дипломатию того времени.

Но поведение гуронов сразу разрушило все эти соображения Дункана. Та часть индейцев, которая двинулась вслед за краснокожим исполином, направилась к Хорикэну, и Хейворд понял, что его самого и его спутников ждет страшный плен у диких. Желая знать все, даже самое худшее, и решив в крайнем случае попытаться прибегнуть к силе денег, он преодолел свое отвращение к Магуа и обратился к своему прежнему проводнику в самом дружеском, доверительном тоне, который он только мог изобразить:

– Я хотел бы поговорить с Магуа о том, что годится только для слуха такого великого вождя.

Индеец презрительно взглянул на молодого офицера и ответил:

– Говори. У деревьев нет ушей.

– Но гуроны не глухи, а те слова, которые пригодны для великих вождей, могут опьянить юных воинов. Если Магуа не хочет слушать, офицер короля сумеет молчать.

Индеец бросил несколько небрежных слов своим товарищам, которые кое-как седлали лошадей для молодых девушек; потом Лисица отошел в сторону и осторожным движением позвал за собой Дункана.

– Теперь говори, – сказал он, – если твои слова пригодны для Магуа.

– Хитрая Лисица доказал, что он достоин почетного прозвища, данного ему канадскими отцами, – начал Хейворд. – Я вижу всю его мудрость, понимаю, как много он для нас сделал, и не забуду этого в час благодарности. Да, Лисица не только великий вождь – он умеет обманывать своих врагов.

– Что же сделал Лисица? – холодно спросил индеец.

– Разве он не видел, что лес переполнен спрятавшимися врагами? Разве он не заметил, что даже змея не могла бы незаметно проползти мимо них? Разве он не заблудился умышленно, чтобы ослепить глаза гуронов? Разве Магуа не притворился, будто он возвращается к своему племени, которое так плохо обошлось с ним и, как собаку, выгнало его из своих вигвамов? А мы? Разве, заметив его намерения, мы не помогали ему, чтобы гуроны думали, будто белый человек счел своего друга врагом? Ведь правда? О, когда Хитрая Лисица своей мудростью ослепил глаза гуронов, они позабыли, что когда-то сделали ему много зла и заставили бежать к мохокам! Они оставили Магуа на южном берегу с пленниками, а сами, как безумцы, двинулись к северу. Я знаю: Лисица хочет, как настоящая лиса, повернуться и отвести к седому богатому шотландцу его дочерей. Да, Магуа, я вижу все и уже подумал о том, как следует отплатить тебе за мудрость. Прежде всего глава форта Уильям-Генри даст Лисице то, что обязан дать такой великий вождь за великую услугу: у Лисицы будет золотая медаль, его пороховницу переполнит порох, у него в сумке зазвенит столько долларов, сколько камешков валяется на побережье Хорикэна, и олень станет лизать ему руки, зная, что ему не убежать от выстрела того ружья, которое получит вождь. Я уж не знаю, как превзойти щедрость шотландца... Погоди. Я... да, я тебе...

– Что же даст мне молодой вождь, пришедший от восхода солнца? – спросил гурон, заметив, что Хейворд запнулся.

– С островов, которые лежат на Соленом Озере, он проведет струю огненной воды. Эта жидкость потечет перед вигвамами Магуа и не остановится, пока сердце индейца не станет легче перышка, а его дыхание не сделается слаще аромата дикой медуницы...

Магуа серьезно слушал медленную речь Хейворда. Когда молодой человек упомянул о том, что ему кажется, будто индеец хитро обманул гуронов, лицо его слушателя приняло выражение осторожной сдержанности. Когда Хейворд напомнил об оскорблениях, которые изгнали гурона из вигвамов его племени, глаза Лисицы вспыхнули свирепым блеском, и Дункан понял, что он затронул как раз ту самую струну, которой ему следовало коснуться. Когда же он дошел до фраз, которыми хитро подстрекал и жажду мести дикаря, и его алчность, он, во всяком случае, возбудил его глубокое внимание. Лисица задал свой последний вопрос, о награде, спокойно, с обычной важностью индейца, однако, судя по задумчивому выражению его лица, ясно было, что следовало ответить предусмотрительно хитро. Несколько мгновений гурон молчал, потом, положив свою руку на грубую перевязку, которая прикрывала его раненое плечо, сказал:

– Разве друзья оставляют такие знаки?

– Неужели Длинный Карабин нанес бы такую легкую рану врагу?

– А разве делавары подползают, как змеи, к тем, кого они любят, чтобы нанести удар?

– Неужели Великий Змей позволил бы услышать свое приближение к тому, кого желал бы видеть глухим?

– А белый вождь часто жжет порох перед лицом своих собратьев?

– Промахивается ли он, если действительно намерен убить? – с усмешкой ответил Дункан.

После этих быстрых вопросов и ответов наступило долгое молчание. Дункан заметил колебания Магуа и, желая довершить свою победу, хотел было снова приняться за перечисление наград, но Магуа остановил его выразительным движением руки и произнес:

– Довольно! Лисица – мудрый вождь, а то, что он сделает, будет видно. Иди и не раскрывай губ. Когда Магуа заговорит, ты успеешь ответить ему.

Хейворд заметил, что Лисица с опаской оглядывается на остальных гуронов, и немедленно отошел, чтобы не дать им возможности заподозрить его в сообщничестве с их предводителем. Магуа подошел к лошадям и сделал вид, что он очень доволен усердием своих подчиненных. Затем знаком предложил Хейворду помочь Коре и Алисе сесть на их наррагансетов. Больше не было подходящего предлога для задержки, и Хейворд был вынужден подчиниться. Помогая Коре и Алисе, которые почти не поднимали глаз из боязни увидеть злобные лица гуронов, сесть на лошадей, Дункан шепнул им о своих оживших надеждах.

Индейцы, отправившиеся за исполином, увели с собой лошадь Давида, а потому и Гамут и Дункан были принуждены идти пешком. Однако Хейворд не особенно жалел об этом, так как, двигаясь медленно, он мог задерживать весь отряд. Его взгляд все еще с надеждой обращался в сторону форта Эдвард, и он ждал, что из леса донесется шум, который даст ему знать о приближении избавителей.

Когда все было готово, Магуа двинулся впереди всех. За ним шел Давид, который, по мере того как рана перестала давать себя знать, постепенно начинал осознавать свое истинное положение. Дальше ехали сестры. Хейворд держался рядом с ними, а индейцы шагали по обеим сторонам пленников и замыкали шествие. Бдительность их не ослабевала ни на минуту.

Все молчали, только Дункан время от времени обращался со словами утешения к Алисе и Коре да Гамут изливал свою душу в жалобных восклицаниях. Путники направились к югу по дороге, противоположной той, что вела к форту Уильям-Генри. Несмотря на это, Хейворд все же не допускал мысли, чтобы Магуа так скоро позабыл о предложенной ему награде; к тому же гурону была необходима осторожность.

Миля за милей двигались путники по бесконечному лесу, но конца этому долгому и утомительному переходу не предвиделось.

Хейворд следил за полуденными лучами солнца, пробивавшимися сквозь ветви деревьев, и жаждал того мгновения, когда Магуа пойдет по пути, благоприятному для путешественников.

Кора, помня прощальные наставления разведчика, при малейшей возможности протягивала руку, чтобы заломить ветвь, но бдительность гуронов мешала ей выполнить это трудное и опасное намерение. Встречая настороженные взгляды дикарей, девушка притворялась испуганной чем-то или начинала поправлять свой костюм. Только один раз она заломила ветку; в ту же минуту ей пришло в голову уронить на землю перчатку. Этот знак, предназначавшийся для друзей, был замечен одним из гуронов; индеец подал Коре перчатку и тотчас же измял и изломал все остальные ветви куста, чтобы казалось, будто они были обезображены каким-нибудь животным, запутавшимся в чаще. После этого гурон положил руку на свой томагавк с таким многозначительным видом, что Коре пришлось отказаться от мысли оставлять метки на кустах.

В обоих отрядах индейцев были лошади, а потому пленники лишились надежды, что их найдут по лошадиным следам.

Если бы угрюмый Магуа хоть чем-нибудь ободрил Хейворда, майор, конечно, заговорил бы с ним. Но Лисица редко оборачивался назад и ни разу не произнес ни слова. Руководствуясь только солнцем да теми еле видными приметами, которые известны одним туземцам, Лисица шел по обнаженной почве соснового леса или переправлялся через ручьи; чутье помогало ему двигаться почти по такой же прямой линии, как летит птица. Он ни разу не задумался. Была ли перед ним еле заметная тропинка, пропадала ли она совершенно или тянулась вполне отчетливой торной дорожкой, он ни разу не замедлил и не ускорил шаг. Казалось, что ему неведома усталость. И когда бы глаза путешественников ни отрывались от дороги, устланной опавшими листьями, и ни устремлялись бы вперед – между стволами деревьев все время виднелась темная фигура Магуа. Он шел, не поворачивая головы, и светлые перья в его волосах колебались от его собственных шагов.

Наконец Магуа прошел через низкую ложбину, по которой бежал веселый ручей, и начал подниматься на гору по такому крутому склону, что Кора и Алиса принуждены были сойти с лошадей. Когда путники достигли вершины холма, они оказались на ровной площадке, скудно поросшей деревьями. Под одним из них распростерлась темная фигура Магуа, которому, очевидно, хотелось воспользоваться отдыхом, необходимым и для всех остальных.

## Глава XI

Будь проклят весь мой род,
Коль я ему прощу.

Шекспир.
*«Венецианский купец»*[1]

Индеец выбрал местом стоянки один из крутых пирамидальных, похожих на искусственные насыпи холмов, которые так часто встречаются на американских равнинах. Вершина этой возвышенности представляла собой ровную площадку, а один из склонов отличался необыкновенной крутизной. Холм казался позицией, исключавшей всякую возможность неожиданного нападения, и, видимо, поэтому хитрый Магуа выбрал его местом стоянки. Хейворд равнодушно и безучастно осмотрел этот холм, не надеясь больше на появление помощи, потом всецело отдался заботам о своих спутницах, стараясь успокоить их, ободрить. Наррагансетов разнуздали и дали им возможность пощипать ветви деревьев и кустов, рассеянных по вершине холма. Дункан разложил остатки съестных припасов в тени высокого бука, горизонтальные ветви которого, точно большой балдахин, нависли над девушками.

Несмотря на то что путники двигались безостановочно, один из индейцев все же успел пустить стрелу в запутавшуюся в чаще молодую козулю, убил ее и, от-

[1] *Перевод* Т. Щепкиной-Куперник.

резав наиболее вкусные части животного, терпеливо нес их на своих плечах. Теперь он и его товарищи поедали сырое мясо, разрывая его руками; только Магуа не принимал участия в этом пире; он сидел, по-видимому всецело погруженный в глубокие думы.

Такая воздержанность, странная в индейце, особенно когда он может без труда утолить свой голод, привлекла внимание Хейворда. Молодой человек предположил, что гурон в эту минуту придумывает вернейший способ избавиться от бдительности своих товарищей. Желая помочь гурону придумать ловкий план, подсказав ему какую-нибудь мысль, Дункан вышел из тени бука и как бы без всякой цели направился к Лисице.

– Разве Магуа недостаточно долго шел лицом к солнцу и все еще боится канадцев? – спросил Хейворд, делая вид, что он вполне уверен в дружеском расположении индейца. – Разве начальник форта Уильям-Генри не с большим удовольствием увидит своих дочерей раньше, чем новая ночь затмит в его сердце печаль о них и он станет менее щедр на вознаграждение?

– Неужели к утру бледнолицые любят детей меньше, чем с вечера? – хладнокровно спросил Магуа.

– Конечно, нет, – ответил Хейворд, желая поправить свою невольную ошибку. – Правда, иногда белые забывают могилы своих праотцев, но привязанность родителей к детям никогда не умирает.

– А мягко ли сердце седовласого отца? Думает ли он, печалится ли о детях, которых ему дали жены? Он жестоко обращается со своими воинами, и у него каменный взгляд.

— Он бывает суров с лентяями и нерадивыми солдатами, но для трезвых и храбрых Мунро — справедливый и человеколюбивый начальник. Я знавал многих ласковых и любящих отцов, но мне никогда не приходилось встречать человека с сердцем, более полным отеческой любви. Конечно, Магуа, тебе случалось видеть старика только во главе воинов, я же видел, как на его глазах выступали слезы, когда он говорил о своих дочерях...

Хейворд оборвал свою речь; он не знал, чем объяснить странное выражение, которое внезапно мелькнуло на лице индейца, внимательно слушавшего его слова. Сперва молодому человеку почудилось, будто в душе дикаря пробудилась мысль о подарках, обещанных ему, но мало-помалу выражение радости сменилось на лице индейца отпечатком свирепого, злобного торжества, порожденного, очевидно, не алчностью, а другой страстью.

— Послушай, — сказал гурон, и лицо его снова застыло в невозмутимом спокойствии, — пойди к темноволосой дочери седовласого и скажи ей, что Магуа хочет с ней говорить. Отец будет помнить, что обещает его дитя.

Дункан подумал, что корыстолюбивый индеец хочет услышать новое подтверждение обещанных наград, и хотя медленно и неохотно, но все же двинулся к тому месту, где теперь отдыхали девушки. Подойдя к ним, Хейворд сообщил Коре о желании Магуа.

– Вам уже известно, чего хочет Магуа, – сказал Дункан, провожая ее к гурону, – поэтому не скупитесь, обещая порох и чепраки. Но помните, что спиртные напитки они ценят больше всего. Хорошо, если вы пообещаете дать ему также что-нибудь и от себя. Помните, Кора, что от вашего самообладания и изобретательности зависит ваша жизнь и жизнь Алисы.

– И ваша, Хейворд!

– Моя жизнь – дело неважное. Меня не ждет отец, не многие друзья пожалеют о моей печальной участи... Но довольно, мы подошли к индейцу... Магуа, вот та, с которой ты хотел говорить.

Индеец медленно поднялся и с минуту стоял молча и неподвижно, потом знаком показал Хейворду, чтобы он отошел, и холодно проговорил:

– Когда гурон беседует с женщинами, его племя закрывает слух свой.

Дункан колебался, не желая повиноваться, но Кора со спокойной улыбкой сказала:

– Вы слышали, Хейворд, чего желает индеец. Подите к Алисе, ободрите ее и расскажите о наших планах.

Кора выждала, пока молодой человек отошел, потом обратилась к гурону и с большим достоинством произнесла:

— Что Хитрая Лисица желает сообщить дочери Мунро?

— Слушай, — ответил индеец, опустив руку на плечо девушки, точно силясь заставить ее с особенным вниманием отнестись к словам, которые он намеревался ей сказать; однако Кора решительно, хотя и совершенно спокойно, отстранилась от дикаря. — Магуа рожден вождем и воином племени красных приозерных гуронов. Он двадцать раз видел, как летнее солнце растопляло снег двадцати зим, обращая сугробы в ручьи, прежде чем встретил первого бледнолицего. Он был счастлив тогда! Потом белые люди ворвались в его леса, научили его пить огненную воду, и он сделался бездельником. Тогда гуроны выгнали Магуа из лесов его отцов и преследовали, как косматого бизона. Он бежал к берегам озера и наконец увидел Город Пушек. Тут он охотился и ловил рыбу, пока местные жители не выгнали его из леса и не ввергли в руки его врагов. Магуа, рожденный вождем гуронов, сделался воином своих врагов мохоков.

— Я уже слышала об этом, — сказала Кора, заметив, что гурон замолчал.

Он старался подавить в себе бурное волнение, которое начало разгораться в нем ярким пламенем при воспоминании о нанесенных ему обидах.

— Но виноват ли Хитрая Лисица, что голова его сделана не из камня? Кто дал ему огненную воду? Кто превратил его в низкого человека? Бледнолицые, люди твоего цвета!

— А разве я виновата, что на свете встречаются бессовестные люди с тем же цветом лица, как у меня? — спокойно спросила Кора.

— Нет. Магуа — воин, а не глупец. Я знаю, такие, как ты, никогда не раскрывают губ, чтобы выпить огненной жидкости. Великий Дух дал тебе мудрость.

– Что же я могу сделать или сказать, чтобы облегчить последствия твоих несчастий или заблуждений?

– Слушай, – повторил индеец, снова приняв спокойный и горделивый вид. – Когда французские и английские отцы вырыли из земли свои томагавки, Лисица встал в ряды мохоков и выступил против своего собственного племени. Бледнолицые выгнали краснокожих из тех лесов, в которых они охотились, и теперь, когда индейские племена воюют, их ведет белый человек. Великий вождь при Хорикэне, твой отец, стоял во главе нашего отряда. Он приказывал мохокам делать то одно, то другое, и они его слушались. Он объявил: если индеец напьется огненной воды и придет в полотняные вигвамы его воинов, это не будет забыто. Магуа неосмотрительно раскрыл свой рот, и жгучий напиток привел его в хижину Мунро. Пусть дочь седовласого скажет, что сделал вождь.

– Он не забыл своих обещаний и поступил справедливо, наказав виновного, – ответила бесстрашная девушка.

– «Справедливо»! – повторил индеец, бросая злобный взгляд на ее спокойное лицо. – Разве справедливо, сделав зло, наказывать за него? Магуа был сам не свой, говорила и действовала огненная вода, а не он. Не поверил этому Мунро. Вождя гуронов связали при бледнолицых воинах и били, точно собаку!

Кора молчала, не зная, что ответить на эти слова.

– Смотри! – продолжал Магуа, срывая легкий лоскут ситца, который скрывал его раскрашенную грудь. – Смотри: вот рубцы от ран, нанесенных ножами и пулями. Этими шрамами воин может хвалиться перед своими соплеменниками, но по милости седовласого на спине вождя гуронов остались знаки, которые он должен скрывать под разноцветными материями белых.

— А я думала, — сказала Кора, — что индейский вождь терпелив, что его дух не чувствует и не знает боли, которую выносит его тело.

— Когда чиппевеи[1] привязали Магуа к столбу и нанесли ему вот эту рану, — ответил краснокожий, показывая пальцем на глубокий шрам, — гурон смеялся им в глаза, говоря, что только женщины способны так нежно колоть. В те минуты его дух был в облаках. Но когда он ощущал удары Мунро, его приниженный дух лежал под березой. Дух гурона никогда не опьяняется и никогда ничего не забывает.

— Но его можно успокоить. Если мой отец несправедливо поступил с тобой, покажи ему, что индеец способен простить оскорбление и вернуть ему его дочерей. От майора Хейворда ты уже слышал...

Магуа сурово покачал головой: он не хотел снова выслушивать то, что в душе презирал.

— Чего же ты требуешь? — продолжала Кора после нескольких минут томительного молчания, чувствуя, что благородный и великодушный Дункан был жестоко обманут хитростью дикаря.

— Я требую того, что в обычаях гурона: добра за добро, зла за зло.

— Значит, ты хочешь отомстить беззащитным дочерям за обиду, нанесенную тебе Мунро? Разве не достойнее храброго мужа пойти прямо к нему и потребовать удовлетворения?

— Руки бледнолицых длинны, их ножи остры, — ответил дикарь и злобно засмеялся. — Зачем Лисице

[1] Чиппеве́и — многочисленная индейская народность.

становиться под выстрелы воинов Мунро, когда в руках гурона душа седовласого!

– Скажи, Магуа, что ты хочешь сделать? – произнесла Кора, делая величайшее усилие, чтобы говорить твердо и спокойно. – Хочешь ли ты отвести нас куда-нибудь в лесные чащи или ты задумал еще большее зло? Разве нет таких подарков, которые могли бы загладить нанесенное тебе оскорбление и смягчить твое сердце? Прошу тебя, по крайней мере, освободить мою кроткую сестру, излей на одну меня всю твою злобу. Приобрети богатство, отпустив ее; удовлетвори свою месть, обрушив твой гнев лишь на одну жертву. Если старик потеряет обеих дочерей, он, вероятно, сойдет в могилу. Кто же тогда даст Лисице щедрые дары?

– Слушай, – снова сказал гурон. – Светлоглазая вернется на берег Хорикэна и все расскажет старому вождю, если только темноволосая девушка поклянется именем Великого Духа своих праотцев не солгать.

– А что я должна обещать? – спросила Кора, сдерживая ярость туземца своей женской гордостью и спокойствием.

– Когда Магуа покинул гуронов, его жену отдали другому вождю. Теперь Магуа снова подружился с ними и вернется обратно к могилам своего племени, туда, на берега Великого Озера. Дочь английского вождя должна идти с ним и навсегда поселиться в его вигваме.

Подавляя в себе возмущение, гордая Кора спокойно спросила индейца:

– Приятно ли будет Магуа делить свое жилище с женой, которую он не любит, с женой чуждого его племени бледнолицых? Я думаю, он поступит лучше, приняв золото Мунро и купив своими дарами сердце какой-нибудь гуронской девушки.

С минуту индеец молчал, глядя в лицо Коры с таким выражением, что ее глаза стыдливо опустились. Потом он ответил с особенным злорадством:

– В таком случае, снова почувствовав удары на своей спине, гурон знал бы, где найти женщину, которой он передал бы свое страдание. Красивая дочь Мунро носила бы для него воду, жала его хлеб, жарила пищу. Тело седого вождя спало бы среди пушек, но Хитрая Лисица держал бы его сердце в своих руках.

– Чудовище! Ты вполне заслуживаешь своего прозвища! – вскрикнула Кора, охваченная порывом негодования. – Только дьявол может придумать такую месть! Но ошибаешься: ты считаешь себя слишком сильным. Правда, в твоих руках сердце Мунро, но оно не побоится твоей злобы, как бы велика она ни была!

Смелые слова девушки вызвали на лице гурона зловещую улыбку, которая обличала непоколебимость его намерений; он знаком показал, что переговоры окончились. Кора уже пожалела о своей резкости, но Магуа поднялся с места и пошел к своим товарищам.

Хейворд подбежал к взволнованной девушке и спросил ее, чем окончилась беседа, за которой он внимательно следил.

Не желая тревожить Алису, Кора не дала Дункану прямого ответа, только выражение ее лица показало майору, что переговоры не имели успеха; о том же говорили тревожные взгляды, которые она бросала на индейцев. Алиса засыпала ее вопросами относительно ожидавшей их участи, но Кора только протянула

руку к темной группе краснокожих и в глубоком волнении прошептала, прижав младшую сестру к своей груди:

— Ничего, ничего, успокойся! На их лицах увидишь ответ... Но посмотрим еще, что будет дальше.

Это судорожное движение и прерывистый шепот были красноречивее долгих объяснений. Пленники тотчас же направили все свое внимание туда, где решался вопрос об их жизни и смерти.

Магуа остановился близ остальных дикарей, отдыхавших после своего отвратительного пира. Он заговорил с ними со всей торжественной важностью индейского вождя. Едва он произнес первые слова, его слушатели выпрямились с видом почтительного внимания. Гурон говорил на своем родном наречии, а потому белые только по жестам, которыми обычно индейцы подкрепляют свое красноречие, могли догадываться о содержании его речи.

Сначала, судя по движению его рук и звуку голоса, казалось, что он говорит вполне спокойно. Когда же Магуа вполне овладел вниманием своих товарищей, он стал так часто указывать в сторону Великих Озер, что Хейворду представилось, будто он упоминает о родине гуронов и их племени. Слушатели, по-видимому, одобряли его, постоянно вскрикивая «у-у-ух» и переглядываясь между собой. Лисица был слишком хитер, чтобы не воспользоваться выгодным действием начала своей речи.

Теперь дикарь заговорил о долгом и полном трудностей переходе, который совершили гуроны, покинув свои обширные и богатые дичью леса и приветливые деревни, чтобы сразиться с врагами «канадских отцов». Он перебирал имена всех воинов отряда, говорил о доблестных подвигах и качествах каждого из них, вспоминал об их ранах, о количестве снятых ими скальпов. И каждый раз, когда индеец произносил имя кого-нибудь из присутствующих – а хитрый гурон никого не позабыл упомянуть, – темное лицо польщенного в своем тщеславии воина вспыхивало от восторга, и восхищенный человек, без излишней скромности и колебаний, подтверждал справедливость слов Магуа одобрительными жестами и восклицаниями. Вдруг голос говорившего понизился; в тоне индейца не чувствовалось торжества, звучавшего в нем, когда вождь перечислял славные подвиги и победы своих братьев. Он описывал гленнский водопад, недоступный скалистый остров с его пещерами и многочисленные быстрины и водовороты Гленна. Вот он произнес прозвище «Длинный Карабин» и молчал до тех пор, пока в лесу, расстилавшемся близ подножия холма, не замер последний отголосок протяжного воинского крика индейцев – крика, которым они встретили это ненавистное для гуронов имя. Магуа указал на молодого пленного офицера и стал описывать смерть воина, свергнутого в пропасть руками Хейворда. После этого вождь упомянул об участи индейца, висевшего между небом и землей, даже изобразил всю страшную сцену его гибели. Он схватился за ветвь одного из деревьев, представил последние минуты, судорожные движения и самую смерть несчастного. Рассказал он также, каким образом погибал каждый из их друзей, упоминая о мужестве и признанных добродетелях убитых. По окончании этого рассказа голос индейца снова изменился – зазвучал тихо, скорбно, жалобно; в нем слышались горловые ноты, не лишенные музыкальности. Магуа говорил о женах и детях убитых, об их одиночестве, о горе и, наконец, напомнил о долге воинов, о мести за нанесенные им обиды. Внезапно повысив голос, придав ему выражение свирепой силы, он закончил свою длинную речь целым рядом взволнованных вопросов:

– Разве гуроны собаки, чтобы выносить все это? Кто скажет жене Минаугуа, что его скальп достался рыбам и что родное племя не отомстило за его смерть? Кто осмелится встретиться с гордой матерью Вассаватими, не обагрив рук вражеской кровью? Что мы ответим нашим старикам, когда они спросят нас, где скальпы врагов, а у нас не окажется ни одного волоса с головы неприятеля? Женщины будут указывать на нас пальцами. На имени гуронов лежит темное пятно; надо смыть его вражеской кровью...

Голос Магуа заглушили бешеные восклицания, наполнившие воздух, словно здесь, в лесу, сидела не маленькая кучка индейцев, а собрались огромные толпы. Все, что говорил Магуа, можно было прочесть на лицах окружавших его индейцев. На печальные речи его они отвечали сочувствием и грустью. Когда он призывал отстаивать свои права, они поддерживали его жестами одобрения; хвастливые проповеди они встречали дикими восторгами. При упоминании о мужестве взгляды их становились твердыми и суровыми; когда он указывал на потери, которые они понесли, глаза их загорались яростью; когда он заговорил о насмешках женщин, дикари от стыда опустили головы, но его слово о мести задело самую чувствительную струну в душе гуронов; дикари поняли, что месть в их руках, и все поднялись с земли, изливая свою ярость в безумных криках. Они обнажили ножи, подняли томагавки и ринулись к пленникам. Хейворд бросился вперед и заслонил собой Кору и Алису. Он схватил первого из краснокожих, отчаянным усилием сдавил его и тем самым на секунду задержал толпу.

Неожиданное сопротивление дало возможность Магуа принять участие в деле: закричав что-то, он привлек к себе внимание. Хитрыми речами Лисица помешал дикарям немедленно решить участь пленников и быстро уговорил их продлить страдания несчастных жертв. Гуроны встретили его предложение громкими радостными криками.

Двое тотчас бросились на Хейворда, третий схватил неуклюжего преподавателя пения. Однако ни один из белых не сдался без отчаянной, хотя и бесплодной борьбы. Даже слабый Давид свалил на землю своего противника. Хейворда гуроны не могли одолеть, пока третий индеец, управившись с Давидом, не

подоспел им на помощь. После этого Дункана скрутили и привязали к стволу того самого дерева, на ветвях которого Магуа разыгрывал пантомиму, изображая смерть гурона. Когда молодой офицер пришел в себя, он увидел, что справа от него стояла, тоже привязанная к дереву, Кора. Она была бледна и взволнованна, но ее твердый взгляд бесстрашно следил за каждым движением врагов. Слева Дункан увидел Алису; только прутья ивы, которыми она привязана была к сосне, поддерживали тонкую фигуру светловолосой девушки: держаться на своих ослабевших ногах она не могла. Давид впервые вступил в борьбу и теперь был погружен в раздумье, не зная, достойно ли это доброго христианина.

Между тем гуроны собирались привести в исполнение свои страшные замыслы. Одни складывали хворост, щепки и коряги в большую груду для костра; другие пригнули вершины двух молодых деревьев к самой земле, собираясь привязать руки Хейворда к этим вершинам и потом отпустить деревца. Однако Магуа придумал еще более мрачную, более жестокую месть, сулившую ему особенное наслаждение.

Пока его товарищи перед глазами пленников приготовляли эти хорошо известные орудия пыток, Хитрая Лисица подошел к Коре и со злобным выражением лица указал ей на ожидавшую ее неминуемую участь.

– Ну, – произнес он, – что скажет дочь Мунро? Ее голова слишком прекрасна, чтобы покоиться на подушке в вигваме Хитрой Лисицы? Ей больше нравится, чтобы ее голова покатилась с этого холма, как игрушка для волков?

– Что хочет сказать это чудовище? – спросил изумленный Хейворд.

– Ничего, – твердо ответила девушка. – Он дикарь и не ведает, что делает. В его невежестве – для него прощение.

– Прощение? – повторил свирепый гурон, не поняв ее слов. – О нет! Память индейца длиннее рук бледнолицых. Говори, должен ли я отправить светловолосую девушку к ее отцу? Пойдешь ли ты за Магуа к Великим Озерам, чтобы носить для него воду и печь ему хлеб?

Кора знаком велела ему отойти: ее охватило непобедимое отвращение.

– Уйди! – сказала она с твердостью, которая на мгновение покорила жестокого дикаря. – Ты ненавистью наполняешь мои последние минуты.

Но он, с насмешкой указывая на Алису, сказал:

– Смотрите! Ребенок плачет! Ей рано умирать! Пошлем ее к Мунро – пусть она расчесывает его седые волосы и поддерживает жизнь старика.

Кора не могла устоять против желания взглянуть на свою младшую сестру, в глазах которой встретила умоляющее выражение, красноречиво говорившее, до чего ей хочется жить.

– Что он говорит, милая Кора? – прозвучал дрожащий голосок Алисы. – Кажется, он сказал, что хочет отправить меня к отцу?

Несколько мгновений Кора смотрела на младшую сестру, и на ее лице отражалась борьба сильных и разноречивых чувств. Наконец она заговорила голосом, потерявшим недавнюю резкость; теперь в ее тоне слышалась почти материнская нежность.

– Алиса, – произнесла она, – гурон предлагает нам обеим жизнь... Нет, больше: он освободит также и Дункана, нашего бесценного Дункана, и проводит его и тебя к нашим друзьям... к нашему отцу... к нашему несчастному отцу, если я соглашусь...

Голос Коры задрожал и оборвался.

– Договаривай, Кора! – воскликнула Алиса. – Если ты согласишься – на что? Ах, если бы он обратился ко мне! Спасти тебя, дать тебе возможность утешать нашего старого отца, освободить Дункана... О, с какой радостью я пошла бы на смерть!

– Умереть! – с горечью сказала Кора более твердым и спокойным голосом. – Смерть была бы легче того, что предлагает он. Впрочем, может быть, дело окончится смертью... Он хочет... – продолжала она, – он требует, чтобы я сделалась его женой. Алиса, мое дорогое дитя, любимая сестричка, и вы тоже, майор Хейворд, помогите мне советом. Хотите ли вы спасти ее и себя ценой такой жертвы? Хочешь ли ты, Алиса, принять от меня жизнь, зная, чем она куплена?.. А вы, Дункан? Говорите, помогите мне советом, распоряжайтесь как хотите: я всецело ваша.

– Согласен ли я? – с изумлением и негодованием закричал молодой человек. – Кора, Кора! Вы смеетесь над нашим несчастьем! Нет, не говорите об этом ужасном выборе: одна мысль об этом хуже тысячи смертей!

– Я хорошо знала, что вы ответите именно так! – сказала Кора, и яркий румянец заиграл на ее щеках, а в глазах загорелась горячая искра тайного чувства. – Что скажет моя Алиса? Для тебя я безропотно подчинюсь всему...

Хейворд и Кора ждали ответа девушки, но руки Алисы безжизненно повисли, и только ее пальцы судорожно подергивались; ее красивая белокурая головка опустилась на грудь; она казалась безжизненной, а между тем вся трепетала от волнения. Но вот Алиса попыталась выпрямиться и тихо покачала головой:

– Нет, нет, нет, лучше умрем, как жили, вместе!

– О, так умри! – закричал Магуа и бросил свой томагавк в беззащитную белокурую девушку.

Гурон скрежетал зубами в необузданной ярости, охватившей его при виде твердости и мужества той пленницы, которую он до сих пор считал самой слабой и робкой жертвой. Томагавк просвистел мимо лица Хейворда и, срезав несколько золотых локонов Алисы, задрожал в стволе дерева над ее головой. Это довело Дункана до безумной ярости. Он собрал все силы, с нечеловеческим усилием разорвал свои путы и бросился на другого индейца, который с громкими воплями целился в Алису, желая нанести ей более меткий удар. Началась борьба; оба упали на землю. Обнаженное тело краснокожего выскользнуло у Хейворда из рук, индеец вырвался из объятий майора, вскочил и наступил коленом на грудь молодого офицера, притиснув его к земле всей тяжестью своего огромного тела. Дункан увидел, как в воздухе блеснул нож. В эту минуту что-то просвистело над ним, а вслед за тем раздался ружейный выстрел. Хейворд почувствовал, что его грудь освободилась от тяжести, и увидел, как ярость на лице его противника сменилась ужасом и индеец мертвым упал рядом с ним на сухие листья.

## *Глава XII*

Шут. Я помчусь и вернусь
Сюда же к вам сейчас.

Шекспир.
*«Двенадцатая ночь»*

Пораженные внезапной смертью одного из своих товарищей, гуроны на мгновение замерли. Но когда они увидели роковую меткость руки, которая решилась пустить пулю во врага, рискуя попасть в друга, имя Длинный Карабин вырвалось одновременно из всех уст. В ответ на это донеслось громкое восклицание из небольшого перелеска, в котором неосторожные дикари сложили все свое оружие. В следующее мгновение показался Соколиный Глаз. Он не успел зарядить вновь свое излюбленное ружье, а просто двинулся на гуронов, потрясая им, как дубиной, и быстро приближаясь к ошеломленным краснокожим. Но как ни проворны были его шаги, легкая, сильная фигура опередила разведчика, с невероятной смелостью кинулась в самую середину толпы гуронов и остановилась подле Коры, размахивая в воздухе томагавком и потрясая сверкающим ножом. Раньше, чем гуроны успели опомниться, другая фигура очутилась среди них — фигура, походившая на воплощение смерти. Она проскользнула мимо остолбеневших индейцев и с грозным видом стала по другую сторону Коры. Дикие мучители белых невольно отступили перед этими воинственными пришельцами. Прозвучали удивленные восклицания, потом послышались имена, страшные для гуронов:

– Быстроногий Олень! Великий Змей!

Только осторожный и бдительный Магуа не смутился. Зорким взглядом он окинул маленькую площадку, сразу понял, с какой стороны было произведено нападение, и, ободряя товарищей голосом, а также собственным примером, обнажил свой длинный острый нож, потом с протяжным криком кинулся на Чингачгука. Это движение послужило знаком для начала общей схватки. Ни та, ни другая сторона не были вооружены огнестрельным оружием, и борьба велась врукопашную.

Ункас, ответив на клич врагов, кинулся на одного из гуронов и метким ударом томагавка разбил ему череп. Хейворд выхватил из ствола томагавк Магуа и тоже вступил в бой. Теперь число сражающихся с обеих сторон было одинаково, а потому каждый боролся один на один со своим противником. Удары сыпались с быстротой молнии и с яростью урагана. Скоро разведчик ударил второго гурона, свалив его на землю.

Хейворд не стал ждать минуты встречи с врагом и с размаху кинул свой томагавк в противника. Оружие попало в лоб индейца, но тупым концом и только на мгновение ошеломило его. Ободренный такой удачей, молодой офицер без оружия бросился к своему врагу, но в то же мгновение понял всю необдуманность этого смелого поступка: ему пришлось защищаться от ударов ножа, сверкавшего в руке свирепого гурона. К счастью, Дункану удалось обхватить своего противника; железным объятием он прижал ему руки к груди, отстраняя от себя обнаженный клинок. Но силы стали покидать его. Юноша почувствовал, что ему не удастся надолго удержать индейца. В этот миг Дункан услышал громкое восклицание:

– Убивайте бездельников! Не щадите проклятых мингов!

В следующее мгновение приклад Соколиного Глаза с силой опустился на обнаженную голову противника Хейворда; мышцы гурона сразу обмякли, и он замертво упал на землю.

Убив первого противника, Ункас с яростью голодного льва обратился к новой жертве. Пятый гурон, не принимавший участия в первой схватке, постоял мгновение и, увидев, что все кругом него ожесточенно дерутся, решил довершить прерванное дело мести. С громким криком он бросился к беззащитной Коре и издали кинул в нее острый топор. Томагавк задел только плечо молодой девушки, разрезал ивовые прутья, которыми Кора была привязана к дереву, и освободил ее. Ей удалось ускользнуть из рук дикаря; забыв о собственной опасности, она кинулась к Алисе; поспешно, дрожащими пальцами старалась она разорвать прутья, которые держали ее сестру в плену. Такая великодушная преданность тронула бы всякого, но в груди гурона не было и признака сострадания. Он схватил Кору за ее густые распустившиеся волосы, оторвал девушку от Алисы и жестоким рывком швырнул на колени. Дикарь намотал на свою руку черные пряди кудрей Коры и, протянув руку, со злобным хохотом поднял их. Лезвие его ножа скользнуло вокруг ее прелестной головки. Однако ему пришлось расплатиться за это свирепое удовольствие, он потерял удобный случай выполнить задуманное злодеяние. Его увидел зоркий Ункас. Молодой могиканин точно взвился в воздух; он пулей упал на грудь врага, откинул его на далекое расстояние от девушки и свалил на землю. Усилие заставило и самого Ункаса упасть рядом со своим врагом. Оба противника сразу вскочили на ноги, засверкали ножи, и тот и другой обливались кровью. Но скоро поединок окончился. Томагавк Хейворда и приклад Соколиного Глаза опустились на череп гурона в ту самую минуту, когда острый нож Ункаса вонзился в его сердце.

Бой окончился, только между Хитрой Лисицей и Великим Змеем еще происходила борьба. Оба воина доказали, что они достойны своих красноречивых прозвищ. Перед поединком они несколько времени стояли молча и неподвижно, потом каждый из них пустил в противника свой томагавк, и каждый ловко уклонился от вражеского удара; наконец они внезапно бросились друг на друга и в тесных объятиях упали на землю, извиваясь, точно змеи. Когда победители избавились от своих врагов, только туча пыли и листьев видна была на том месте, где боролись Великий Змей и Хитрая Лисица. Туча эта двигалась от центра маленькой площадки и, будто от дыхания вихря, неслась к одному из ее краев. Хейворд, Соколиный Глаз и Ункас сразу кинулись к облаку пыли. Но напрасно Ункас старался пронизать взглядом этот густой покров, чтобы поразить ножом давнишнего врага своего отца; грозное ружье Соколиного Глаза тщетно целилось, бесплодно силился Дункан схватить гурона своими мускулистыми руками. Покрытые пылью и кровью, противники продолжали душить друг друга в ужасных объятиях, извиваясь так, как будто это было одно тело. Похожая на скелет фигура старого могиканина и темное тело гурона так быстро мелькали, что друзья Чингачгука не могли выбрать подходящего момента, чтобы нанести удар врагу. На мгновение мелькали огненные глаза Магуа, как фантастический взгляд василиска[1]. Лисица, казалось, читал на лицах своих врагов предсказание исхода этой борьбы; однако раньше, чем рука кого-нибудь из его противников успевала опуститься на его голову, вместо нее появлялось хмурое лицо Чингачгука. От центра площадки на вершине холма двое врагов скатились к самому ее краю. Вдруг могиканин нашел возможность нанести гурону сильный удар ножом; руки Магуа внезапно ослабели, и он, по-видимому мертвый, упал на спину. Одним прыжком Чингачгук поднялся на ноги, и под сводами леса пронесся его торжествующий клич.

– Молодцы, делавары! Победа за могиканином! – крикнул Соколиный Глаз, снова подняв приклад своего смертоносного ружья. – Мой последний удар не отнимет у победителя чести победы и не лишит его законных прав на скальп побежденного.

Но в то самое мгновение, когда приклад засвистел, разрезая воздух, хитрый гурон ускользнул, перекинулся через край площадки, покатился по крутому склону, потом вскочил среди зарослей низких кустов и через секунду скрылся. Делавары считали его мертвым; увидев же свою ошибку, они вскрикнули от удивления и с громкими воплями кинулись за ним, точно собаки вслед за оленем. Но пронзительное восклицание Соколиного Глаза остановило их и заставило вернуться обратно на вершину холма.

– Это похоже на него, – сказал разведчик. – Лживый обманщик, низкий хитрец! Честный делавар, побежденный в равной борьбе, остался бы на земле, его убили бы ударом по голове, но эти хитрые макуасы

---

[1] Василиск – сказочное чудовище, змей, взгляд которого убивает все живое.

цепляются за жизнь с остервенением дикой кошки. Бросьте его, пусть бежит — ведь у него нет ни ружья, ни лука, и его французские товарищи далеко. Он, как гремучая змея без ядовитых клыков, уже безвреден. Смотри, Ункас, — на делаварском наречии прибавил охотник, — твой отец уже снимает скальпы. Недурно осмотреть всех бездельников, лежащих на земле, не то, пожалуй, кто-нибудь из них вскочит и скроется в лесу с громким криком и карканьем сойки.

Сказав это, честный, но неумолимый разведчик обошел всех убитых гуронов, вонзая в грудь каждого свой длинный нож с таким спокойствием, словно перед ним лежали жестяные каркасы.

Между тем Чингачгук успел снять с неподвижных голов эмблемы победы — скальпы.

Ункас же бросился к девушкам и быстро освободил Алису.

Встав с колен, Алиса кинулась на грудь Коры и, рыдая, произнесла вслух имя своего отца; в то же время в ее кротких, как у голубки, глазах засверкали лучи ожившей надежды.

– Мы спасены, спасены! – шептала она. – Мы можем вернуться в объятия дорогого отца. Какое счастье! Его сердце не разобьется от горя... И ты тоже. Кора, моя дорогая сестра... ты тоже спасена... а также и Дункан... – прибавила молодая девушка, взглянув на Хейворда с ясной улыбкой. – Наш храбрый и благородный Дункан остался жив!

Кора не отвечала на эти пылкие, бессвязные слова; прижав Алису к своему сердцу, она только нагнулась к ней и осыпала ее ласками. Мужественный Дункан, не стыдясь, плакал, глядя на радость сестер. Покрытый кровью Ункас казался равнодушным зрителем этой сцены, но его глаза, глаза невозмутимого могиканина, сияли радостью и сочувствием.

Между тем Соколиный Глаз настороженно осматривал убитых; убедившись, что все враги мертвы, он подошел к Давиду и разрезал его путы. Бедный псалмопевец не двигался до последней минуты и стоял, терпеливо ожидая освобождения.

– Вот, – заметил разведчик, отбрасывая последний ивовый прут, – вы снова свободны, хотя, повидимому, даже теперь можете пользоваться вашей свободой не лучше, чем в те минуты, когда впервые появились на свет. Если совет человека, прожившего большую часть своей жизни в диких местах, не обидит вас, я с искренним удовольствием выскажу вам свои мысли. Итак, советую вам расстаться с инструментиком, который вы прячете в кармане жилета. Продай-

Huyot sc.
Andriolli
1883.

те его первому встречному глупцу и на вырученные деньги купите какое-нибудь полезное оружие, хотя бы самый обыкновенный кавалерийский пистолет.

— Бряцание оружием, трубные звуки сопутствуют битве; хвалебные и благодарственные гимны — победе, — ответил освобожденный Давид. — Друг, — прибавил он и ласково протянул свою тонкую, худую руку охотнику, между тем как его веки стали быстро моргать, а глаза увлажнились, — я благодарен тебе за то, что мои волосы остались там, куда их поместила природа. Конечно, волосы других людей, может быть, мягче, шелковистее и вьются более красивыми кудрями, однако я всегда находил, что мои волосы вполне пригодны для той головы, которую они покрывают. Я не вступал в борьбу не столько вследствие врожденного отвращения к сражениям, сколько по причине пут, наложенных на меня язычниками. Отважным и искусным оказался ты в борьбе, и я хочу поблагодарить тебя, раньше чем приступить к исполнению других, более важных обязанностей. Я делаю это, ибо ты доказал, что достоин похвалы христианина.

— Моя услуга — пустяк, о котором не стоит упоминать. Если вы останетесь с нами, то увидите много таких же кровавых стычек, — ответил охотник, смягчившийся при виде искреннего выражения благодарности со стороны псалмопевца. — Я вернул себе моего старого товарища и спутника. Вот он, верный «оленебой», — прибавил Соколиный Глаз, поглаживая приклад своего ружья, — и это одно уже — победа! Ирокезы хитры, но они перемудрили, положив ружья так далеко от места своего отдыха. Если бы только Ункас и его отец обладали обычным терпением индейцев, мы успели бы взять оружие и дружным залпом покончили бы со всей стаей и с мошенником, который убежал от нас.

Разведчик сел на камень и с вниманием принялся обследовать свое ружье.

Гамут тоже опустился на землю и вынул из кармана маленькую книжку, а также очки в железной оправе. Возведя глаза к небу, он произнес:

— Предлагаю вам, друзья мои, вместе со мной вознести хвалы за наше необычайное избавление от варварских рук неверных язычников. Прошу вас, излейте ваши чувства в прекрасной и торжественной песне под названием «Норсгамптон».

После такого вступления он указал страницу и стих, с которого начинались избранные им строфы, поднес к губам свой камертон, совершая все это с той торжественностью, с которой он приступал к подобным приготовлениям под сводами храма. Но на этот раз никто из присутствующих не поддержал его. Кора и Алиса в эту минуту предались излияниям нежности, а Хейворд не отрывал от них взгляда. Не смущаясь малочисленностью своей аудитории, которая состояла из одного только нахмурившегося разведчика, певец запел и довел священную песню до конца без всяких помех.

Соколиный Глаз слушал хладнокровно, поправляя кремень ружья и заряжая его; гимн не пробудил волнения в душе Соколиного Глаза. Никогда еще певец не проявлял своих талантов перед менее отзывчивой аудиторией.

Охотник покачал головой и прошептал несколько непонятных слов, среди которых были слышны только «горло» да «ирокезы», потом поднялся с места и отошел, чтобы собрать и осмотреть исправность всего арсенала гуронов. Чингачгук, помогая ему, отыскал ружье Ункаса и свое собственное. Вскоре даже Хейворд и Давид получили оружие; в пулях и порохе также не было недостатка. Когда жители лесов подобрали все необходимое и распределили трофеи, Соколиный Глаз объявил, что пора двинуться в путь. К этому времени Давид Гамут окончил пение, а сестры успели прийти в себя. С помощью Дункана и младшего из могикан девушки спустились с крутого, обрывистого холма, на который они так недавно поднимались совсем при других обстоятельствах и чья вершина чуть не явилась свидетелем их гибели. У его подножия они увидели наррагансетов, которые щипали траву и листья кустов. Алиса и Кора сели на лошадей и двинулись вслед за проводником, который только что еще раз доказал им свою дружбу.

Путешествие длилось недолго. Соколиный Глаз свернул с узкой тропинки, по которой двигались гуроны, погрузился в чащу ветвей, переехал вброд журчащий ручей и остановился в узкой долине, затененной ветвями густых вязов. Путники находились на расстоянии нескольких сот сажен от рокового холма, и кони понадобились им только во время переправы через мелкий поток.

Разведчик и могикане, казалось, хорошо знали уединенное место, в котором они теперь остановились, потому что, прислонив свои ружья к стволам деревьев, принялись разбрасывать сухие листья и скоро вырыли небольшую ямку в синей глинистой почве. Из этого углубления тотчас же брызнул ключ светлой, блестящей, говорливой воды. Соколиный Глаз огляделся, как бы отыскивая что-то, и на его лице мелькнуло удивленное выражение; казалось, он не нашел вещи, которую искал.

– Увы! Эти беспечные черти мохоки со своими братьями тускарорами, конечно, побывали здесь и пили воду, – пробормотал он, – и куда-то затеряли бутыль. Вот и делай после этого добро этим беспамятным собакам! Хорошо же они отблагодарили нас! Здесь, в этой непроходимой глуши, из недр земли бьет ключ, по сравнению с которым самый богатый аптекарский склад – ничто. Смотрите-ка, глупцы истоптали глину, загрязнили, обезобразили прелестное место, точно неразумные звери, а не человеческие существа!

Между тем Ункас молчаливо подал ему бутыль из тыквы, которую Соколиный Глаз не заметил в порыве досады, хотя она висела на ветке вяза. Наполнив ее, разведчик отошел от источника на более сухое и твердое место; тут он спокойно сел, с наслаждением сделал несколько больших глотков и стал внимательно осматривать остатки съестных припасов, сложенных в мешок, который висел у него на руке.

– Благодарю тебя, мальчик, – продолжал он, возвращая пустую бутыль Ункасу. – Теперь мы посмотрим, чем лакомились эти свирепые гуроны, когда прятались в засаде. Видишь, мошенники вырезали лучшие части оленя. Но мясо осталось сырым; ирокезы – настоящие дикари! Ункас, возьми-ка мое огниво да разведи костер; вкусное кушанье поможет нам набраться сил после долгого пути.

Хейворд помог Коре и Алисе сойти с лошадей и сел на траву, с удовольствием предвкушая приятный отдых после недавней ужасной, кровавой сцены.

Пока Соколиный Глаз готовил кушанье, майор завел с ним беседу.

– Как могло случиться, что вы явились к нам так скоро, мой великодушный друг? – спросил он. – И без помощи со стороны гарнизона из форта Эдвард?

– Если бы мы отправились в крепость, то, вернувшись, могли бы лишь забросать сухими листьями ваши тела и нам, без сомнения, не удалось бы сохранить ваши скальпы, – хладнокровно ответил охотник. – Нет-нет, вместо того чтобы понапрасну тратить силы и время на переход в форт, мы решили залечь под нависшими берегами Гудзона, ждать и наблюдать за всеми движениями макуасов.

– Значит, вы видели все, что произошло?

– Нет, конечно, не все. У индейцев слишком острое зрение, и их нелегко обмануть, но мы все-таки были невдалеке от вас. Надо сознаться, трудно было сдержать вот этого молодого могиканина и заставить его сидеть в засаде... Ах, Ункас, ты вел себя скорее как нетерпеливая и любопытная женщина, чем как мужественный и стойкий воин!

Ункас перевел глаза на суровые черты охотника, но не ответил ему ни слова. Хейворду показалось, будто презрительная усмешка мелькнула на лице молодого могиканина. Тем не менее Ункас сдержал свой гнев, отчасти из уважения к остальным слушателям, отчасти из почтения к своему старшему белому товарищу.

— Вы видели, как нас захватили в плен? — продолжал Хейворд свои вопросы.

— Мы слышали это, — прозвучал многозначительный ответ. — Индейский клич выразителен и понятен для людей, живущих в лесах. Но когда вы очутились на противоположном берегу реки, нам пришлось, как змеям, ползти под густой листвой, и мы скоро совершенно потеряли вас из виду, до той самой минуты, когда вы уже были прикручены к деревьям и, связанные, ждали смерти.

— Чудо, что вы не ошиблись тропинкой! Ведь шайка гуронов разделилась, и в обоих отрядах были лошади.

— Да, мы действительно были сбиты с толку и едва не потеряли ваш след, но нам помог Ункас. Мы двинулись было по тропинке, которая уходила в глубь леса, предполагая, что дикари поведут своих пленников в глушь. Но, пройдя несколько миль и не увидев ни одной сломанной ветки, я начал сомневаться, туда ли мы идем, особенно когда заметил, что на земле были только следы лошадиных копыт и ног, обутых в мокасины.

— Наши победители из предосторожности заставили нас надеть индейские мокасины, — сказал Дункан.

— Да-да, они поступили разумно, это их всегдашний обычай, однако такая заурядная хитрость не могла бы сбить нас с настоящего следа.

— Чему же тогда мы обязаны нашим спасением?

— К стыду моему, я должен признаться: мудрости юного могиканина. Впрочем, даже теперь, когда я вижу, что он был прав, я с трудом верю собственным глазам.

— Не объясните ли вы нам этой загадки?

— Ункас заметил, — продолжал Соколиный Глаз, оглядывая наррагансзетов Коры и Алисы, — что лошади, на которых ехали девушки, одновременно ставят на землю переднюю и заднюю ноги с одной стороны. Ни одно из четвероногих животных, которых я знаю, не делает так, за исключением медведя.

— Такая поступь — главное достоинство наррагансзетов. Но иногда и других лошадей приучают к этой побежке — иноходи.

— Может быть, может быть, — сказал Соколиный Глаз, внимательно выслушав объяснение молодого офицера. — Я лучше сужу об оленях и бобрах, нежели о вьючных животных. Впрочем, какой бы поступью ни ходили лошади — переставляя ли сразу обе ноги с одной стороны или иначе, — во всяком случае, Ункас заметил особенность движения этих животных, и их след привел нас к изломанным кустарникам. Одна ветка близ следов наррагансзета была надломлена и загнута вверх — так женщины срывают цветок со стебля. Все же остальные ветки, жестоко переломанные, измочаленные, свешивались вниз — очевидно, грубая рука мужчины ломала их. Поэтому я и подумал: видно, кто-то из гуронов заметил, что леди сломала ветку, и стал ломать остальные, чтобы нам представилось, будто молодой олень запутался в кусте и старался вырваться из чащи.

– Ваша проницательность не обманула вас: именно так и было.

– Заметить изломанные ветви и догадаться, в чем дело, было легко, – прибавил разведчик, совсем не сознавая, какую тонкую и необыкновенную проницательность выказал он. – Это полегче, чем приметить иноходь по следам коня. Подле изломанного куста я сказал себе, что минги двинутся к источнику, потому что они отлично знают достоинства его воды.

– Но разве эта вода так знаменита? – спросил Хейворд, с большим любопытством оглядывая красивую ложбину и журчащий родник.

– Редко кто из индейцев, побывавших южнее и восточнее Великих Озер, не слыхал о качествах этого ключа. Но не хотите ли вы сами отведать воды?

Хейворд взял флягу, сделал несколько глотков и бросил ее, сморщившись. Разведчик рассмеялся своим тихим, но искренним смехом и удовлетворенно покачал головой:

– Ага, вам эта вода не по вкусу, потому что вы еще не привыкли к ней! В свое время и мне она не нравилась, но теперь мне всегда хочется пить из этого источника, как оленю полизать соль. Ваши пряные вина меньше привлекают жителей городов, чем эта вода – краснокожих, в особенности когда они чувствуют себя не вполне здоровыми... Но Ункас развел огонь, и пора подумать об ужине и подкрепить наши силы: нам предстоит еще долгое путешествие.

Неожиданно прервав разговор, охотник осмотрел мясо, оставшееся от обильного ужина гуронов. Приготовили простое блюдо, и охотник со своими краснокожими друзьями принялись за еду со спокойствием и усердием людей, которым предстояло подкрепиться перед серьезным и важным делом.

Когда приятное занятие было закончено, каждый лесной житель наклонился и испил долгий прощальный глоток из этого уединенного источника. Затем Соколиный Глаз объявил, что пора снова двинуться в путь. Сестры сели в седла. Дункан и Давид подняли свои ружья и двинулись вслед за девушками. Соколиный Глаз шел впереди, могикане же составляли арьергард. Маленький отряд избрал узкую тропинку, направляющуюся к северу, предоставив целительным водам сливаться с течением ручья, а телам гуронов — лежать на площадке соседнего холма.

## *Глава XIII*

Я буду искать дорогу полегче.

Парнелл

Путь, который избрал Соколиный Глаз, пролегал через песчаные равнины, сменявшиеся по временам зелеными долинами и холмами. Этой же дорогой шли они утром, когда их вел предатель Магуа. Солнце уже село за вершины дальних гор; путешественники двигались лесом, и жара больше не угнетала их. И задолго до того, как сгустились сумерки, отряд прошел большую часть своего утомительного пути.

Соколиный Глаз, подобно Магуа, место которого он теперь занял, вел свой отряд, руководствуясь еле приметными признаками. Торопливо, искоса поглядывал он на мох, покрывавший деревья, время от времени поднимал глаза в ту сторону неба, где горело заходящее солнце, или смотрел на течение многочисленных ручьев, которые им приходилось переходить вброд; и этого было достаточно, чтобы уничтожить в нем всякие колебания и сомнения. Между тем оттенки зелени и леса начали изменяться: яркие краски потемнели, что предвещало наступление вечера.

Солнце зажигало золотистые пятна на облаках, украшало багрянцем узкие края туч, скопившихся над западными горами. Соколиный Глаз внезапно повернулся и, указывая рукой на это великолепное зрелище, сказал:

– В эту пору человеку следует подкрепить свои силы и предаться отдыху. Человек поступал бы лучше и мудрее, если бы понимал язык природы и брал пример с птиц и полевых зверей... Впрочем, наша ночь скоро окончится, потому что, едва взойдет луна, мы снова двинемся в путь. Я помню, что именно здесь я сражался с макуасами во время своего первого боя, который заставил меня пролить человеческую кровь. Тогда, спасая свои скальпы, мы сложили из бревен и камней что-то вроде укреплений. Если я правильно вел вас, мы скоро увидим блокгауз[1]: он должен быть где-то здесь, по левую руку.

Не дожидаясь ответа со стороны спутников, суровый охотник смело вошел в густую рощу каштановых деревьев, молодые побеги которых почти скрывали почву. Память не обманула его. Он прошел сквозь чащу кустов и очутился на поляне, окружавшей низкий зеленеющий холмик. На маленькой возвышенности стоял полуразвалившийся блокгауз. Крыша, сделанная из коры, уже давно обвалилась, истлела и смешалась с землей, но громадные сосновые, наскоро сложенные бревна все еще были на месте, хотя один из углов постройки, уступая времени, осел, грозя обвалиться и окончательно разрушить грубое здание.

Хейворд и его спутники опасливо приближались к старому блокгаузу, но Соколиный Глаз и индейцы вошли в низкое строение без страха и с явным любопытством. Пока разведчик осматривал стены со вниманием человека, воспоминания которого оживали с каждой минутой, Чингачгук на делаварском наре-

---

[1] Блокгауз – полевое укрепление с бойницами для ведения кругового огня.

чии рассказывал Ункасу короткую историю схватки, которая произошла в этом уединенном месте. Когда он говорил о подвигах своей юности, в его лице и осанке сквозила гордость победителя.

Кора и Алиса с удовольствием сошли с седел в надежде отдохнуть среди вечерней прохлады в безопасном месте, тишину которого, как они думали, могло потревожить только появление лесных зверей.

– Не лучше ли расположиться для отдыха в более скрытом уголке, мой достойный друг? – спросил разведчика осторожный Дункан, заметив, что Соколиный Глаз уже окончил свой короткий осмотр блокгауза. – Может быть, благоразумнее отыскать менее известное, менее посещаемое место?

– Почти все, кому было известно существование этого блокгауза, умерли, – медленно и задумчиво ответил белый охотник. – Не часто пишут книги о стычке вроде той, которая произошла здесь между враждовавшими могиканами и мохоками. Тогда я был еще очень молод и выступил с делаварами, зная, что их племя обижено и угнетено. Сорок дней и сорок ночей дьяволы мохоки, жаждавшие нашей крови, окружали этот бревенчатый сруб. План этой крепости придуман был мною, я же и строил этот блокгауз, хотя сам я не индеец, а белый. Делавары тоже помогали мне работать, и мы скоро возвели отличное строение. Потом сделали вылазку на жестоких псов, и ни один из них не вернулся домой, чтобы рассказать о постигшей их судьбе. Да-да, мне, тогда еще молодому человеку, были в новинку кровавые зрелища, меня ужасала мысль, что существа, одаренные такой же душой, как моя, лежат на обнаженной земле, что их трупы брошены на съедение зверям или останутся гнить под дождями. Я собственными руками похоронил убитых.

Они лежат вот под тем самым холмиком, на котором вы расположились. И надо сказать, что сидеть здесь очень удобно, хотя пригорок этот возвышается над грудой человеческих костей.

Хейворд и Алиса с Корой мгновенно вскочили с покрытой травой могилы. Хотя девушки недавно пережили много страшных сцен, они все же не были в силах подавить в себе ужас при мысли о близком соседстве с могилой убитых мохоков. Сероватый свет, унылая поляна, поросшая бурой травой, кайма зарослей и кустов, за которыми чернели высокие сосны, поднимавшиеся, казалось, до самых туч, мертвое молчание леса — все это наводило на мрачные мысли.

— Они умерли, они безвредны, — продолжал Соколиный Глаз, махнув рукой. — Никогда больше не огласят они тишины своим военным кличем, никогда не взмахнут томагавками! Чингачгук да я только уцелели из тех, кто сражался тогда на этой лужайке. Братья и родственники моего друга могиканина составляли наш отряд, а посмотрите, что осталось от его рода!

Слушатели невольно взглянули в сторону своих темнокожих друзей с чувством сострадания к их печальной судьбе. Фигуры могикан еще виднелись в тени блокгауза. Ункас с напряженным любопытством слушал рассказ о славных подвигах могикан.

— Я думал, делавары отказывались принимать участие в войнах, — сказал Дункан, — и никто из них не брал в руки оружие, доверяя защищать свои земли этим самым мохокам, которых вы побили.

— В этом не вся правда, — ответил охотник. — А по сути дела, все это ложь. Много веков назад стараниями голландцев был заключен такой договор, по которому голландцы обезоружили туземцев, чтобы завладеть всей страной, где они обосновались. Могикане, которые были частью племени, но которым пришлось иметь дело с англичанами, никогда не вступали в эту глупую сделку; они защищали свое человеческое достоинство. Так стали поступать и делавары, когда у них открылись глаза на их собственное безрассудство. Вы видите перед собой великого вождя, мудрого могиканина. Когда-то его предки могли преследовать оленя на огромном расстоянии. А что же досталось его потомкам? Когда Бог возьмет его к себе, он обретет около шести футов земли и будет спокойно лежать в ней, только если у него найдется друг, который выроет ему могилу поглубже, так чтобы лемехи не потревожили его.

– Оставим это, – сказал Дункан, чувствуя, что этот разговор может привести к спору, который нарушит добрые отношения между путешественниками. – Мы прошли много миль, но среди нас нет такого сильного человека, как вы, который почти совсем не знает усталости и слабости.

– Человеческие кости и мускулы помогли мне перенести все это, – ответил охотник, разглядывая свои мускулистые руки с простотой, которая выдавала в нем искреннее удовольствие от похвалы, высказанной ему Дунканом. – Есть люди посильнее меня, но вам нужно будет еще хорошенько поискать среди них такого, кто сможет пройти пятьдесят миль, ни разу не остановившись на передышку. И вот потому, что кровь и кости у каждого человека разные, надо полагать, что эти нежные создания хотят отдохнуть после всего, что они пережили за целый день... Ункас, очисть от листьев родник, пока я с твоим отцом сделаю убежище для них под сенью каштана и ложе из травы и листьев.

Между тем совсем стемнело. Соколиный Глаз и его товарищи занялись устройством ночлега для Коры и Алисы. Тот ключ, который за много лет перед тем заставил туземцев избрать эту полянку местом временной крепости, был наскоро очищен от листьев, и хрустально-прозрачный источник заструился быстрее, оросив своими свежими водами зеленеющий холм. Вслед за тем один из углов старого блокгауза покрыли такой крышей, которая могла защитить лежащих под нею от крупной росы, свойственной этой местности; собрали также груду тонких ветвей и сухих листьев, превратив их в постель для Коры и Алисы.

Пока усердные жители лесов хлопотали над устройством ночлега, молодые девушки подкрепили свои силы ужином, скорее, впрочем, ради необходимости, нежели вследствие пробудившегося голода. Потом они легли на приготовленную для них ароматную постель и тотчас же погрузились в сон.

Дункан решил провести ночь, охраняя их покой, и занял место часового, поместившись подле одной из наружных стен блокгауза, но Соколиный Глаз, указав ему на Чингачгука, сам спокойно улегся на траву и произнес:

– Глаза белого человека слишком слепы для ночного караула. Нашим часовым будет могиканин, мы же можем спокойно спать.

– Прошлый раз я показал себя соней, – сказал Дункан. – Я меньше нуждаюсь в отдыхе, чем вы. Пусть заснут все, кроме меня: я буду стоять на часах.

– Если бы мы были среди белых палаток шестидесятого полка и стояли против такого неприятеля,

как Монкальм, я не пожелал бы лучшей охраны, — ответил разведчик, — но в темную ночь в этой дикой глуши вы только даром будете напрягать свое внимание и бдительность. Итак, возьмите-ка лучше пример с Ункаса и с меня самого — засните, и, поверьте, вы будете спать в полной безопасности.

Действительно, Хейворд увидел, что молодой индеец лег на склон холма и, казалось, собирался как можно лучше воспользоваться возможностью отдохнуть. Давид, язык которого буквально прилип к гортани от лихорадки, вызванной раной и усилившейся вследствие трудного перехода, последовал примеру Ункаса. Не желая продолжать ненужный спор, молодой человек полулежа прислонился спиной к бревнам блокгауза, но в душе твердо решил не смыкать глаз, пока не передаст Кору и Алису в руки Мунро. Разведчику показалось, что он убедил молодого офицера, и с этим сознанием он скоро заснул.

Довольно долгое время Дункану удавалось бороться со сном. Он прислушивался к малейшему звуку, доносившемуся из леса. Вечерние сумерки сгустились над его головой, но он все еще различал фигуры лежавших на земле людей и Чингачгука, который сидел, выпрямив стан, так же неподвижно, как деревья, темными стенами поднимавшиеся со всех сторон. Он слышал нежное дыхание сестер, которые лежали в нескольких шагах от него, и ни один шелест листа на ветру не ускользал от его слуха.

Но вот печальные крики выпи стали для Дункана сливаться со стоном совы; в полудремоте он принимал куст за своего товарища – стража, наконец голова его опустилась на плечо, а плечо, в свою очередь, склонилось к земле; все тело его ослабело, и Дункан погрузился в глубокий сон.

Его разбудил легкий удар по плечу. Слабо было прикосновение, но Дункан вскочил, вспомнив о той обязанности, которую он возложил на себя в начале ночи.

– Кто идет? – спросил майор, нащупывая саблю.

– Друг, – ответил тихий голос Чингачгука, и, указав на луну, которая струила свой мягкий свет сквозь листву деревьев, он прибавил на своем ломаном английском языке: – Луна взошла. Форт белого человека еще далеко-далеко. Пора идти, теперь сон смыкает оба глаза француза.

– Да-да, ты прав. Позови своих друзей, взнуздай лошадей, а я разбужу моих спутниц.

– Мы уже проснулись, Дункан, – прозвучал из блокгауза серебристый голосок Алисы, – и после такого сладкого сна готовы ехать, но вы не спали в течение всей этой долгой ночи, да еще после такого дня, который длился, кажется, целую жизнь. И все ради нас!

– Скажите лучше, что я собирался не спать, но глаза мне изменили...

– Нет, Дункан, не отнекивайтесь, – с улыбкой прервала его Алиса, выходя из тени блокгауза на площадку, залитую лунным светом. – Нельзя ли нам еще немного побыть здесь, чтобы и вы отдохнули? Ведь вы так нуждаетесь в этом! Мы с Корой охотно будем караулить, а вы и все остальные храбрецы ложитесь и отдыхайте.

– Если бы стыд мог излечить меня от сонливости, я никогда больше не сомкнул бы глаз, – ответил молодой человек, чувствуя себя очень неловко и боясь насмешки. – После того как я необдуманными действиями вовлек вас в опасность, у меня не хватает сил сторожить ваш сон, как это следовало бы делать солдату...

Его слова были прерваны глухим восклицанием Чингачгука. В то же время фигура Ункаса приняла позу, выражавшую напряженное внимание.

– Сюда идет враг, и могикане слышат это, – прошептал Соколиный Глаз, проснувшись, как и все остальные. – Они чуют опасность в воздухе.

– Сохрани Бог! – произнес Хейворд. – Мы видели уже достаточно кровопролитий.

Тем не менее он схватил ружье и выступил вперед.

– Здесь бродит какой-то лесной зверь, – шепотом сказал он, когда его слух уловил тихие и, по-видимому, отдаленные звуки, встревожившие могикан.

– Тсс! – отозвался внимательный разведчик. – Это не зверь, а человек. Хотя я слеп и глух по сравнению с индейцами, но теперь даже я различаю шаги человека. Убежавший от нас гурон, вероятно, наткнулся на один из передовых отрядов Монкальма, и французы напали на наш след. Мне и самому не хотелось бы снова проливать в этом месте человеческую кровь, – прибавил он, тревожно оглядывая смутные очертания блокгауза, – но что суждено, то и будет. Введите лошадей в блокгауз. Ты, Ункас, и вы, друзья, спрячьтесь туда же. Как ни ветхи и ни жалки эти стены, они все же послужат прикрытием – в них уже раздавались ружейные выстрелы.

Его желание было исполнено. Могикане ввели в полуразвалившийся блокгауз наррагансетов; все путешественники в полном молчании вошли туда же.

Звуки приближающихся шагов слышались до того ясно, что всякие сомнения исчезли. Скоро раздались и голоса. Люди перекликались на индейском наречии, и Соколиный Глаз шепотом сказал Хейворду, что они говорят на языке гуронов.

Когда дикари дошли до того места, на котором лошади свернули в чащу, окружавшую блокгауз, они, по-видимому, потеряли след.

Судя по голосам, можно было думать, что приближалось около двадцати человек; очевидно, они собрались все в одном месте, их голоса слились в громкий гул.

– Видно, эти негодяи знают, что нас немного, – прошептал стоявший рядом с Хейвордом Соколиный Глаз, глядя в щель между бревнами, – иначе они не стали бы поднимать такой шум. Прислушайтесь только! Кажется, будто у каждого из них по два языка и всего одна нога.

Несмотря на всю свою храбрость, Дункан не мог в минуту тягостного ожидания ничего ответить на хладнокровное и меткое замечание разведчика. Крепче сжав ружье, он стал еще пристальнее и тревожнее разглядывать сквозь узкое отверстие в стене поляну, залитую лунным светом. В толпе индейцев послышался громкий и повелительный голос, все остальные замолчали, и эта тишина доказывала, что они с уважением слушают приказания своего вождя. Зашелестели листья, послышался треск сухих ветвей; очевидно, дикари разделились, отправляясь отыскивать потерянный след. К счастью для скрывавшихся в блокгаузе, лунный свет не был настолько ярок, чтобы пронизать густые своды леса. Поиски краснокожих остались бесплодны; путешественники так быстро пересекли небольшое пространство, которое отделяло еле заметную тропинку от чащи, что их слабые следы исчезли в тени.

Тем не менее шелест листьев и ветвей скоро показал, что неутомимые дикари усердно осматривали кустарники и мало-помалу подходили к зарослям молодых каштанов, которые окружали маленькую площадку около блокгауза.

– Кажется, они идут сюда, – прошептал Хейворд, стараясь просунуть ствол своего ружья в щель между бревнами. – Я думаю, когда они будут ближе, мы выстрелим?

– Спрячьте ружье, – возразил Соколиный Глаз. – Стук кремня или хотя бы запах пороха привлечет негодяев сюда. Ну, а уж если Господу будет угодно, чтобы мы вступили в борьбу ради сохранения наших скальпов, доверьтесь опытности людей, которые знают нравы и обычаи индейцев и не часто обращаются в бегство при звуках боевого клича.

Дункан оглянулся и увидел, что дрожащие девушки прижались в отдаленном углу блокгауза, а могикане стоят в тени, по-видимому, готовясь вступить в борьбу. Молодой офицер, подавив в себе нетерпение, снова выглянул наружу и стал молча ожидать дальнейшего.

В это самое мгновение густые ветви чащи раздвинулись и на площадке показался высокий вооруженный гурон. Он повернулся к тихому блокгаузу, и лунный свет залил его темное лицо, выражавшее удивление и любопытство. С губ индейца сорвалось восклицание изумления, и он что-то тихо сказал. К нему немедленно подошел его товарищ.

Несколько мгновений гуроны стояли рядом, указывая пальцами на полуразвалившееся здание, и совещались о чем-то. Потом они двинулись вперед, однако медленными, осторожными шагами, то и дело останавливаясь и пристально глядя на блокгауз; дикари походили на изумленных оленей, любопытство которых борется с тревогой. Нога одного из гуронов ступила на могильный холмик, и он нагнулся, чтобы разглядеть его. В это мгновение Хейворд увидел, что Соколиный Глаз обнажил нож и опустил дуло своего ружья. Молодой человек последовал его примеру и приготовился к борьбе, которая казалась неизбежной.

Теперь гуроны были так близко, что малейшее движение лошади или человеческий вздох выдали бы присутствие беглецов. Однако, поняв, какой холмик был под их ногами, гуроны оживленно заговорили между собой. Их голоса зазвучали тихо и торжественно; казалось, краснокожих охватило чувство почтения, близкое к страху. Замолчав, дикари осторожно отступили, не спуская глаз с развалин блокгауза, точно ожидали, что из-за молчаливых стен покажутся привидения; наконец они медленно скрылись в молодой роще.

Andriolli.
1883.

Соколиный Глаз опустил на землю приклад своего «оленебоя» и, глубоко вздохнув, произнес внятным шепотом:

– Ага, они уважают мертвых, и это спасло их собственную жизнь, а может быть, также и жизнь людей получше их.

Хейворд внимательно посмотрел на охотника, но ничего не ответил и снова обернулся в сторону дикарей, которые в эту минуту интересовали его больше всего. Он услышал, как два гурона вышли из кустов, и вскоре понял, что остальные краснокожие окружили своих товарищей и внимательно слушают их рассказ. Несколько минут они разговаривали серьезно и торжественно, эта беседа не походила на их первое шумное совещание. Вскоре голоса краснокожих стали ослабевать и наконец окончательно затерялись в глубине леса.

Соколиный Глаз подождал, пока Чингачгук дал знать, что гуроны удалились на большое расстояние, и жестом предложил Хейворду вывести лошадей из строения и помочь Алисе и Коре сесть в седла.

Потом маленький отряд в молчании двинулся в путь. Девушки пугливо оглядывались на могилу гуронов и на ветхий блокгауз, и их тревога особенно возросла, когда, оставив позади залитую лунным светом лужайку, они углубились в непроницаемую тьму леса.

С тех пор как путешественники поспешно покинули блокгауз и до того как их поглотила лесная темень, никто не проронил ни одного слова.

# *Глава XIV*

> Часовой. Кто идет?
> Жанна д'Арк. Крестьяне, бедные французы.
>
> Шекспир.
> *«Генрих VI»*

Соколиный Глаз снова занял место впереди маленького отряда, но теперь, даже после того как между ним и его врагами было достаточно большое расстояние, охотник шел с еще большей осторожностью, чем во время предыдущего перехода; он, видимо, совсем не знал этот участок леса. Не раз он останавливался, чтобы посоветоваться с могиканами, указывал им на луну или же внимательно осматривал кору деревьев. Во время таких коротких остановок Хейворд и Кора с Алисой напрягали свой слух, обострившийся благодаря сознанию опасности, и старались уловить какие-нибудь признаки, которые могли предупредить их о приближении свирепых гуронов. Но вся эта пустынная местность была словно окутана вечным сном; из леса не доносилось никаких звуков, кроме отдаленного, едва слышного журчания ручья. Птицы, звери и люди, если только они скрывались среди ветвей, казалось, спали глубоким, непробудным сном. Слабое, нежное журчание ручейка избавило проводников от немалого затруднения. Соколиный Глаз и могикане немедленно повернули по направлению к потоку.

Близ берега ручья Соколиный Глаз, сделав второй привал, снял с ног мокасины и предложил Хейворду и Гамуту сделать то же. Потом все вошли в воду, и около часа маленький отряд двигался по руслу ручья, не оставляя после себя следов. Луна уже спряталась за громадные черные тучи, которые громоздились в западной части горизонта, когда путники покинули мелкий извилистый ручей и снова очутились на песчаной, поросшей лесом низменности. Тут охотник, по-видимому, почувствовал себя гораздо спокойнее; теперь он шел с уверенностью и быстротой человека, знающего, что он делает. Вскоре тропинка сделалась менее ровной, и путешественники заметили, что ее с обеих сторон теснят горы и что им вскоре придется войти в одно из горных ущелий.

Соколиный Глаз остановился и, подождав остальных, сказал вполголоса:

– Легко изучить лесные тропинки, научиться отыскивать соленые источники и ручьи в лесной глуши. Но кто из видевших это место решится сказать, что целый отряд может скрываться среди молчаливых деревьев и каменных склонов?

– Значит, мы уже невдалеке от форта Уильям-Генри? – спросил Хейворд, делая шаг к разведчику.

– Еще далеко, да вдобавок нам придется идти по очень неудобной дороге. Смотрите, – прибавил охотник, указывая на небольшой водоем, на глади которого неподвижно лежали отражения звезд, – это Кровавый пруд. Я не только частенько бывал здесь, но и дрался с врагами, дрался от восхода и до заката.

– Значит, это и есть могила храбрецов, которые пали во время сражения? Я слыхал название «Кро-

вавый пруд», но никогда не видел этого страшного водоема.

– Да, повоевали мы здесь! – продолжал Соколиный Глаз, скорее отдаваясь потоку собственных мыслей, чем отвечая на замечание Дункана. – Немало французов нашло здесь могилу. Собственными глазами я видел, как эти воды покраснели от крови, когда по окончании сражения тела убитых были свалены в пруд.

– Во всяком случае, это покойная могила для солдата, – заметил Дункан. – А вы, значит, долго служили тут, на границе?

– Я? – гордо воскликнул разведчик. – Почти все эти склоны повторяли звуки моих выстрелов, и между Хорикэном и рекой не найдется ни одной квадратной мили, на которой мой «оленебой» не уложил бы врага или лесного зверя... А что касается спокойствия подобной могилы, то существует и другое мнение. Говорят, что души убитых иногда покидают этот водоем и бродят по его берегам... Тсс! Вы ничего не видите на том берегу пруда?

– Вряд ли в этом темном лесу найдется еще такой же бесприютный, как мы.

– Такие создания, как это, мало заботятся о доме или приюте, и ночная роса не увлажнит тела, которое с рассветом погружается в воду, – возразил Соколиный Глаз и уцепился за плечо Дункана с такой судорожной силой, что офицер понял, какой суеверный страх охватил этого обычно бесстрашного человека. – Клянусь Небом, это живой человек, и он подходит к нам! Возьмитесь за оружие, друзья, потому что неизвестно, враг или друг идет нам навстречу.

– Кто идет? – по-французски спросил суровый голос.

– Что это значит? – прошептал Соколиный Глаз. – Он говорит не по-английски и не по-индейски.

– Кто идет? – повторил тот же голос.

Вслед за вопросом послышалось щелканье курка, а фигура незнакомца приняла угрожающую позу.

– Франция! – по-французски крикнул Хейворд, выступив из тени деревьев на берег пруда, и остановился в нескольких ярдах от часового.

– Откуда вы и куда идете в такой час? – спросил гренадер с акцентом уроженца старой Франции.

– Возвращаюсь из разведки, иду спать.

– Вы офицер короля?

– Ну конечно, камрад. Неужели не видно сразу? Я капитан стрелкового полка. (Хейворд успел заметить, что солдат принадлежал к одному из линейных полков.) Со мной пленные дочери коменданта английской крепости... Ага! Ты слышал про это? Я их захватил в плен подле форта и везу к генералу.

— Клянусь, сударыни, мне очень жаль, что так случилось, — произнес молодой солдат и любезно приложил руку к козырьку, — но что делать: превратности войны! Вы увидите, что наш генерал — достойный человек и очень вежлив с дамами.

— Таков обычай военных, — по-французски сказала Кора, отлично владевшая собой. — До свидания. Желаю, чтобы вам поручили выполнение какой-нибудь более приятной обязанности.

Солдат вежливо и низко поклонился ей, а Хейворд прибавил: «Покойной ночи, товарищ», — и все путники снова медленно двинулись в путь, предоставив часовому ходить взад и вперед по берегу молчаливого пруда. Не допуская мысли, чтобы враги могли поступить с такой безумной смелостью, он напевал песенку, которая возникла в его уме при виде девушек и, может быть, при воспоминании о своей любимой далекой Франции: «Vive le vin, vive l'amour!»[1]

— Какое счастье, что вы сумели столковаться с этим мошенником! — прошептал разведчик, миновав пруд. — Он может благодарить Бога за то, что любезно обошелся с вами. В противном случае среди костей его соотечественников нашлось бы местечко и для его скелета...

Соколиный Глаз не мог продолжать: его прервал протяжный и глухой стон, донесшийся от маленького пруда; казалось, будто души убитых действительно все еще бродили около своей водяной могилы.

---

[1] «Да здравствует вино, да здравствует любовь!» (*фр.*)

– Не правда ли, это был солдат из плоти? – продолжал разведчик. – Ни один дух не был бы в состоянии так ловко управляться с ружьем.

– Да, это был живой человек, только остался ли бедняк в живых – неизвестно, и в этом можно сомневаться, – ответил Хейворд, оглядываясь кругом и видя, что рядом нет Чингачгука.

Раздался второй стон, слабее первого, потом послышался глухой всплеск воды, и снова воцарилась мертвая тишина.

Маленький отряд стоял в нерешительности, не зная, что делать. В это время из чащи ветвей выскользнула фигура индейца. Вождь могикан подходил к своим спутникам. Одной рукой он привязывал к своему поясу скальп несчастного француза, а другой поправлял скальпировальный нож и томагавк, которые были обагрены кровью молодого солдата. Он спокойно занял свое прежнее место с видом человека, который выполнил похвальную обязанность.

Разведчик опустил приклад ружья на землю, положил руки на его дуло и остановился в глубоком раздумье. Наконец, печально покачав головой, он пробормотал:

– А все-таки жаль, что это случилось с веселым молодым человеком из старой страны, а не с каким-нибудь мингом!

– Довольно! – сказал Хейворд; он боялся, как бы ничего не подозревавшие сестры не поняли причины остановки маленького отряда. – Дело сделано, и хотя было бы лучше, если бы не произошло ничего подобного, но сделанного не переменишь. Однако мы, очевидно, находимся на линии вражеских часовых.

– Да, – произнес, очнувшись от раздумья, Соколиный Глаз, – действительно, не стоит больше думать

о случившемся. Да-да, как видно, кругом форта собралось много французов, и нам предстоит нелегкая задача.

– К тому же у нас немного времени, – прибавил Хейворд, подняв глаза на туманные облака, которые скрывали заходившую луну.

– Да, немного, – повторил разведчик. – Но мы можем проскользнуть в форт двумя способами.

– Скажите скорее как – ведь время не ждет.

– Первый способ следующий: девушки должны сойти с лошадей и отпустить животных на волю. Мы пошлем вперед могикан, и тогда нам, может быть, удастся пробиться через линию неприятельских часовых и войти в форт по телам убитых французов...

– Нет-нет! – перебил его Хейворд. – Солдат еще мог бы прорваться таким образом, но с нашими спутницами об этом нельзя и думать.

– Действительно, это был бы слишком кровавый и тернистый путь для их ног, – согласился разведчик, – однако из уважения к собственному мужеству я считал себя обязанным упомянуть о нем. Значит, нам придется повернуть и миновать линию французских укреплений, потом сделать крутой поворот к западу и войти в горы. Там я скрою вас так, что проклятые наемники Монкальма в течение многих месяцев не отыщут наших следов.

– Пусть так и будет, и чем скорее, тем лучше.

Дальнейших рассуждений не потребовалось. Соколиный Глаз сказал только: «Идите за мною» – и двинулся обратно по тому пути, который привел путников к такому опасному положению.

Они были осторожны, их ноги ступали бесшумно: ведь каждую минуту они могли встретить патруль или пикет французов, залегший в засаде.

Снова миновав пруд, Хейворд и разведчик искоса посмотрели на его страшные, унылые воды. Напрасно их взгляд отыскивал тело того, кто недавно расхаживал по молчаливым берегам; только слабая рябь доказала им, что вода еще не совсем улеглась после кровавого дела.

Соколиный Глаз изменил направление и пошел к горам, составлявшим западную границу узкой низменности; теперь он быстрыми шагами вел своих спутников, стараясь держаться в тени высоких зубчатых вершин. Путь сделался труднее: приходилось идти по неровной почве, покрытой камнями, пересеченной рвами, и маленький отряд стал двигаться медленнее. С обеих сторон высились обнаженные черные горы, внушая путникам сознание безопасности. Наконец отряд начал медленно подниматься по крутой дорожке, извивавшейся между камнями и редкими деревьями.

По мере того как путники поднимались в гору, густой туман, обыкновенно предшествующий появлению дневного света, начал рассеиваться. Выйдя из-под ветвей чахлых деревьев, цеплявшихся за обнаженные склоны гор, и ступив на плоскую мшистую скалу, путники увидели, что заря занималась над вершинами зеленых сосен, покрывавших гору на противоположном берегу Хорикэна.

Разведчик предложил Коре и Алисе сойти с лошадей, разнуздал наррагансетов, снял с усталых животных седла и предоставил им отыскивать себе скудную пищу – щипать листья кустов и тощую траву.

– Идите, – сказал он коням, – постарайтесь отыскать себе пропитание там, где вам его даст природа, да смотрите не попадитесь в зубы хищных волков, которые бродят в этих горах!

– Но разве нам больше не нужны лошади? – спросил Хейворд.

– Смотрите и судите сами, – сказал разведчик, подходя к восточному краю горы и знаком предлагая всем последовать его примеру. – Если бы можно было так же отчетливо видеть сердца людей, как лагерь Монкальма с этого места, мало бы осталось лицемеров, и хитрость мингов потеряла бы силу.

Подойдя к обрыву, путники сразу оценили, насколько были справедливы слова разведчика, и поняли, почему привел он их на вершину этой горы.

Она поднималась примерно на тысячу футов и представляла собой высокий конус, один из отрогов горной цепи, которая на много миль тянулась по западному берегу озера, встречаясь с другими громадами по ту сторону Хорикэна. Вся южная часть Хорикэна лежала теперь перед путниками как на ладони.

На самом берегу озера, ближе к его западному краю, виднелись длинные земляные валы и низкие строения крепости Уильям-Генри. Волны омывали фундамент двух невысоких бастионов, а глубокий ров и большое болото охраняли остальные стороны и углы форта. Вокруг укрепления лес был вырублен, но все остальные части пейзажа природа окутала зеленым покровом, за исключением тех мест, где прозрачные воды ласкали глаз или грозные скалы поднимали свои обнаженные головы. Под крепостной линией стояли часовые; за стенами путники увидели солдат, еще дремавших после бессонной ночи. На юго-востоке, в непосредственном соседстве с фортом, простирался защищенный траншеями лагерь; он был расположен на скалистой возвышенности, которая представляла гораздо более удобное место для крепости. Соколиный Глаз указал своим спутникам тот отряд, который покинул форт Гудзон одновременно с майором. Немного южнее из леса поднимались темные клубы дыма: по-видимому, там засели значительные силы врага.

Однако молодого офицера больше всего занимало то, что он видел на западном берегу озера. На полосе земли, которая ему казалась слишком узкой для большого отряда, но, в сущности, занимала несколько сотен ярдов, простираясь от Хорикэна в сторону подножия гор, белели палатки большого лагеря. Батареи выдвинулись вперед, и как раз в то время, когда путники смотрели на эту картину, расстилавшуюся, как карта, под их ногами, грохот артиллерии долетел из долины и пронесся вдоль восточных гор, пробуждая в скалах громовые отклики.

– Утренние лучи только что коснулись их там, внизу, – спокойно и как бы в раздумье сказал разведчик, – и часовые вздумали разбудить спящих звуком пушки. Мы опоздали на несколько часов! Монкальм уже наполнил леса своими проклятыми ирокезами.

– Действительно, крепость обложена, – ответил Дункан. – Но разве нельзя придумать способ пробраться в форт? Лучше попасть в плен в стенах форта, чем снова очутиться в руках индейцев.

– Посмотрите! – воскликнул разведчик, невольно заставив Кору обратить внимание на ту часть форта, в которой стоял дом ее отца. – Смотрите, как от выстрела полетели камни комендантского дома! Французы разрушат его быстрее, чем он был построен, хотя здание прочно и стены его толсты.

– Хейворд, мне невыносимо тяжело, что мой отец находится в опасности и я не могу разделить ее! – с волнением сказала бесстрашная Кора. – Пойдемте к Монкальму, попросим его дать мне пропуск. Он не осмелится отказать в этой милости дочери.

— Вряд ли вы подойдете к шатру француза, сохранив волосы на голове, — откровенно сказал разведчик. — Вот если бы у меня была хоть одна из тысячи лодок, которые без пользы стоят там, вдоль берега, мы еще могли бы пробраться в неприятельский лагерь. Но смотрите, скоро стрельба прекратится: надвигается туман, который превратит день в ночь и сделает индейскую стрелу опаснее превосходнейшей пушки. Если вы достаточно сильны, чтобы идти вслед за мной, я двинусь вперед: ведь я жажду войти в форт Уильям-Генри хотя бы ради того, чтобы рассеять этих собак мингов, которые, как я вижу, прячутся на опушке березового перелеска.

— Да, мы чувствуем себя достаточно сильными, — твердо сказала Кора, — и готовы к любой опасности.

Разведчик повернулся к ней с улыбкой сердечного одобрения и ответил:

— Откровенно говоря, я хотел бы, чтобы у меня была тысяча мужественных молодцов, которые так же мало боялись бы смерти, как вы. Тогда меньше чем через неделю я оттеснил бы французов в их берлогу... Но, — прибавил Соколиный Глаз, поворачиваясь к остальным спутникам, — туман движется так быстро, что мы едва-едва успеем захватить его в равнине и скрыться в его клубах. Помните же, если со мной случится что-нибудь, держитесь так, чтобы ветер обвевал вашу левую щеку, а еще лучше — идите вслед за могиканами: ни днем, ни ночью они не собьются с дороги.

Махнув рукой своим товарищам, разведчик осторожными шагами стал спускаться с крутого склона. Хейворд поддерживал сестер, и вскоре все очутились недалеко от подножия горы, на которую они недавно взбирались с таким трудом.

Следуя направлению, выбранному Соколиным Глазом, путники сошли на равнину против западных ворот форта Уильям-Генри. Крепость была теперь в полумиле; густой туман скрывал путников от глаз неприятеля. Однако тут им пришлось остановиться и выждать, чтобы дымка тумана одела своим влажным покровом вражеский лагерь. Пользуясь остановкой, могикане выскользнули из лесной чащи и стали осматривать окружающую местность. Разведчик шел на небольшом расстоянии от них. Через несколько мгновений Соколиный Глаз вернулся с раскрасневшимся от досады лицом.

– Хитрый француз поставил пикет как раз на нашем пути, – сказал он. – Тут и краснокожие и белые, и в этом тумане мы с таким же успехом можем попасть в руки врагов, как и миновать их.

– Нельзя ли, сделав крюк, обойти пикет, а когда опасность минует, вернуться на тропинку? – спросил Хейворд.

– Но разве можно, покинув в тумане раз выбранное направление, с уверенностью сказать, когда и в какую минуту снова отыщешь свою дорогу? Туманы Хорикэна – не то что дым «трубки мира» или дым, который вьется над кострами, разложенными для защиты от москитов...

Не успел он договорить, как послышался грохот пушки; снаряд пронесся через чащу, ударил в дерево и, отскочив от его ствола, упал на землю.

Вслед за страшным предвестником мгновенно показались индейцы. Ункас оживленно заговорил на делаварском наречии.

– Может быть и так, мальчик, – пробормотал разведчик, когда молодой могиканин замолчал. – Идемте же, туман надвигается!

– Нет, стойте! – крикнул Хейворд. – Сначала объясните: на что вы надеетесь?

– Объяснить наши планы нетрудно, и знайте, что у нас мало надежды на успех. Однако все же лучше иметь какую-нибудь надежду. Ядро, которое вы видите, – прибавил Соколиный Глаз, отталкивая ногой безвредный снаряд, – по дороге из укрепления взрыло землю, и нам придется отыскать проделанную им борозду, если все другие признаки пути исчезнут... Теперь довольно слов, идите за мной, не то туман может рассеяться, и в таком случае мы, стоя между друзьями и врагами, попадем под их перекрестный огонь.

Хейворд понял, что наступила действительно критическая минута, когда нужно действовать, а не говорить. Он стал между сестрами и быстро повлек их вперед, не спуская глаз со смутно рисовавшейся в тумане фигуры разведчика.

Вскоре выяснилось, что Соколиный Глаз нисколько не преувеличивал густоты тумана: меньше чем через двадцать ярдов их окружили такие густые клубы, что они с трудом видели друг друга.

Путники сделали небольшой крюк в левую сторону, потом повернули направо. Хейворд полагал уже, что они прошли половину расстояния, которое отделяло их от дружественного укрепления, но вдруг, повидимому футах в двадцати от них, раздался резкий оклик по-французски:

– Кто идет?

– Вперед! – шепнул разведчик, поворачивая влево.

В эту минуту с десяток голосов повторило этот же вопрос, и в каждом слышалась угроза.

– Это я! – крикнул по-французски Дункан и скорее повлек, чем повел за собой своих спутниц.

– Глупец! Кто «я»?

– Друг Франции.

– А мне кажется, ты больше похож на врага Франции. Стой, не то, клянусь, я превращу тебя в друга дьявола!.. Стреляйте, товарищи! Пли!

Приказание было немедленно исполнено: выстрелы пятидесяти ружей разорвали туман. К счастью, цель была неясна, и пули пролетели мимо; однако они пролетели так близко от беглецов, что неопытному слуху Давида и девушек показалось, будто они прожужжали в нескольких дюймах от их ушей.

Снова послышались окрики, и Хейворд ясно расслышал слова приказа не только продолжать стрелять, но и организовать погоню. Когда он объяснил, что означали крики врагов, Соколиный Глаз остановился и, быстро приняв решение, твердо произнес:

– Выстрелим в них все сразу. Они подумают, что наши сделали вылазку, и отступят или же остановятся, выжидая подкрепления.

Этот прекрасно задуманный план не удался. Едва французы услышали выстрелы, вся равнина ожила, ружья защелкали на всем ее протяжении – от берегов озера и до самой отдаленной опушки леса.

– Мы привлечем на себя весь отряд! – воскликнул Дункан. – Друг мой, ведите нас вперед, к форту, если вам дорога собственная жизнь и наша!

Разведчик был бы рад исполнить его желание, но он и сам не знал теперь, в какой стороне находится форт; напрасно поворачивал он к ветерку то одну свою щеку, то другую: они обе ощущали одинаковую прохладу. В эту затруднительную минуту Ункас натолкнулся на борозду, прорытую пушечным ядром.

– Пустите меня вперед, – сказал Соколиный Глаз, пригляделся к направлению борозды и быстро двинулся по ней.

Крики, проклятия, ружейные выстрелы сливались воедино и звучали со всех сторон. Но вдруг сильная вспышка света прорезала густой туман, пушечные выстрелы загремели над долиной, и их грохот отдался в горах и пещерах.

– Это из форта! – крикнул, обернувшись. Соколиный Глаз. – А мы, как дураки, бежали к лесу, прямо под нож макуасов!

Выяснив свою ошибку, маленький отряд тотчас же постарался наверстать потерянное время; путники напрягали все свои силы. Дункан охотно поручил Ункасу поддерживать Кору, которая с радостью приняла помощь молодого могиканина. Было ясно, что за беглецами гнались разгоряченные преследованием солдаты, и каждое мгновение им грозили плен и гибель.

– Не давать пощады! – по-французски крикнул один из преследователей, казалось направлявший действия остальных.

– Держитесь! Готовьтесь, мои храбрецы шестидесятого полка! – внезапно раздался голос сверху. – Сначала разглядите врага. Стрелять вниз, когда я отдам команду!

– Отец, отец! – донесся из тумана пронзительный крик. – Это я, Алиса, твоя Эльси! Пощади, спаси нас!

– Стой! – прозвучал прежний голос с такой тревогой и силой, что его звуки достигли леса и отдались эхом. – Это она! Господь вернул мне моих детей! Откройте ворота! Вперед, мои молодцы! Не спускайте курков, чтобы не убить моих овечек! Отбейте французов штыками...

Дункан услышал скрип ржавых петель; он бросился на этот звук и увидел, что из ворот крепости выходят воины в темно-красных мундирах. Он узнал солдат своего собственного батальона и, став во главе их, вскоре заставил врагов отступить.

На мгновение дрожащие Кора и Алиса остановились: они были поражены неожиданным бегством Дункана и не могли понять, почему он покинул их. Но раньше чем девушки успели заговорить или хотя бы собраться с мыслями, из клубов густого тумана внезапно появился высокий статный офицер, чьи волосы поседели от долгих лет военной службы. Он прижал Кору и Алису к своей груди, и жгучие слезы потекли по его бледным морщинистым щекам.

– Благодарю тебя, Господи! Пусть теперь надвинется какая угодно опасность – твой слуга готов встретить ее! – громко воскликнул он с шотландским акцентом.

## *Глава XV*

Тогда пойдем, чтобы
выслушать посла,
Хоть я заранее сказать могу,
Куда клониться будет речь
француза.

Шекспир.
*«Генрих V»*

Французы наступали с такими силами, которым Мунро не мог успешно сопротивляться. Казалось, отряд Вебба спокойно дремал на берегах Гудзона и комендант форта Эдвард совершенно позабыл о тяжелом положении своих соотечественников. Индейцы, союзники французов, по приказанию Монкальма наполнили все леса и перелески, их военные крики раздавались в британском лагере, заставляя леденеть кровь в сердцах людей.

Воодушевленный примером своих начальников, гарнизон форта, несмотря на все лишения, опасности блокады, собрал все свое мужество и держался с упорством, делавшим честь суровому характеру их командира.

Казалось, Монкальм удовлетворился тем, что трудный, утомительный переход по пустынным лесам был завершен. Несмотря на свой большой военный опыт, он не попытался захватить близлежащие горы, с которых он совершенно безнаказанно мог бы разгромить осажденных.

Странное презрение к возвышенностям – вернее, боязнь трудных подъемов – можно было бы назвать главнейшей слабостью ведения военных действий того периода. Эта ошибка была порождена привычкой к несложной борьбе с индейцами, во время которой редко возводились крепости и почти бездействовала артиллерия.

На пятый день осады и на четвертый своего пребывания в крепости майор Хейворд воспользовался переговорами, завязавшимися с неприятелем, и поднялся на стену одного из бастионов, чтобы подышать свежим воздухом, который веял от озера, кроме того, он хотел посмотреть, намного ли продвинулся противник. Хейворд был один, если не считать часового, который расхаживал взад и вперед по валу. Стоял восхитительный, спокойный вечер; от прозрачных вод озера несся свежий, мягкий ветерок. Можно было подумать, что вместе с окончанием грохота орудий и свиста ядер сама природа пожелала показаться в своем самом кротком и привлекательном виде. Солнце обливало землю светом заходящих лучей, но уже без тягостного зноя, который составляет особенность местного климата в летние месяцы. Одетые свежей зеленью горы радовали взгляд, полупрозрачные облака бросали на них легкие тени. Многочисленные островки покоились на лоне Хорикэна; одни, низкие, как бы тонули в воде или были вкраплены в озеро, другие точно висели над зеркалом вод, похожие на зеленые бархатные холмики. Между этими островками виднелись лодочки рыболовов. Это солдаты из осаждающей армии решили заняться рыбной ловлей. Их лодочки то мирно скользили под веслами по зеркальной глади озера, то стояли неподвижно.

Развевались два маленьких белоснежных флага: один – на выступающем вперед углу форта, другой – на батарее осаждающих; оба служили эмблемой перемирия, благодаря которому наступил перерыв не только в военных действиях, но, казалось, и во враждебности сражающихся по отношению друг к другу. Дальше, то развертываясь, то снова повисая и образуя складки, волновались шелковые знамена Англии и Франции.

Около сотни веселых, беззаботных французов занимались рыбной ловлей; молодежь весело тащила сеть по каменистой отмели в опасном соседстве с мрачной, теперь молчавшей пушкой форта; восточные склоны гор повторяли громкие крики и звонкий смех, сопровождавшие эти занятия. Одни с наслаждением плескались в воде; другие с любопытством, свойственным французам, отправились осматривать соседние возвышенности. Часовые осаждающих наблюдали за осажденными; осажденные же, не принимая участия в этих забавах, следили за ними с видом праздных, но сочувствующих зрителей. Там и сям раздавались песни; некоторые солдаты танцевали, и это привлекло мрачных индейцев, которые выходили из своих лесов, чтобы посмотреть на развлечения белых. Словом, казалось, будто эти люди наслаждались отдыхом праздничного дня, а не короткими минутами перемирия между кровопролитными и жестокими боями.

Дункан несколько минут не отрывал глаз от этих сцен, вдруг он случайно посмотрел в сторону западных ворот. Офицера привлек звук приближающихся шагов. Он вышел на угол бастиона и увидел, что к отряду, охранявшему форт, подвигался разведчик в сопровождении французского офицера. Утомленное лицо Соколиного Глаза выражало озабоченность и растерянность; казалось, он переживал величайшее унижение, очутившись в руках врагов. С ним не было его любимого ружья, и ремни из оленьей кожи стягивали за спиной его руки. В последнее время белые флаги, служившие залогом безопасности парламентеров, появлялись так часто, что Хейворд сперва небрежно взглянул на подходивших; ему казалось, что он увидит вражеского офицера, явившегося с какимнибудь предложением. Но майор узнал высокую фигуру и гордое, хотя и опечаленное, лицо своего друга, жителя лесов, вздрогнул от изумления и повернулся, чтобы спуститься с бастиона и узнать, в чем дело.

Однако звуки знакомых голосов привлекли внимание Дункана и заставили его на мгновение забыть о своем первоначальном намерении. Огибая один из внутренних выступов вала, он встретил Кору и Алису, которые прогуливались, желая подышать свежим воздухом и отдохнуть от утомительного заключения. Молодой офицер не видел их с той тягостной минуты, в которую ему пришлось оставить девушек перед фортом – впрочем, с единственной целью спасти их. Хейворд в последний раз видел Кору и Алису, когда они были измучены заботами и усталостью; теперь девушки сияли красотой и свежестью, хотя следы тревоги и страха все еще лежали на их лицах. Не мудрено, что при этой встрече молодой человек позабыл на время обо всем остальном и только жаждал поговорить с ними. Но не успел Хейворд произнести и слова, как раздался голосок юной Алисы.

– А-а, изменник! О, неверный рыцарь, который покинул своих дам в беде! – лукаво сказала она. – Долгие дни... нет, многие века ждали мы, что вы броситесь к нашим ногам, прося милосердно позабыть о вашем коварном отступлении – вернее, о вашем бегстве... Ведь, говоря по правде, вы бежали с такой быстротой, с которой не мог бы поспорить раненый олень, по выражению вашего друга-разведчика.

– Вы понимаете, что этими словами Алиса хочет выразить, как мы благодарны вам, как мы вас благословляем, – прибавила серьезная и более сдержанная Кора. – Правда, мы немного удивлены, почему вы так упорно избегаете теперь дома, в котором вас ждет не только благодарность дочерей, но и признательность их отца.

– Ваш отец может подтвердить, что, хотя я и не был с вами, я не совсем забыл о вашей безопасности, – ответил молодой человек. – Все эти дни шла ожесточенная борьба за обладание вон той деревней, – прибавил он, указывая на соседний с фортом и обнесенный окопами лагерь. – Тот, кто завладеет ею, может с уверенностью сказать, что он приобретает и форт и все, что в нем находится. С минуты нашей разлуки я проводил там все дни и ночи, так как полагал, что в этом заключается мой долг. Но, – продолжал Дункан с печалью, которую тщетно старался скрыть, – если бы я знал, что мой поступок, который я считал долгом солдата, будет истолкован как бегство, конечно, мне совестно было бы показываться вам на глаза!

– Хейворд! Дункан! – воскликнула Алиса и наклонилась, чтобы вглядеться в потупленное лицо майора; один из золотистых локонов упал на раскрасневшуюся щеку девушки и отчасти скрыл выступившие на ее глазах слезы. – Если бы я думала, что моя праздная болтовня так огорчит вас, я предпочла бы онеметь! Кора может сказать, как искренне и высоко мы оценили ваши услуги, как глубоко... чуть не сказала: как горячо... мы благодарны вам!

– А Кора подтвердит справедливость ваших слов? – спросил Дункан, и улыбка удовольствия согнала мрачное облачко с его лица. – Что скажет Кора? Простит ли она того, кто пренебрег рыцарским долгом во имя долга солдата?

Кора ответила не сразу: она отвернулась и глядела на прозрачные воды озера Хорикэн. Когда же старшая Мунро снова устремила свои темные глаза на молодого человека, в них все еще таилось выражение такой муки, которая сразу заставила Дункана позабыть все на свете, кроме нежного участия к девушке.

— Вы нездоровы, дорогая мисс Мунро? — воскликнул Дункан. — Мы болтаем и шутим, а вы страдаете.

— Ничего, — ответила она сдержанно. — Я не могу быть такой жизнерадостной, как наша Алиса, и это составляет, может быть, несчастье моей жизни. Посмотрите... — продолжала Кора, как бы желая победить свою минутную слабость сознанием долга, — посмотрите кругом, майор Хейворд, и скажите, что должна думать дочь солдата, самое великое счастье которого заключается в сохранении своего честного имени и репутации?

— Ни то, ни другое не может померкнуть из-за обстоятельств, которыми он не в силах управлять! — горячо ответил Дункан. — Но ваши слова напомнили мне о моих обязанностях. Я должен идти к вашему храброму отцу, чтобы узнать, какие решения принял он относительно обороны. Да пошлет Бог вам всякого счастья, благородная... Кора! Я могу и должен называть вас так.

Она искренне протянула ему руку, хотя ее губы дрогнули, а щеки побледнели.

— До свидания, Алиса, — прибавил Дункан, и восхищение, сквозившее в его голосе при обращении к Коре, сменилось нежностью. — До свидания, Алиса, мы скоро увидимся, и надеюсь — после победы.

Не дожидаясь ответа, Хейворд спустился с поросших травой ступеней бастиона, быстро пересек плац и через несколько минут очутился перед Мунро.

Полковник огромными шагами ходил взад и вперед по своему тесному помещению; волнение отражалось в его чертах.

— Вы предупредили мое желание, майор Хейворд, — сказал он. — Я только что собирался просить вас прийти ко мне.

– К сожалению, я видел, сэр, что посланец, которого я так горячо рекомендовал вам, вернулся под караулом француза. Надеюсь, нет причин усомниться в его верности?

– Я давно знаю верность Длинного Карабина, – ответил Мунро, – он вне подозрений, но, кажется, на этот раз счастье изменило ему. Монкальм захватил нашего разведчика и в силу проклятой вежливости своей нации прислал его ко мне со словами, будто он, зная, как я ценю этого человека, не может задержать его у себя.

– Но помощь от генерала Вебба?

– Да разве по дороге ко мне вы ничего не видели? – с горькой усмешкой сказал старик. – Тише, тише, вы, нетерпеливый юноша! Нужно ведь дать этим джентльменам время на переход из форта Эдвард к нашей крепости.

– Значит, они идут? Разведчик это сказал?

– Да. Но когда придут? По какой дороге? Этого я не знаю, потому что глупец не сказал мне об этом. Но, кажется, было написано письмо, и в этом заключается единственная отрадная сторона вопроса. Если бы известие было плохое, этот французский месье любезно переслал бы его нам.

– Значит, он оставил у себя письмо, хотя и отпустил гонца?

– Да. Вот оно, хваленое «добродушие» французов.

– А что говорит разведчик? У него есть глаза, уши и язык. Что донес он на словах?

– О, сэр, он обладает всеми органами чувств и может сказать все, что видел и слышал. В общем, из его рассказа явствует следующее: на берегах Гудзона стоит крепость его величества под названием форт Эдвард, наименованная так, как вам известно, в честь его величества принца Йоркского. Форт этот снабжен надлежащим количеством воинов.

– Но разве там не собираются выступать нам на помощь?

– В крепости производятся утренние и вечерние учения. Когда один из новобранцев просыпал порох над похлебкой, порошинки, попавшие на уголья, просто сгорели. – И вдруг, переменив свой горький иронический тон и заговорив более вдумчиво и серьезно, Мунро прибавил: – А между тем в этом письме могло, нет, должно было быть что-нибудь нужное для нас!

– Нам следует принять быстрое решение, – сказал Дункан, пользуясь переменой настроения своего начальника, чтобы перейти к самой важной цели беседы. – Не могу скрыть от вас, сэр, что лагерь не может долго продержаться, и с грустью прибавлю, что и в самом форте, по-видимому, обстоятельства немногим лучше: более половины орудий взорвано.

– А разве могло быть иначе? Часть пушек мы выловили со дна озера, другие ржавели в лесах со времени открытия этой страны, третьи никогда и не были орудиями – безделушки, и только. Неужели вы думаете, сэр, что в этой пустыне, на расстоянии трех тысяч миль от Великобритании, возможно иметь хорошие орудия?

– Стены обваливаются, провизия начинает истощаться, – продолжал Хейворд. – Даже среди солдат замечаются признаки неудовольствия и тревоги.

– Майор Хейворд, – сказал полковник и повернулся с достоинством к своему молодому товарищу, – напрасно прослужил бы я полстолетия, поседев на службе, если бы не знал всего, что вы сказали, и не понимал наших стесненных обстоятельств. Тем не менее мы должны помнить, что честь нашей армии и наша собственная еще не пострадала. До тех пор пока не истощится надежда на подкрепление со стороны генерала Вебба, я буду защищать эту крепость, хотя бы с помощью булыжников, собранных на побережье озера! Сейчас нам важнее всего увидеть письмо начальника форта Эдвард.

– Не могу ли я быть вам полезным?

– Да, сэр, можете. Вдобавок ко всем своим остальным любезностям маркиз де Монкальм просит у меня свидания на поляне между этой крепостью и его собственным лагерем, желая, как он говорит, сообщить нам кое-какие добавочные сведения. Я считаю, неблагоразумно показывать ему чрезмерное стремление повидаться с ним, а потому хотел бы послать к нему вас, одного из высших офицеров, в виде моего заместителя.

Дункан охотно согласился заменить начальника на время предполагавшегося свидания.

Молодой человек получил необходимые наставления и ушел.

Дункан мог действовать только в качестве представителя коменданта форта, а потому торжественность, которая, без сомнения, сопровождала бы свидание двух начальников враждующих сторон, была отменена. Через десять минут после разговора с Мунро Дункан вышел из крепостных ворот под звуки барабанного боя, под защитой маленького белого флага.

Навстречу Дункану выступил французский офицер и с обычными формальностями проводил его до отдаленной палатки Монкальма.

Французский генерал принял молодого посланца из вражеского лагеря, стоя посреди своих офицеров и темнокожей толпы туземных вождей, которые принимали участие в войне, каждый во главе воинов своего племени. Быстро окинув взглядом темную группу краснокожих и неожиданно увидев среди них злобное лицо Магуа, который смотрел на него спокойным, но пристальным взглядом, Хейворд остановился; невольно тихое восклицание сорвалось у него с уст, однако майор быстро подавил все признаки своего волнения и обернулся к вражескому командиру. Монкальм уже сделал шаг к нему навстречу.

В тот период, о котором мы пишем, Монкальм был в расцвете лет и достиг зенита своей славы. Но даже в этом положении он был приветлив и столько же славился вежливостью, сколько и рыцарским мужеством. Дункан отвел глаза от фигуры злобного Магуа и повернулся к генералу.

– Майор, – начал по-французски Монкальм, – я очень рад... Ба! Где же переводчик?

– Мне кажется, его помощь не нужна, – скромно по-французски же ответил Хейворд, – я немного говорю на вашем языке.

– Ах, я очень рад! – сказал Монкальм и, дружески взяв Дункана под руку, отвел его в глубину своего шатра, подальше от слушателей. – Я ненавижу этих мошенников: никогда не знаешь, как держаться с ними. Итак, – продолжал он, – хотя я очень гордился бы, если бы мне удалось принять вашего начальника, я счастлив, что он нашел уместным прислать сюда такого отличного и, без сомнения, такого любезного офицера, как вы.

Дункан низко поклонился: комплимент доставил ему удовольствие, несмотря на героическое решение не поддаваться хитрым уловкам Монкальма. Монкальм помолчал мгновение, как бы собираясь с мыслями, потом снова заговорил:

— Ваш начальник — храбрый человек, вполне способный отбивать мои нападения. Но скажите, майор, не пора ли вам прислушаться к голосу гуманности, отложив доказательства вашей храбрости, которая и без того бесспорна? Ведь гуманность и храбрость в равной мере характеризуют героя.

— По нашему мнению, оба эти качества связаны неразрывно, — с улыбкой ответил Дункан. — Видя в отваге вашего превосходительства причины, возбуждающие храбрость, мы до сих пор еще не имели случая отвечать вам гуманностью на гуманность.

В свою очередь, Монкальм слегка поклонился, сделав это с видом человека, привыкшего к лести и не обращающего на нее большого внимания. Подумав мгновение, он прибавил:

– Может быть, мои подзорные трубы обманули меня и ваши укрепления лучше выносят канонаду моих орудий, чем я предполагал? Вы знаете наши силы?

– Сведения, которые мы получаем, различны, – небрежно заметил Дункан, – но высшая цифра, доставленная нам, не превосходила двадцати тысяч человек.

Француз закусил губу и впился взглядом в лицо своего собеседника, точно желая прочитать его мысли. Но скоро с характерным для него присутствием духа он продолжал говорить, как бы подтверждая достоверность цифры, вдвое превышающей численность его войска:

– Нелестно для нашей бдительности, майор, что, несмотря на все усилия, мы никак не сможем скрыть силы нашей армии, а казалось бы, что это легче всего сделать в здешних громадных лесах. Мне сказали, что дочери коменданта проникли в форт уже после начала осады.

– Это правда, маркиз, но они совсем не лишают нас мужества; напротив – сами дают пример смелости и твердости. Если бы только одна решимость была необходима для отражения натисков такого превосходного генерала, как маркиз де Монкальм, я охотно доверил бы защиту форта Уильям-Генри старшей из мисс Мунро.

– Благородные качества переходят по наследству, а потому я охотно верю вам, хотя, как уже сказал раньше, мужество имеет свои границы и не следует забывать о гуманности. Надеюсь, майор, вы явились ко мне с предложением сдать крепость?

– Разве ваше превосходительство нашли нашу оборону до такой степени слабой, чтобы считать эту меру необходимой?

– Мне было бы грустно видеть, что оборона затягивается. Ее продолжительность раздражает моих краснокожих друзей, – продолжал Монкальм и, не отвечая на вопрос Дункана, окинул взглядом группу насторожившихся индейцев. – Даже теперь я с трудом сдерживаю их.

Хейворд промолчал, потому что в его уме воскресли печальные воспоминания о тех опасностях, которых он так недавно избежал, и возникли образы беззащитных существ, разделявших эти страдания.

– Подобные господа, – продолжал Монкальм, пользуясь, как он ясно понимал, выгодами своего положения, – особенно страшны в минуту раздражения, и незачем говорить вам, как трудно сдерживать их злобу. Так что же, майор? Не поговорить ли об условиях?

– Боюсь, что вы, ваше превосходительство, были обмануты относительно состояния крепости Уильям-Генри и численности ее гарнизона.

– Я стою не перед Квебеком – передо мной только земляные укрепления, защищенные двумя тысячами тремястами храбрых воинов, – послышался лаконичный ответ.

– Конечно, нас окружают земляные валы, форт не расположен на скалах мыса Даймонд, но он возвышается на берегу, который оказался таким гибельным для барона Дискау и его отряда. А на расстоянии короткого перехода от наших укреплений стоит сильное войско, которое мы считаем частью наших оборонительных средств.

– Шесть или восемь тысяч человек! – возразил Монкальм, по-видимому, с полным равнодушием. –

Предводитель этих сил считает, что его солдаты находятся в большей безопасности за стенами форта Эдвард, нежели в открытом поле.

Теперь Хейворд, в свою очередь, закусил губу, с досадой услышав, как хладнокровно упомянул генерал об отряде, численность которого, как молодой человек знал, была намеренно преувеличена. Оба помолчали в раздумье. Наконец Монкальм возобновил разговор, и опять в таких выражениях, которые доказывали, что он полагает, будто Хейворд явился к нему с единственной целью – переговорить об условиях сдачи крепости; Хейворд же осторожно старался узнать от генерала, какие открытия сделал он, перехватив письмо Вебба. Однако хитрые уловки с той и другой стороны не повели ни к чему, и после продолжительного бесплодного разговора Дункан простился с маркизом, унося с собой приятное воспоминание о вежливости и талантах французского командующего, но так и не узнав, ради чего явился в его палатку. Монкальм провел Дункана до выхода, снова предлагая коменданту форта назначить ему немедленное свидание на равнине между двумя лагерями.

Наконец они простились. Дункан вернулся к передовому посту французов, опять в сопровождении французского офицера, оттуда он немедленно двинулся обратно в форт и сразу направился к своему командиру.

## Глава XVI

Перед битвой
Прочтите, герцог,
это вот письмо.

Шекспир.
*«Король Лир»*[1]

Хейворд застал Мунро в обществе Коры и Алисы. Алиса сидела на коленях у полковника, перебирая своими пальчиками его седые волосы; когда отец притворно хмурил брови на ее ребячество, она усмиряла напускной гнев старика, ласково прижимаясь алыми губками к его морщинистому лбу. Кора сидела рядом; со спокойной улыбкой смотрела она на эту сцену, следя за движениями своей младшей сестры с той материнской лаской, которая была характерной чертой ее любви к Алисе. Не только опасности, так недавно пережитые девушками, но и все, что грозило им в будущем, казалось, было забыто во время этой нежной семейной сцены. Точно все спешили насладиться краткими минутами перемирия, покоя и безопасности. Девушки забыли о своих опасениях, а ветеран — о своих заботах. Дункан, который, спеша сообщить о своем возвращении, вошел в комнату без доклада, остановился и несколько мгновений любовался прелестной картиной. Но живой взгляд Алисы скоро заметил отражение его фигуры в зер-

[1] *Перевод* Б. Пастернака.

кале. Вспыхнув, она соскочила с колен отца и громко вскрикнула:

– Майор Хейворд!

– Ты хочешь знать, где он? – спросил Мунро. – Я послал его поболтать с французом... Ах, сэр, вы молоды, проворны и уже пришли обратно!.. Ну, озорница, уходи-ка со своей болтовней. Разве здесь не достаточно хлопот для солдата и без твоей трескотни?

Алиса засмеялась и последовала за Корой, которая направилась к двери, понимая, что им оставаться неудобно.

Вместо того чтобы спросить Дункана о результатах его миссии, Мунро несколько мгновений ходил взад и вперед по комнате, заложив руки за спину, опустив голову, как человек, глубоко ушедший в свои мысли. Наконец он поднял глаза, полные отцовской любви, и заметил:

– Это прелестные дети, Хейворд! Всякий отец имел бы право похвалиться ими.

– Вам незачем спрашивать мое мнение о них, сэр...

– Правда, молодой человек, правда, – прервал его нетерпеливый старик. – Вы собирались полнее высказать ваше мнение по этому вопросу в тот день, когда вошли в форт, но я счел, что старому солдату незачем говорить о свадебных благословениях и праздниках в такое время, когда враги его короля могут сделаться незваными гостями во время бала. Но я был не прав, Дункан, мой мальчик, я ошибался и в данную минуту готов выслушать вас.

– Несмотря на то удовольствие, которое ваши слова доставляют мне, дорогой сэр, я должен прежде всего передать вам поручение Монкальма...

1883

– Пусть француз и все его полки убираются к черту, сэр! – почти крикнул запальчивый ветеран. – Он еще не овладел фортом Генри, да и не овладеет им, если только Вебб поступит, как он должен поступить. Нет, сэр, мы, слава Богу, еще не в таком трудном положении, чтобы кто-нибудь имел право сказать, будто Мунро так озабочен, что не в состоянии подумать о своих семейных обязанностях. Ваша мать была единственной дочерью моего задушевного друга, Дункан, и я выслушаю вас теперь, хотя бы все рыцари ордена Святого Людовика стояли у ворот нашей крепости под предводительством самого святого и просили милости поговорить со мной!

Заметив, что Мунро со злобным удовольствием выказывает умышленное презрение к поручению французского генерала, Хейворд решил подчиниться временной прихоти старика, которая, он знал, не могла затянуться надолго, и потому постарался ответить как можно спокойнее:

– Как вам известно, сэр, я осмелился заявить притязание на честь сделаться вашим сыном.

– Да-да, мой мальчик, помню. Ваши слова были достаточно откровенны и понятны. Но позвольте мне спросить вас: так же ли ясно вы говорили с моей дочерью?

– Клянусь честью, нет! – горячо вскричал Дункан. – Если бы я воспользовался выгодами моего положения и высказался, я нарушил бы ваше доверие.

– У вас понятия истинного джентльмена, майор Хейворд, и это очень похвально. Но Кора Мунро – скромная девушка и не нуждается в чьей-либо опеке, хотя бы в опеке отеческой.

– Кора?..

– Да, Кора. Ведь мы говорим о ваших притязаниях на руку мисс Мунро, сэр?

– Я... я... я... Кажется, я не упоминал имени, – запинаясь, произнес Дункан.

– Так чьей же руки вы просили у меня, майор Хейворд? – спросил старый воин, не скрывая своих оскорбленных чувств.

– У вас есть другая и не менее привлекательная дочь.

– Алиса?.. – вскрикнул старик с таким же удивлением, с каким Дункан недавно повторил имя его старшей дочери.

– Да, я люблю ее.

Молодой человек молчаливо ждал, как отнесется к его словам Мунро. Полковник долго ходил по комнате; его суровые черты подергивала судорога, и, казалось, он погрузился в раздумье. Наконец старик остановился против Хейворда и, взглянув ему в глаза, заговорил:

– Дункан, я любил вас ради того, чья кровь течет в ваших жилах; я любил вас за ваши собственные качества, наконец, любил, думая, что вы принесете счастье моей дочери. Но вся моя любовь превратилась бы в ненависть, если бы то, чего я опасаюсь, оказалось истиной.

– Я не могу предположить, чтобы какой-нибудь мой поступок или мысль вызвали такую страшную перемену! – воскликнул молодой человек, глаза которого ни на минуту не опустились под проницательным взглядом Мунро.

Не допуская мысли, что Дункан не понимает чувств, которые волнуют отца, старик смягчился, видя, что Хейворд с твердостью выдержал его взгляд, и уже гораздо более спокойным голосом продолжал:

– Вы желаете сделаться моим сыном, Дункан, а между тем совершенно не знаете истории человека, которого стремитесь назвать отцом. Сядьте, молодой человек, и я в коротких словах открою вам раны моего сердца...

В эту минуту поручение Монкальма было в равной мере забыто и Дунканом, который его принес, и Мунро, которому оно предназначалось. Оба собеседника подвинули стулья, и, пока ветеран несколько мгновений раздумывал о чем-то, очевидно очень грустном, молодой офицер старался подавить нетерпение, скрывая его под видом почтительного внимания. Наконец Мунро прервал молчание.

– Майор Хейворд, – начал шотландец, – вы знаете, что я родом из старинной и благородной семьи, хотя, может быть, денежные доходы семьи не соответствовали ее высокому положению. Я был ваших лет, когда обменялся словом верности с Алисой Грэхем, единственной дочерью довольно зажиточного шотландского сквайра. Отец Алисы не желал нашего союза, и не только вследствие моей бедности, поэтому я поступил, как требовал долг честного человека: вернул молодой девушке ее слово и покинул родину. Я видел много чужих краев, пролил много крови в различных странах. Наконец воинский долг привел меня на Вест-Индские острова. Там я встретился с девушкой, со временем ставшей моей женой и матерью Коры. Она была дочерью джентльмена, уроженца этих островов, и женщины, которая, на свое несчастье, если можно так выразиться, – с горечью сказал старик, – имела предков, принадлежавших к обездоленной расе людей, бессовестно превращенных в рабов ради благосостояния богатых и праздных.

Но если мне когда-либо встретится человек, который решится бросить презрительный взгляд на мою дочь, он испытает всю тяжесть моего гнева! Впрочем, майор Хейворд, ведь вы сами родились на юге, где метисов считают низшей расой.

— К несчастью, да, сэр, — сказал Дункан и невольно в смущении опустил глаза.

— И вы бросаете этот упрек моей дочери? Вы боитесь унизить кровь Хейвордов союзом с таким «низким» существом, хотя Кора привлекательна и полна добродетелей? — раздраженно воскликнул Мунро.

— Никогда у меня не может быть такого недостойного и дикого предубеждения, — ответил Дункан. — Но, полковник Мунро, кротость, красота и обворожительная прелесть вашей младшей дочери могут вполне объяснить мои побуждения, и вам незачем так несправедливо обвинять меня.

– Вы правы, сэр, – ответил старик, и его тон снова сделался спокойным, вернее, мягким. – Эта девочка как две капли воды похожа на свою мать в те годы, когда мисс Грэхем еще не познакомилась с печалью. Когда смерть лишила меня первой жены, я вернулся в Шотландию. И – подумайте, Дункан! – Алиса Грэхем двадцать лет жила в одиночестве, не вступая в брак в память человека, который был способен изменить ей. Больше, сэр: она забыла о моей неверности и, так как все препятствия устранились, согласилась быть моей женой.

– И сделалась матерью Алисы? – воскликнул Дункан.

– Да, – сказал старик. – Всего год прожил я с нею. Это было недолгое счастье для той, молодость которой увяла среди безнадежной печали.

В унынии старика было что-то величаво-суровое, и Хейворд не осмелился произнести слова утешения. Мунро сидел, позабыв о присутствии Дункана. Он не закрывал лица, искаженного страданиями, и тяжелые, крупные слезы катились из его глаз. Наконец полковник шевельнулся. Как бы опомнившись, он поднялся с места, обошел комнату, остановился против Дункана и спросил его сурово:

– Помнится, майор Хейворд, вы должны были передать мне какое-то поручение от маркиза де Монкальма?

В свою очередь, Дункан на мгновение смутился, но, впрочем, скоро овладел собой и сбивчиво начал излагать полузабытое поручение маркиза.

– Вы сказали достаточно, майор Хейворд! – воскликнул рассерженный старик. – Того, что я слышал, довольно, чтобы написать целые тома трактатов о французской любезности. Только подумать:

этот джентльмен приглашает меня для переговоров, и, когда я отправляю к нему заслуженного и способного заместителя – несмотря на вашу молодость, Дункан, про вас можно сказать это, – он отвечает мне какой-то загадкой!

– Может быть, маркиз составил себе не такое благоприятное мнение о вашем представителе, сэр! Прошу вас вспомнить, что приглашение, которое он теперь повторяет, было послано коменданту форта, а не его помощнику.

– Но, сэр, разве заместитель не имеет всю власть и значение того, кто дает ему поручение? Француз желает совещаться с Мунро! По совести, сэр, я испытываю большое желание исполнить требование этого человека хотя бы только затем, чтобы показать ему, что мы еще не утратили твердости, несмотря на многочисленность его войска и все его притязания. Я думаю, молодой человек, что такой поступок будет неплохой политикой.

Дункан, считавший, что важнее всего поскорее узнать содержание письма, перехваченного у разведчика, охотно согласился с Мунро.

– Без сомнения, французский генерал не получит большого удовольствия при виде вашей невозмутимости, сэр, – сказал он.

– Никогда вы не высказывали более справедливого замечания!

– Какое же решение примете вы относительно предполагаемого свидания?

– Я встречусь с французом, сделаю это немедленно и без всякого страха. Идите, майор Хейворд! Отправьте вестового, который объявил бы французам, кто направляется в их лагерь. Мы двинемся с маленьким отрядом. И послушайте, Дункан, – прибавил он почти шепотом, хотя в комнате они были вдвоем, – может быть, в виде предосторожности нам следует поместить под рукой вспомогательный отряд на тот случай, если во всем этом кроется предательство?

Молодой человек вышел из комнаты и, так как день склонялся к вечеру, поспешил сделать все необходимые распоряжения. Через несколько минут он построил солдат в ряды и послал во французский лагерь ординарца с флагом, поручив объявить врагам о приближении коменданта форта. Сделав все это, Хейворд отвел маленький эскорт к западным воротам и там уже застал своего начальника, который был вполне готов отправиться к Монкальму и только ждал майора. Едва закончились обычные церемонии, комендант и его молодой товарищ покинули крепость в сопровождении эскорта.

Они отошли не более чем на сто ярдов от укреплений, когда вдали показалась свита французского генерала, подвигавшаяся по ложбине, которая служила руслом для ручья, отделявшего батареи осаждающих от форта. С того момента, когда Мунро покинул крепость, его осанка стала величавой, а лицо приняло гордое выражение. При виде белого пера, развевающегося на шляпе Монкальма, глаза полковника загорелись, и вся его крупная, сильная фигура, казалось, помолодела.

– Прикажите нашим солдатам быть настороже, сэр, – шепотом сказал Мунро Дункану.

Барабанный бой приближающегося французского отряда прервал речь старика. Англичане мгновенно ответили таким же салютом. Из каждого отряда выехало по ординарцу с белым флагом, и осторожный шотландец остановился. Эскорт поместился близ него. После коротких военных приветствий Мон-

кальм быстро и легко пошел навстречу Мунро. Он обнажил голову перед ветераном, и при этом белоснежное перо его почти коснулось земли.

В манерах Мунро было больше величия и мужества, но в них не замечалось спокойствия и вкрадчивой вежливости француза. Несколько мгновений ни один из них не промолвил ни слова. Они обменивались внимательными взглядами. Наконец, как того требовал высший чин Монкальма и характер свидания, француз первым нарушил молчание. После обычных приветствий он обратился к Дункану и, улыбнувшись ему, сказал по-французски:

– Я очень рад, майор, что вы будете присутствовать при нашем разговоре. Теперь у нас нет необходимости обращаться к помощи переводчика, потому что, я знаю, вы передадите мои слова с такой точностью, будто я сам говорю на вашем языке.

Дункан поклонился.

Монкальм повернулся к своему эскорту, который, подражая маленькому английскому отряду, держался поближе к нему, и произнес:

– Назад, ребята! Отступите немного!

Раньше чем майор Хейворд успел повторить то же приказание в виде доказательства своего доверия, он обвел глазами долину и с тревогой заметил в лесных чащах много индейцев, которые с любопытством наблюдали за свиданием двух полководцев.

– Маркиз де Монкальм, конечно, видит различие наших положений, – с легким смущением сказал он, указывая в сторону краснокожих, которые виднелись почти со всех сторон. – Отпустив наших телохранителей, мы очутились бы всецело в руках врагов.

– Майор, вам дано слово, оно охраняет вас от опасности, – ответил Монкальм, выразительно прижимая руки к сердцу. – Этого, мне кажется, достаточно.

– Да! Отступите, – прибавил Дункан, обращаясь к офицеру, который стоял во главе английского эскорта. – Отступите так, чтобы вам не был слышен наш разговор, и дожидайтесь приказаний.

С заметной тревогой Мунро увидел, как отходила его охрана, и тотчас же потребовал объяснений.

– Не в наших интересах, сэр, выказывать недоверие, – возразил Дункан. – Маркиз де Монкальм честным словом ручается, что мы в безопасности, и я приказал эскорту отступить, чтобы доказать ему, что мы полагаемся на его уверения.

– Может быть, все это справедливо, сэр, но я не имею большого доверия к словам маркиза.

– Дорогой сэр, вы забываете, что мы говорим с офицером, который прославился и в Европе и в Америке. Нам нечего опасаться человека с такой репутацией.

Старик развел руками, как бы подчиняясь неизбежности, хотя суровое лицо его по-прежнему выражало упрямое недоверие, которое происходило скорее от обычного презрения к врагу, чем от каких-либо других признаков, которые могли бы в тот момент вызвать беспокойство.

Монкальм терпеливо ждал окончания беседы, происходившей вполголоса; наконец он подошел к Мунро ближе и приступил к переговорам.

– Я просил этой встречи с вашим начальником, майор, – сказал Монкальм, – в надежде доказать ему, что он уже сделал все необходимое для поддержания чести своего короля, и уговорить его прислушаться к голосу человеколюбия. Я всегда и повсюду буду утверждать, что он мужественно сопротивлялся и не уступал, пока не исчезла последняя надежда отразить неприятеля.

Дункан перевел это вступление старому коменданту, и Мунро ответил с большим достоинством и достаточно вежливо:

– Как бы ни ценилось свидетельство маркиза де Монкальма, оно, как я думаю, сделается еще более веским, если я в полной мере заслужу его.

Когда Хейворд передал французскому генералу ответ полковника, Монкальм улыбнулся и заметил:

– К сожалению, все, что я до сих пор так охотно обещаю, видя истинное мужество, может быть, станет для меня нежелательно после ненужного и бесполезного упрямства. Не угодно ли вам, полковник, осмотреть наш лагерь, чтобы лично убедиться в нашей многочисленности и в невозможности успешного сопротивления?

– Я знаю, что французскому королю хорошо служат, – ответил непоколебимый шотландец, – однако мой собственный государь обладает такой же сильной и верной армией.

– Но, к счастью для нас, она отсутствует, – сказал Монкальм, не дождавшись, в пылу нетерпения, слов переводчика. – На войне бывают обстоятельства, в которых храбрые воины покоряются с тем же мужеством, с которым они смотрят в лицо врагу.

– Если бы я знал, что маркиз де Монкальм так блестяще владеет английским языком, я бы не стал утруждать его слух таким негодным переводом, – сухо сказал раздосадованный Дункан, вспомнив, как он только что переговаривался с Мунро.

– Прошу прощения, сеньор, – возразил француз, и легкий румянец окрасил его смуглые щеки. – Существует большая разница между правильным пониманием речи и способностью изъясняться на иностранном языке, поэтому прошу вас по-прежнему помогать мне. – И после короткого молчания он добавил: – С этих холмов очень удобно производить разведку ваших укреплений. И я так же прекрасно осведомлен о всех слабостях ваших позиций, сколько и вы сами.

– Спросите, Хейворд, французского генерала, может ли он с помощью своих подзорных труб видеть Гудзон? – надменно сказал Мунро. – А также знает ли он, когда и где мы должны ждать появления сил генерала Вебба?

– Пусть вам ответит сам генерал Вебб, – произнес хитрый Монкальм и неожиданно протянул Мунро развернутое письмо. – Вот отсюда вы узнаете, полковник, что отряд генерала Вебба не потревожит моей армии.

Не дожидаясь, чтобы Дункан перевел слова француза, ветеран схватил бумагу, и по быстроте этого движения было видно, какую важность придавал он содержанию перехваченного письма. Глаза Мунро быстро бегали по строкам, его лицо постепенно теряло выражение воинской гордости, которое сменялось отпечатком глубокой печали. Губы коменданта задрожали, руки выпустили листок, письмо упало на землю, и старик опустил голову с видом человека, все надежды которого погибли от одного удара. Дункан поднял бумагу и, даже не попросив извинения за свою вольность, узнал жестокое содержание письма. Генерал Вебб не советовал Мунро сопротивляться, наоборот – говорил о необходимости быстро сдать форт, объясняя, что он не имеет возможности выслать на помощь коменданту крепости Уильям-Генри ни одного человека.

– Здесь нет обмана, – заметил Дункан, рассматривая бумагу с обеих сторон, – стоит подпись Вебба. Вероятно, это и есть перехваченное письмо.

– Он меня предал! – с горечью произнес Мунро. – Он покрыл бесчестьем дом, в котором еще никогда не знавали позора, он обрушил стыд на мои седины!

– Не говорите этого! – воскликнул Дункан. – Мы еще господа крепости и нашей воинской чести! Продадим же свои жизни за такую цену, чтобы враги сочли покупку чрезмерно дорогой!

– Благодарю тебя, мой мальчик! – сказал старик, очнувшись от столбняка. – Ты напомнил Мунро его долг! Мы вернемся в форт и за нашими укреплениями приготовим себе могилу.

– Господа, – произнес Монкальм и сделал несколько шагов вперед, – плохо вы знаете меня, Луи де Сен-Верана, если считаете, что я способен, пользуясь этим письмом, унизить храбрецов или постараться приобрести сомнительную славу таким неблаговидным путем! Погодите, выслушайте мои условия.

– Что говорит француз? – сурово спросил ветеран. – Уж не хвастается ли он тем, что ему удалось захватить разведчика с письмом из штаба? Сэр, скажите ему, чтобы он лучше снял осаду и пошел к форту Эдвард, если надеется запугать врагов своими словами.

Дункан объяснил полковнику смысл слов Монкальма.

– Маркиз де Монкальм, мы слушаем вас, – спокойнее произнес ветеран, когда Хейворд окончил перевод слов маркиза.

– Удержать в настоящее время форт для вас невозможно, – повторил великодушный враг, – и ради интересов моего государства это укрепление должно быть уничтожено, однако вам лично и вашим храбрым товарищам будут предоставлены такие льготы, чтобы воинская честь солдата не пострадала.

– Наши знамена? – спросил Хейворд.

– Отвезите их обратно в Англию и покажите вашему королю.

– Оружие?

– Останется в ваших руках. Никто не может пользоваться им лучше, чем вы.

– Наше выступление и сдача крепости?

– Все будет сделано самым почетным для вас образом.

Дункан обратился к Мунро и объяснил ему предложения Монкальма. Полковник слушал с изумлением и, казалось, был тронут необыкновенным и неожиданным великодушием.

– Идите, Дункан, – сказал он. – Идите с маркизом в его палатку и там покончите дело. Никогда я не думал, что мне придется увидеть англичанина, боящегося поддержать друга, и француза, слишком честного, чтобы воспользоваться выгодами своего положения.

Проговорив это, ветеран снова опустил голову на грудь и медленно вернулся к форту. Его уныние сразу показало встревоженному гарнизону, что он несет печальные вести.

Мунро уже не было суждено оправиться от этого неожиданного удара. С того мгновения в его твердом характере наметился резкий перелом, который ускорил его смерть.

Дункан остался с Монкальмом, чтобы определить условия капитуляции форта. Во время первых ночных караулов он вернулся в крепость и после короткого совещания с комендантом снова вышел из ее ворот. Когда он вторично ушел, было объявлено о прекращении военных действий и о том, что Мунро подписал договор, в силу которого форт утром должен был перейти в руки врага, гарнизон — сохранить оружие, знамена, снаряжение и, следовательно, согласно воинским понятиям, свою честь.

## *Глава XVII*

Мы ткем, мы ткем,
Прядем мы нить,
Спешим мы
Паутину свить.

Грей

Оба вражеских войска в пустыне близ Хорикэна провели ночь 9 августа 1757 года приблизительно так же, как, вероятно, они употребили бы эти часы, если бы находились на равнинах Европы. Побежденные были молчаливы, мрачны, унылы; победители торжествовали. Но как у печали, так и у радости есть предел: еще до наступления утра все смолкло, тишина безграничных лесов нарушалась только криком какого-нибудь молодого француза с передовых пикетов или угрозой, которая звучала со стен форта и мешала врагам приближаться к бастионам раньше назначенного мгновения. Однако даже и эти случайные отрывистые окрики замолкли в унылый, туманный час, предшествующий рассвету.

И вот среди глубокой тишины полотняные полы одной просторной палатки во французском лагере раздвинулись, и из шатра вышел высокий человек. Он был закутан в плащ, который мог ему служить защитой от холодной лесной росы и в то же время закрывал всю его фигуру. Гренадер, который охранял сон французского командира, свободно пропустил его. Солдат даже отсалютовал ему в знак военного почтения. Офицер быстро прошел через маленький город палаток, направляясь к форту Уильям-Генри.

Когда неизвестный встречал одного из многочисленных часовых, которые загораживали ему дорогу, он давал быстрые и, как казалось, удовлетворительные ответы на их вопросы: по крайней мере, никто не препятствовал ему идти дальше.

За исключением этих часто повторявшихся, но коротких остановок он непрерывно и молча двигался из середины лагеря к аванпостам; наконец подошел к солдату, который стоял на карауле, оберегая самый ближайший к неприятельскому форту пост. Послышался обычный вопрос:

– Кто идет?

– Франция! – был ответ.

– Пароль?

– Победа, – ответил идущий и подошел к часовому так близко, чтобы солдат мог услышать его громкий шепот.

– Хорошо, – ответил часовой, вскинув ружье на плечо. – Вы очень рано гуляете.

– Необходимая бдительность, дитя мое, – ответил тот. Затем откинул с лица плащ, заглянул в глаза часовому и пошел дальше, по-прежнему направляясь к английской крепости.

Часовой вздрогнул, опустил свое ружье и выставил его вперед, отдавая незнакомцу самый почтительный воинский салют; когда же солдат снова взял ружье на плечо и, сделав поворот, двинулся к своему посту, он невольно пробормотал сквозь зубы:

– Действительно, необходимо быть бдительным! Мне кажется, наш генерал никогда не спит.

Офицер продолжал свой путь, не показав, что он слышал слова удивления, которые вырвались из уст часового, и не останавливался, пока не дошел до низкого берега озера и не очутился в опасном соседстве с западным бастионом Уильям-Генри. Легкие облака заволокли луну, однако ее слабый свет позволял видеть, хотя и не вполне ясно, очертания окружающих предметов. Из предосторожности офицер прислонился к стволу дерева и довольно долго стоял так, по-видимому с глубоким вниманием созерцая темные и молчаливые валы английских укреплений. Он смотрел на крепость не так, как смотрит любопытный или праздный зритель; напротив, его взгляд переходил от одного пункта к другому, доказывая, что человек знает военное дело. Наконец наблюдения, казалось, удовлетворили человека в плаще, он нетерпеливо поднял глаза к вершине восточной горы, точно в ожидании наступления утра, и уже собирался повернуть обратно, как вдруг какой-то легкий шум над выступом ближайшего бастиона достиг его слуха и заставил снова остановиться.

Как раз в эту минуту высокая фигура подошла к краю бастиона и замерла на месте, очевидно, в свою очередь, глядя на отдаленные палатки французского лагеря. Голова этого человека была обращена к востоку; казалось, он тоже тревожно ждал утра. Потом его темная фигура прислонилась к валу, как бы глядя на зеркальную гладь озера, которая, точно подводный небосклон, блистала тысячами мерцающих звезд. Печальная поза, ранний час, а также очертания фигуры рослого человека, который стоял в раздумье, прислонясь к английским укреплениям, ясно объяснили наблюдателю, кто это был. Чувство осторожности заставило офицера из французского лагеря скрыться; он скользнул за ствол дерева. В эту секунду его внимание привлек новый звук, и он снова замер на месте. До него донесся тихий, еле слышный плеск воды, вслед за тем скрипнули камешки на берегу. Темная фигура вынырнула из озера и стала беззвучно красться к тому месту, где стоял француз. Затем медленно поднялось дуло ружья, но, раньше чем раздался выстрел, рука французского офицера вытянулась и легла на курок.

— У-у-ух! — громко вскричал пораженный индеец, предательский выстрел которого был остановлен таким странным и неожиданным образом.

Вместо ответа французский офицер положил свою руку на плечо индейца и, не произнося ни слова, оттащил его далеко от того места, где их разговор мог сделаться опасным для одного из них и где, по-видимому, индеец отыскивал себе жертву. Раскрыв свой плащ и показав свой мундир и орден, висевший на его груди, Монкальм сурово спросил:

— Что это значит? Разве мой сын не знает, что между английскими и канадскими отцами зарыт томагавк?

— А что же делать гуронам? — отвечал индеец по-французски, хотя и неправильно. — Ни один из наших воинов еще не завоевал скальпа, а бледнолицые уже подружились между собой.

— Ага! Хитрая Лисица! Такое рвение излишне со стороны друга, который еще так недавно был нашим врагом. Сколько раз зашло солнце с тех пор, как Лисица покинул лагерь англичан?

— Куда закатилось это солнце? — угрюмо спросил индеец. — За гору, и везде стало темно и холодно. Но когда оно снова покажется, будет светло и тепло. Хитрая Лисица — солнце своего племени. Между ним и его народом стояло много туч, но теперь это солнце сияет и небо ясно.

– Я отлично знаю, что Лисица имеет власть над своим племенем, – сказал Монкальм, – потому что еще вчера он старался добыть скальпы гуронов, а сегодня они слушают его советы, сидя около костров.

– Магуа – великий вождь.

– Пусть он докажет это, научив свое племя правильно вести себя с нашими новыми друзьями.

– Зачем глава канадцев привел своих молодых воинов в леса и стрелял из своей пушки в земляной дом? – спросил хитрый индеец.

– Для того, чтобы завоевать его. Мой господин владеет этой землей, и мне – твоему отцу – было приказано выгнать отсюда английских поселенцев. Они согласились уйти, и он больше не называет их врагами.

– Хорошо. Однако Магуа взял томагавк, чтобы окрасить его кровью. А теперь военный топор Лисицы блестит. Когда он покраснеет, вождь зароет его.

– Но Магуа дал слово не помрачать славы Франции! Враги великого короля, живущие по ту сторону Соленого Озера, также и его враги; его друзья должны быть друзьями Магуа и его племени.

– «Друзьями»! – презрительно повторил индеец. – Пусть мой отец даст руку Магуа.

Монкальм, который чувствовал, что ему легче поддерживать свое влияние на воинственные племена, которые он собрал себе на помощь, путем уступок, нежели силы, исполнил, хотя и неохотно, требование индейца. Магуа приложил палец французского генерала к глубокому шраму на своей груди и ликующим тоном спросил:

– Знает ли мой отец, что это такое? Вот тут, в этом месте.

– Конечно, каждый воин узнает следы ран. Это место было пробито свинцовой пулей.

– А что это значит? – спросил индеец, повернув к Монкальму свою обнаженную спину, против обыкновения не прикрытую плащом.

– Это? Мой сын был жестоко оскорблен. Кто нанес ему такие удары?

– Магуа крепко спал в вигваме англичан, и прутья оставили следы на его спине, – ответил индеец и засмеялся глухим смехом, не скрывая душившей его свирепой злобы. Однако он скоро овладел собой и надменно добавил: – Иди и скажи твоим солдатам, что наступил мир. Хитрая же Лисица знает, как говорить с воинами гуронов.

Не дожидаясь ответа Монкальма, краснокожий взял свое ружье под мышку и медленно пошел к лесу, в котором притаились его соплеменники. В лагере его на каждом шагу окликали часовые, но он мрачно шагал вперед, не обращая никакого внимания на вопросы солдат, которые щадили его жизнь только потому, что знали его походку, фигуру и непоколебимую смелость.

Долго стоял Монкальм на том месте, где его покинул краснокожий, печально размышляя о непокорном характере, обнаружившемся в его диком союзнике.

Наконец, отогнав от себя думы, казавшиеся ему слабостью в минуту такого торжества, он направился обратно к своей палатке и мимоходом приказал караульным разбудить лагерь обычным сигналом.

Раздались первые звуки французских барабанов, лесное эхо повторило их. Вся долина мгновенно наполнилась военной музыкой, звуки которой заглушали аккомпанемент барабанной дроби. Трубы победителей весело и бодро оглашали французский лагерь, пока самый нерадивый солдат не занял своего поста. Но как только прозвучал пронзительный сигнал британцев, французские трубы смолкли.

Скоро французы выстроились, готовясь встретить генерала, и, когда Монкальм осматривал ряды своего войска, лучи яркого солнца блистали на оружии его солдат. Он официально объявил им о тех успехах, которые уже были хорошо известны всем. Тотчас же отделили почетный отряд для охраны форта, и он промаршировал перед своим начальником. Потом прозвучал сигнал, возвестивший англичанам о приближении французов.

Совершенно другие сцены разыгрывались в англо-американской крепости. Едва замолк сигнал, предупреждающий о приближении победителей, как там начались приготовления к быстрому выступлению. Солдаты угрюмо вскидывали на плечи незаряженные ружья и становились по местам с видом людей, кровь которых еще не остыла от недавней борьбы; казалось, они жаждали возможности отомстить за обиду, нанесенную их самолюбию. Тем не менее выступление англичан сопровождалось строгим выполнением военного этикета. Женщины и дети перебегали с места на место; многие собирали остатки своего скудного имущества или отыскивали взглядом своих мужей и отцов.

Солдаты стояли молчаливо, когда перед ними явился твердый, но печальный Мунро. Неожиданный удар, очевидно, поразил его в самое сердце, хотя он силился мужественно вынести обрушившееся на него несчастье.

Andriolli
1882

Спокойное и величавое горе старика тронуло Дункана. Исполнив возложенную на него обязанность, он подошел к полковнику и спросил его, чем он мог бы послужить ему лично.

– Мои дочери, – лаконично, но выразительно ответил Мунро.

– Благое Небо! Да разве не сделано все, чтобы облегчить их положение?

– Сегодня я только военный, майор Хейворд, – сказал ветеран. – Все, кто тут есть, имеют одинаковое право считаться моими детьми.

Этого было достаточно для Дункана. Не теряя ни одной драгоценной минуты, он побежал к помещению Мунро, чтобы отыскать Кору и Алису. Но Дункан застал их уже на пороге низкого дома полковника. Они были готовы к отъезду; вокруг них теснились плачущие женщины. Кора была бледна, и в ее чертах выражалась тревога, но она не утратила ни доли своей твердости; глаза же Алисы покраснели, и это доказывало, как долго и горько она плакала. Обе девушки встретили Дункана с нескрываемым удовольствием, и, против обыкновения, первой заговорила Кора.

– Форт погиб, – сказала она, и грустная улыбка тронула ее губы, – но, я надеюсь, наша честь не затронута.

– Она сияет ярче, чем когда бы то ни было. Однако, дорогая мисс Мунро, теперь вам следует меньше думать о других и больше заботиться о самих себе. Военные обычаи требуют, чтобы ваш отец и я некоторое время оставались с солдатами. Скажите же, где мы найдем верного покровителя для вас во время смятения и различных случайностей, которые могут сопровождать выступление?

– Нам никого не нужно, – ответила Кора. – Кто в подобную минуту осмелится оскорбить или обидеть дочерей такого отца, как наш!

– Я не согласился бы оставить вас одних, – продолжал молодой человек, торопливо оглядываясь кругом, – хотя бы за то мне сулили командование лучшим королевским полком! Вспомните, наша Алиса не одарена такой твердостью, как вы, Кора, и один Господь знает, что ей предстоит пережить...

– Может быть, вы правы, – ответила Кора, улыбаясь еще печальнее, чем прежде. – Слышите? Случайность уже нам посылает друга в такую минуту, когда мы особенно нуждаемся в нем.

Дункан прислушался и тотчас же понял, что она хотела сказать.

До его слуха долетела спокойная, торжественная мелодия священного гимна. Хейворд вошел в соседний дом, уже покинутый его прежними обитателями, и там застал Давида, который изливал свои благочестивые чувства пением – единственным способом, в котором отражались его переживания. Дункан подождал до той минуты, когда по движению руки Гамута ему показалось, что гимн окончен, и, тронув певца за плечо, кратко высказал ему свою просьбу.

– Вот именно, – ответил простосердечный последователь царя Давида, – в этих девушках много привлекательного, гармонического. Мы, связанные пережитыми опасностями, должны теперь, в минуты мира, держаться друг друга. К моим утренним хвалам нужно прибавить только славословие, и я пойду к ним. Не угодно ли тебе, друг, исполнить второй голос? Размер очень прост, а напев всем известен.

Протянув маленькую книжку и дав тон камертоном, Гамут снова начал гимн с такой решительностью, которая не допускала помехи. Хейворду пришлось выждать окончания священной песни. Наконец, увидев, что Давид снимает очки и снова прячет книжку в карман, Дункан сказал:

– Ваш долг заботиться о том, чтобы никто не осмелился подходить к девушкам, желая оскорбить их или посмеяться над несчастьями их отважного отца. Их слуги помогут вам выполнять эту задачу.

– Вот именно!

– Но все же, может быть, индейцы или какие-нибудь проходимцы из неприятельского войска прорвутся к вам; в таком случае напомните им об условиях капитуляции и пригрозите донести об их поведении Монкальму. Я уверен, что одного вашего слова будет достаточно, чтобы смирить их.

– В противном случае я сумею подействовать на буянов, – самоуверенно ответил Давид, показывая свою книгу. – Если произнести, вернее, прогреметь известный стих с надлежащим увлечением и в соответствующий момент, он успокоит самый буйный нрав. Вот эти слова: «Почему так свирепо бушуют язычники?»

– Довольно, – сказал Хейворд, прерывая Гамута. – Мы понимаем друг друга, и теперь каждому из нас пора заняться выполнением своих обязанностей.

Гамут с готовностью согласился с Хейвордом, и они вместе отправились к сестрам. Кора встретила своего нового и довольно странного покровителя если не радостно, то любезно. И даже бледное личико Алисы снова осветил отблеск ее обычной веселости, когда она благодарила Хейворда за его заботливость. Дункан уверил их, что сделано все для обеспечения душевного спокойствия, опасность же, по его словам, не грозила. Затем он сказал, что намерен присоединиться к ним, едва пройдет несколько миль с передовым отрядом, и наконец простился с Алисой и Корой.

В это время раздался сигнал к выступлению, и передовая часть английской колонны двинулась. Трубный звук заставил вздрогнуть сестер; они огляделись кругом и увидели белые мундиры французских гренадеров, уже занявших ворота крепости. Над их головой пронеслось как бы громадное облако, и, взглянув вверх, они заметили, что остановились под широкими складками французского знамени.

– Идем, – сказала Кора. – Дочерям английского солдата не годится оставаться в этом месте.

Алиса прижалась к сестре, и, окруженные густой толпой, обе покинули плац крепости.

Когда девушки выходили из ворот, французские офицеры низко кланялись им, однако не предлагали никаких услуг, которые, как они понимали, могли быть только неприятны для дочерей Мунро. Все экипажи, все вьючные животные были заняты больными и ранеными, и Кора предпочла испытать все трудности пешего перехода, но не отнимать места у более слабых. Действительно, вследствие недостатка в необходимых средствах передвижения многие изувеченные и больные солдаты принуждены были тащиться на своих слабых ногах позади отряда. Раненые стонали; их товарищи шагали молчаливо и угрюмо; женщины и дети дрожали от ужаса перед неизвестностью. Когда робкая толпа вышла из ворот форта на открытую низменность, перед ней открылась печальная картина: невдалеке, с правой стороны, стояла французская армия, так как, едва солдаты Монкальма заняли укрепление, генерал стянул к форту все свои отряды. Французы молчаливо, но внимательно наблюдали за движением побежденных, отдавая им установленные воинские почести; никто из победителей в сознании своего успеха не бросил врагам ни насмешки, ни оскорбления.

Отряды англичан, численностью около трех тысяч человек, медленно двигались через низменность, стекаясь к оборонному пункту в том месте, где дорога к Гудзону сворачивала в лес. На густой опушке леса показались индейцы. Краснокожие пристально смотрели на своих врагов; некоторые, точно коршуны, двигались вслед за ними и, казалось, не смели броситься на добычу только потому, что присутствие многочисленного французского войска сдерживало их. Некоторые гуроны все-таки замешались в ряды побежденных и с мрачными и недовольными лицами внимательно наблюдали за движущейся толпой, хотя и не смели открыто проявить свою враждебность.

Авангард под предводительством Хейворда дошел до ущелья и постепенно исчез из виду. Вдруг Кора услышала звуки перебранки и повернулась в сторону раздраженных голосов. Один из солдат отстал от своего отряда и был наказан за свое непослушание тем, что кто-то отнял у него подобранные им пожитки.

Это был очень рослый малый, достаточно алчный, для того чтобы не уступить без борьбы захваченное им добро. В дело вмешались посторонние: одни стали на сторону солдата, другие – на сторону его обидчика. Голоса делались все громче, озлобленней. Явилось около сотни дикарей; они, точно по волшебству, выросли там, где за минуту перед тем было человек двенадцать гуронов. Вскоре Кора заметила, что Магуа скользнул в толпу своих соотечественников и обратился к ним, пользуясь всеми приемами своего зловещего красноречия. Женщины и дети остановились, сбившись вместе, словно стая испуганных птиц.

Магуа приложил руки к губам: раздался зловещий и устрашающий вопль. Индейцы, рассеянные по лесу, вздрогнули при звуках этого хорошо знакомого им клича. Тотчас же по всей равнине пронесся дикий вой; раздался он и под сводами леса. Это был крик, какой не часто вырывается из человеческого горла.

Он послужил страшным сигналом: более двух тысяч дикарей высыпало из лесу; все они мигом усеяли роковую равнину. Началась страшнейшая кровопролитная резня. Повсюду царила смерть в самом ужасном, отталкивающем виде. Сопротивление только распаляло убийц: дикари продолжали наносить удары даже мертвым. Кровь текла потоками. Гуроны все больше и больше воспламенялись видом этой крови...

Дисциплинированные отряды быстро выстроились в сомкнутые ряды и старались остановить нападающих дикарей внушительным видом военного фронта. Это до известной степени удалось им. Многие солдаты, надеясь усмирить обезумевших дикарей, бросались на них, размахивая прикладами своих незаряженных ружей, однако индейцы выхватывали у них ружья и тем самым лишали их возможности обороняться.

Как всегда, во время таких событий никто не мог дать себе отчета, сколько времени прошло с начала резни. Может быть, страшная сцена продолжалась десять минут, но они показались столетием. Пораженные ужасом, обессилевшие от страха Кора и Алиса стояли, словно прикованные к одному месту. Толпа женщин, окружавшая сестер, лишала их возможности бежать; потом страх и смерть рассеяли толпу; однако бежать было некуда — девушки попали бы прямо под томагавки своих врагов. Повсюду раздавались крики, стоны, мольбы и проклятия. Но вот Алиса увидела высокую фигуру своего отца. Мунро быстро двигался через низину и, казалось, направлялся к французскому лагерю. Не обращая внимания на опасность, он спешил к вероломному Монкальму, чтобы потребовать от него обещанного и запоздавшего эскорта для женщин. Множество блистающих топоров и украшенных перьями копий были готовы отнять у него жизнь, однако, даже охваченные бешенством, дикари останавливались, видя спокойствие его лица. Все еще энергичная рука ветерана хладнокровно отстраняла от себя страшное оружие, иногда же и сами гуроны, пригрозив ему смертью, казалось, не имели достаточного мужества, чтобы исполнить свою угрозу, и опускали копья и томагавки. К счастью, Магуа искал свою жертву там, где ее уже не было.

– Отец, отец! Мы здесь, здесь! – воскликнула Алиса, когда Мунро проходил недалеко от дочерей, по-видимому, не заметив их. – К нам, отец, или мы погибнем!

Она повторяла это восклицание таким тоном, что самое каменное сердце могло бы растаять; но ответа не последовало. Наконец старик, как бы уловив звуки ее голоса, остановился и прислушался; но в эту минуту Алиса без чувств опустилась на землю, а Кора стала подле нее на колени и с нежностью наклонилась над ее безжизненным телом. Мунро с отчаянием покачал головой и пошел дальше, спеша выполнить высокие обязанности командира.

– Леди... – сказал Гамут; беспомощный и бесполезный в эту минуту, он все же не подумал покинуть

вверенных его попечению девушек. – Леди, это праздник дьяволов, и христианам не годится оставаться в этом месте. Идемте, бежим!

– Идите, – ответила Кора, не спуская глаз со своей сестры, – спасайтесь, вы мне не можете помочь.

И простое, но выразительное движение руки девушки, сопровождавшее эти слова, доказало Давиду непоколебимость ее решения. Несколько мгновений он смотрел на темные фигуры гуронов, которые совершали свое страшное дело; его стан выпрямился, он глубоко вздохнул, все черты оживились от волнения, красноречиво говоря о чувствах, наполнивших его душу.

– В Библии сказано, что слабый мальчик Давид усмирил царя Саула звуками арфы и словами своих песнопений, – сказал он. – И я тоже постараюсь в эту страшную минуту испытать могущество музыки.

И вот, возвысив свой голос, он запел во всю силу с таким напряжением, что священный гимн был слышен даже среди шума и гама, наполнявших кровавое поле. Многие дикари кидались к певцу и девушкам, надеясь ограбить беззащитных и унести с собой их скальпы, но при виде странной неподвижной фигуры вдохновенного певца они останавливались. Их изумление вскоре превращалось в восхищение, и они устремлялись к менее мужественным жертвам, восхваляя твердость, с которой белый воин пел свою предсмертную песню. Ободренный и обманутый этим успехом, Давид повысил голос, чтобы усилить, как он думал, воздействие святого гимна. Но случилось как раз обратное. Звуки его песни обратили на себя внимание пробегавшего мимо индейца. Это был Магуа. Поняв, что его бывшие пленницы снова могут очутиться в его руках, Хитрая Лисица с диким и радостным воплем кинулся к ним.

– Пойдем! – сказал он, хватая окровавленной рукой платье Коры. – Вигвам гурона все еще открыт для тебя. Разве его жилище не лучше этого места?

– Прочь! – крикнула Кора и закрыла рукой глаза, чтобы не видеть свирепого лица.

Индеец, смеясь, поднял свою окровавленную руку:

– На этой руке кровь красная, но она из тела белых!

– Чудовище! Это ты устроил резню!

– Магуа – великий вождь, – самодовольно ответил дикарь. – Пойдет ли темноволосая к его племени?

– Ни за что! Лучше убей меня сразу!

Мгновение Магуа колебался, потом, подхватив, как пушинку, бесчувственную Алису, быстро двинулся к лесу.

— Стой! — пронзительно вскрикнула Кора, бросаясь за ним. — Оставь дитя, злодей! Что ты делаешь?

Но Магуа, казалось, не слышал ее голоса.

— Стойте, леди, стойте! — звал Гамут Кору, не обращавшую на него внимания. — Язычники почувствовали святость песни, и скоро дикое смятение окончится!

Однако, заметив, что Кора не останавливается, верный Давид побежал за нею и снова запел священ-

ную песню, отбивая такт своей худой рукой. Таким образом они пересекли долину, минуя бегущих, раненых и мертвых. Свирепый гурон мог отлично защитить себя и свою жертву, лежавшую в его руках. Кора же, конечно, пала бы под ударами дикарей, если бы не странный человек, который шагал позади нее и казался безумным; а безумие, возбуждая чувство страха и почтения в индейцах, служило охраной Гамуту.

Магуа, умевший избегать опасностей и ускользать от преследования, спустился в узкую ложбину и по ней вошел в лес; там он быстро отыскал наррагансетов, с которыми так недавно расстались путники. Их сторожил такой же свирепый краснокожий, как он сам. Перебросив Алису через седло одной из лошадей, Лисица приказал Коре сесть на другую.

Девушка испытывала ужас при виде своего похитителя, но все же чувствовала некоторое облегчение при мысли, что она скоро будет вдали от места страшного кровопролития. Она вскочила на лошадь и протянула руки к сестре; в этом движении выразилось столько любви и мольбы, что даже свирепый гурон не мог отказать ей. Он перенес Алису на лошадь Коры, схватил наррагансета за повод и двинулся в путь, погружаясь в глубину леса. Когда Давид увидел, что его бросили, вероятно считая слишком ничтожным даже для того, чтобы убить, он перекинул свою длинную ногу через спину неоседланной лошади, которую оставили индейцы, и поскакал вслед за пленницами.

Скоро дорога пошла в гору. От движения Алиса стала приходить в себя, но Кора была слишком озабочена состоянием сестры, а также воплями, доносившимися с равнины, чтобы заметить путь, по которому они ехали. Но когда они достигли плоской вершины холма и подвинулись к его восточному краю, Кора узнала то место, где она некогда уже побывала в более дружеском обществе охотника. Здесь Магуа приказал девушкам слезть с лошадей. Страх не подавил в девушках любопытства, и, несмотря на свое положение пленниц, они осмелились взглянуть вниз, где им открылась страшная картина.

Жестокая резня все еще продолжалась. Пленники метались по всей равнине перед своими безжалостными врагами, в то время как солдаты французской армии стояли в бездействии, которое никогда не было объяснено и которое оставило несмываемое пятно на блестящей репутации Монкальма.

Меч смерти не был остановлен, пока алчность не одолела месть. Только тогда крики раненых и вопли убийц стали стихать, когда ужасные звуки потонули в громком, долгом и пронзительном вопле торжествующих дикарей.

## *Глава XVIII*

Как мне назваться?
Да как вам угодно.
Убийцей честным
Я не в гневе мстил,
А жертву чести приносил,
как думал.

Шекспир.
*«Отелло»*[1]

Третий день после взятия форта подходил уже к концу. На берегах Хорикэна царили тишина и смерть. Запятнанные кровью победители ушли. На месте лагеря, в котором так недавно кипело шумное веселье победоносной армии, виднелся безмолвный ряд покинутых хижин. Крепость представляла собой дымящиеся развалины. Обуглившиеся балки, осколки взорванных артиллерийских снарядов и обломки разрушенных каменных построек в беспорядке покрывали землю.

Погода также сильно изменилась. Солнце, унося с собой тепло, скрылось в тумане, и сотни человеческих тел, почерневших от страшной августовской жары, застыли под порывами холодного, точно ноябрьского, ветра. Волнистые прозрачные туманы, несшиеся прежде над холмами по направлению к северу, возвращались теперь в виде мрачной завесы, гонимой бешеной бурей. Исчезла зеркальная гладь

---

[1] *Перевод* Б. Пастернака.

Хорикэна. Зеленые сердитые волны бились о берега, северный ветер ревел над озером.

Одинокие, еле заметные чахлые былинки колыхались под порывами ветра. Резкие очертания озера выделялись своей обнаженностью. Глаз напрасно старался проникнуть в безграничную пустоту небес, закрытых от взора серой завесой тумана.

Ветер дул неровно: он то льнул к земле, как будто нашептывая что-то, то разражался пронзительным печальным свистом и врывался в лес, наполняя воздух срываемыми на пути листьями и ветвями. Несколько воронов боролись с сильными порывами бури. Миновав простиравшийся над ними зеленый океан лесов, они с радостью опускались где попало и принимались за свой отвратительный пир. Все вокруг было дико и пустынно; казалось, всякого, кто появлялся здесь, внезапно поражала безжалостная рука смерти. Но теперь владычеству ее как будто пришел конец, и в первый раз, с тех пор как удалились виновники преступлений, человек решился приблизиться к этому месту.

За час до заката солнца пять человек вышли из узкой прогалины между деревьями, где тропинка к Гудзону убегала в лес, и пошли по направлению к развалинам крепости. Сначала они подвигались медленно и осторожно. Впереди двигалась легкая фигура; по настороженности и подвижности ее было видно, что это туземец. Он всходил на каждый холмик, тщательно осматривал каждую кочку и затем жестом указывал своим спутникам путь, по которому следовало идти. Спутники не уступали ему в осмотрительности, необходимой при войне в лесу. Один из них, тоже индеец, отошел немного в сторону и наблюдал за краем леса;

его глаза давно привыкли замечать малейший признак опасности. Остальные трое были белые.

Страшные картины, постоянно встречавшиеся по пути к берегу озера, действовали на членов отряда так же различно, как различны были их характеры. Юноша, идущий впереди, бросал украдкой угрюмые взгляды на обезображенные жертвы. Он боялся выразить охватившие его сильные чувства, но был еще слишком неопытен, чтобы подавить их вполне. Его старший краснокожий товарищ был чужд подобной слабости. Он прошел мимо мертвецов с таким спокойствием, какое может быть приобретено только долгой привычкой.

Чувства белых – печальные у всех – также были различны. Человек с седыми кудрями и морщинистым лицом, воинственный вид и походка которого, несмотря на одежду жителя лесов, говорили о том, что этот человек давно привык к военным ужасам, не стеснялся, однако, выражать свои чувства громким стоном при виде какого-нибудь особенно тяжелого зрелища. Шедший рядом с ним молодой человек вздрагивал, но старался подавить свое чувство, повидимому щадя своего спутника. Только тот, который шел позади всех, громко выражал свои мысли, не боясь, что его услышат, не страшась последствий.

Читатель, конечно, сразу узнал в путниках могикан, их белого друга – разведчика, а также Мунро и Хейворда.

Ункас шел впереди; дойдя до центра равнины, он испустил крик, на который сбежались все его товарищи. Молодой индеец остановился у группы мертвых женских тел, лежавших беспорядочной грудой. Несмотря на весь ужас, вызываемый этим зрелищем, Мунро и Хейворд в порыве любви, которую ничто не могло удержать, бросились туда, чтобы посмотреть, не найдут ли они тех, кого искали. Задумчиво, безмолвно стояли они вокруг тел, когда к ним подошел разведчик. Смелый обитатель лесов взглянул на грустное зрелище; его лицо выражало гнев.

— Я бывал на многих полях битвы, мне приходилось идти по кровавому следу в продолжение долгих часов, — сказал он, — но я нигде не видел так ясно руки дьявола, как она видна здесь... Мстить — это свойство индейцев. А я — белый человек, но я хочу сказать здесь, перед лицом Небес: если когда-нибудь эти французы окажутся на расстоянии выстрела, найдется такое ружье, которое до тех пор будет выполнять свой долг, пока порох горит, а кремень высекает искру! Томагавк и нож я оставлю тем, кому дано от природы владеть ими... Что ты скажешь, Чингачгук? — прибавил он на делаварском наречии. — Думаешь ли ты, что гуроны станут хвастаться этим поступком перед своими женщинами в дни, когда снега покроют холмы?

Негодование мелькнуло на смуглом лице вождя могикан; он вынул нож из ножен и затем задумчиво отвернулся от ужасного зрелища; лицо его приняло выражение такого глубокого покоя, словно ему были вовсе не знакомы сильные чувства.

— У-у-ух! — вскрикнул молодой могиканин, приподнявшись на цыпочках и внимательно вглядываясь вперед.

Звук его голоса и движение спугнули воронов, сидевших неподалеку; они полетели искать другой добычи.

— Что такое, мальчик? — спросил разведчик, пригибаясь, словно пантера, готовая сделать прыжок.

Ункас, ничего не ответив, быстро убежал и через несколько минут так же быстро появился из чащи, с триумфом размахивая куском зеленой вуали со шляпы Коры. Его движения, вид развевающейся вуали и новый крик, вырвавшийся из уст молодого могиканина, немедленно собрали вокруг него всех остальных.

— Мальчик мой! — голосом, полным отчаяния, воскликнул Мунро. — Верните мне мое дитя!

— Ункас попытается, — послышался короткий трогательный ответ.

Простые, но многозначительные слова молодого индейца не дошли до сознания отца. Он схватил обрывок материи и сжал его в руке. Глаза его со страхом блуждали по кустам, как будто он в одно и то же время и боялся и надеялся проникнуть в их тайну.

— Здесь нет мертвых, — сказал Хейворд. — По-видимому, буря прошла мимо.

— Это ясно, как небо над вашей головой, — заметил невозмутимый разведчик, — но или она, или тот, кто ограбил ее, проходили через эту чащу, потому что я помню ткань, закрывавшую лицо, на которое все так любили смотреть... Ты прав, Ункас: темноволосая была здесь, и она убежала в лес, как испуганная лань, — никто из умеющих бегать не стал бы дожидаться, чтобы его убили. Будем искать следы, оставленные ею. Я иногда думаю, что глаза индейца подмечают даже след колибри в воздухе.

При этом предположении молодой могиканин полетел, словно стрела; не успел разведчик договорить свои слова, как с опушки леса раздался его победный крик. Спутники молодого человека тревожно бросились к лесу и увидели другую часть вуали, развевавшуюся на нижней ветви бука.

— Тише, тише! — сказал разведчик, загораживая своим длинным ружьем дорогу нетерпеливому Хейворду, чтобы удержать его. – Мы знаем теперь, что нам делать, не затаптывайте только следов. Один преждевременный шаг может повлечь за собой долгие часы тревоги. Но мы напали на их след – этого никак нельзя отрицать.

– Да благословит вас Бог, достойный человек, да благословит вас Бог! – воскликнул Мунро. – Куда же бежали они, мои дети?

– Путь, который они избрали, зависит от многих причин. Если они отправились одни, то могли пойти как по кругу, так и по прямой и, возможно, находятся от нас милях в двенадцати. Если же их захватили гуроны или какие-нибудь другие французские индейцы, то, по всей вероятности, они находятся вблизи границ Канады. Но что ж из этого? – продолжал решительный разведчик, заметив тревогу и разочарование слушателей. – Могикане и я на одном конце следа – значит, мы найдем другой, хотя бы он был на расстоянии сотни миль!.. Тише, тише, Ункас! Ты нетерпелив, словно житель селения: забываешь, что легкая походка оставляет слабые следы.

– У-у-ух! – крикнул Чингачгук, который все время внимательно рассматривал проделанный кем-то небольшой проход в низком кустарнике, соприкасавшемся с лесом. Теперь он выпрямился и указывал вниз с видом человека, увидавшего отвратительную змею.

– Здесь ясный след ноги человека! – сообщил Хейворд, наклоняясь над указанным дикарем местом. – Он шел по краю этой лужи, и в следе нельзя ошибиться. Они взяты в плен.

– Это лучше, чем умирать от голода в пустыне, – ответил разведчик. – След станет яснее. Я готов спорить на пятьдесят бобровых шкур против такого же количества кремней, что мы с могиканами войдем в их вигвамы!.. Наклонись-ка, Ункас, и посмотри, не узнаем ли чего по мокасину, так как это, без сомнения, мокасин, а не сапог.

Молодой могиканин нагнулся над следом и, отбросив листья, рассыпанные вокруг этого места, принялся рассматривать его со вниманием, похожим на то, с каким в наши дни банкир рассматривал бы подозрительный чек.

Наконец он поднялся с колен, довольный результатом своих исследований.

– Ну, мальчик, – спросил разведчик, – что? Можно узнать что-нибудь по этому следу?

– Это Хитрая Лисица.

– Ага! Опять этот свирепый дьявол! Не будет конца его преступлениям, пока «оленебой» не скажет ему ласковое словечко!

Хейворд выразил скорее свои надежды, чем сомнения, сказав:

– Все мокасины так схожи между собой – может быть, вы ошибаетесь.

– Вы еще скажете, что и все ноги похожи друг на друга! А ведь мы все отлично знаем, что одни ноги велики, другие малы; одни широки, другие узки; у одних высокий подъем, у других низкий; одни люди ходят носками внутрь, другие – наружу. Один мокасин похож на другой не более, чем одна книга на другую... Дай-ка я посмотрю, Ункас. Ни книга, ни мокасины не пострадают, если о них будет высказано два мнения вместо одного.

Разведчик немедленно приступил к делу.

– Ты прав, мой мальчик, – тотчас же сказал он. – Пьющий индеец всегда приучается больше опираться на носки, чем непьющий; пьяница всегда ходит,

раздвинув ноги, будь он белый или краснокожий. И именно такова ширина и длина следов! Взгляни, сагамор, ты не раз измерял эти следы.

Чингачгук согласился исполнить желание разведчика; после короткого осмотра он встал и спокойно проговорил только одно слово:

– Магуа.

– Ну, значит, дело решенное: тут прошли темноволосая и Магуа.

– А Алисы не было с ними? – спросил Хейворд.

– Мы еще не видели никаких знаков ее присутствия, – ответил разведчик, пристально оглядывая кусты, деревья и почву. – Что это там такое? Ункас, принеси то, что болтается там, на терновом кусте.

Индеец исполнил просьбу разведчика и передал ему странный предмет.

Тот поднял его высоко и рассмеялся своим беззвучным искренним смехом.

– Это инструмент певца! Ункас, поищи следы сапога, достаточно большого, чтобы поддержать шесть футов и два дюйма человеческого мяса, – сказал он. – Я начинаю питать надежды насчет этого малого; кажется, он бросил орать и занялся чем-то лучшим.

– По крайней мере, – сказал Хейворд, – у Коры и Алисы есть хоть какой-нибудь друг.

– Да, – с презрительной усмешкой сказал Соколиный Глаз, – он займется пением! Может ли он убить оленя на обед, найти дорогу по тому, с какой стороны на деревьях растет мох, или перерезать горло гурону? Если нет, то любая певчая птица умнее его... Ну что же, мальчик, есть какие-нибудь доказательства нашего предположения?

– Вот тут нечто вроде следа человека в башмаках. Уж не наш ли это друг?

— Осторожнее дотрагивайся до листьев, не то можно стереть очертания следа. Это отпечаток ноги темноволосой. Певец покрыл бы этот след одной пяткой.

— Где? Дайте мне взглянуть на следы ног моей девочки! — сказал Мунро, раздвигая кусты и наклоняясь над еле видными следами.

Прикосновение ноги к земле, хотя легкое и непродолжительное, все же оставило след, ясно видимый и теперь. Старый воин рассматривал его, и глаза его затуманились слезами. Желая отвлечь старика, Хейворд сказал разведчику:

— Так как у нас есть теперь следы, то пустимся сейчас же в путь. В такое время каждая минута кажется веком для пленника.

— Но того оленя, который быстро бегает, труднее поймать, — возразил Соколиный Глаз, продолжая разглядывать следы. – Мы знаем, что здесь прошли разбойник-гурон, темноволосая и певец. Но где же та, у которой золотые локоны и голубые глаза? Хотя и маленького роста и далеко не так смела, как ее сестра, она все же красива и приятна в разговоре. Разве у нее нет друзей и никого, кто позаботился бы о ней?

– Сохрани Бог, чтобы ей когда-нибудь недоставало друзей! Разве мы не ищем ее? По крайней мере, я не брошу поисков, пока не найду! – воскликнул Хейворд.

– В таком случае нам, вероятно, придется идти разными дорогами, потому что она не проходила здесь: как ни легок ее след, он был бы здесь виден.

Хейворд отошел. Казалось, весь пыл его мгновенно пропал.

Разведчик не обратил внимания на внезапную перемену в настроении своего собеседника и, подумав немного, продолжал:

– Ни одна женщина в этой пустыне не могла оставить такой след, кроме темноволосой или ее сестры. Мы знаем, что первая была здесь, но где следы второй? Пойдем дальше по этим следам, и, если ничего не найдем, придется вернуться на равнину и пройти по другому пути... Иди вперед, Ункас, и не отрывай глаз от сухих листьев. Я буду наблюдать за кустами, а твой отец будет осматривать землю. Идем, друзья мои: солнце садится за холмы.

– А я ничего не могу сделать? – тревожно спросил Хейворд.

– Вы? – сказал разведчик, который уже пошел вперед со своими краснокожими друзьями. – Можете. Идите сзади, чтобы не затоптать следы!

Пройдя несколько десятков футов, индейцы остановились и стали рассматривать что-то на земле с большим, чем прежде, вниманием. Отец и сын говорили быстро и громко, глядя то на предмет их общего восхищения, то друг на друга.

– Они нашли след маленькой ноги? – спросил разведчик, торопясь за ними. – Что это? Здесь была устроена засада?.. Нет, клянусь своим ружьем, здесь были лошади, которые переставляют сразу обе ноги с одной стороны!.. Ну, теперь тайна раскрыта, и все ясно, как северная звезда в полночь. Да, здесь они сели на лошадей. Кони были привязаны к этому вот деревцу, а вон там бежит широкая дорога на север, прямо к Канаде.

– Но все же нет никаких следов Алисы, младшей мисс Мунро, – сказал Дункан.

– Если не считать блестящей безделушки, которую Ункас только что поднял с земли... Подай-ка сюда, мальчик, мы рассмотрим ее хорошенько.

Хейворд сейчас же узнал медальон, который любила носить Алиса. Память любящего человека напомнила ему, что он видел его на шее своей любимой в утро роковой резни.

Он схватил дорогую вещицу, прижал ее к сердцу, и в тот же миг она исчезла из глаз изумленного разведчика, напрасно искавшего ее на земле.

– Эх, – проговорил с огорчением Соколиный Глаз, переставая ворошить листья концом ружья, – когда зрение начинает ослабевать, это верный признак старости! Такая блестящая побрякушка – и не видеть ее! Но все же я вижу достаточно хорошо, чтобы свести счеты с мингом. А все-таки мне хотелось бы найти эту вещицу, хотя бы для того, чтобы отнести ее к законной владелице, а это значило бы соединить два конца длинного-длинного следа, потому что в настоящее время нас разделяет широкий залив Святого Лаврентия, а может быть, и Великие Озера.

— Тем более не следует откладывать, нужно идти дальше, — заметил Хейворд. — Идем же!

— Молодая кровь и кровь горячая — это, говорят, почти одно и то же. Ведь мы отправляемся не на охоту за белками, не оленя нам загонять в Хорикэн. Нам придется бродить дни и ночи и идти по пустыне, по которой редко ступает нога человеческая и где не поможет никакое книжное знание. Индеец никогда не отправляется в подобное путешествие, не выкурив предварительно у огня трубки совета, и, хотя я белый, я уважаю этот обычай, потому что он исполнен благоразумия и мудрости. Поэтому мы вернемся на развалины старой крепости и зажжем там огонь, а завтра утром встанем свежими и готовыми к делу, как подобает мужчинам, а не болтливым женщинам или нетерпеливым мальчикам.

По тону разведчика Хейворд убедился в бесполезности пререканий.

Мунро снова впал в апатию, из которой, очевидно, его могло вывести только новое сильное потрясение. Пришлось покориться необходимости; молодой человек взял под руку ветерана и пошел вслед за индейцами и разведчиком, которые уже повернули на дорогу к равнине.

## Глава XIX

С а л а р и н о. Ну, я уверен, если он и просрочит, не станешь же ты требовать его мяса. На что оно годится?

Ш е й л о к. Рыбу удить на него! Пусть никто не насытится им — оно насытит месть мою.

Ш е к с п и р.
*«Венецианский купец»*[1]

Во мраке ночи еще страшнее казалась местность, когда путники вернулись к развалинам крепости Уильям-Генри. Разведчик и его товарищи сейчас же принялись за приготовления к ночлегу. К почерневшей стене приставили несколько балок; Ункас слегка прикрыл их хворостом, и все удовольствовались этим временным убежищем. Молодой индеец, окончив работу, указал на свою грубую хижину, и Хейворд, понявший смысл молчаливого жеста, мягко предложил Мунро войти туда. Оставив осиротевшего старика предаваться горю, Дункан сейчас же вышел на воздух. Он был слишком взволнован, чтобы отдыхать.

Пока Соколиный Глаз и индейцы разжигали костер и ели скромный ужин, состоявший из вяленого медвежьего мяса, молодой человек пошел в ту сторону разрушенной крепости, которая выходила на Хорикэн. Ветер утих, и волны набегали на песчаный

[1] *Перевод* Т. Щепкиной-Куперник.

берег размереннее и спокойнее. Тучи, словно устав от бешеной скачки, разрывались; более тяжелые собирались черными массами на горизонте; легкие облака еще носились над водой или кружились среди горных вершин, словно стаи птиц, порхающих вокруг своих гнезд. По временам среди движущихся облаков пробивалась красная огненная звезда, озаряя слабым светом мрачное небо. Среди окрестных гор уже воцарился непроницаемый мрак. Равнина лежала словно большой могильный склеп; ни малейший шорох, никакое дуновение не нарушало мертвой тишины.

Дункан несколько минут стоял, погруженный в созерцание. Он с ужасом вспоминал, что происходило здесь в недавнем прошлом. Глаза его переходили от вала, где жители лесов сидели вокруг яркого огня, к мраку, лежавшему в той стороне, где покоились мертвые. Ему вскоре почудилось, что оттуда доносятся какие-то необъяснимые звуки. Молодому человеку стало стыдно своих страхов. Он повернулся к озеру, стараясь остановить свое внимание на отражениях звезд, слабо сверкавших на поверхности воды. Но слишком напряженный слух продолжал ловить слабые звуки. Наконец ему довольно ясно почудился во тьме топот. Охваченный беспокойством, Дункан тихим голосом позвал разведчика. Соколиный Глаз вскинул на плечо ружье и подошел к Хейворду с невозмутимым видом, говорящим о том, насколько он был уверен в безопасности как своей, так и спутников.

— Прислушайтесь, — сказал Дункан, — на равнине слышны какие-то звуки. Может быть, Монкальм еще не покинул места своей победы.

– Ну, значит, уши лучше глаз, – возразил разведчик все так же невозмутимо; он только что положил в рот кусок медвежьего мяса и говорил неясно и медленно, как человек, рот которого занят двойным делом. – Я видел сам, что он засел в Тэйе со всем своим войском: французы любят после удачного дела возвратиться домой, потанцевать и повеселиться с женщинами.

— Не знаю. Индейцы редко спят во время войны, и какой-нибудь гурон мог остаться здесь ради грабежа. Хорошо бы потушить огонь и поставить часового... Прислушайтесь! Слышите шум, о котором я говорю?

— Еще реже индейцы бродят вокруг могил. Хотя они всегда готовы на убийство, но обыкновенно удовлетворяются скальпом...

— Слышите?.. Опять!.. — прервал его Дункан.

— Да-да, волки становятся смелыми, когда у них бывает слишком мало или слишком много пищи, — сказал невозмутимо разведчик. — Будь побольше света и времени, можно было бы добыть несколько шкур этих дьяволов. А впрочем... Что бы это могло быть?

— Это, значит, не волки?

Соколиный Глаз медленно покачал головой и сделал знак Дункану идти за ним к месту, куда не доходил свет костра. Выполнив эту предосторожность, он долго и напряженно прислушивался, не повторится ли тихий звук, так поразивший его. Однако его старания, очевидно, были напрасны, потому что через минуту он шепнул Дункану:

— Надо позвать Ункаса. Индеец может услышать то, что скрыто от нас; я белый и не отрицаю этого.

Молодой могиканин, разговаривавший с отцом, вздрогнул, услышав крик совы, вскочил на ноги и стал вглядываться в темноту, как бы ища места, откуда донесся звук. Разведчик крикнул еще раз, и через несколько минут Дункан увидел фигуру Ункаса, осторожно пробиравшегося вдоль вала к тому месту, где они стояли.

Соколиный Глаз перемолвился с ним несколькими словами на делаварском языке. Лишь только Ункас узнал, зачем его позвали, он бросился ничком на землю. Дункану показалось, что он лежит совсем спокойно, не двигаясь. Пораженный неподвижной позой молодого воина и любопытствуя узнать, каким образом он добывает нужные сведения, Хейворд сделал несколько шагов и нагнулся над темным пятном, с которого не спускал глаз. Он увидел, что Ункас исчез, и разглядел только неясные очертания какого-то возвышения на насыпи.

– Где же могиканин? – спросил он разведчика, в изумлении отступая назад. – Я видел, как он упал здесь, и готов был поклясться, что он остался лежать на одном месте.

– Тсс! Говорите тише. Мы ведь не знаем, чьи уши слышат нас, а минги – лукавое племя. Что касается Ункаса, то он на равнине, и, если здесь есть макуасы, они найдут противника, который не уступит им в хитрости.

– Вы думаете, что Монкальм еще не отозвал всех своих индейцев? Созовем наших товарищей, чтобы взяться за оружие. Здесь нас пятеро, привычных к бою.

– Никому ни слова, если дорожите жизнью! Взгляните на сагамора. Если здесь притаился кто-нибудь из врагов, он никогда не догадается по лицу сагамора, что мы чуем близкую опасность.

– Но они могут обнаружить его, и это для него смерть. Его фигура слишком ясно видна при свете костра, и он станет первой, неизбежной жертвой.

– Нельзя отрицать, что вы говорите правду, – сказал разведчик, выказывая более тревоги, чем обыкновенно, – но что же делать? Один подозрительный взгляд может вызвать атаку, прежде чем мы приготовимся к ней. Чингачгук слышал, как мы позвали Ункаса, и знает, что мы напали на какой-то след. Я скажу ему, что это след минга; он уж знает, как поступить.

Разведчик сунул в рот пальцы и издал тихий шипящий звук, заставивший отшатнуться Дункана, который принял его за шипение змеи. Чингачгук сидел в раздумье, положив голову на руки; но как только он услышал предупреждающий звук пресмыкающегося, имя которого он носил, он поднял голову, и темные глаза его быстро и проницательно оглядели все вокруг. Выражение удивления или тревоги ограничивалось этим внезапным и, может быть, невольным движением. Ружье лежало так близко, что надо было только протянуть за ним руку. Томагавк выпал на землю из-за пояса, расстегнутого для удобства, и вся фигура дикаря точно опустилась, как у человека, который дает отдых нервам и мускулам. Туземец принял прежнее положение, переменив руку – как будто только для того, чтобы дать отдохнуть другой, – и стал ожидать событий со спокойствием и мужеством, доступными лишь индейскому воину.

Хейворд заметил, что для неопытного глаза вождь могикан показался бы спящим, но на самом деле ноздри его раздувались, голова была немного повернута в одну сторону, а живой, быстрый взгляд беспрестанно переходил с одного предмета на другой.

– Взгляните на сагамора! – шепнул Соколиный Глаз, дотрагиваясь до руки Хейворда. – Он знает, что малейшее его движение или взгляд может нарушить наши планы и отдать нас в руки этих негодяев...

Его прервали внезапная вспышка и ружейный выстрел. Над костром, у которого сидел могиканин, взвились огненные искры. Когда Хейворд взглянул во второй раз, то увидел, что Чингачгук исчез.

Между тем разведчик держал уже ружье наготове и с нетерпением ожидал минуты, когда появится неприятель. Но атака, по-видимому, окончилась этой одной бесплодной попыткой. Раза два до слушателей донесся шелест кустарников – в чащу бросились какие-то фигуры. Вскоре Соколиный Глаз указал на волков, поспешно убегавших от кого-то, кто вторгся в их владения. После нескольких минут нетерпеливого, тревожного ожидания раздался всплеск воды и немедленно за ним выстрел из другого ружья.

– Это Ункас! – сказал разведчик. – У малого славное ружье. Я знаю звук его выстрела так же хорошо, как отец знает язык своего ребенка, потому что сам владел этим ружьем, пока не добыл лучшего.

– Что это значит? – спросил Дункан. – За нами следят, и, по-видимому, мы обречены на гибель!

– Вон те разлетевшиеся головни показывают, что замышлялось что-то недоброе, а этот индеец может засвидетельствовать, что не произошло никакого вреда для нас, – ответил разведчик, опуская ружье и идя к валу вслед за Чингачгуком, который только что опять показался в свете огня. – Что это, сагамор? Минги действительно нападают на нас или это только один из тех подлецов, что примазываются к военному отряду, снимают скальпы с мертвецов и, возвратясь домой, хвастаются перед женщинами своими храбрыми подвигами?

Чингачгук спокойно уселся на свое прежнее место и ответил только после того, как внимательно осмотрел головню, в которую попала пуля, чуть было не оказавшаяся роковой для него. Тогда он удовольствовался тем, что поднял палец и сказал по-английски:

– Один.

– Я так и думал, – заметил, садясь, Соколиный Глаз. – А так как ему удалось броситься в озеро раньше, чем выстрелил Ункас, то более чем вероятно, что негодяй будет рассказывать всякие небылицы о большой засаде, куда он попал, идя по следам двух могикан и одного белого охотника. Об офицерах он не будет говорить: здесь они не идут в счет. Ну пусть его рассказывает, пусть! В каждом народе найдутся честные люди, которые оборвут нахала, когда он станет говорить что-нибудь неразумное. Негодяй послал пулю так, что она просвистела мимо твоих ушей, сагамор.

Чингачгук снова принял прежнее положение со спокойствием, которого не мог нарушить такой пустячный случай. Ункас присоединился к остальным и сел у огня с таким же спокойным видом, как отец.

Хейворд с глубоким интересом и изумлением наблюдал за всем происходящим перед ним. Ему казалось, что между жителями лесов существует какое-то тайное понимание, ускользающее от его ума. Вместо поспешного пространного рассказа, в котором белый юноша старался бы передать — а может быть, и преувеличить — события, происшедшие на темной равнине, молодой воин довольствовался сознанием, что его дела сами будут говорить за него. Действительно, для индейца в данное время не представлялось случая похвастаться своими подвигами, и, вероятно, не спроси Хейворд, не было бы произнесено ни слова об этом деле.

— Что сталось с нашим врагом, Ункас? — спросил Дункан. — Мы слышали ваш выстрел и надеялись, что вы стреляли не напрасно.

Молодой воин распахнул свою охотничью рубашку и спокойно показал роковую прядь волос — символ своей победы. Чингачгук взял в руку скальп и внимательно рассматривал его в продолжение нескольких минут; потом он бросил скальп, и величайшее отвращение отразилось на его энергичном лице.

— Онайда! — проговорил он.

— Онайда! — повторил разведчик. Он подошел, чтобы взглянуть на кровавую эмблему. — Господи помилуй! Если по нашему следу идут онайды, то эти дьяволы окружат нас со всех сторон! Для глаз белых нет разницы между кожей одного или другого индейца, а вот сагамор говорит, что это кожа с головы минга, и даже называет племя, к которому принадлежал бедный малый, так свободно, как если бы скальп был

листом книги, а каждый волосок — буквой. Ну, а что скажешь ты, мальчик? К какому народу принадлежал негодяй?

Ункас поднял глаза на разведчика и ответил:

— Онайда!

— Опять онайда! Если даже один индеец делает какое-нибудь заявление, оно обыкновенно оказывается справедливым; но когда его поддерживают люди его племени, тут не может быть ошибки.

— Бедняга принял нас за французов, — сказал Хейворд, — он не стал бы покушаться на жизнь друзей.

— Чтобы он принял могиканина в военной раскраске за гурона! Это все равно, как если бы вы приняли гренадеров Монкальма в белых мундирах за красные куртки английских гвардейцев, — возразил разведчик. — Нет-нет, змея отлично знала свое дело, да и большой ошибки не было, так как делавары и минги недолюбливают друг друга, на чьей бы стороне ни сражались их племена во время междоусобий белых. Поэтому, хотя онайды служат англичанам, я не задумался бы и сам пристрелить негодяя, если бы счастливый случай свел нас.

— Это было бы нарушением нашего договора.

— Когда человеку приходится часто вступать в сношения с каким-нибудь народом, — продолжал Соколиный Глаз, — и люди там честные, а сам он не мошенник, то между ними возникает любовь. Но любовь между могиканином и мингом очень схожа с приязнью человека к змее.

— Печально слышать это!

— Ну, что касается меня, то я люблю справедливость и поэтому не скажу, чтобы я ненавидел мингов. А все же только ночь помешала моему «оленебою» пустить пулю в этого онайду, который стрелял в нас

из засады. – Соколиный Глаз умолк и отвернулся от огня.

Хейворд ушел на вал. Он не привык к военной жизни в лесах и потому не мог оставаться спокойным при мысли о возможности таких коварных нападений.

Дункан достаточно хорошо знал обычаи индейцев, чтобы понять, почему огонь был разведен вновь и почему воины, не исключая Соколиного Глаза, сели на свои места около дымящегося костра так важно и торжественно. Он тоже сел на краю вала, чтобы видеть и бдительно наблюдать за тем, что происходило вокруг.

После короткой многозначительной паузы Чингачгук закурил трубку с деревянным чубуком, выточенную из мягкого камня. Насладившись ароматом успокаивающего зелья, он передал трубку в руки разведчика. Трубка обошла таким образом присутствующих три раза среди полного безмолвия. Никто не проронил ни слова. Потом сагамор, как старший по возрасту и положению, изложил план действий в нескольких словах, произнесенных спокойно и с достоинством. Ему отвечал разведчик. Чингачгук заговорил снова, так как его собеседник не соглашался с его мнением. Молодой Ункас сидел молча, почтительно слушая старших, пока Соколиный Глаз не спросил его мнения из любезности. По выражению лица и жестам отца и сына Хейворд понял, что они придерживаются одинакового мнения в споре, тогда как белый настаивает на другом. Спор становился все оживленнее. И, несмотря на это, терпению и сдержанности спорящих друзей могли бы поучиться самые почтенные министры на любом совещании.

Слова Ункаса выслушивались с таким же глубоким вниманием, как и полные более зрелой мудрости слова его отца. Никто не выказывал ни малейшего нетерпения, и каждый отвечал только после нескольких минут молчаливого раздумья.

Речь могикан сопровождалась такими ясными, естественными жестами, что Хейворд легко улавливал нить их рассуждений. По тому, как часто индейцы упоминали о следах, обнаруженных ими в лесу, ясно было, что они настаивают на преследовании по суше, тогда как Соколиный Глаз постоянно протягивал руку по направлению к Хорикэну, из чего можно было заключить, что он настаивает на погоне по воде.

Могикане уже, по-видимому, стали брать верх в споре, как вдруг разведчик встал и, преодолев апатию, заговорил со всем искусством туземного красноречия. Он указывал на путь солнца, поднимая руку столько раз, сколько дней необходимо для выполнения его плана. Потом он обрисовал длинный, тяжелый путь среди гор и рек. Старость и слабость спавшего, ничего не подозревавшего Мунро были изображены знаками слишком понятными, для того чтобы ошибиться в их значении. Дункан заметил, что и о нем говорилось: разведчик протянул ладонь и произнес имя Щедрая Рука – прозвище, данное Дункану всеми дружескими племенами за его щедрость. Потом последовало изображение легких движений лодки в противовес заплетающимся шагам усталого человека. Он закончил указанием на скальп онайда и, по-видимому, настаивал на необходимости отправиться быстро, не оставляя за собой следов.

Могикане слушали внимательно. Речь Соколиного Глаза произвела свое действие, и под конец слова

разведчика встречались обычными одобрительными восклицаниями. Короче говоря, Ункас и его отец, вполне убежденные доводами Соколиного Глаза, отказались от мнения, высказанного ими раньше, с такой терпимостью и простотой, что будь они представителями великой и цивилизованной нации, то эта непоследовательность привела бы к краху их политической репутации.

Как только вопрос был решен, все споры и все связанное с ними, кроме принятого решения, мгновенно было забыто. Соколиный Глаз, не обращая внимания на одобрение, выражавшееся в глазах его слушателей, спокойно растянулся во весь свой высокий рост перед потухающим огнем и закрыл глаза.

Могикане, все время занятые чужими интересами, воспользовались этим моментом, чтобы подумать и о себе. Голос сурового индейского вождя сразу стал мягче: Чингачгук заговорил с сыном нежным, ласковым, шутливым тоном. Ункас радостно отвечал на дружественные слова отца, и, раньше чем тяжелый храп разведчика возвестил, что он уснул, в облике его спутников произошла полная перемена.

Невозможно выразить музыкальность их языка, особенно заметную в смехе и ласковых словах; диапазон их голосов – в особенности голоса юноши – был поразителен: от самого глубокого баса он переходил к тонам почти женской нежности. Глаза отца с явным восторгом следили за плавными, гибкими движениями сына; он улыбался всякий раз в ответ на заразительный тихий смех Ункаса. Под влиянием нежных отцовских чувств всякий оттенок свирепости исчез с лица сагамора.

В продолжение целого часа индейцы отдавались своим лучшим чувствам; затем Чингачгук объявил о своем намерении лечь спать, укутав голову шерстяным одеялом и растянувшись на сырой земле. Веселость Ункаса мгновенно пропала. Юноша старательно сгреб угли так, чтобы их тепло согревало ноги отца, и отыскал себе ложе среди развалин.

Хейворд, проникшись чувством безопасности при виде спокойствия этих опытных жителей лесов, последовал их примеру, и задолго до полуночи люди, лежавшие внутри развалин крепости, уснули крепким сном.

## *Глава XX*

Албания! Склоняю взор!
Привет,
Кормилица крутая
непокорных!

Байрон.
*«Чайльд Гарольд»*[1]

На небе еще сверкали звезды, когда Соколиный Глаз разбудил спящих. Мунро и Хейворд вскочили на ноги, как только услышали его голос у входа в убежище, где они провели ночь. Выйдя из своего укрытия, они увидели разведчика, ожидавшего их. Вместо всякого приветствия мудрый проводник сделал многозначительный жест, призывая к молчанию.

– Не говорите ни слова, – шепнул Соколиный Глаз, когда они подошли ближе. – Голос белого редко может приспособиться к тишине леса, как мы видели на примере этого жалкого певца... Ну, – продолжал он, направляясь к защищенному месту крепости, – спустимся в ров с этой стороны. Старайтесь ступать по камням и бревнам.

Спутники исполнили его приказание, хотя причина таких необыкновенных предосторожностей оставалась для них тайной.

Когда они спустились в низкую впадину, окружавшую с трех сторон земляной форт, то нашли ее почти совсем загроможденной развалинами. Осторожно

[1] *Перевод* Г. Шенгели.

и терпеливо продвигаясь вслед за разведчиком, они выбрались наконец на песчаный берег Хорикэна.

– Это след, который можно учуять только носом, – сказал разведчик с удовлетворением, оглядываясь на пройденный трудный путь. – Трава – предательский ковер для беглецов, а на дереве и на камне не остается следа мокасин. Будь на вас военные сапоги, можно было бы, пожалуй, опасаться; но в обуви из оленьей кожи, изготовленной как следует, человек может спокойно отправляться в горы... Подтолкни пирогу поближе, Ункас: здесь на песке следы очень заметны... Тише, мальчик, тише! Она не должна прикасаться к берегу, а не то негодяи узнают, каким путем мы ушли отсюда.

Юноша осторожно подъехал к берегу. Разведчик перекинул на корму доску, оставшуюся от развалин крепости, и жестом пригласил офицеров в пирогу. После этого все снова было тщательно приведено в прежний беспорядок. Соколиному Глазу удалось добраться до пироги, не оставив после себя следов. Хейворд молчал, пока индейцы, осторожно гребя веслами, не отплыли на некоторое расстояние от крепости под широкую темную тень, падавшую с гор на зеркальную гладь озера.

– К чему этот тайный поспешный отъезд? – спросил он наконец.

– Если бы кровь онайды могла оставить след на воде, по которой мы плывем, то вам сразу стало бы ясно, почему мы это делаем, – ответил разведчик. – Разве вы забыли, кого убил Ункас?

– Конечно, нет. Но ведь вы говорили, что он один, а мертвецов нечего опасаться.

– Да, он был один в своем дьявольском деле! Но индейцу редко приходится опасаться, что его кровь прольется без того, чтобы вскоре не раздался предсмертный крик кого-либо из его врагов.

– Но наше присутствие, авторитет полковника Мунро, я думаю, послужат достаточной защитой от гнева наших же союзников, особенно в том случае, если индеец ценит свою жизнь. Надеюсь, из-за такого пустяка вы нисколько не изменили намеченный маршрут?

– Неужто вы думаете, что пуля этого негодяя свернула бы в сторону, окажись на ее пути хоть сам король? – упрямо возразил разведчик. – Почему же этот великий француз не помешал гуронам напасть на нашу колонну, если уж так сильно, по-вашему, влияние белых на индейцев?

Ответ Хейворда был прерван стоном Мунро. Помолчав немного, Хейворд сказал:

– Только Бог рассудит этот поступок Монкальма.

– Вот-вот. Теперь-то в ваших словах есть смысл, так как вы исходите из религии и честности. Одно дело – направить полк своих солдат утихомирить стычку между индейцами и пленниками, а совсем другое дело – задабривать гнев дикаря, чтобы он забыл свой нож и ружье, называя его своим сыном. Нет-нет! – продолжал разведчик, оглядываясь на скрытые в тумане стены форта Уильям-Генри, и, рассмеявшись своим тихим искренним смехом, сказал: – Нас разделяет теперь вода. И если только эти черти не подружатся с рыбами и не узнают от них, кто ранним утром проплыл по озеру, мы пройдем весь Хорикэн, прежде чем они сообразят, каким путем догонять нас.

– Враги впереди и враги сзади. По-видимому, наше путешествие будет полно опасностей.

– Опасностей? – спокойно повторил Соколиный Глаз. – Нет, оно будет не так уж опасно. Тонкий слух и острое зрение помогут нам перегнать негодяев на несколько часов, а если придется прибегнуть к ружью, то по крайней мере трое из нас умеют управляться с ним так же хорошо, как любой из тех, кого вы можете встретить в этих местах. Нет-нет, об опасности нечего говорить, но, вероятно, придется идти форсированным маршем, как сказали бы вы. Может быть, случится нападение, стычка или иное развлечение в этом роде, но укрыться будет везде удобно, и боевые припасы у нас в изобилии.

Возможно, что понятия Хейворда об опасности несколько отличались от понятий разведчика. Вместо того чтобы ответить охотнику, он сидел молча, пока пирога скользила по воде. На рассвете они приплыли к протокам озера и стали быстро и осторожно пробираться среди бесчисленных островков.

Чингачгук положил свое весло. Ункас и разведчик вели легкое судно по запутанным, извилистым протокам, где каждый лишний фут, сделанный ими, мог приблизить их к какой-нибудь опасности.

Внимательный взгляд сагамора переходил с островка на островок, с одной заросли на другую; когда же перед ним расстилался водный простор, то его острый взгляд устремлялся вдоль обнаженных скал и грозных лесов, нахмурившихся над узкими протоками.

Хейворд, заинтересованный красотой места и в то же время испытывавший тревогу, внимательно следил за всем и только что подумал, что тревога его не имеет достаточных оснований, как весла перестали двигаться по сигналу, данному сагамором.

– У-у-ух! – вскрикнул вдруг Ункас почти в то же мгновение, как легкий удар его отца по борту пироги предупредил о приближении опасности.

– Что такое? – спросил разведчик. – Озеро так гладко, словно ветры никогда не дули, и я могу видеть на целые мили вперед. И только черная голова чомги[1] вынырнула из воды.

Индеец поднял весло и указал в ту сторону, куда был устремлен его пристальный взгляд.

Дункан взглянул в том же направлении. В нескольких десятках футов от лодки лежал один из низких лесистых островков; он казался таким спокойным и мирным, как будто его уединения никогда не нарушал человек.

– Я ничего не вижу, – сказал он, – кроме суши и воды. Очень красивый вид...

– Тсс! – перебил его разведчик. – Да, сагамор, у тебя есть разумная причина для каждого поступка. Это только тень, но она неестественна... Видите, майор, как бы полоску тумана над островом?

– Это испарения, поднимающиеся над водой.

– Это ясно и ребенку. А вот что за темная полоса окаймляет туман снизу? Ее можно проследить до чащи орешника. Она идет от костра, но уже потухающего.

– Ну так подъедем к этому месту и разрешим наши сомнения, – сказал нетерпеливый Дункан. – Людей, должно быть, немного, если они могут уместиться на таком клочке земли.

– Если вы будете судить о хитрости индейцев по правилам, отысканным в книгах, то это приведет вас к ошибкам, если не к смерти, – возразил Соколиный

[1] Чомга – птица-нырок.

Глаз, осматривая приметы местности с присущей ему проницательностью. – Если мне дозволено будет говорить, то я сказал бы, что нам остается на выбор: либо вернуться и отказаться от мысли преследовать гуронов...

– Никогда! – вскрикнул Хейворд слишком громким голосом при данных обстоятельствах.

– Ну-ну, – продолжал Соколиный Глаз, делая поспешный жест, чтобы остановить порыв нетерпения молодого человека, – я и сам того же мнения, но полагал, что я должен был сказать все. Значит, мы должны плыть дальше и, если в протоках находятся индейцы или французы, повернуть пирогу и пробиться между теми нависшими скалами. Правду ли я говорю, сагамор?

Индеец вместо ответа опустил весло в воду и быстрее погнал пирогу. Так как он управлял ее ходом, то это движение ясно выражало его решение. Все сильно налегли на весла и через несколько минут доплыли до места, откуда перед ними открывался весь северный берег острова, скрытый до тех пор.

– Вот они, – прошептал разведчик, – две лодки и дым. Негодяи еще не разглядели нас благодаря туману, а не то мы услыхали бы уже боевой клич... Налегайте сильнее, друзья! Мы уходим от них и почти ушли от их пуль...

Хорошо знакомый треск ружья, пуля из которого скользнула по спокойной поверхности пролива, и пронзительный крик, раздавшийся с острова, прервали его слова и показали, что их лодка замечена. Через несколько мгновений они увидели, что дикари бросились в лодки и пустились вслед за беглецами. Насколько мог видеть Дункан, ничто не изменилось ни в выражении лица, ни в движениях трех проводников, только взмахи их весел стали длиннее и ровнее, и маленькая лодка послушно неслась вперед.

— Держи их на таком расстоянии, сагамор, — сказал Соколиный Глаз, хладнокровно оглядываясь через левое плечо и продолжая работать веслом, — именно на таком расстоянии. У этих гуронов во всем племени не найдется ружья, которое могло бы попасть так далеко. Ну, а на моего «оленебоя» можно вполне рассчитывать.

Убедившись, что могикане могут вдвоем поддерживать нужную дистанцию, разведчик решительно положил свое весло и поднял роковое ружье. Три раза он вскидывал его к плечу и три раза, когда товарищи ожидали выстрела, опускал его, требуя, чтобы индейцы дали приблизиться врагам. Наконец его точный и требовательный взгляд, казалось, был удовлетворен, и, положив ствол на левую руку, он начал медленно поднимать дуло, как вдруг восклицание Ункаса, сидевшего на носу лодки, заставило его снова воздержаться от выстрела.

— Что такое, мальчик? — спросил Соколиный Глаз. — Ты спас одного из гуронов от предсмертного крика. Есть у тебя какое-нибудь оправдание для этого?

Ункас показал на каменистый берег несколько впереди их пироги, откуда вылетела другая боевая пирога, как раз наперерез им.

Теперь опасность стала очевидной. Разведчик положил ружье и взял весло. Чингачгук направил нос пироги ближе к западному берегу, чтобы увеличить расстояние между собой и новыми врагами. В то же время нападавшие на беглецов сзади напоминали им о своем присутствии дикими криками. Эта потрясающая сцена вывела из апатии даже Мунро.

— Высадимся на берег, — сказал он с видом опытного воина, — и дадим сражение дикарям.

— Кто желает выиграть в войне с индейцами, не должен быть настолько горд, чтобы отказываться от хитрости, — ответил разведчик. — Держись ближе к берегу, сагамор. Мы обходим плутов, и, может быть, они попробуют пересечь нам дорогу.

Соколиный Глаз не ошибся. Гуроны свернули с прямого пути и потеряли на этом в скорости. Пироги скользили параллельно на расстоянии двухсот ярдов одна от другой. Теперь это стало состязанием на быстроту. Легкие суденышки двигались так быстро, что вода озера вскипала впереди них, и пироги качались на волнах, поднимаемых быстротой их движения. Вероятно, по этой причине и вследствие необходимости всем быть у весел гуроны не прибегали еще к оружию. Беглецам приходилось делать слишком много усилий, и они начинали уже уставать. Преследователи превосходили их числом. Дункан с беспокойством заметил, что разведчик стал тревожно оглядываться, как будто ища еще каких-нибудь способов помочь бегству.

— Поверни немного в сторону от солнца, сагамор, — сказал упрямый житель лесов, — я вижу, плуты решили принести одного человека в жертву. Поверни дальше от солнца, и мы поставим остров между собой и ними.

Этот маневр оказался удачным. Невдалеке лежал длинный низкий остров.

Пирога беглецов прошла вдоль одного берега, преследователям пришлось плыть вдоль другого. Разведчик и его товарищи воспользовались этим преимуществом и под прикрытием кустов удвоили свои усилия, и без того поразительные. Обе лодки обошли последний, самый низкий пункт острова, словно два рысака, несущиеся во всю прыть; беглецы были впереди.

– Ты не зря выбрал именно эту пирогу, Ункас, – сказал, улыбаясь, разведчик, кажется, радуясь быстроте своей пироги больше, чем открывшейся перед ними возможности спасения. – Дьяволы снова налегли изо всех своих сил на весла, и нам, чтобы отстоять свои скальпы, приходится больше полагаться на куски обструганного дерева, чем на ружья и зоркость глаз... Ну, друзья, шире замах, гребите дружнее!

– Они готовятся стрелять, – сказал Хейворд, – а так как мы на одной линии с ними, то выстрел непременно попадет.

– Так ложитесь на дно лодки, – возразил разведчик. – Вы и полковник – тогда будет меньше мишеней.

Хейворд ответил, улыбаясь:

– Дурной был бы пример, если бы старшие по чину прибегали к увերткам, когда воины находятся под огнем!

– Господи! Господи! Вот оно, мужество белого человека, граничащее с безрассудством, как и многие другие поступки белых! – воскликнул разведчик. – Неужели вы думаете, что сагамор, или Ункас, или даже я стали бы раздумывать, следует ли прибегнуть к уловке, когда нельзя бороться открыто?

– Все, что вы говорите, совершенно верно, мой друг, – ответил Хейворд, – но наши обычаи не позволяют поступать так, как вы желаете.

Залп из ружей гуронов прервал этот разговор. Когда пули засвистели вокруг них, Дункан увидел, что Ункас повернулся и посмотрел на него и Мунро. Несмотря на близость неприятеля и грозившую ему лично опасность, на лице молодого воина не было заметно никакого волнения; оно выражало только удивление, что находятся люди, желающие подвергать себя бесполезному риску. Чингачгук, вероятно, был более знаком с понятием белых людей, потому что ни разу не взглянул в их сторону и не отрывал глаз от предмета, к которому направлял пирогу. Пуля вскоре вышибла из рук вождя легкое гладкое весло: пролетев по воздуху, оно упало в воду далеко от лодки. Гуроны закричали и выстрелили еще раз. Ункас провел по воде дугу лопастью своего весла; пирога вильнула вбок, и Чингачгук поймал свое весло, высоко поднял его, испустил боевой клич могикан и снова принялся за свое важное дело.

Из пирог позади раздались громкие восклицания: «Великий Змей!», «Длинный Карабин!», «Быстроногий Олень!» Казалось, эти возгласы придали еще более рвения преследователям. Разведчик схватил свое ружье и, подняв его над головой, с победоносным видом потряс им в воздухе. Дикари отвечали на оскорбление страшными воплями, и сейчас же раздался новый залп. Пули зашлепали по воде вокруг маленького судна, и одна из них даже пробила его борт. Ни малейшего волнения не было заметно у могикан в эту критическую минуту: их застывшие лица не выражали ни надежды, ни тревоги. Но разведчик снова обернулся и сказал Хейворду со своим беззвучным смехом:

– Плуты любят слышать звуки своих ружей, но между мингами не найти глаза, который мог бы верно прицелиться в пляшущую пирогу! Вы видите, дьяволы сняли с весел одного из людей, чтобы заряжать ружья, а по самому скромному подсчету, мы проходим три фута, в то время как они делают два.

Дункан обрадовался, что их лодка значительно опередила дикарей. Гуроны снова выстрелили, и одна из пуль попала в лопасть весла Соколиного Глаза, не причинив никакого вреда.

– Хватит! – сказал разведчик, с любопытством разглядывая небольшую выбоину. – Это не оцарапало бы и кожи ребенка... Ну, майор, если вы попробуете справиться с этим куском обструганного дерева, я заставлю «оленебой» принять участие в разговоре.

Хейворд схватил весло и принялся за дело с рвением, заменявшим искусство, а Соколиный Глаз проверил, заряжено ли ружье, потом быстро прицелился и выстрелил. Находившийся на носу передней пироги гурон встал, собираясь стрелять, но упал навзничь, и ружье выпало у него из рук в воду. Однако через мгновение он снова вскочил на ноги с дикими, безумными жестами. В ту же минуту его товарищи опустили весла, пироги сгрудились и остановились. Чингачгук и Ункас воспользовались этим, чтобы поставить пирогу по ветру, а Дункан продолжал работать веслом с неутомимой энергией. Отец и сын обменялись спокойными вопросительными взглядами, чтобы узнать, не пострадал ли кто-нибудь из них от выстрелов; оба отлично знали, что ни один не позволил бы себе крикнуть или сказать хоть слово, если бы что-нибудь случилось с ним. Несколько крупных капель крови стекало с плеча сагамора. Когда он заметил, что глаза Ункаса остановились на этих каплях, он зачерпнул ладонью воды и смыл пятно, дав тем самым понять, что рана незначительна.

— Тише, тише гребите, майор! — сказал разведчик; к этому времени он снова зарядил ружье. — Мы ушли слишком далеко, для того чтобы ружье могло показать все свои качества, а вы видите — минги держат совет. Пусть они подойдут на расстояние выстрела — на мой глаз можно положиться в данном случае, — и я заставлю плутов плыть за нами на протяжении всего Хо-

рикэна, причем обещаю, что в худшем случае их пули только поцарапают нам кожу, мой же «оленебой» из трех жизней возьмет две.

– Мы забываем наше дело, – заметил Дункан. – Воспользуемся лучше нашим преимуществом и уйдем подальше от врага.

– Верните мне моих детей! – хрипло проговорил Мунро. – Не шутите с горем отца, отдайте мне моих детей!

Постоянное и привычное уважение к наказу старших приучило разведчика подчиняться, поэтому, бросив последний взгляд на далекие пироги, он отложил ружье в сторону и, сменив усталого Дункана, взялся за весло. Могикане поддержали его усилия, и нескольких минут было достаточно, чтобы между ними и врагами оказалось такое расстояние, что Хейворд снова вздохнул свободно.

Озеро становилось шире, и путь лодки лежал теперь вдоль высокого скалистого берега. Острова встречались редко и на таком расстоянии, что их можно было избегнуть. Удары весел стали медленнее и размереннее; гребцы, уйдя от погони, угрожавшей им смертью, гребли так спокойно, словно перед тем занимались спортом, а не спасали свою жизнь.

Вместо того чтобы, преследуя свою цель, плыть вдоль западного берега, осторожный могиканин направил пирогу к тем холмам, за которые, как было известно, Монкальм увел свои войска, в неприступную крепость Тикондерога. Когда стало совершенно ясно, что гуроны отказались от преследования, исчезли, казалось, все основания для опасений. Но все же маленький отряд еще в течение нескольких часов придерживался этого курса, пока наконец путники не

достигли бухты на северном конце озера. Тут пирогу подвели к берегу. Соколиный Глаз и Хейворд взошли на ближайший утес. Разведчик взглянул на расстилавшееся под его ногами пространство воды и указал майору на маленький черный предмет у мыса, лежавшего на расстоянии нескольких миль.

– Видите? – спросил он. – Ну, за что приняли бы вы это пятно?

– Если бы не расстояние и не величина этого предмета, я принял бы его за птицу. Неужели это живое существо?

– Это пирога из хорошей березовой коры, а на веслах свирепые, коварные минги. Плуты делают вид, будто они заняты своим ужином, но, едва только стемнеет, они пойдут по нашим следам, как собаки, чутьем отыскивающие зверя. Нам нужно сбить их с толку, или придется отказаться от преследования Хитрой Лисицы. Эти озера бывают иногда полезны, в особенности когда на воде встречается дичь, — продолжал разведчик, оглядываясь вокруг с озабоченным видом, — но укрыться здесь нельзя никому, кроме рыб. А к тому же мне очень не нравится дымок, ползущий вдоль утеса над пирогой. Готов прозакладывать свою жизнь — это сигнал, который видят еще чьи-то глаза, не только наши... Ну, словами дела не поправишь, пора действовать.

Соколиный Глаз спустился с утеса на берег в глубоком раздумье. Он сообщил на языке делаваров результаты своих наблюдений товарищам; затем последовало короткое серьезное совещание. Поговорив между собой, они подняли пирогу и понесли ее на плечах. Все прошли в лес, стараясь оставлять за собой большие, ясные следы. Они скоро дошли до ручья, перешли через него и продолжали идти вперед до большой обнаженной скалы. С того места, где можно было ожидать, что не останется следов, они пошли назад к ручью, все время старательно пятясь. По руслу ручья они добрались до озера и здесь спустили пирогу на воду. Небольшой пригорок скрывал их от мыса, а край берега был на значительном расстоянии окаймлен густым кустарником, свешивавшимся в воду. Под прикрытием этих природных ограждений путники терпеливо и осторожно подвигались вперед, пока разведчик не сказал, что, по его мнению, следует опять пристать к берегу.

На берегу подождали до тех пор, пока очертания берегов не расплылись в неверном вечернем свете. Тогда беглецы снова пустились в путь. Темнота благоприятствовала им, и они, безмолвно и сильно налегая на весла, понеслись к западному берегу. Суровые очертания горы, к которой они направлялись, не имели никаких отличительных примет в глазах Дункана, но могиканин вошел в избранную гавань с уверенностью и точностью опытного кормчего.

Пирогу снова подняли и отнесли в лес, где старательно спрятали под кучей хвороста. Путешественники взяли свое оружие и поклажу, и разведчик заявил Мунро и Хейворду, что и он и индейцы наконец готовы продолжать путь.

## *Глава XXI*

Если вы найдете там
человека,
Пусть он умрет смертью мухи.

Шекспир.
*«Виндзорские проказницы»*

Беглецы сошли на берег на границе местности, даже в настоящее время менее известной жителям Штатов, чем Аравийская пустыня или среднеазиатские степи. Это была бесплодная неровная страна, отделяющая область Шамплейна от областей Гудзона, Мохока и Святого Лаврентия. С тех времен, о которых говорится в нашем рассказе, деятельный дух жителей окружил ее целым поясом богатых, процветающих поселений, но в глубину ее даже теперь проникают только охотники и туземцы.

Однако Соколиный Глаз и могикане часто проходили по горам и долинам этой обширной пустыни и потому не замедлили углубиться в нее с уверенностью людей, привычных к этим местам. Много часов пробирались путешественники по тяжелому пути, то руководствуясь звездами, то следуя направлению какого-нибудь ручья. Наконец разведчик предложил остановиться, и после короткого совещания индейцы развели огонь и стали делать все необходимые приготовления, чтобы провести остаток ночи на этом месте.

Роса уже испарилась, и солнце, разогнав туман, осветило лес своими яркими лучами, когда путешественники снова пустились в путь.

Соколиный Глаз шел впереди всех. Пройдя несколько миль, он стал подвигаться осторожнее, часто останавливался, присматриваясь к деревьям, к течению ручьев, к цвету их воды. Так как он не доверял своим наблюдениям, то часто обращался к Чингачгуку и внимательно выслушивал его мнение. Во время одного из этих совещаний Хейворд заметил, что Ункас, стоявший безмолвно и терпеливо, с интересом прислушивается к разговору старших. Ему очень хотелось поговорить с молодым вождем, но по спокойному поведению туземца он решил, что тот, как и сам он, вполне полагается на проницательность и благоразумие старших. Наконец разведчик заговорил по-английски и сразу объяснил затруднительность их положения.

– Когда я увидел, что дорога к поселению гуронов идет на север, – сказал он, – я сразу понял, что они пойдут долинами и будут держаться между вод Гудзона и Хорикэна, пока не наткнутся на истоки канадских рек, которые приведут их в центр французских владений. Но вот мы уже вблизи Скаруна – и не видели ни одного следа! Человеческая природа слаба, и мы, быть может, пошли по неверному следу...

– Избави нас Бог от такой ошибки! – воскликнул Дункан. – Пойдем назад по нашим следам и будем осматривать все как можно пристальнее. Не посоветует ли чего Ункас в таком затруднительном положении?

Молодой могиканин бросил взгляд на отца, но продолжал молчать, сохраняя все тот же спокойный, сдержанный вид. Чингачгук заметил этот взгляд и дал сыну знак рукой, разрешая ему говорить. В то же мгновение спокойное, серьезное лицо Ункаса осветилось радостью. Прыжком, похожим на прыжок оленя, он метнулся к небольшому косогору, находящемуся в нескольких десятках футов впереди того места, где они стояли, и встал с торжествующим видом на холм, где свежая земля, казалось, была только что взрыта каким-то животным. Глаза всех устремились на юношу, и по его радостному лицу путники поняли, что шли по правильному пути.

– Это след! – крикнул разведчик, подходя туда, где стоял Ункас. – У мальчика хорошее зрение и острый ум.

– Почему же он так долго молчал? – тихо проговорил Дункан.

– Было бы удивительнее, если бы он заговорил без разрешения. Ваши молодые люди, которые набираются знаний из книг и исчисляют весь свой опыт страницами, воображают, что их знания, как ноги, опередят в беге ноги отцов. Но там, где учителем является опыт, ученик приучается ценить старших, уважать их годы и знания.

– Взгляните, – сказал Ункас, показывая к северу и югу на очевидные признаки следов по обе стороны от него, – темноволосая ушла в лес.

– Собака никогда не бежала по лучшему следу! – ответил разведчик, бросаясь сразу на указанный путь. – Нам повезло, очень повезло, и мы теперь твердо знаем, куда идти. Да! Вот следы наших обоих иноходцев! Этот гурон путешествует, как генерал. Его постигла Божья кара – он сошел с ума!.. Поищика следы от колес, сагамор, – продолжал он, смеясь от удовольствия. – Того и гляди, безумец скоро будет путешествовать в карете, а за ним будут следить три пары самых зорких глаз, какие только есть в Америке.

Хорошее расположение духа разведчика и удивительный успех погони, во время которой они сделали круг примерно в сорок миль, невольно заронили надежду в сердца всего отряда. Индейцы пошли вперед с такой уверенностью, с какой путешественник идет по широкой проезжей дороге. Если случалось, что какая-нибудь каменная глыба, ручей или клочок земли, более твердой, чем окружающая почва, прерывали звенья следа, по которому они шли, зоркий глаз разведчика неизменно находил след на некотором расстоянии, причем для этого редко требовалось промедление более чем на одну минуту. Магуа, однако, не отказался от уловок, к которым обычно прибегают туземцы, когда отступают от неприятеля. Всюду, где это позволял ручей или характер почвы, встречались

ложные следы и неожиданные повороты; но это редко обманывало преследователей, и они всегда замечали ошибку раньше, чем направляли свой путь по ложному следу.

К середине дня они перешли через Скарун и двинулись в сторону заходящего солнца. Спустившись с одной возвышенности в низину, где протекал быстрый ручей, они внезапно очутились на месте стоянки Лисицы. Вокруг ручья лежали потухшие головешки; кругом были разбросаны остатки оленины, а деревья были явно ощипаны лошадьми. В некотором расстоянии Хейворд заметил шалаш и с любопытством и нежностью посмотрел на него: вероятно, здесь отдыхали Кора и Алиса. Но хотя земля вокруг была истоптана и отпечатки ног людей и животных были видны вполне ясно, след, казалось, внезапно обрывался.

Легко было найти следы наррагансетов, которые, по-видимому, бродили сами по себе и без определенной цели, занятые только поисками пищи. Наконец Ункас, вместе с отцом искавший путь, по которому шли лошади, напал на след их недавнего пребывания. Прежде чем отправиться по следу, он сообщил товарищам о своем успехе, и, пока те совещались, юноша появился снова, ведя обоих иноходцев со сломанными седлами и перепачканными попонами: по-видимому, они бегали на свободе в продолжение нескольких дней.

– Что это значит? – спросил Дункан, бледнея и оглядываясь вокруг, словно боясь, что кустарники и листья выдадут сейчас какую-то ужасную тайну.

– Это значит, что наше путешествие подходит к концу, – ответил разведчик. – Если бы негодяя преследовали и слабым женщинам недоставало лошадей, чтобы не отстать от отряда, Магуа мог бы скальпировать пленниц; но, когда неприятель не идет по пятам, Магуа не тронет и волоска на их голове. Тот, кто думает, что минг может дурно обращаться с женщиной, не знает ни индейцев, ни закона леса. Правда, лошади здесь, но гуроны ушли. Надо искать дорогу, по которой они отправились.

Соколиный Глаз и могикане горячо принялись за дело. Провели круг в несколько футов в окружности, и каждый из членов отряда взял на себя обязанность исследовать известную его часть. Но исследование не дало никаких результатов. Следов ног было много, но, казалось, они принадлежали людям, бродившим вокруг этого места, не имея намерения удалиться от него. Разведчик и его товарищи еще раз обошли вокруг стоянки, идя друг за другом, и очутились еще раз в центре, не узнав ничего нового.

— Что за дьявольская хитрость! — воскликнул разведчик, встретив недоумевающие взгляды своих товарищей. — Мы должны добиться толку, сагамор. Надо начать с источника и пройти всю местность, дюйм за дюймом. Пусть гурон не хвастается у себя в племени, что его нога не оставляет следа.

Разведчик сам показал пример и принялся за дело с удвоенным рвением. Ни один лист не остался нетронутым. Были подняты все палки, сдвинуты все камни. Известно, что индейцы часто употребляют эти предметы, с величайшим терпением и ловкостью прикрывая ими свои следы. Но все было тщетно. Наконец Ункас, окончивший раньше других свою часть работы, стал копать землю вокруг мутного ручейка, вытекавшего из источника, и направил его течение по другому руслу. Как только высохло узкое русло под запрудой, Ункас наклонился и стал рассматривать его проницательным, острым взглядом. Восторженный крик сейчас же возвестил об удаче молодого воина. Все бросились к этому месту, и Ункас показал отпечаток мокасина на сырой наносной земле.

– Мальчик принесет славу своему народу и много хлопот гуронам! – сказал Соколиный Глаз, глядя на след с таким восхищением, с каким посмотрел бы любой естествоиспытатель на клык мамонта или ребро мастодонта. – Но это след не индейца! Нога слишком упирается на пятку, и отпечаток носка слишком широк, словно какой-нибудь французский танцор подбадривал своих соплеменников... Беги назад, Ункас, и принеси мне мерку ноги певца. Ты найдешь прекрасный отпечаток ее как раз против вон той скалы.

Пока юноша исполнял поручение, разведчик и Чингачгук внимательно рассматривали следы. Размеры вполне подходили, и Соколиный Глаз, не колеблясь, объявил, что это след ног Давида, которого опять заставили сменить башмаки на мокасины.

– Теперь я могу прочесть все так ясно, как если бы сам видел все проделки Хитрой Лисицы, – прибавил он. – Так как главные достоинства певца заключаются в его глотке и ногах, то его пустили первым, а остальные прошли по его следам.

– Но, – воскликнул Дункан, – я не вижу следов...

– Маленьких следов слабых женщин? – перебил его разведчик. – Плут нашел способ переправить их, надеясь, что таким образом собьет преследователей со следа. Готов прозакладывать свою жизнь, что мы увидим следы их хорошеньких ножек через несколько десятков футов.

Весь отряд пошел вдоль ручейка, тревожно вглядываясь в следы.

Вода скоро вернулась в свое русло, но жители лесов спокойно рассматривали почву с обеих сторон ручья, уверенные в том, что следы находятся под водой. Прошли более полумили, пока ручеек не заструился как раз у основания большого угрюмого утеса. Тут путники остановились, чтобы убедиться, покинул ли гурон воду.

Счастье благоприятствовало им. Живой, деятельный Ункас скоро нашел след ноги на клочке мха, куда, по-видимому, нечаянно ступил один из индейцев. Он прошел по направлению, указанному примятым мхом, вошел в соседнюю чащу и напал на такой же свежий и ясный след, как тот, по которому они шли до источника. Новый громкий крик возвестил товарищам об удаче юноши, и поиски следов сразу закончились.

– Да, это было проделано с большим искусством, как подобает индейцам, – сказал разведчик, когда все собрались вокруг этого места. – Глаза белых ничего бы здесь не обнаружили.

– Мы пойдем дальше? – спросил Хейворд.

– Не спешите. Мы знаем наш путь, но надо все же хорошенько исследовать положение вещей. Все ясно, кроме одного: как удалось плуту переправить женщин вдоль ручья? Даже гурон не допустил бы, чтобы их ноги касались воды.

– Не поможет ли это разъяснить затруднение? – сказал Хейворд, указывая на подобие носилок, грубо сделанных из ветвей, перевязанных ивовыми прутьями и, очевидно, брошенных за ненадобностью.

– Все понятно! – с восторгом крикнул Соколиный Глаз. – Плуты потратили по крайней мере несколько часов, чтобы устроить такую штуку, которая заставила бы потерять их след. Мне случалось видеть, как они теряли целые дни на подобные штуки и с таким же результатом. Вот три пары мокасин и две пары маленьких ног. Удивительно, как человеческое существо может ходить на таких маленьких ногах! Дай-ка мне кожаный ремень, Ункас, чтобы смерить длину этой ноги... Господи Боже мой! Не больше ноги ребенка, а ведь девушки высоки и статны...

– Нежные ноги моих дочерей не созданы для таких мучений, – сказал Мунро, смотря с отцовской любовью на легкие отпечатки ног. – Боюсь, мы найдем их едва живыми...

– Этого нечего бояться, – возразил разведчик, покачивая головой, – походка твердая и прямая, хотя и довольно мелкая. Взгляните: пятка еле дотрагивалась до земли. А вот тут темноволосая перепрыгнула с корня на корень. Нет-нет, насколько я вижу, ни одна из них не обессилела! Вот у певца начали болеть ноги, он устал; это ясно видно по его следам. Видите, вот тут он поскользнулся; здесь шел, широко расставив ноги, и споткнулся, а тут опять шел, словно на лыжах. Да-да, человек, который постоянно работает глоткой, не может хорошо владеть своими ногами.

Благодаря всем этим неоспоримым доказательствам опытный житель лесов дошел до истины почти с такой уверенностью и точностью, словно сам был свидетелем этих событий. Путники, ободренные этими заверениями и удовлетворенные такими ясными и в то же время простыми доводами, присели, чтобы наскоро поесть, и затем отправились дальше.

Разведчик бросил взгляд на солнце, которое уже садилось, и пошел вперед с быстротой, заставившей Хейворда и Мунро напрячь все силы.

Теперь их дорога шла лощиной, о которой уже говорилось раньше. Преследователи двигались уверенно, так как тут гуроны даже не пробовали скрывать свои следы. Однако менее чем через час Соколиный Глаз значительно сбавил шаг; он то и дело поглядывал то в одну, то в другую сторону, как будто чувствовал приближающуюся опасность. Наконец он остановился, поджидая остальных.

— Я чувствую, что гуроны где-то поблизости, — сказал он. — Там видно небо сквозь верхушки деревьев, и мы подходим слишком близко к их лагерю... Сагамор, иди справа, со стороны горы, Ункас пойдет налево, вдоль ручья, а я попробую идти по следу. Если случится что-нибудь, знаком послужит карканье ворона. Три раза. Я видел одну из этих птиц, летавшую как раз над сухим дубом, — вот еще один признак, что мы подходим к лагерю.

Индейцы, ничего не ответив, отправились каждый в свою сторону, а Соколиный Глаз с полковником и молодым офицером пошли осторожно вперед. Хейворд вскоре пошел рядом с проводником; он горел желанием поскорее взглянуть на врагов, которых он так давно и упорно преследовал. Разведчик велел ему пробираться к опушке леса и дожидаться там его прихода, так как он хотел исследовать некоторые подозрительные признаки в окрестностях. Дункан повиновался и вскоре очутился на таком месте, откуда перед ним открылось совершенно новое для него зрелище.

Деревья были срублены на пространстве многих акров, и мягкий летний вечерний свет падал на расчищенную поляну. В недалеком расстоянии от места, где стоял Дункан, поток образовал маленькое озеро, покрывавшее почти всю низменность от горы до горы. Вода вытекала из этого обширного бассейна водопадом так правильно и тихо, что каскад казался скорее произведением рук человека, чем созданием природы. Около сотни построек из глины стояло на краю озера и даже в воде его, как будто озеро вышло из своих обычных берегов. Их круглые кровли, хорошо защищавшие от дурной погоды, показывали, что на устройство этих хижин было положено много труда и стараний – больше, чем обычно тратят туземцы на постройку своих временных жилищ в период охоты или войны. Короче говоря, вся деревня – или город, как бы ни называлось это поселение, – имела опрятный вид и, казалось, была выстроена по определенному плану, что не соответствует, по мнению белых людей, обычаям индейцев. Но поселение выглядело необитаемым. По крайней мере, так думал Дункан в продолжение нескольких минут; наконец ему показалось, что он видит много человеческих фигур, приближающихся к нему на четвереньках; они тащили какое-то тяжелое и, как почудилось Дункану, страшное орудие. В ту же минуту несколько темных голов выглянуло из хижин, и поляна внезапно ожила, наполнилась существами, которые, однако, проскальзывали от одного прикрытия к другому так быстро, что невозможно было разглядеть ни их действий, ни их самих. Хейворд, встревоженный этими подозрительными и необъяснимыми действиями, только что хотел дать условный сигнал – закаркать вороном, – как вдруг шорох листьев вблизи заставил его оглянуться в другую сторону.

Юноша вздрогнул и отступил на несколько шагов, увидя в нескольких сотнях ярдов какого-то незнакомого индейца. Но он сейчас же опомнился и, вместо того чтобы дать сигнал, который мог бы оказаться для него губительным, остался на месте, внимательно следя за движениями незнакомца.

Еще мгновение – и Дункан убедился, что присутствие его не открыто. Тузсмсц, подобно ему, очевидно, рассматривал низкие строения поселка и бесшумные движения его жителей. Сквозь грубо разрисованную маску невозможно было рассмотреть выражение лица дикаря, но Дункану оно все же показалось скорее печальным, чем свирепым. Голова его была, по обыкновению индейцев, обрита, за исключением клочка волос на макушке; в волосах свободно висели три-четыре соколиных пера. Изорванный ситцевый плащ наполовину прикрывал его тело; нижняя одежда состояла из обыкновенной рубашки, рукава которой заменяли туземцу штаны. Колени его были голы и страшно изранены терновником, на ногах же надеты мокасины из хорошей оленьей кожи. У индейца был печальный и жалкий вид.

Дункан продолжал с любопытством рассматривать своего соседа, когда к нему тихо и осторожно подошел разведчик.

– Вы видите, мы дошли до их поселения, – шепнул молодой человек. – А вот один из дикарей, который, верно, помешает нам пробраться дальше.

Разведчик вздрогнул и чуть не выронил ружье, когда Дункан указал ему на незнакомца. Потом он опустил дуло и вытянул свою длинную шею, разглядывая дикаря.

– Этот негодяй не из гуронов, – сказал он, – и не принадлежит ни к одному из канадских племен, однако по его одежде видно, что он ограбил белого. Это, наверное, Монкальм для набегов собрал банду всяких негодяев. Вам не видно, куда он положил свое ружье или лук?

– У него, по-видимому, нет оружия, да и вообще он, кажется, не имеет дурных намерений. Если только он не даст сигнала своим приятелям, которые, как вы видите, вертятся у воды, нам нечего его бояться.

Разведчик повернулся к Хейворду и смотрел на него некоторое время с нескрываемым удивлением. Потом он широко раскрыл рот и разразился неудержимым беззвучным смехом, к которому его приучила привычка находиться постоянно в опасности.

– Приятели, которые вертятся у воды! – повторил он и прибавил: – Вот оно что значит учиться в школах и жить в городах! Но у этого парня ноги длинные, и ему нельзя доверять. Держите его на прицеле, а я подберусь к нему сзади сквозь кусты и возьму живьем. Не стреляйте ни в коем случае!

Соколиный Глаз уже наполовину скрылся в чаще, когда Хейворд, вдруг протянув руку, остановил его и сказал:

Andriolli
1883
HUYOT

– А могу я выстрелить, если увижу, что вы в опасности?

Соколиный Глаз смотрел на него некоторое время, как будто не зная, как понять его вопрос, потом покачал головой и ответил, смеясь по-прежнему неслышно:

– Стреляйте хоть за целый взвод, майор!

В следующее мгновение он скрылся в листве деревьев.

Дункан провел несколько минут в лихорадочном ожидании, прежде чем снова увидел разведчика. Одежду Соколиного Глаза трудно было отличить от земли. Он полз позади индейца, которого намеревался захватить в плен. На расстоянии нескольких футов от незнакомца он поднялся на ноги медленно и беззвучно.

В эту минуту раздалось несколько громких ударов по воде. Дункан обернулся как раз вовремя, чтоб увидеть, как сотня темных фигур сразу бросилась в воду. Он снова схватил ружье и перевел взгляд на стоявшего вблизи него индейца.

Ничего не подозревавший дикарь нисколько не испугался и, вытянув шею, казалось, смотрел на озеро с тупым любопытством. В это мгновение над ним поднялась рука Соколиного Глаза; но вдруг она опустилась без всякой видимой причины, и владелец ее разразился новым припадком смеха. Когда закончился этот взрыв неудержимого смеха, Соколиный Глаз, вместо того чтобы схватить за горло свою жертву, слегка ударил его по плечу и громко крикнул:

– Ну что, мой друг? Уж не собираетесь ли вы учить псалмопению бобров?

– Вот именно, – последовал быстрый ответ.

## *Глава XXII*

П и г в а. Вся ли наша компания в сборе?
О с н о в а. Все налицо.
А вот и замечательно подходящее местечко
для нашей репетиции.

Ш е к с п и р.
*«Сон в летнюю ночь»*[1]

Читатель может скорее представить себе изумление Хейворда, чем мы описать его. Его крадущиеся индейцы внезапно превратились в четвероногих животных, озеро — в пруд бобров, водопад — в плотину, устроенную этими трудолюбивыми и умными животными, а неведо мый враг — в испытанного друга, Давида Гамута, учителя псалмопения. Присутствие его возбудило столько неожиданных надежд насчет участи обеих сестер, что молодой человек выскочил из засады и подбежал к двум главным действующим лицам этой сцены.

Взрыв веселья Соколиного Глаза улегся не скоро. Грубо, без всякой церемонии, он вертел Гамута во все стороны и несколько раз повторял, что гуроны отличились при выборе для него костюма. Потом он схватил руку кроткого Давида, пожал так сильно, что у того показались слезы на глазах, и пожелал ему успеха в его новом деле.

---

[1] *Перевод* Т. Щепкиной-Куперник.

– Вы только что собирались поупражнять вашу глотку среди бобров, не правда ли? – спросил он. – Хитрые дьяволы уже несколько знакомы с этим делом, потому что отбивают такт хвостами, как вы сами слышали сейчас. И сделали они это весьма вовремя, иначе мой «оленебой» первый заговорил бы с ними. Я знал людей, умевших читать и писать, которые были гораздо глупее старого, опытного бобра; но что касается голоса, то они родились немыми! А как вам нравится вот такая песня?

Давид заткнул уши, и даже Хейворд, который был предупрежден заранее, взглянул вверх, ища птицу, когда в воздухе раздалось карканье ворона.

– Видите, – сказал со смехом разведчик, указывая на остальных путников, которые появились вдали, как только раздался сигнал, – вот эта музыка имеет свои несомненные достоинства: она дает мне два хороших ружья, не говоря уже о ножах и томагавках. Но мы видим, что вы в безопасности; расскажите же, что сталось с девушками?

– Они в плену у язычника, – сказал Давид, – и хотя сердце их неспокойно, они в безопасности и устроены с удобством.

– Обе? – задыхаясь, спросил Хейворд.

– Вот именно! Хотя путь наш был тяжел и съестные припасы скудны, нам не на что было жаловаться, кроме насилия над нашими чувствами, когда нас вели пленниками в далекую страну.

– Да благословит вас Бог за эти слова! – воскликнул, дрожа, Мунро. – Я получу назад моих девочек здравыми и невредимыми!

– Не знаю, скоро ли им удастся освободиться, – возразил Давид. – Глава этих дикарей одержим злым духом, которого не может усмирить никто, кроме Всемогущего. Я пробовал подействовать на него и на спящего и на бодрствующего, но, по-видимому, на него не влияют ни звуки, ни слова...

– Где этот негодяй? – резко перебил разведчик.

– Сегодня он охотится на лосей со своими людьми, а завтра, как я слышал, они пойдут дальше в эти леса и ближе к границам Канады. Старшая девушка отправлена к соседнему племени, хижины которого лежат за черной вершиной той горы; младшая же оставлена с женщинами гуронов, жилища которых находятся только в двух милях отсюда, на плоскогорье, там, где огонь выполнил миссию топора и тем самым подготовил место для их поселения.

– Моя бедная Алиса! – пробормотал Хейворд. – Она потеряла последнее утешение – поддержку сестры!

– Вот именно! Но если хвала и божественные псалмы могут утешить огорчснную душу, она не страдала.

– Разве музыка доставляет ей удовольствие?

– Самое серьезное, самое возвышенное удовольствие! Хотя я должен признаться, что, несмотря на все мои старания, девушка плачет чаще, чем смеется. В такие минуты я избегаю священных песен. Но бывают сладкие, спокойные часы доброго настроения, когда слух дикарей поражает звучание наших голосов.

– А почему вам позволяют расхаживать всюду беспрепятственно?

Давид, приняв вид скромного смирения, отвечал:

– Такому червю, как я, нечем хвастаться. Но хотя сила псалмопений утерялась в страшном, кровавом поле, через которое нам пришлось пройти, она снова возымела свое влияние на души язычников, и мне позволяют приходить и уходить когда угодно.

Разведчик рассмеялся и дал, может быть, более удовлетворительное объяснение странному снисхождению дикарей:

– Индейцы никогда не трогают человека, если он не в своем уме. Но почему, когда перед вами лежал открытый путь и вы могли бы вернуться по своим собственным следам – они ведь немножко яснее, чем следы белки, – вы не принесли известий в форт Эдвард?

Разведчик, помня лишь о своем твердом и непоколебимом характере, требовал от Давида того, что тот ни при каких условиях не мог выполнить. Но Давид все с тем же кротким видом ответил :

– Хотя душа моя возрадовалась бы, если бы мне пришлось еще раз посетить жилища христиан, ноги мои не могли возвращаться вспять, когда вверенные мне нежные души томились в плену и печали.

Трудно было понять замысловатый язык Давида, но искреннее, полное твердости выражение его глаз и румянец, вспыхнувший на его честном лице, не оставляли никакого сомнения. Ункас подошел ближе к Давиду и с удовлетворением взглянул на него, в то время как Чингачгук издал одобрительное восклицание.

Соколиный Глаз протянул псалмопевцу его драгоценный инструмент:

– Вот, друг, я хотел развести огонь твоей свистулькой, но, если она дорога тебе, бери и старайся вовсю.

Гамут взял камертон, выразив свое удовольствие настолько, насколько позволяли, по его мнению, выполняемые им важные обязанности. Испробовав несколько раз его достоинства и сравнив со своим голосом, он убедился, что камертон не испортился, и выказал серьезное намерение спеть несколько строф из маленького томика, о котором мы так часто упоминали.

Но Хейворд поспешно остановил его набожное рвение и стал задавать вопросы о положении девушек; он расспрашивал обо всем гораздо подробнее, чем в начале разговора, когда говорить мешало волновавшее его чувство. Давид хотя и поглядывал жадным взором на свое сокровище, но принужден был отвечать, тем более что отец девушек тоже принял участие в разговоре. И разведчик вставлял вопросы, когда представлялся подходящий случай. Таким образом, несмотря на частые перерывы, заполненные звуками возвращенного инструмента, преследователи все же познакомились с главными обстоятельствами, которые могли оказаться полезными для достижения их цели. Рассказ Давида был прост и не богат фактами.

Магуа подождал на горе, пока не миновала опасность, потом спустился и пошел по дороге вдоль западной стороны Хорикэна, по направлению к Канаде. Ловкий гурон хорошо знал все тропинки, знал также, что им не скоро грозит погоня, и потому продвижение вперед было медленным и неутомительным. Из неприкрашенного рассказа Давида видно было, что его присутствие не по душе индейцам; певца терпели, потому что даже сам Магуа не был вполне лишен того чувства благоговения, с которым индейцы относятся ко всему, что касается тайн религии.

Ночью они особенно заботились о пленницах, о том, чтобы предохранить их от лесной сырости и в то же время препятствовать их побегу. У источника, как уже известно, лошадей отпустили на волю, и тут индейцы использовали все уловки, чтобы скрыть следы. По прибытии в лагерь Магуа, следуя обыкновению гуронов, разделил пленниц. Кору отослали к какому-то племени, временно занимавшему одну из соседних долин. Давид был слишком мало знаком с обычаями туземцев и не мог определить, что это за племя. Он знал только, что они не участвовали в последнем нападении на крепость Уильям-Генри, но были союзниками Монкальма, так же как гуроны.

Могикане и разведчик слушали его неясный, сбивчивый рассказ со все возрастающим интересом. В то время как Давид пытался объяснить, чем занимается племя индейцев, где жила Кора, разведчик вдруг перебил его вопросом:

– Не видели вы, какие у них ножи? Английского или французского образца?

– Мои мысли не были направлены на такие суетные вещи – они были устремлены на то, чтобы утешить девушек.

– Придет время, когда вы, может быть, перестанете считать нож дикаря суетной вещью, – заметил разведчик. – А бывают у них праздники в честь окончания жатвы? Не знаете ли вы каких-нибудь тотемов[1] этого племени?

– Я могу только сказать, что хлебных зерен у них много; размоченные в молоке, они дают пищу, приятную на вкус и полезную для желудка. Тотемов никаких не знаю. Что касается музыки индейцев, то о ней не стоит говорить. Они никогда не соединяют свои

[1] Тотем – племенной знак индейцев, изображающий животное, растение или предмет; человек под его охраной неприкосновенен.

голоса в хвале Господу и, по-видимому, принадлежат к числу самых нечестивых из идолопоклонников.

– Вы клевещете на индейцев. Даже минги ждут милости и помощи только от Великого Духа.

– Может быть, – сказал Давид, – но я видел у них странные, фантастически раскрашенные изображения, которые возбуждали в них духовный восторг и пользовались особым поклонением; в особенности одно изображение нечистого, омерзительного предмета.

– Змеи? – поспешно спросил разведчик.

– В этом роде. Это было изображение пресмыкающейся черепахи.

– У-у-ух! – вскрикнули в один голос оба могиканина, внимательно прислушивавшиеся к рассказу, а разведчик покачал головой с видом человека, сделавшего важное, но неприятное открытие.

Потом Чингачгук заговорил на делаварском языке со спокойствием и достоинством, сейчас же приковавшими к нему внимание даже тех, кому были непонятны его слова. Жесты его были выразительны и энергичны. Один раз он высоко поднял руку; когда он опускал ее, то этим движением откинул складки своего легкого плаща; он приложил палец к груди, как будто желая подтвердить этим жестом значение сказанного. Глаза Дункана следили за движениями индейца, и он увидел прекрасно, хотя и бледно нарисованное синей краской изображение только что названного животного на смуглой груди вождя. Ему тотчас пришло на ум все, что он когда-то слышал о расколе делаварских племен на два враждующих лагеря.

Разведчик отвернулся от своего краснокожего друга и сказал:

– Мы открыли то, что по воле Небес может принести нам добро или зло. В жилах нашего друга Чингачгука течет кровь вождей делаваров, и он – великий вождь Черепах! Из слов певца ясно, что некоторые индейцы этого племени находятся среди народа, о котором он говорит. Мы идем по опасному пути, потому что друг, ставший изменником, часто бывает свирепее врага.

– Объясните, – сказал Дункан.

– Это давняя, печальная история, и я не люблю думать о ней, так как нельзя отрицать, что это было сделано людьми с белой кожей. Но кончилось все тем, что братья подняли томагавки против братьев, а минги и делавары пошли по одному пути.

– Так вы предполагаете, что Кора живет среди этого племени?

Разведчик утвердительно кивнул головой, хотя, по-видимому, желал избежать дальнейшего разговора на эту тяжелую тему. Нетерпеливый Дункан стал поспешно предлагать отчаянные средства для освобождения сестер. Мунро, стряхнув с себя апатию, выслушивал безумные планы молодого человека с почтением, не подходившим к его седым волосам и преклонному возрасту. Разведчик дал излиться горячности влюбленного и потом нашел способ убедить его в том, что торопиться в деле, требующем полнейшего хладнокровия и величайшего мужества, было бы полным безумием.

– Хорошо было бы, – прибавил он, – если бы этот человек вернулся в лагерь индейцев и сообщил девушкам о нашем приближении. Когда понадобится, мы вызовем его сигналом на совещание... Вы сумеете отличить карканье ворона от свиста козодоя, друг мой?

– Это приятная птица, – ответил Давид. – У нее нежные, печальные ноты, но поет она слишком отрывисто и не в такт.

– Ну, если вам нравится ее свист, то пусть он будет вам сигналом. Помните же: когда вы услышите три раза подряд свист козодоя, вы должны прийти в кусты, где, можно предполагать, находится эта птица...

– Погодите, – перебил его Хейворд, – я пойду с ним.

– Вы? – удивленно воскликнул Соколиный Глаз. – Разве вам надоело видеть, как садится солнце и как оно встает?

– Давид – живое доказательство, что гуроны могут быть милостивы.

– Да, но Давид может пускать в дело свою глотку так, как этого не сделает ни один человек в своем уме.

– Я также могу разыграть сумасшедшего, дурачка, героя, вообще кого и что угодно, чтобы освободить ту, которую люблю. Не возражайте, все равно я сделаю так, как решил!

Соколиный Глаз смотрел на молодого человека в безмолвном удивлении. Но Дункан, до сих пор почти слепо повиновавшийся разведчику из уважения к его искусству и оказанным им услугам, теперь принял вид начальника, противиться которому было нелегко. Он махнул рукой в знак того, что не желает выслушивать дальнейшие возражения, и затем продолжал более спокойным тоном:

– Я могу переодеться, измените мой вид – разрисуйте меня, если желаете, – одним словом, превратите меня в кого угодно, хотя бы даже в шута!

– Когда вы посылаете отряды на войну, я полагаю, что вы, по крайней мере, считаете нужным установить известные знаки и места для стоянок, чтобы те, кто сражается на вашей стороне, – пробормотал разведчик, – могли знать, где и когда они могут встретить друга...

– Выслушайте меня, – прервал его Дункан. – От этого верного спутника вы узнали, что индейцы принадлежат к двум племенам, если не к двум различным народам. У одного из этих племен – у того, которое вы считаете ветвью делаваров, – находится та, кого вы называете темноволосой. Другая, младшая, безусловно, у наших открытых врагов – гуронов. Мой долг – ее освободить. Поэтому, пока вы будете вести переговоры об освобождении одной из сестер, я сделаю все, чтобы спасти другую, или умру!

Огонь мужества блистал в глазах молодого воина, вся его фигура являла собой внушительный вид. Соколиный Глаз, слишком хорошо знавший хитрости индейцев, предвидел все опасности, угрожавшие молодому человеку, но не знал, как бороться с этим внезапным решением.

Может быть, ему и понравилась смелость юноши. Как бы то ни было, вместо того чтобы возражать против намерения Дункана, он внезапно изменил свое настроение и стал помогать выполнению его плана.

– Ну, – проговорил он с добродушной улыбкой, – если олень хочет идти к воде, его надо направлять, а не плестись у него в хвосте. У Чингачгука хватит красок всяких цветов. Присядьте на бревно, и – я готов прозакладывать жизнь – он скоро сделает из вас настоящего шута, так что угодит вам.

Дункан согласился, и могиканин, все время внимательно прислушивавшийся к их разговору, охотно взялся за дело. Опытный в хитроумном искусстве

своего племени, он быстро и ловко расписал юношу узорами, которые на языке индейцев означают дружбу и веселье. Он тщательно избегал всяких линий, которые могли быть приняты за тайную склонность к войне; индеец старательно нарисовал все признаки, которые выражали дружбу. Затем Дункан оделся подходящим образом, так что действительно с его знанием французского языка можно было принять его за фокусника из Тикондероги, бродящего среди союзных, дружественных племен.

Когда решили, что Дункан достаточно разрисован, разведчик дал ему несколько советов, уговорился насчет сигналов и назначил место свидания. Прощание Мунро с его молодым другом было печальным, но старый воин проявил большую сдержанность при разлуке, чем можно было ожидать от этого сердечного, честного человека, если бы он был в менее угнетенном состоянии духа. Разведчик отвел Хейворда в сторону и сказал ему, что собирается оставить старика в каком-нибудь безопасном месте под наблюдением Чингачгука, а сам отправится с Ункасом на разведку среди народа, который он имеет основание считать делаварами. Потом он снова возобновил свои наставления и советы и закончил их, сказав торжественно и тепло:

– А теперь да благословит вас Небо! Вы выказали мужество, и оно мне нравится, потому что это дар юности с горячей кровью и смелым сердцем. Но поверьте предостережению опытного человека: чтобы победить минга, вам придется пустить в дело все свое мужество и ум, более острый, чем тот, которого можно набраться из книг. Да благословит вас Бог! Если гуронам удастся снять ваш скальп, положитесь на человека, которого поддержат два храбрых воина. За каждый ваш волосок они возьмут жизнь одного из врагов!

Дункан горячо пожал руку следопыту, еще раз поручил ему своего престарелого друга и сделал знак Давиду идти вперед. Соколиный Глаз в продолжение нескольких минут с явным восхищением смотрел вслед энергичному молодому человеку, потом в раздумье покачал головой, повернулся и повел свою часть отряда в лес.

Дорога, избранная Дунканом и Давидом, шла через место, расчищенное бобрами, и вдоль края их пруда. Когда Хейворд остался наедине с этим проста-

ком, так мало пригодным, чтобы оказать поддержку в отчаянном предприятии, он впервые ясно представил себе все трудности принятой на себя задачи. В сгустившихся сумерках еще страшнее казалась пустынная, дикая местность, простиравшаяся далеко по обе стороны от него; было что-то страшное даже в тишине этих маленьких хижин, которые, как известно, были чрезвычайно заселены. Дункана поразили великолепные постройки бобров и удивительные предосторожности, которые соблюдали их мудрые обитатели при возведении своих жилищ. Даже животные этой дикой местности обладали инстинктом, близким к его собственному разуму. Дункан с волнением подумал о неравной борьбе, в которую он так опрометчиво вступил. Затем он вспомнил Алису, ее горе, опасности, которым она подвергалась, и весь риск его собственного положения был забыт. Подбодрив Давида, он двинулся вперед легким и сильным шагом человека молодого и решительного.

Обойдя пруд, Дункан с Давидом начали подниматься на небольшое возвышение в лощине, по которой они двигались. Через полчаса они дошли до просторной поляны, также покрытой постройками бобров, но брошенной животными. Весьма естественное чувство заставило Дункана на минуту приостановиться, прежде чем покинуть прикрытую кустарником дорожку, — так, как человек останавливается, чтобы собрать силы, прежде чем решиться на отважное предприятие.

На противоположной стороне просеки, вблизи того места, где ручей низвергался с гор, виднелись пятьдесят-шестьдесят хижин, грубо выстроенных из бревен и хвороста, смешанного с глиной. Они стояли в беспорядке, и при постройке их, очевидно, никто не обращал внимания ни на чистоту, ни на красоту; в этом отношении они так сильно отличались от поселения бобров, что Дункан стал ожидать какого-нибудь другого, не менее удивительного сюрприза. Это ожидание нисколько не уменьшилось, когда при неверном свете сумерек он увидел двадцать или тридцать фигур, поднимавшихся поочередно из высокой травы перед хижинами и исчезавших, словно они проваливались сквозь землю. Они появлялись и исчезали так внезапно, что казались Дункану скорее какими-то темными призраками, чем существами, созданными из плоти и крови. Вот на мгновение появилась худая обнаженная фигура; она дико взмахнула руками и исчезла, а в другом месте сейчас же появилась еще одна такая же таинственная фигура.

Давид, заметив, что его товарищ остановился, посмотрел по направлению его взгляда и заговорил, заставив Хсйворда прийти в себя.

– Здесь много благодатной почвы, еще не обработанной, – сказал он, – и могу прибавить, не греша хвастовством, что за время моего краткого пребывания в этих языческих местах много добрых семян было рассеяно по дороге.

– Эти племена больше любят охоту, чем какой-либо другой вид занятий, – заметил ничего не понявший Дункан, продолжая смотреть на удивительные фигуры.

– Я провел здесь три ночи, и три раза я собирал мальчишек, чтобы они приняли участие в священных песнопениях. И они отвечали на мои старания криками и завываниями, леденившими мне душу.

– О ком вы говорите?

– О детях дьявола, которые проводят драгоценные минуты вон там в пустых кривляниях. Ах! В этой стране берез нигде не видно розги, и поэтому для меня нисколько не удивительно, что высшие блага Провидения расточаются на такие крики!

Давид зажал уши, чтобы не слышать ужасных пронзительных криков, раздававшихся в лесу. На губах Дункана появилась презрительная усмешка.

– Идем вперед! – твердо проговорил он.

## *Глава XXIII*

Но даже зверь, что был
к охоте приготовлен,
Спускается с цепи
на несколько минут.
Немного отбежать
всегда ему дают,
И вновь свободен он...
покуда не изловлен.
Но кто и где видал,
чтоб ставили заране,
Ну, например, лису,
зажатую в капкане.

Вальтер Скотт.
*«Дева Озера»*

Индейцы не имеют обыкновения, подобно белым, выставлять часовых для охраны своих поселений. Их разведчики сообщают об опасности, когда она еще далеко, и поэтому индейцы обычно отдыхают спокойно, так как хорошо знают все лесные звуки и знают, что длинные, труднопроходимые тропинки отделяют их от тех, кого им следует бояться.

Враг же, который по счастливому стечению обстоятельств обманул бдительность разведчиков, редко встретит часовых около дома.

Поэтому, когда Дункан и Давид очутились среди группы детей, забавлявшихся играми, появление их было вполне неожиданным. Как только детвора заметила их, она разразилась дружным пронзительным предостерегающим криком и затем, точно по волшебству, скрылась из глаз пришельцев. Обнаженные смуглые тела припавших к земле мальчишек так хорошо гармонировали по окраске с увядающей травой, что сперва казалось, будто земля действительно поглотила их. Но когда Дункан пригляделся внимательнее, он увидел, что на него отовсюду устремлены черные быстрые глаза.

Пытливые недружелюбные взгляды поколебали на мгновение решимость молодого человека, но отступать было поздно. На крик детей из ближайшей хижины вышли десять воинов, которые столпились у порога мрачной, воинственной группой, с невозмутимым спокойствием выжидая приближения чужих людей.

Давид, до известной степени привыкший к этому зрелищу, направился прямо к ним с твердостью, которую, по-видимому, нелегко было поколебать. Это была главная хижина селения — грубый шалаш из коры и ветвей. В ней происходили советы и сходки племени. Дункану трудно было придать своему лицу столь необходимое выражение равнодушия в момент, когда он пробирался между темными могучими фигурами индейцев. Но, сознавая, что жизнь его зависит от самообладания, он положился на благоразумие своего товарища, следом за которым шел, стараясь привести в порядок свои мысли. Кровь стыла у него в жилах от сознания непосредственной близости свирепых и беспощадных врагов, но он настолько владел собой, что ничем не выдал своей слабости. Следуя примеру мудрого Гамута, он вытащил связку душистого хвороста из кучи, занимавшей угол хижины, и молча сел на нее.

Как только их гость прошел в хижину, воины, стоявшие у порога, стали также возвращаться туда и, разместившись вокруг него, терпеливо ждали, когда чужестранец заговорит. Многие индейцы в ленивой, беспечной позе стояли, прислонившись к столбам, которые поддерживали ветхое строение. Трое или четверо самых старых и знаменитых вождей поместились на полу немного впереди.

Зажгли факел, вспыхнувший ярким пламенем, и в его колеблющемся красноватом свете из мрака выплывали то одни, то другие лица и фигуры. Дункан старался прочесть на лицах своих хозяев, какого приема он может ожидать от них. Но индейцы, сидевшие впереди, почти не смотрели на него; глаза их были опущены вниз, а на лице было такое выражение, которое можно было истолковать и как почтение, и как недоверие к гостю. Люди, стоявшие в тени, были менее сдержанны. Дункан скоро заметил их испытующие и в то же время уклончивые взгляды; они изучали его лицо и одежду; ни один его жест, ни один штрих в раскраске, ни одна подробность в покрое его одежды не ускользали от их внимания.

Наконец один индеец, мускулистый и крепкий, с проседью в волосах, выступил из темного угла хижины и заговорил. Он говорил на языке вейандотов, или гуронов, слова его были непонятны Дункану. Судя по жестам, которыми сопровождались эти слова, можно было думать, что они имели скорее дружелюбный, чем враждебный смысл. Хейворд покачал головой и жестом дал понять, что не может ответить.

— Разве никто из моих братьев не говорит ни по-французски, ни по-английски? — сказал он по-французски, оглядывая поочередно всех присутствующих в надежде, что кто-нибудь утвердительно кивнет головой.

Хотя многие повернули голову, как бы желая уловить смысл его слов, но ответа не последовало.

— Мне было бы грустно убедиться, — проговорил Дункан по-французски, выбирая наиболее простые слова, — что ни один представитель этого мудрого и храброго народа не понимает языка, на котором Великий Отец говорит со своими детьми. Его огорчило бы, если бы он узнал, что краснокожие воины так мало уважают его.

Последовала продолжительная, тяжелая пауза, в течение которой ни одно движение, ни один взгляд индейцев не выдали впечатления, произведенного этим замечанием.

Дункан, который знал, что молчание считалось достойной чертой среди его хозяев, с радостью воспользовался этим, чтобы собраться с мыслями.

Наконец тот же самый воин, который обращался к нему раньше, сухо ответил ему на канадском наречии:

— Когда наш Великий Отец говорит со своим народом, то разве он разговаривает на языке гуронов?

— Он не делает разницы между своими детьми, какой бы ни был у них цвет кожи — красный, черный или белый, — ответил Дункан уклончиво, — хотя больше всего он доволен храбрыми гуронами.

— А что он скажет, — спросил осторожный вождь, — когда гонцы сосчитают перед ним скальпы, которые пять ночей назад находились на голове ингизов?

— Они были его врагами, — сказал, невольно содрогнувшись, Дункан, — и нет сомнения, что он скажет: «Это хорошо, мои гуроны — очень храбрый народ».

— Наш отец в Канаде так не думает. Вместо того чтобы, заботясь о будущем, награждать индейцев, он обращает свои взоры в прошлое. Он видит мертвых ингизов, но не гуронов. Что может это значить?

— У такого великого вождя, как он, больше мыслей, чем слов. Он заботился о том, чтобы на его пути не было врагов.

— Пирога мертвого воина не поплывет по Хорикэну, — угрюмо возразил индеец. — Его уши открыты делаварам, которые враждебны нам, и они наполняют их ложью.

— Этого не может быть. Слушай, он приказал мне, человеку, сведущему в искусстве лечения, пойти к его детям — краснокожим, живущим по берегам Великих Озер, — и спросить, нет ли у них больных.

После этих слов Дункана снова наступило молчание.

Глаза всех одновременно устремились на него, как бы желая допытаться, правда или ложь скрывается в его заявлении, и такой ум и проницательность светились в этих глазах, что Хейворд содрогнулся. Но из этого неприятного положения его вывел только что говоривший с ним индеец.

— Разве ученые люди из Канады раскрашивают свою кожу? — холодно продолжал гурон. — Мы слышали, как они хвастают, что их лица белы.

— Когда индейский вождь приходит к своим братьям белым, — возразил Дункан с большой уверенностью, — он снимает свою одежду из шкуры бизона, чтобы надеть предложенную ему рубашку. Мои братья раскрасили меня, и потому я хожу раскрашенным.

Сдержанный шепот одобрения показал, что этот комплимент племени произвел благоприятное впечатление. Пожилой вождь сделал одобрительный жест, который повторили большинство его товарищей. Дункан начал дышать свободнее, чувствуя, что самая тяжелая часть его испытания прошла; а так как он уже приготовил простой рассказ, который должен был придать правдоподобие его выдумке, то его надежды на успех окрепли.

После молчания, длившегося несколько минут, которое индейцы хранили как бы для того, чтобы привести в порядок свои мысли и дать приличный ответ на заявление их гостя, другой воин поднялся со своего места, приняв позу, которая свидетельствовала о его желании говорить. Но едва он раскрыл рот, как из лесу донесся тихий, но ужасный звук, за которым немедленно последовал высокий, пронзительный крик, похожий на жалобное завывание волка. Эта неожиданная страшная помеха заставила Дункана вскочить со своего места и забыть обо всем, кроме впечатления, произведенного на него ужасным криком. В тот же самый момент воины толпой хлынули из хижины, и воздух огласился громкими криками, почти заглушившими ужасные звуки, еще звеневшие под сводами деревьев. Дункан, будучи не в состоянии владеть собой, сорвался с места и стал в самой середине нестройной толпы. Мужчины, женщины и дети, старики, немощные и сильные – все вышли из хижин; одни громко кричали, другие с бешеной радостью хлопали руками – словом, все выражали дикую радость по поводу какого-то неожиданного события. Дункан, оглушенный сперва криками, вскоре понял причину этого радостного возбуждения.

Было еще достаточно светло, для того чтобы увидеть яркие просветы между вершинами деревьев там, где несколько тропинок вело в глубину чащи. На одной из этих тропинок показалась группа воинов, медленно подвигавшаяся к жилищам. Один из них, шедший впереди, нес короткий шест, на котором, как оказалось потом, висело несколько человеческих скальпов. Странные крики, которые слышал Дункан, были теми, которые белые довольно метко называют «кличем смерти», и каждое повторение этих криков имело целью объявить племени об участи врага. До сих пор сведения, которые имел Хейворд о жизни индейцев, помогали ему понимать смысл происходившего перед его глазами. Так как он знал теперь, что перерыв в его объяснениях с индейцами произошел благодаря возвращению победоносного воинского отряда, то совершенно успокоился и в душе поздравил себя с неожиданным улучшением своего положения, потому что индейцы, конечно, позабыли о нем.

Пришедшие воины остановились на расстоянии нескольких футов от жилищ. Их жалобные, страшные крики, возвещавшие одновременно о печальной участи убитых и о торжестве победителей, смолкли. Один из воинов громко прокричал какие-то слова, в которых, по-видимому, не было ничего страшного, но понять их было так же трудно, как и прежние исступленные крики. Невозможно дать правильное представление о диком восторге, с которым была принята сообщенная новость. Весь лагерь в один момент стал ареной самой неистовой суматохи и смятения. Воины выхватили свои ножи и, размахивая ими, построились в две линии, между которыми оставался проход, тянувшийся от вновь прибывшего отряда до хижин. Женщины схватили дубины и топоры и устремились к рядам индейцев, чтобы принять участие в ужасной игре, которая должна была сейчас начаться. Даже дети не составляли исключения: мальчики вытащили томагавки из-за поясов своих отцов и прокрались в ряды, подражая варварским обычаям своих родителей.

Около опушки леса были разбросаны большие связки хвороста; пожилая женщина поджигала их. При свете вспыхнувшего пламени побледнел свет угасающего дня, очертания всех предметов стали в одно и то же время и более отчетливыми и более страшными. Вся сцена представляла собой удивительную картину, рамкой которой служила темная и высокая кайма из сосен. На самом отдаленном фоне этой картины виднелись фигуры только что прибывших воинов. Немного впереди стояли двое мужчин, которые, повидимому, должны были играть главную роль в предстоящем зрелище. Свет костра был недостаточно силен, для того чтобы можно было разглядеть черты их лица. Однако было видно, что один из них стоит твердо и прямо, готовый встретить свою участь как герой; голова другого была опущена на грудь, точно он был парализован ужасом или убит стыдом. Дункан почувствовал прилив симпатии к первому из них. Он зорко наблюдал за всеми, даже самыми незначительными движениями незнакомца. Вглядываясь в очертания его удивительно пропорционально сложенной фигуры, Дункан старался убедить себя, что молодой пленник должен выйти победителем из предстоящего ему страшного испытания. Незаметно для самого себя молодой человек приблизился к темным рядам гуронов и с любопытством, затаив дыхание, ожидал предстоящего зрелища. Раздался страшный крик: то был сигнал. Мгновенно мертвая тишина сменилась взрывом криков, далеко превосходивших по силе все слышанное раньше. Пленник, у которого был угнетенный, беспомощный вид, остался неподвижным; другой же, услышав крик, сорвался со своего места с живостью и быстротой оленя. Вместо того чтобы бежать среди рядов врага, как этого можно было ожи-

дать, он только вступил в узкий проход и, раньше чем кто-либо успел нанести ему удар, круто повернув, перескочил через головы столпившихся детей и сразу очутился на внешней, менее опасной стороне грозных рядов. Эта хитрость была встречена проклятиями сотни голосов, и вся возбужденная толпа, смешав ряды, в диком беспорядке рассеялась по поляне.

Десяток пылающих куч хвороста освещал своим зловещим светом местность, походившую на какую-то адскую, фантастическую арену, где собрались злые духи для свершения своих кровавых и нечестивых обрядов.

Фигуры на заднем плане походили на какие-то призраки, скользящие перед глазами и рассекающие воздух бешеными, бессмысленными жестами; зверские инстинкты дикарей, которые пробегали мимо пылающих костров, со страшной отчетливостью обнаруживались на их возбужденных лицах. Вполне понятно, что беглец посреди такой многочисленной толпы врагов лишен был всякой возможности передохнуть.

Был момент, когда казалось, что он достиг леса, но целая толпа врагов забежала ему наперерез и погнала назад, в самую гущу безжалостных преследователей. Круто свернув в сторону, с быстротою стрелы, пущенной из лука, беглец понесся к костру, одним прыжком перепрыгнул через столб пламени и, благополучно миновав целую толпу преследователей, показался на противоположной стороне просеки. Но и здесь его встретили и заставили повернуть назад. Тогда он еще раз сделал попытку прорваться через толпу, как бы надеясь, что в суматохе ему удастся проскользнуть. Затем последовало несколько мгновений, в течение которых Дункан считал мужественного юношу погибшим.

Ничего нельзя было различить, кроме темных человеческих фигур, носившихся по всем направлениям в невообразимом смятении. В воздухе мелькали поднятые руки, сверкающие ножи и страшные дубины, но удары падали, видимо, наудачу. Пронзительные крики женщин и свирепые завывания воинов еще больше усиливали ужасное впечатление, производимое этой сценой. Время от времени Дункану удавалось уловить взглядом легкую фигуру, рассекавшую воздух отчаянными прыжками, и он скорее надеялся, чем верил, что пленник продолжает еще владеть своими удивительными мускулами. Вдруг толпа повернула назад и приблизилась к месту, где стоял Дункан. Чья-то тяжелая фигура врезалась сзади в группу женщин и детей, и многие из них упали от толчка на землю. В общей суматохе опять появился пленник. Однако человеческие силы нс могли дольше выдерживать такое суровое испытание. Казалось, незнакомец сознавал это. Воспользовавшись образовавшимся на мгновение проходом, он стрелой промчался мимо воинов и сделал отчаянную и, как показалось Дункану, последнюю попытку достигнуть леса. Высокий, здоровенный гурон бежал за ним почти по пятам, и его поднятая рука была уже готова нанести удар, но Дункан подставил ему ногу, и бешено мчавшийся дикарь грохнулся на землю в нескольких футах от намеченной им жертвы. Хотя на все это ушло не больше мгновения, тем не менее пленник с выгодой использовал этот момент; он повернулся, опять мелькнул, как метеор, перед глазами Дункана и в следующий момент уже стоял, спокойно прислонившись к тотему —

маленькому раскрашенному столбу, врытому в землю перед главной хижиной.

Боясь, чтобы участие, которое он принял в избавлении пленника от опасности, не оказалось роковым для него самого, Дункан тотчас же покинул это место. Он последовал за подходившей к хижине толпой индейцев, мрачной и молчаливой, как всякая толпа, разочаровавшаяся в своем ожидании зрелища смертной казни. Влекомый любопытством или, может быть, другим, более благородным чувством, Дункан приблизился к незнакомцу. Последний стоял, обхватив одной рукой столб, и тяжело, с трудом дышал после сделанных им усилий, но ни одним жестом не обнаруживал испытываемых страданий. Он был теперь под покровительством священного обычая до тех пор, пока племя на своем совете не обсудит и не решит его участи. Однако нетрудно было предсказать решение этого совета.

Не было такого ругательства в словаре гуронов, которого разочарованные женщины не бросили бы в лицо незнакомцу. Они насмехались над его усилиями, говорили, что его ноги лучше его рук, что ему надо бы иметь крылья, так как он не знаком с употреблением лука и ножа. На все эти оскорбления пленник не отвечал ни единым словом; его лицо выражало только чувство собственного достоинства и презрения. Ругательства женщин становились все более бессмысленными и сопровождались пронзительным, резким воем. Женщина, предусмотрительно зажегшая кучу хвороста, протиснулась через толпу и очистила себе место перед столбом, у которого стоял незнакомец. Отвратительная, иссохшая фигура этой женщины невольно наводила на мысль о том, что эта женщина – колдунья. Этой репутацией она и пользовалась среди своего племени. Откинув свое покрывало, она с насмешкой вытянула костлявую руку и, говоря на наречии ленапов, начала свои издевательства.

– Послушай, делавар! – сказала она, щелкая пальцами перед его лицом. – Ваше племя – бабье племя, и мотыга больше годится для ваших рук, чем ружье. Ваши женщины – матери оленей, и, если бы медведь, или дикая кошка, или змея родились между вами, вы бы обратились в бегство. Гуронские девушки сошьют тебе юбку, а мы отыщем тебе мужа...

За этой выходкой последовал взрыв дикого смеха, во время которого более приятные, музыкальные голоса молодых женщин странным образом смешивались с надтреснутым голосом их старой подруги. Но незнакомец пренебрегал всеми этими издевательствами. Он точно не замечал, что окружен врагами. И только однажды его надменный взгляд обратился в сторону воинов, безмолвных и угрюмых свидетелей этой сцены.

Самообладание пленника вызвало ярость женщины; она подбоченилась и снова разразилась потоком брани. Однако старуха напрасно тратила свой пыл. Хотя она славилась среди своих соплеменников необычайным умением ругаться и дошла до такой степени бешенства, что пена выступила у нее на губах, ни один мускул не дрогнул на неподвижном лице незнакомца. Действие, производимое его равнодушием на старуху, начало распространяться и на зрителей. Какой-то подросток попробовал было помочь ведьме. Размахивая томагавком перед лицом жертвы, он присоединил к ее ругательствам свои нелепые хвастливые слова. Пленник повернул лицо к свету и посмотрел на мальчишку сверху вниз с выражением крайнего презрения. В следующее мгновение он уже овладел собой и по-прежнему спокойно стоял, прислонившись к столбу. Но в тот момент, когда пленник поворачивал голову, он взглянул прямо в глаза Дункану, и, поймав на себе этот твердый, проницательный взгляд, Дункан понял, что перед ним Ункас.

Пораженный и глубоко опечаленный критическим положением своего друга, Хейворд попятился, опасаясь, что их взгляд перехватят и это ускорит вынесение приговора. Тем не менее никакой основательной причины для подобных страхов не было. В это время один воин проложил себе путь в раздраженной толпе. Суровым жестом отодвинув в сторону женщин и детей, он взял Ункаса за руку и повел его к двери хижины, где происходили советы племени. Туда последовали все вожди и большая часть знаменитых воинов; озабоченный Хейворд нашел способ войти туда с толпой индейцев, не привлекая к себе их внимания.

В течение нескольких минут присутствующие размещались в хижине сообразно чину и влиянию, которым они пользовались в племени: в общем, соблюдался тот же порядок, в котором происходил допрос Хейворда. Пожилые воины и главные вожди заняли середину обширного помещения, освещенную сильным светом пылающего факела, тогда как более молодые и низшие по чину поместились на заднем плане, где их смуглые раскрашенные лица составили темный круг. В центре хижины, под самым отверстием в крыше, через которое видно было мерцание звезд, стоял Ункас, спокойный, высокий и сосредоточенный.

Его высокомерный, надменный вид не мог остаться не замеченным его врагами; взоры их часто останавливались на его лице с выражением, которое

Huyot
Andriolli

хотя и свидетельствовало о непреклонности их решения, но ясно выдавало их восхищение смелостью пленника.

Совсем иначе обстояло дело с человеком, которого Дункан видел рядом с Ункасом до его отчаянного прыжка. Среди шума и суматохи, вызванных этим неожиданным бегством, он оставался неподвижным, словно статуя. Хотя ни одна рука не протянулась к нему, ни одна пара глаз не следила за его движениями, он все же вошел в хижину, как бы вынуждаемый к этому роком, велениям которого он подчинялся, по-видимому, без борьбы. Хейворд воспользовался первым случаем, чтобы взглянуть ему в лицо, в глубине души опасаясь узнать в нем кого-нибудь из своих друзей. Но лицо оказалось незнакомым ему и, что было еще более необъяснимо, носило все отличительные признаки гуронов. Однако, вместо того чтобы смешаться со своими соплеменниками, он сел в стороне в согбенной, униженной позе, точно стараясь занять как можно меньше места. Когда все индейцы уселись и в хижине наступила тишина, седовласый вождь, уже знакомый читателю, заговорил громким голосом на наречии ленни-ленапов.

– Делавар, – сказал он, – хотя ты и принадлежишь к племени женщин, тем не менее ты вел себя как мужчина. Я накормил бы тебя, но тот, кто разделит свой обед с гуроном, должен стать его другом. Оставайся в мире до восхода солнца, когда мы сообщим тебе свое решение.

– Семь ночей и столько же дней я постился, преследуя гуронов, – холодно возразил Ункас. – Дети ленапов умеют шествовать стезею справедливости, не томясь по еде.

– Двое моих воинов преследуют твоего товарища, – продолжал вождь, не обращая внимания на похвальбу пленника. – Когда они вернутся назад, наши старейшины скажут тебе: жить или умереть.

– Разве у гурона нет ушей? – презрительно воскликнул Ункас. – Два раза с тех пор, как делавар стал вашим пленником, он слышал выстрел из знакомого ему ружья. Ваши воины никогда не вернутся назад.

За этим смелым утверждением последовала короткая и угрюмая пауза. Дункан, понимавший, что могиканин намекает на роковое ружье разведчика, нагнулся вперед, внимательно наблюдая за впечатлением, которое этот намек мог произвести на победителей, но вождь удовлетворился простым возражением:

– Если ленапы так искусны, то почему один из их храбрейших воинов находится здесь?

– Он следовал по пятам за убегавшим трусом и попал в западню. Мудрый бобр и тот может быть пойман.

Говоря так, он указал пальцем на гурона, сидевшего в стороне. Взоры всех среди общего молчания устремились на этого человека, и тихий угрожающий ропот пронесся в толпе.

Зловещие звуки привлекли в хижину женщин и детей; стало так тесно, что не оставалось ни одного промежутка между плечами присутствующих, откуда не выглядывало бы чье-нибудь смуглое лицо.

Тем временем пожилые воины в центре хижины обменивались друг с другом короткими, отрывистыми фразами. Потом опять наступила продолжительная торжественная пауза. Все замерли в ожидании серьезного, важного решения. Стоявшие сзади приподнялись на цыпочках, чтобы видеть происходящее, и даже преступник забыл свой стыд под влиянием еще более глубокого чувства и, подняв голову, открыл взорам присутствующих презренные черты своего лица, чтобы бросить беспокойный, боязливый взгляд на мрачное собрание вождей.

Наконец молчание было нарушено вождем. Поднявшись с пола и пройдя мимо Ункаса, он встал перед преступником в позе, полной достоинства. В этот момент все та же костлявая женщина медленно и както боком, приплясывая, вошла в середину собрания, держа в руках факел и бормоча какие-то невнятные слова... может быть, заклинания. Хотя ее появление являлось совершенно непрошеным вмешательством в церемонию суда, на нее никто не обратил внимания.

Приблизившись к Ункасу, она привела свою пылающую головню в такое положение, чтобы хорошенько осветить красноватым светом его лицо и сделать заметным проявление малейшего волнения на нем.

Могиканин сохранял свою твердую и высокомерную позу, и его глаза были неизменно устремлены в пространство, как будто они, преодолевая все препятствия, глядели в будущее. Удовлетворенная своим осмотром, женщина отошла от Ункаса и осветила головней лицо своего провинившегося соплеменника.

Гурон носил боевую окраску. Одежда едва прикрывала его прекрасно сложенную фигуру. При свете факела он был ясно виден весь, с головы до ног. Дункан в ужасе отвернулся, увидев, как судорожно тряслось его тело. Женщина при виде этого печального, постыдного зрелища издала жалобный вопль, но в это время вождь, протянув вперед руку, тихо отстранил ее.

— Шаткий Тростник, — сказал он, обращаясь к молодому преступнику на его родном языке и называя его по имени, — хотя Великий Дух дал тебе привлекательную внешность, тем не менее было бы лучше, если бы ты не родился на свет. Твой голос громко раздается в деревне, в битве же он не слышен. Ни один из моих молодых воинов не всаживает томагавка глубже, чем ты, в столб для военных упражнений. Но неприятель знает, как выглядит твоя спина, и никогда не видел, какого цвета твои глаза. Три раза вызывали тебя на бой, и три раза ты забывал дать ответ. Твое имя никогда не будет произноситься людьми твоего племени — оно уже забыто.

В то время как вождь произносил эти слова, останавливаясь после каждой фразы, чтобы усилить их

впечатление, преступник из уважения к его рангу и возрасту поднял голову.

Выражение стыда беспрестанно сменялось на его лице выражением ужаса и гордости. Сузившиеся от душевного страдания глаза блуждали, останавливаясь то на одном, то на другом из дикарей, от которых зависела его участь. Гордость в последнее мгновение взяла верх. Он встал и, обнажив грудь, твердо взглянул на острый сверкающий нож, уже занесенный над ним неумолимым судьей. Он даже улыбнулся, когда оружие вонзилось ему в сердце, как бы радуясь, что смерть оказалась менее страшной, чем он предполагал, и тяжело упал ничком к ногам Ункаса, продолжавшего стоять сурово и непреклонно.

Женщина вскрикнула и, затушив факел о землю, погрузила хижину во мрак. Толпа зрителей поспешно покинула судилище, и Дункану показалось, что в хижине не осталось никого, кроме него и трепещущего тела гурона.

## *Глава XXIV*

Тогда сказал мудрец:
«Король, скорей! Не жди!
Совет свой разгони –
смирятся все вожди...»

Поп.
*«Илиада»*

Но уже в следующее мгновение Дункан убедился в своей ошибке. Сильная рука легла на его плечо, и он услышал тихий голос Ункаса, шептавшего ему на ухо:

– Гуроны – собаки. Зрелище крови не страшно воину. Седая Голова и сагамор невредимы, и ружье Соколиного Глаза бодрствует. Ступай! Ункас и Щедрая Рука не знакомы друг с другом. Довольно.

Хейворд был бы рад услышать больше, но легкий толчок руки друга заставил его направиться к выходу и напомнил ему об опасности, которую мог повлечь за собой их разговор, если бы он был обнаружен. Медленно и неохотно уступая необходимости, он покинул хижину и смешался с толпой, бродившей поблизости. Потухающие костры на просеке бросали тусклый, неверный свет на смуглые фигуры индейцев, в молчании прохаживавшихся около хижины; случайно вспыхнувшее яркое пламя осветило хижину, и на мгновение стала видна фигура Ункаса около мертвого тела.

Группа воинов вскоре опять вошла в хижину; они вынесли оттуда труп и отнесли его в соседний лес. Дункан пошел бродить между хижинами, стараясь найти какие-нибудь следы той, ради которой он подвергался опасности. Никто не обращал на него внимания, он мог бы легко бежать и присоединиться к своим товарищам, если бы такое желание у него явилось. Но, не говоря уже о непрестанном беспокойстве за Алису, Хейворд волновался теперь и за Ункаса, и все это вместе удерживало его в лагере индейцев. Поэтому он продолжал бродить от хижины к хижине, заглядывая в каждую из них только для того, чтобы убедиться в окончательной безуспешности своих поисков. Так обошел он всю деревню. Отказавшись от бесполезных розысков, он той же дорогой пошел обратно к хижине совета, решив отыскать Давида.

Достигнув строения, которое оказалось одновременно и судилищем, и местом казни, молодой человек увидел, что возбуждение индейцев уже утихло. Воины опять собрались в хижине и теперь спокойно курили трубки, степенно разговаривая о последнем походе к верховьям Хорикэна. Возвращение Дункана, вероятно, напомнило им о его профессии и о подозрительных обстоятельствах его появления, но они, казалось, не обратили на него внимания. До сих пор обстоятельства благоприятствовали планам Хейворда, и ему не нужно было никакого другого советчика, кроме его собственных чувств, чтобы убедиться в том, что настало время действовать.

Не выдавая ничем своей неуверенности, он вошел в хижину и сел с важным видом, гармонировавшим с манерами его хозяев. Одного мгновенного, но пытливого взгляда было для него достаточно, чтобы убедиться в том, что Ункас все еще оставался на том же месте, где он покинул его, но Давид куда-то бесследно исчез. Никаких других стеснений, кроме бдительных взоров молодого гурона, расположившегося около него, пленник не испытывал, хотя вооруженный воин стоял, прислонившись к дверному косяку. Во всех других отношениях пленник, казалось, пользовался полной свободой, но он не принимал никакого участия в разговоре и походил гораздо больше на изваянную из камня прекрасную статую, чем на человека, обладающего жизнью и волей.

Хейворд, еще так недавно наблюдавший, с какой быстротой индейцы расправляются со своими врагами, понял, что не должен привлекать к себе их внимания какой-нибудь неосторожной выходкой. Поэтому он предпочитал больше молчать и размышлять, чем разговаривать; однако вскоре после того, как он сел на свое место, которое благоразумно избрал в тени, один из пожилых вождей, говоривших по-французски, обратился к нему.

— Мой канадский отец не забывает своих детей, — сказал вождь. — Я благодарен ему. Злой дух вселился в жену одного молодого воина. Может ли искусный чужестранец изгнать его?

Хейворд знал некоторые приемы шарлатанского лечения, практикуемого индейцами в подобных случаях. Он понял сразу, что этим приглашением можно будет воспользоваться для достижения своей цели. Трудно было бы в настоящую минуту сделать предложение, которое доставило бы ему больше удовольствия. Однако, зная о необходимости поддерживать достоинство своего мнимого звания, он подавил свои чувства и ответил с приличествующей таинственностью:

— Духи бывают разные. Одни отступают перед мудростью, тогда как другие могут оказаться слишком сильными.

— Мой брат — великий врачеватель, — сказал хитрый индеец, — пусть он попробует.

Дункан ответил жестом согласия. Индеец удовольствовался этим знаком и, закурив трубку, ждал момента, когда можно будет отправиться в путь, не теряя достоинства. Нетерпеливый Хейворд, проклиная в душе церемонные обычаи индейцев, вынужден был принять такой же равнодушный вид, какой был у вождя. Минуты тянулись одна за другой и казались Хейворду часами. Наконец гурон отложил в сторону трубку и перекинул плащ через плечо, намереваясь направиться в жилище больной. В это самое время проход в дверях заслонила могучая фигура какого-то воина, который неслышной поступью молча прошел между насторожившимися воинами и сел на свободный конец низкой связки хвороста, на которой сидел Дункан. Последний бросил нетерпеливый взгляд на своего соседа и почувствовал, как непреодолимый ужас овладевает им: рядом с ним сидел Магуа.

Неожиданное возвращение коварного, страшного вождя задержало гурона. Несколько потухших трубок были зажжены снова; вновь пришедший, не говоря ни слова, вытащил из-за пояса свой томагавк и, наполнив табаком отверстие в его обухе, начал втягивать табачный дым через полую ручку томагавка с таким равнодушием, точно утомительная охота, на которой он провел два последних дня, была для него сущим пустяком. Так прошло, может быть, минут десять, показавшихся Дункану веками. Воины были уже совершенно окутаны облаками белого дыма, прежде чем один из них решился наконец заговорить:

— Добро пожаловать! Нашел ли мой друг дичь?

– Юноши шатаются под тяжестью своей ноши, – ответил Магуа. – Пусть Шаткий Тростник пойдет по охотничьей тропинке – он встретит их.

Последовало глубокое и суеверное молчание. Все вынули изо рта свои трубки, как будто в это мгновение они вдыхали что-то нечистое. Дым тонкими струйками клубился над их головой и, свиваясь в кольца, поднимался через отверстие в крыше, благодаря чему воздух в хижине очистился и смуглые лица индейцев стали отчетливо видны. Взоры большинства устремлены были на пол; некоторые из более молодых воинов скосили глаза в сторону седовласого индейца, сидевшего между двумя самыми уважаемыми вождями. Ни в осанке, ни в костюме этого индейца не было ничего, что могло бы дать ему право на такое исключительное внимание. Осанка его, с точки зрения туземцев, не представляла ничего замечательного; одежда была такой, какую обыкновенно носили рядовые члены племени. Подобно большинству присутствующих, он больше минуты смотрел в землю; когда же решился поднять глаза, чтобы украдкой взглянуть на окружающих, то увидел, что он составляет предмет общего внимания. Среди полного безмолвия индеец встал.

– Это была ложь, – сказал он. – У меня не было сына. Тот, кого так называли, забыт: у него была бледная кровь, это не кровь гурона. Злой, лукавый чиппевей обольстил мою жену. Великий Дух сказал, что род Уисс-ентуша должен окончиться. Уисс-ентуш счастлив, что зло его рода кончится вместе с ним. Я кончил.

Это был отец трусливого молодого индейца. Он оглянулся вокруг, как бы ища одобрения своему стоицизму в глазах своих слушателей. Но суровые обычаи индейцев ставили требования, слишком тяжелые для слабого старика. Выражение его глаз противоречило образным и хвастливым словам: каждый мускул его морщинистого лица дрожал от муки. Простояв минуту, как бы наслаждаясь своим горьким триумфом, он повернулся, точно ослабев от взглядов людей, и, закрыв лицо плащом, бесшумной поступью вышел из хижины, чтобы в тишине своего жилища найти сочувствие со стороны такого же старого, несчастного существа — его жены.

Индейцы, верящие в наследственную передачу добродетелей и недостатков характера, предоставили ему возможность уйти среди общего молчания. Затем один из вождей отвлек внимание присутствующих от этого тягостного зрелища и сказал веселым голосом, обращаясь из вежливости к Магуа, как к вновь пришедшему:

— Делавары бродят вокруг моей деревни, как медведи около горшков с медом. Но разве кому-нибудь удавалось застать гурона спящим?

Лицо Магуа было мрачнее тучи, когда он воскликнул:

— Делавары с озер?

— Нет. Те, которые живут на своей родной реке. Один из них вышел за пределы своего племени.

— Сняли с него скальп мои юноши?

— Его ноги оказались выносливыми, хотя его руки лучше работают мотыгой, чем томагавком, — ответил другой, указывая на неподвижную фигуру Ункаса.

Вместо того чтобы проявить любопытство и поспешить насладиться лицезрением пленника, Магуа продолжал курить с задумчивым видом. Хотя его удивляли факты, которые сообщил в своей речи старик отец, тем не менее он не позволил себе задавать вопросы, отложив это до более подходящего момента. Только после того, как прошел значительный промежуток времени, он вытряхнул пепел из своей трубки, засунул томагавк за пояс и встал с места, первый раз бросив взгляд в сторону пленника, который стоял немного позади него. Бдительный, хотя и казавшийся задумчивым Ункас заметил это движение; он внезапно повернулся к свету; взгляды их встретились. Почти целую минуту оба смелых и неукротимых воина твердо смотрели друг другу в глаза, и ни тот, ни другой не испытал ни малейшего смущения перед свирепым взглядом противника. Фигура Ункаса стала как бы еще больше, а ноздри его расширились, как у загнанного зверя, приготовившегося к отчаянной защите; но так непоколебима была его поза, что воображению зрителей нетрудно было бы превратить его в превосходное изображение бога войны его племени. Вызывающее выражение на лице Магуа сменилось выражением злорадства, и он громко произнес грозное имя:

– Быстроногий Олень!

Все воины вскочили на ноги, когда было произнесено это хорошо им известное имя, и на некоторое время удивление взяло верх над стоическим спокойствием индейцев. Ненавистное и тем не менее уважаемое имя было повторено всеми воинами и прозвучало даже за пределами хижины. Женщины и дети, ожидавшие у входа в хижину, подхватили его дружным эхом, за которым последовал пронзительный, жалобный вой.

Этот вой не затих еще окончательно, когда волнение мужчин уже совершенно улеглось. Все снова сели на свои места, как бы стыдясь того чувства изумления, которое они выказывали, но прошло еще много времени, прежде чем выразительные взгляды перестали обращаться в сторону пленника; все с любопытством рассматривали воина, который так часто доказывал свою доблесть в битвах с гуронами.

Ункас наслаждался своей победой, но торжество его не выражалось ничем, кроме спокойной презрительной улыбки.

Магуа заметил эту улыбку и, подняв руку, потряс ею перед пленником; серебряные украшения, подвешенные к его браслету, бренчали, когда голосом, полным мстительного чувства, он воскликнул поанглийски:

– Могиканин, ты умрешь!

– Целебные воды никогда не вернут к жизни мертвых гуронов, – ответил Ункас делаварским певучим говором, – быстрая река омывает их кости; их мужчины – бабы, их женщины – совы. Ступай позови своих гуронских собак, чтобы они могли посмотреть на воина. Мое обоняние оскорблено – оно слышит запах крови труса.

Последний намек глубоко задел индейцев – обида была велика. Многие понимали странный язык, на котором говорил пленник. Хитрый Магуа понял выгодность момента и немедленно использовал его. Сбросив со своего плеча легкую одежду из кожи, он простер руку вперед, и его опасное, коварное красноречие полилось бурным потоком. Как бы ни было ослаблено влияние Магуа на племя случайными промахами и дезертирством из рядов племени, его мужество и ораторский талант были велики. У него всегда находились слушатели, и ему редко не удавалось убедить их. Теперь же талант подкреплялся охватившей его жаждой мести.

Сперва он рассказал о событиях, сопровождавших нападение на остров у Гленна, о смерти своих товарищей и бегстве самых опасных врагов племени. Затем он описал природу и расположение горы, куда он отвел тех пленников, которые попали в их руки. О своих собственных зверских намерениях по отношению к девушкам и о своем неудавшемся коварстве он не упомянул, но рассказал о неожиданном нападении отряда Длинного Карабина и его роковом исходе. Здесь он сделал паузу и оглянулся вокруг. Как всегда, глаза всех были устремлены на него. Все эти смуглые фигуры казались статуями — так неподвижны были их позы и так напряженно внимание.

Затем Магуа понизил голос, до сих пор сильный и звонкий, и коснулся заслуг умерших. Ни одного качества, которое было бы способно возбудить симпатию в индейцах, он не упустил из виду. Один никогда не возвращался с охоты с пустыми руками, другой был неутомим в погоне за неприятелем. Этот храбр, тот щедр... Словом, он так искусно давал характеристики умершим, что сумел возбудить сочувствие в каждом из членов племени.

— Лежат ли кости моих юношей, — заключил он, — на кладбище гуронов? Вы знаете, что нет. Их души ушли в сторону заходящего солнца и уже пересекают великие воды на пути к счастливой стране вечной охоты. Но они отправились в путь без запасов пищи, без ружей, без ножей, без мокасин, нагие и нищие. Можно ли это допустить? Должны ли их души войти в страну справедливости, подобно голодным ирокезам и трусливым делаварам, или они встретят своих друзей с оружием в руках и с одеждой на плечах? Что подумают наши отцы, увидев, чем стали племена вейандотов? Они окинут наших детей мрачным взглядом и скажут им: «Ступайте! Под именем гуронов пришли сюда чиппевеи». Братья, мы не должны забывать умерших! Нагрузим спину этого могиканина, пока он не зашатается под тяжестью наших даров, и пошлем его вслед за моими юношами. Они взывают к нам о помощи; они говорят: «Не забывайте нас». Когда они увидят душу этого могиканина, идущую вслед за ними, изнемогая под своею ношей, они поймут наши намерения. Тогда они будут продолжать свой путь счастливые, и наши друзья скажут: «Так поступали наши отцы со своими друзьями, так же и мы должны поступить с ними». Что значит один ингиз? Мы убили много ингизов, но земля все еще не напиталась их кровью. Пятно на имени гурона может быть смыто только кровью индейца. Этот делавар должен умереть!

Магуа так искусно затронул своей речью симпатии слушателей, что всякое чувство гуманности было окончательно подавлено жаждой мести. Один воин с дикой и свирепой наружностью проявлял особенно горячее внимание к словам оратора. На лице его попеременно отражались все волновавшие его чувства, уступившие наконец место выражению смертельной злобы. Когда Магуа кончил, воин поднялся со своего места, вскрикнул, и в то же мгновение при свете факела сверкнул его маленький блестящий топор, которым он быстро взмахнул над своей головой. Его движение и крик были так неожиданны, что словами уже нельзя было помешать его намерениям. Казалось, будто яркий луч света вдруг сверкнул из его руки, и в тот же момент его пересекла какая-то темная резкая линия. Это гурон метнул свой томагавк, а Магуа отклонил его от цели. Быстрое и ловкое движение вождя не запоздало. Острое оружие перерубило боевое перо на головном уборе Ункаса и прошло через хрупкую стену хижины, как будто оно было пущено какой-нибудь страшной метательной машиной.

Дункан, видя угрожающий жест индейца, вскочил на ноги, преисполненный самых благородных намерений по отношению к своему другу. Ему было достаточно одного взгляда, чтобы убедиться, что удар не достиг цели, и его ужас сменился восхищением: Ункас спокойно стоял, глядя в глаза своему врагу холодно и твердо. Затем, как бы сожалея, что враг так неискусен, он улыбнулся и пробормотал несколько презрительных слов на своем языке.

– Нет, – сказал Магуа, удостоверившись, что его пленник невредим, – солнце должно осветить его позор, женщины должны видеть, как будет трепетать его плоть, иначе наша месть будет подобна ребяческой забаве. Уведите его туда, где царит безмолвие. Посмотрим, может ли делавар спокойно проспать ночь, зная, что на следующее утро он должен умереть!

Молодые люди, на обязанности которых лежало стеречь пленника, немедленно связали ему руки ивовыми прутьями и повели его из хижины посреди глубокого, зловещего молчания. Только в тот момент, когда Ункас был уже в дверях, он слегка замедлил свою твердую поступь, и в быстром и высокомерном взгляде, которым он окинул врагов, Дункан с радостью заметил выражение, свидетельствующее о том, что надежда на спасение не окончательно покинула его.

Магуа был слишком доволен успехом и занят своими тайными планами, чтобы продолжать расспросы: запахнув плащ на груди, он также ушел из хижины, не продолжая разговора, который мог оказаться таким роковым для его соседа. Несмотря на все возрастающее негодование, природную твердость и беспокойство об участи Ункаса, у Хейворда все-таки отлегло от сердца, когда этот опасный и хитрый враг исчез.

Возбуждение, вызванное речью Магуа, постепенно улеглось. Воины заняли свои места, и облака дыма снова наполнили хижину. Прошло с полчаса. Никто не произнес ни слова, почти никто не повернул головы. Царило важное, сосредоточенное молчание, всегда наступающее после бурной сцены среди этих людей, которые были так пылки и в то же время отличались большим самообладанием.

Когда вождь, просивший помощи Дункана, выкурил свою трубку, он сделал окончательную и на этот раз успешную попытку уйти из хижины, пригласив молчаливым жестом мнимого лекаря следовать за ним.

Пройдя сквозь клубы дыма, Дункан с радостью вдохнул свежий воздух прохладного летнего вечера.

Вместо того чтобы пойти между хижинами, где Хейворд производил свои безуспешные поиски, спутник его свернул в сторону и пошел прямо к подошве горы, господствовавшей над поселком; подниматься на гору приходилось по извилистой узкой тропинке. На прогалине мальчики возобновили свои игры. Пламя костров осветило путь вождя и Дункана, придавая еще более мрачный характер суровому пейзажу. Они вошли в расселину, поросшую кустарником. Как раз в этот момент вспыхнувшее могучее пламя костра ярко осветило всю окрестность, и какое-то темное, таинственное существо неожиданно встало на их пути.

Индеец остановился.

Большой черный шар начал двигаться совершенно необъяснимо для Дункана. Пламя снова усилилось, его свет упал на таинственное существо. Теперь даже Дункан узнал его по беспокойным и неуклюжим телодвижениям. Это был медведь. Он громко и свирепо завыл, но не выказывал других признаков враждебности. Гурон был, по-видимому, уверен в мирных намерениях странного пришельца; внимательно посмотрев на него, он спокойно продолжал свой путь.

Дункан знал, что ручные медведи часто живут у индейцев, и тоже спокойно следовал за своим спутником, предполагая, что этот медведь – любимец племени. Гурон прошел мимо зверя, не теряя времени на дальнейшие наблюдения. Но Хейворд невольно оглядывался на медведя, боясь нападения сзади. Его беспокойство нисколько не уменьшилось, когда он увидел, что медведь бежит за ними по тропинке. Он хотел заговорить, но в эту минуту индеец, отворив дверь из древесной коры, вошел в пещеру, находившуюся в глубине горы.

Дункан шагнул вслед за ним, радуясь возможности поставить хотя бы легкую преграду между собой и медведем, как вдруг почувствовал, что дверь вырывают из его рук, и опять увидел косматую фигуру. Они находились теперь в узкой длинной галерее среди двух скал, уйти оттуда, не встретившись с животным, было невозможно. Молодой человек быстро шел вперед, стараясь держаться как можно ближе к своему проводнику. Медведь ревел время от времени, идя за ним, и раза два клал ему на плечи свои громадные лапы.

Трудно сказать, как долго выдержали бы нервы Хейворда, попавшего в такое необыкновенное положение, но, к счастью, перед глазами его замерцал слабый свет, и вскоре они дошли до места, откуда он исходил.

Огромная пещера в глубине скалы была кое-как приспособлена для жилья. Перегородки были сделаны из камней, ветвей и древесной коры. Отверстия наверху помещений давали доступ дневному свету, а ночью жилища освещались кострами и факелами, которые сменяли дневной свет. Сюда гуроны складывали большую часть своих ценных вещей, общее достояние всего племени. Сюда же, как оказалось, была перенесена и больная женщина, которую считали жертвой сверхъестественных сил. Думали, что мучившему ее бесу будет труднее совершать свои нападения на нее через каменные стены, чем через крыши хижин, сделанные из ветвей. Помещение, в которое попали Дункан и его проводник, было целиком отведено для больной.

Проводник подошел к ложу больной, около нее стояло несколько женщин. Среди них Хейворд с удивлением увидел Давида.

Одного взгляда на больную было достаточно для мнимого врача, чтобы убедиться, что ее болезнь требует настоящих медицинских познаний. Она лежала как бы в параличе, равнодушная ко всему окружающему. Хейворд не испытывал чувства стыда, так как видел, что жизнь больной нисколько не зависит от успеха или неудачи его лечения. Легкие угрызения совести, которые он чувствовал раньше, сразу утихли, и он стал подготавливаться к выполнению своей роли. Однако Дункан заметил, что его предвосхитили и желают испробовать на больной могущество музыки.

Гамут в ту минуту, как вошли посетители, готовился излить свою душу в пении; подождав немного, он начал петь гимн, который мог бы произвести чудо, если бы только вера имела в данном случае какое-нибудь значение. Ему позволили допеть до конца, так как индейцы относились с уважением к его воображаемой помощи. Хейворд был очень рад этой отсрочке. Когда замирающие звуки гимна донеслись до слуха Хейворда, он невольно отскочил, услышав, что кто-то сзади него повторяет их замогильным голосом. Оглянувшись, он увидел, что косматое чудовище, сидя в тени пещеры, беспокойно и неуклюже раскачивается и повторяет тихим рычанием звуки гимна.

Трудно описать впечатление, произведенное на Давида таким странным эхом. Глаза его широко раскрылись, голос внезапно пресекся от изумления... Под влиянием чувства, скорее похожего на страх, чем на удивление, он громко крикнул Хейворду: «Она близко и ждет вас!» – и стремительно выбежал из пещеры.

## *Глава XXV*

> М и л я г а. А у вас роль Льва переписана? Вы мне теперь же ее дайте, а то у меня память очень туга на ученье.
>
> П и г в а. Тут и учить-то нечего, и так сыграешь, тебе придется только рычать.
>
> Ш е к с п и р.
> *«Сон в летнюю ночь»*[1]

Эта сцена представляла собой странную смесь смешного с торжественным. Животное продолжало раскачиваться, по-видимому нисколько не уставая; но его смешные попытки подражать мелодии, напеваемой Давидом, прекратились, лишь только последний покинул поле действия. Слова Гамута, брошенные им на его родном языке, как показалось Дункану, имели тайный смысл, хотя ничто из окружающего не помогало обнаружить предмет его поисков. К ложу больной подошел вождь и дал знак удалиться женщинам, собравшимся толпой, чтобы посмотреть на искусство незнакомца. Женщины послушались безропотно, но неохотно. Когда замолкло эхо, разбуженное хлопнувшей в отдалении дверью, вождь указал на больную, которая была его дочерью, как оказалось впоследствии, и сказал:

— Пусть брат мой покажет свою силу.

---

[1] *Перевод* Т. Щепкиной-Куперник.

Призванный так повелительно к исполнению принятой на себя роли, Хейворд с тревогой подумал, что малейшее колебание может оказаться опасным. Он постарался припомнить те своеобразные заклинания и странные обряды, которыми индейские колдуны прикрывают обыкновенно свое невежество и бессилие. Более чем вероятно, что в том состоянии смятения, в котором был Дункан, он мог тут же сделать какую-нибудь роковую ошибку, если бы грозный рев четвероногого не остановил его в самом начале. Три раза он возобновлял свои попытки и всякий раз встречал то же непонятное сопротивление, причем при каждом перерыве рев животного казался все более диким и грозным.

— Демоны ревнуют, — сказал гурон, — я ухожу. Брат, эта женщина — жена одного из моих самых храбрых воинов, поступи с ней справедливо... Тише, — сказал он раздраженному зверю, — я ухожу.

Дункан остался в странном, пустынном помещении наедине с беспомощной больной и опасным зверем. Последний прислушивался к движениям индейца с тем смышленым видом, которым отличаются медведи, пока новый звук эха не возвестил, что вождь вышел из пещеры. Тогда медведь повернулся, подошел, переваливаясь, к Дункану и сел против него в своей обычной позе.

Молодой человек оглянулся вокруг, ища орудия, чтобы отразить нападение, которого он ожидал.

Но настроение животного, по-видимому, внезапно изменилось. Он уже не ворчал, не выражал никаких других признаков гнева; все его громадное косматое тело тряслось как бы от какого-то странного внутреннего волнения, неуклюжими передними лапами он тер свою словно ухмыляющуюся морду.

Хейворд не сводил глаз с медведя и вдруг увидел, как страшная голова упала набок и на ее месте появилось добродушное лицо разведчика.

— Тсс! — сказал осторожный житель лесов, прерывая восклицание Хейворда. — Негодяи бродят вокруг.

— Скажите, что означает этот маскарад и почему вы решились на такое отчаянное предприятие?

— Ах! Бывают случаи, когда приходится отложить в сторону и благоразумие и расчет, — ответил разведчик. — Но так как всякая история должна начинаться с начала, то я расскажу вам все по порядку. После того как мы расстались, я поместил коменданта и сагамора в старой хижине бобра; там они в большей безопасности от гуронов, чем в крепости Эдвард: северо-восточные индейцы продолжают почитать бобров, так как среди индейцев еще не завелись торговцы. Потом мы с Ункасом, как было уговорено, пошли к индейскому лагерю. Вы не видели Ункаса?

— Видел, к великому своему огорчению. Он взят в плен и приговорен к смерти. Казнь должна совершиться на рассвете.

— Я предвидел, что такова будет его судьба, — проговорил разведчик уже не таким веселым тоном, как прежде. Но вскоре голос его приобрел обычную твердость, и он продолжал: — Его несчастье, собственно, и привело меня сюда, потому что нельзя оставить в жертву гуронам такого чудесного малого. Вот обрадовались бы негодяи, если бы могли привязать сразу к одному столбу Быстроногого Оленя и Длинного Карабина, как они называют меня! Хотя я никогда не мог понять, почему они назвали меня так, потому что между выстрелом из «оленебоя» и выстрелами из канадских карабинов такая же разница, как между мелом и кремнем...

— Рассказывайте по порядку, — нетерпеливо проговорил Хейворд, — ведь мы не знаем, когда могут вернуться гуроны.

— Нечего бояться их. Они знают, что «исцелителю» надо дать время. У нас не будет никакой помехи, как у проповедника в начале двухчасовой беседы... Итак, мы с Ункасом встретились с плутами, которые возвращались в селение. Мальчик зашел слишком далеко для разведки. Впрочем, его нельзя и осуждать за это, так как кровь у него горячая, к тому же один из гуронов оказался трусом, бежал и таким образом завел его в засаду.

— Но этот гурон дорого поплатился за свою слабость!

Разведчик многозначительно провел рукой по горлу и кивнул головой, как бы говоря: «Я понимаю смысл ваших слов». Затем он продолжал:

— После исчезновения мальчика я, как вы можете судить, бросился на гуронов. Между мной и двумя из отставших произошла стычка; но это не относится к делу. Итак, после того как я застрелил этих чертей, я подошел без всякого затруднения к хижине. Счастье благоприятствовало мне и привело как раз к тому месту, где один из самых знаменитых колдунов этого племени одевался, как мне хорошо известно, для серьезной борьбы с сатаной. Ловкий удар по голове ошеломил обманщика. Потом я набил ему рот орехами, чтобы он не вздумал кричать, привязал его между двумя молодыми деревцами, воспользовался его вещами и принял на себя роль медведя, чтобы иметь возможность продолжать дело.

— И вы сыграли роль удивительно: сам медведь был бы посрамлен вашей игрой.

— Боже мой, майор, — возразил польщенный житель лесов, — плохой бы я был охотник, если бы, изучая так долго в пустыне повадки и нравы животных, не сумел их изобразить! Будь это дикая кошка или настоящая пантера, я устроил бы вам представление, на которое стоило бы посмотреть. А такое неуклюжее животное изобразить и вовсе нетрудно... Но где же девушка?

— Бог знает! Я побывал во всех хижинах поселения и не нашел ни малейшего следа.

— Вы слышали, что сказал певец, покидая нас: она близко! Простофиля испугался и спутал поручение, но его слова имеют глубокий смысл. Медведь должен уметь лазить — поэтому я заглянул через стены. Может быть, в этих скалах скрыты горшки с медом, а я, как известно, животное, любящее покушать сладенького.

Разведчик оглянулся, смеясь над своей собственной шуткой, и стал влезать на перегородку, подражая неуклюжим движениям медведя. Но едва он добрался до верха, как сделал знак Хейворду, чтобы тот молчал, и спустился вниз чрезвычайно поспешно.

— Она здесь, — шепнул он, — и вы найдете ее за этой дверью. Я сказал бы несколько слов утешения бедняжке, да боюсь, чтобы она не сошла с ума при виде такого чудовища, хотя следует признаться, что и вы, майор, не очень-то привлекательны в этой раскраске.

Дункан, стремительно бросившийся было к двери, остановился мгновенно, услышав такие обескураживающие слова.

— Разве я уж так отвратителен? — спросил он с печальным видом.

— Волка вы не напугаете и английским гвардейцам не помешаете дать залп, но я видел вас более красивым. Ваше лицо, разукрашенное разноцветными полосами, может, пожалуй, показаться недурным индейским женщинам, но белокожие девушки отдают предпочтение людям одинакового цвета с ними. Смотрите, — прибавил он, указывая на трещину в скале, откуда вытекала вода, образуя маленький источник кристальной чистоты, — вы легко можете избавиться от мазни сагамора, а когда возвратитесь, я попробую разукрасить вас по-новому. Колдуну так же привычно изменять свою окраску, как щеголю менять свою одежду.

Осторожному охотнику не пришлось слишком долго убеждать Хейворда. Он еще говорил, а Дункан уже приступил к умыванию. В одну минуту с лица его исчезли все страшные и комические черты, и юноша снова появился в том виде, каким одарила его природа. Приготовившись таким образом к свиданию с любимой, он поспешно простился с товарищем и исчез в указанном ему направлении. Разведчик снисходительно смотрел ему вслед, покачивая головой и бормоча всякие пожелания; потом он очень хладнокровно занялся исследованием состояния кладовой гуронов. Пещера, между прочим, употреблялась и для хранения охотничьей добычи.

У Дункана не было иного проводника, кроме слабого света, мерцавшего вдали, но этот свет послужил Полярной звездой для влюбленного. При помощи этого света он добрался до цели своих стремлений — другого отделения пещеры, предназначенного для содержания такой важной пленницы, какой была дочь коменданта крепости Уильям-Генри. Помещение было заставлено многочисленными вещами, добытыми при разгроме злосчастной крепости. Среди всего этого хаоса Дункан нашел ту, которую искал, – бледную, встревоженную, перепуганную, но прекрасную. Давид уже подготовил ее к его посещению.

– Дункан!.. – вскрикнула она голосом, который дрожал, словно испуганный своими собственными звуками.

– Алиса!.. – ответил он, перепрыгивая через сундуки, ящики, оружие и мебель.

– Я знала, что вы не покинете меня, – сказала она, взглянув на него, и румянец показался на мгновение на ее печальном лице. – Но вы один! Как ни благо-

дарна я вам за память, мне все же хотелось бы, чтобы вы были не один.

Дункан, заметив, что она дрожит так, что не в состоянии держаться на ногах, ласково заставил ее сесть и рассказал ей все главные события, уже известные читателю. Алиса слушала его, задыхаясь от волнения; когда молодой человек упомянул о горе несчастного отца, слезы потекли по щекам дочери в таком изобилии, словно она никогда не плакала прежде. Но нежность Дункана скоро успокоила взрыв ее чувств, и она выслушала его до конца внимательно, хотя и не совсем спокойно.

– А теперь, Алиса, – прибавил молодой человек, – многое зависит только от вас. С помощью нашего опытного, неоценимого друга, разведчика, мы можем уйти от этого дикого племени, но для этого потребуется все ваше мужество. Помните, что вы возвратитесь в объятия вашего отца, помните, что его счастье, так же как и ваше, зависит от усилий, которые вы сделаете!

– Я на все готова ради отца, который так много сделал для меня!

– И ради меня также, – продолжал молодой человек, нежно пожимая руку, которую держал в своих руках.

Невинный, полный удивления взгляд, брошенный на Дункана, убедил его в необходимости объясниться.

– Здесь не место и не время, для того чтобы задерживать вас сердечными признаниями, – проговорил он, – но чье сердце, переполненное, как мое, не пожелало бы сбросить тяжесть? Говорят, несчастье связывает людей больше, чем что-либо другое; наше общее страдание из-за вас оставило мало невыясненного между вашим отцом и мною.

– А дорогая Кора, Дункан? Ведь правда, Кора не была забыта?

– Не забыта, нет! О ней сожалеют, ее оплакивают, как редко оплакивают женщину. Ваш отец не делает разницы в своих детях, но я, Алиса... вы не обидитесь, если я скажу, что ее достоинства были несколько затемнены...

– Так, значит, вы не знаете достоинств моей сестры, – сказала Алиса, отнимая руку. – О вас она всегда говорит, как о самом своем дорогом друге.

– Я с радостью буду считать ее своим другом, – поспешно проговорил Дункан, – но относительно вас, Алиса, ваш отец дал мне позволение надеяться на еще более близкие и дорогие узы.

Алиса сильно вздрогнула и отвернула на мгновение лицо, поддавшись волнению; но она овладела собой настолько, чтобы не выказать его.

– Хейворд, – сказала она, смотря ему прямо в лицо с трогательным выражением невинности и мольбы, – не настаивайте, прежде чем я не повидаюсь с отцом и не получу от него благословения!

«Я не должен говорить больше, но меньше не мог», – хотел сказать молодой человек, но легкий удар по плечу прервал эти слова. Он вскочил на ноги, обернулся, и взгляд его упал на темную фигуру и злобное лицо Магуа. Глубокий гортанный смех дикаря звучал в эту минуту для Дункана адской насмешкой демона. Последуй он внезапному порыву бешенства, он бросился бы на гурона и нашел бы выход в смертельной борьбе. Но без оружия, не зная, какую помощь может призвать его враг, принужденный оберегать ту, которая стала более чем когда-либо дорогой его сердцу, молодой человек тотчас же оставил это отчаянное намерение.

– Что вам нужно? – спросила Алиса, кротко складывая на груди руки. Стараясь скрыть свой смертельный страх за Хейворда, она приняла холодный, надменный вид, с которым обыкновенно встречала своего похитителя.

Торжествующий индеец принял снова строгий вид, но осторожно попятился перед грозным взглядом молодого человека. Одно мгновение он пристально смотрел на обоих своих пленников, потом отошел в сторону и загородил бревном дверь, но не ту, в которую вошел Дункан. Молодой человек понял теперь, почему дикарь мог застать его врасплох, и, считая себя безвозвратно погибшим, прижал к груди Алису, готовясь встретить участь, о которой он почти не сожалел, так как должен был ожидать ее в обществе своей любимой. Но Магуа, очевидно, не намеревался прибегать к немедленному насилию. Его первые меры были предприняты, для того чтобы задержать нового пленника; он даже не взглянул вторично на неподвижные фигуры в центре пещеры, пока не лишил их всякой надежды ускользнуть через вход, которым он сам воспользовался. Хейворд следил за каждым его движением. Он оставался твердым, продолжая прижимать к сердцу хрупкую фигуру Алисы, слишком гордый, чтобы просить пощады у врага. Когда Магуа закончил свою работу, он подошел к пленникам и сказал по-английски:

– Бледнолицые ловят в западню умных бобров, но краснокожие умеют ловить ингизов.

– Гурон, делай же свое гнусное дело! – крикнул в волнении Хейворд, забывая, что дело идет о жизни двух людей. – И ты и твое мщение одинаково презренны!

— Скажет ли эти слова белый человек, когда будет стоять у столба пыток? — спросил Магуа. Насмешливая улыбка, сопровождавшая эти слова, ясно показывала, как мало он доверяет решимости молодого человека.

— Как здесь, в лицо тебе, так и перед всем твоим народом!

— Хитрая Лисица — великий вождь! — ответил индеец. — Он пойдет и приведет своих воинов смотреть, как бесстрашно может смеяться бледнолицый над своими муками.

С этими словами он повернулся и хотел идти по проходу, которым шел Дункан, когда раздавшийся рев заставил его поколебаться. В дверях появилась фигура медведя. Он стоял, покачиваясь, по обыкновению, из стороны в сторону. Магуа некоторое время внимательно смотрел на него. Он стоял гораздо выше предрассудков своего племени и хотел пройти мимо с холодным презрением, как только узнал хорошо знакомое одеяние колдуна. Но новый, более громкий и грозный рев заставил его остановиться. Потом он внезапно, как бы решив не шутить далее, уверенно пошел вперед. Животное медленно отступило и, дойдя до прохода, стало бить лапами по воздуху.

— Глупец! — крикнул вождь на наречии гуронов. — Ступай играть с детьми и женщинами!

Он еще раз попробовал пройти мимо воображаемого шарлатана, не думая даже пригрозить, что пустит в дело нож или томагавк, который висел на его поясе. Внезапно животное вытянуло руки или, вернее, лапы и заключило его в объятия, которые по силе могли сравниться с объятиями медведя. Хейворд, еле дыша, схватил кожаный ремень, которым был завязан какой-то узел, и, когда увидал, что разведчик словно приковал своими железными мускулами руки врага к туловищу, бросился на дикаря и связал ему руки и ноги ремнем быстрее, чем мы успели рассказать об этом. Когда гурон был окончательно связан, разведчик перестал держать его, и Дункан положил своего врага на спину в совершенно беспомощном положении.

Магуа боролся отчаянно, пока не убедился, что он в руках человека гораздо более сильного. Во время борьбы он не издал ни одного звука. Но когда Соколиный Глаз, желая вкратце объяснить свое поведение, снял косматую голову животного и перед взором гурона появилось суровое, грозное лицо разведчика, спокойствие Магуа пропало, и он изумленно произнес обычное индейское «у-у-ух».

— Ага! Язык вернулся к тебе! — усмехнулся победитель. — Ну, для того чтобы ты не употреблял его во вред нам, я заткну тебе рот.

— Откуда вошел этот дьявол? — спросил разведчик, покончив с делом, которым занимался с большим усердием. — Ни одна душа не проходила мимо с тех пор, как вы ушли.

Дункан показал на дверь, через которую вошел Магуа.

— Ну так выводите девушку, — продолжал его друг, — мы должны выбраться в лес.

— Это невозможно! — сказал Дункан. — От страха она лишилась сил... Алиса! Моя милая Алиса, придите в себя!.. Все напрасно! Она слышит меня, но не в силах следовать за мной. Идите, благородный друг, спасайтесь и предоставьте нас своей участи.

— Всякий след имеет конец, и всякое несчастье служит уроком! — возразил разведчик. — Вот, заверните ее в эту индейскую одежду. Спрячьте всю ее маленькую фигурку, а то в пустыне не найдется другой такой ножки – она выдаст ее. Укутайте ее со всех сторон. Ну, теперь возьмите ее на руки и идите за мной. Остальное предоставьте мне.

Дункан поспешно исполнял все его приказания, и не успел тот кончить своих слов, как он поднял на руки Алису и пошел вслед за разведчиком к выходу по устроенной самой природой галерее. Они быстро прошли мимо больной женщины, которая лежала в таком же положении, как они ее оставили, и совершенно одна. Когда они подошли к маленькой двери из коры, голоса за нею показали им, что там собрались друзья и родные больной, терпеливо ожидавшие позволения войти в пещеру.

– Если я открою рот, чтобы заговорить, – прошептал Соколиный Глаз, – мой английский язык покажет плутам, что среди них находится враг. Вы должны поговорить с ними на французском наречии, майор. Скажите, что мы заперли злого духа в пещере, а женщину несем в леса, чтобы поискать там целебных кореньев. Пустите в дело всю вашу хитрость.

Дверь приотворилась, как будто кто-то прислушивался снаружи к тому, что делалось внутри, и разведчику пришлось прекратить свои наставления. Яростный рев прогнал подслушивавшего, и разведчик, смело распахнув дверь, вышел из пещеры, продолжая разыгрывать роль медведя. Дункан шел за ним по пятам и вскоре очутился в центре группы встревоженных родственников и друзей больной. Толпа, расступившись, дала дорогу отцу и, по-видимому, мужу больной.

– Прогнал брат мой злого духа? – спросил отец. – Кто это на руках у него?

– Твое дитя! – торжественно ответил Дункан. – Злой дух вышел из нее, он заперт в горах. Я отнесу женщину на некоторое расстояние, чтобы укрепить ее на случай других припадков. Она будет в вигваме воина, когда взойдет солнце.

Когда отец перевел слова чужеземца на язык гуронов, среди дикарей послышался сдержанный шепот, выражающий удовлетворение. Сам вождь сделал Дункану знак идти дальше и проговорил громким, твердым голосом, с величественным жестом:

– Иди... Я мужчина, я войду в пещеру, чтобы сразиться со злым духом.

Хейворд с радостью повиновался и уже прошел мимо маленькой группы, когда его поразили эти слова.

– Разве мой брат сошел с ума, – воскликнул он, – что так говорит? Он встретится со злым духом, и тот войдет в него! А может быть, брат мой выгонит злого духа и он помчится за дочерью моего брата в леса! Нет, пусть дети мои ждут у пещеры и, если покажется дух, бьют его дубинами. Он хитер и укроется в горах, когда увидит, сколько людей готово сразиться с ним.

Это странное предложение возымело желанное действие. Вместо того чтобы войти в пещеру, муж и отец больной вынули томагавки и стали у входа, готовые излить свой гнев на воображаемого мучителя больной. Женщины и дети наломали ветвей и набрали камней для той же цели. Мнимые колдуны воспользовались этой минутой, чтобы исчезнуть.

Соколиный Глаз, хотя и решился воспользоваться предрассудками индейцев, знал, что умнейшие из вождей не разделяют их, а относятся к ним только терпимо. Знал он и цену времени в подобных случаях. Как бы ни обманывали себя индейцы и как бы их

Andriolli
1883
Huyot. Sc.

самообман ни помогал его планам, достаточно было малейшего повода для подозрения, запавшего в душу хитрого индейца, чтобы предприятие оказалось роковым. Поэтому он пошел тропинкой, по которой менее всего можно было ожидать преследования, и обошел поселение, не входя в него. Вдали, при свете костров, видны были еще воины, переходившие от хижины к хижине. Но дети уже бросили свои игры, и ночная тишина понемногу начинала сменять шум и возбуждение хлопотливого и полного событиями вечера.

Алиса ожила под влиянием свежего воздуха, и так как ей изменили физические силы, а не память, то не потребовалось объяснять все случившееся.

– Дайте я попробую идти сама, – сказала она, краснея оттого, что не могла раньше покинуть объятий Дункана. – Мне, право, лучше.

– Нет, Алиса, вы еще слишком слабы.

Девушка старалась освободиться, и Хейворд был вынужден расстаться со своей драгоценной ношей. Человек, принявший на себя личину медведя, конечно, не испытывал восхитительных ощущений влюбленного, несущего свою любимую на руках; может быть, ему было неизвестно и чувство невинного стыда, охватившего дрожавшую Алису. Когда он очутился на приличном расстоянии от хижины, он остановился и заговорил о предмете, который знал в совершенстве.

– Эта дорога приведет вас к ручью, – сказал он. – Идите по его левому берегу, пока не дойдете до водопада. Поднимитесь на холм направо, и вы увидите огни другого племени. Подите туда и просите защиты. Если это настоящие делавары, то вы будете в безопасности. Бежать далеко с девушкой невозможно:

гуроны догонят нас и завладеют нашими скальпами, прежде чем мы пройдем десяток миль. Ступайте! Да хранит вас Бог!

– А вы? – с удивлением спросил Хейворд. – Ведь мы же не расстаемся с вами?

– Гуроны держат в плену гордость делаваров: последний отпрыск могикан в их власти. Я пойду разведаю, что можно сделать для его спасения. Если бы они сняли ваш скальп, майор, за каждый его волосок пало бы по разбойнику, как я обещал вам, но если к столбу поведут молодого сагамора, то индейцы увидят также, как может умирать белый друг могикан.

Дункан, нисколько не обиженный тем, что житель лесов оказывал предпочтение Ункасу, стал убеждать его отказаться от такого отчаянного предприятия. Ему помогала Алиса: она присоединила свою просьбу к просьбам Хейворда, умоляя разведчика отказаться от намерения, сулившего столько опасностей и так мало надежды на успех. Все их красноречие было напрасно. Разведчик слушал их нетерпеливо и закончил разговор, сказав тоном, который сейчас же заставил замолчать Алису и доказал Хейворду, как бесполезны будут все дальнейшие возражения:

– Я слыхал, что в молодости бывает чувство, привязывающее мужчину к женщине больше, чем отца к сыну. Может быть. Вот вы рисковали жизнью и всем, что дорого вам, чтобы освободить милую девушку, и я думаю, что подобное же чувство лежит в основе вашего поступка. Что касается меня, то я учил юношу обращаться с ружьем, и он щедро заплатил мне за это. Я сражался рядом с ним во многих кровавых схватках, и пока слышал треск его ружья с одной стороны и треск ружья сагамора с другой, я знал, что сзади меня нет врага. Зимой и летом, ночью и днем бродили мы вместе по пустыне, ели из одной посуды. Один из нас спал, пока караулил другой. И чтобы Ункаса повели на муки, когда я рядом!.. Да раньше чем юноша погибнет из-за отсутствия друга, верность исчезнет на земле и «оленебой» станет безвредным, как свисток певца...

Дункан выпустил руку разведчика. Тот повернулся и пошел твердыми шагами назад, к хижинам гуронов. Хейворд и Алиса, печальные, несмотря на счастье свидания, некоторое время смотрели ему вслед, потом пошли к отдаленному селению делаваров.

## *Глава XXVI*

Основа. Давайте я вам
и Льва сыграю!

Шекспир.
*«Сон в летнюю ночь»*[1]

Несмотря на полную решимость выполнить свое намерение, Соколиный Глаз отлично понимал предстоящие ему затруднения и опасности. По возвращении в лагерь он напряг все силы своего острого ума, чтобы придумать, как обмануть бдительность и подозрительность врагов. Магуа и колдун, конечно, стали бы первыми жертвами, которые Соколиный Глаз принес бы ради своей личной безопасности, если бы он не считал подобного поступка совершенно недостойным белого человека. Поэтому он отправился прямо к центру стана, надеясь на прочность веревок, которыми он связал индейца и колдуна.

Шаги его становились все осторожнее, по мере того как он подходил к жилищам, и от его бдительного взора не ускользал ни один признак враждебных или дружеских намерений индейцев. Впереди других стояла маленькая хижина; казалось, она была брошена наполовину готовой, не приспособленной для жизни в ней. Однако сквозь щели проникал слабый свет, показывая, что хижина, хотя и недостроенная, обитаема. Разведчик направился туда, как осторожный ге-

---

[1] *Перевод* Т. Щепкиной-Куперник.

нерал, который знакомится с авангардом вражеской армии, прежде чем произвести атаку.

Соколиный Глаз принял свойственное медведю положение – встал на четвереньки – и пошел к небольшому отверстию, сквозь которое можно было видеть внутренность хижины. Она оказалась жилищем Давида Гамута. Здесь учитель пения уединился со всеми своими печалями и страхами.

Как ни слепа была вера Давида в чудеса, совершавшиеся в древности, он отрицал возможность прямого вмешательства сверхъестественной силы в современный мир. Он, безусловно, верил в то, что ослица Валаама[1] могла заговорить, но относился несколько скептически к возможности услышать пение медведя, а между тем он убедился в этом, к великому своему удивлению. Бросив взгляд на певца, Соколиный Глаз сразу увидел, что в уме у него царит полное смятение. Давид сидел в печальном раздумье на куче хвороста, из которой брал иногда несколько ветвей, чтобы поддержать скудный огонь. Одет был поклонник музыки все так же, только в дополнение к своему наряду он прикрыл еще лысую голову треугольной шляпой, оказавшейся недостаточно привлекательной, чтобы возбудить алчность кого-либо из похитителей.

Сметливый Соколиный Глаз вспомнил, как быстро покинул Давид свое место у ложа больной, и догадался, о чем размышляет теперь певец. Он обошел вокруг хижины, убедился, что она стоит совершенно отдельно от других, и решился войти в нее. Войдя в низкую дверь, он очутился прямо перед Гамутом. Их разделял костер. Соколиный Глаз сел, и в про-

[1] Ослица Валаама – выражение из библейской легенды о Валааме, ослица которого однажды заговорила человеческим голосом, протестуя против побоев.

должение целой минуты оба молча смотрели друг на друга. Внезапное появление зверя потрясло Давида. Он поискал в кармане камертон и встал со смутным намерением пустить в дело музыкальное заклинание.

– Мрачное и таинственное чудовище! – воскликнул он, хватая дрожащими руками свой инструмент. – Я не знаю ни тебя, ни твоих намерений, но если ты замышляешь что-либо против смиреннейшего из слуг храма, то выслушай вдохновенную речь юного Давида и покайся!

Медведь затрясся всем своим косматым туловищем. Затем хорошо знакомый Гамуту голос проговорил:

– Отложи-ка в сторону свистульку и поучи свою глотку воздержанию. Пять простых, понятных английских слов стоят целого часа крика.

– Кто ты? – спросил Давид, задыхаясь.

– Такой же человек, как ты, кровь которого имеет столько же примеси крови медведя, как и твоя. Неужели ты так скоро забыл, от кого получил тот глупый инструмент, что у тебя в руке?

– Неужели это может быть? – воскликнул Давид. Он вздохнул свободнее с той минуты, как истина начала открываться перед ним. – Мне пришлось видеть много чудес, с тех пор как я попал к язычникам, но такого еще ни разу не случалось.

– Ну-ну, – сказал Соколиный Глаз, откидывая медвежью голову и показывая свое честное лицо, чтобы убедить этим нерешительного товарища, – вы можете увидеть кожу, хотя и не такую белую, как у милых девушек, но все же такую, красный оттенок которой происходит лишь от ветров и от солнца. А теперь за дело!

– Прежде всего расскажите мне о девушке и о юноше, который разыскивал ее с такой смелостью.

– Они счастливо избавились от томагавков... Но не можете ли вы указать мне, где Ункас?

– Молодой человек в плену, и я сильно опасаюсь, что участь его решена. Я глубоко сожалею, что человек с такими хорошими наклонностями должен умереть непросвещенным. Я отыскал прекрасный гимн...

– Можете вы провести меня к нему?

– Задача нетрудная, – нерешительно ответил Давид, – но я боюсь, что ваше присутствие скорее ухудшит, чем улучшит его несчастное положение.

– Не теряйте слов, а ведите меня, – возразил Соколиный Глаз, закрывая снова лицо.

Он показал пример Давиду, первым выйдя из хижины.

Хижина, в которой был заключен Ункас, находилась в самом центре поселка и была расположена так, что к ней нельзя было ни подойти, ни выйти из нее незамеченным. Но Соколиный Глаз и не думал скрываться. Рассчитывая на свой теперешний вид и умение сыграть взятую им на себя роль, он пошел по открытой прямой дороге. Поздний час служил ему защитой. Дети уже погрузились в глубокий сон; все женщины и большинство воинов удалились на ночь в хижины. Только четверо-пятеро воинов оставались еще у двери темницы Ункаса, пристально наблюдая за пленником.

Когда воины увидели Гамута в сопровождении существа, одетого в медвежью шкуру, которую обычно надевал всем известный колдун, они охотно пропустили их обоих, но не выказали ни малейшего желания удалиться. Напротив, их, очевидно, интересовало, что будут делать тут странные пришельцы – колдун и безумец.

Так как разведчик не мог разговаривать с гуронами на их языке, то ему пришлось поручить Давиду вести разговор. Несмотря на свою наивность, Гамут отлично выполнил данное ему поручение и превзошел все ожидания своего учителя.

– Делавары – трусливые женщины! – крикнул он, обращаясь к индейцу, немного понимавшему язык, на котором он говорил. – Ингизы, мои глупые соотечественники, велели им взяться за томагавк и убивать своих отцов в Канаде, и они забыли свой пол. Желал бы мой брат видеть, как Быстроногий Олень будет плакать перед гуронами, стоя у столба?

Восклицание «у-у-ух» выразило удовольствие, которое испытал бы гурон при виде такого унижения со стороны врага, которого так давно они все опасались и ненавидели.

– Так пусть же мой брат встанет в стороне и колдун напустит злого духа на эту собаку!

Гурон объяснил слова Давида своим товарищам; они, в свою очередь, выслушали это предложение с удовольствием. Дикари отошли немного от входа в хижину и дали знак колдуну войти туда. Но медведь, вместо того чтобы послушаться, остался на месте и зарычал.

– Колдун боится, что дыхание его попадет также и на его братьев и отнимет у них мужество, – продолжал Давид. – Им надо стать подальше.

Гуроны, для которых такое событие было бы величайшим несчастьем, отшатнулись все сразу и заняли такое положение, что не могли ничего слышать и в то же время могли наблюдать за входом в хижину.

Разведчик, сделав вид, что уверился в их безопасности, встал и медленно вошел в хижину. В ней царило угрюмое безмолвие; кроме пленника, там никого не было; освещена была хижина только потухающими углями очага.

Ункас, крепко связанный по рукам и ногам ивовыми прутьями, сидел в дальнем углу, прислонясь к стене. Молодой могиканин не удостоил взглядом явившееся перед ним чудовище. Разведчик оставил Давида у дверей, чтобы удостовериться, не наблюдают ли за ними, и благоразумно решил продолжать свою роль, пока не убедится, что он наедине с Ункасом. Поэтому, вместо того чтобы говорить, он принялся выкидывать все штуки, свойственные изображаемому им животному. Молодой могиканин подумал сначала, что враги подослали к нему настоящего медведя, чтобы мучить его и испытывать его мужество; но, вглядевшись пристальнее, он заметил в ужимках зверя, казавшихся Хейворду такими совершенными, некоторые промахи, которые сразу выдали обман. Знай Соколиный Глаз, как низко оценивал зоркий Ункас его медвежьи таланты, он, вероятно, обиделся бы на него.

Как только Давид дал условленный сигнал, в хижине вместо грозного рычания медведя послышалось шипение змеи.

Ункас все время сидел, прислонясь к стене хижины и закрыв глаза, как будто не желал видеть медведя. Но лишь только раздалось шипение змеи, он встал и огляделся вокруг, то низко наклоняя голову, то поворачивая ее во все стороны, пока его проницательные глаза не остановились на косматом чудовище, словно прикованные какими-то чарами. Снова послышались те же звуки – очевидно, они вылетали из пасти медведя. Юноша еще раз обвел взглядом всю внутренность хижины и снова повернулся к медведю.

– Соколиный Глаз! – проговорил он глубоким, тихим голосом.

– Разрежьте его путы, – сказал Соколиный Глаз только что подошедшему Давиду.

Певец исполнил приказание, и Ункас почувствовал себя на свободе. В то же мгновение сухая медвежья шкура затрещала, и Соколиный Глаз снял свое одеяние, для чего ему пришлось только распустить кожаные ремни. Потом он вынул длинный блестящий нож и вложил его в руки Ункаса.

– Красные гуроны стоят вблизи хижины, – сказал он, – будем наготове.

В то же время он многозначительно показал другой такой же нож; оба ножа были удачно добыты им в этот вечер, проведенный среди врагов.

– Пойдем, – сказал Ункас, – к Черепахам, они дети моих предков.

– Эх, мальчик, – проворчал разведчик по-английски, – я полагаю, та же кровь бежит в твоих жилах, только время изменило несколько ее цвет!.. Что нам делать с мингами, что стоят у двери? Их шестеро, а у нас певец не идет в счет.

– Гуроны – хвастуны, – сказал Ункас презрительно. – Их тотем – олень, а бегают они, как улитки. Делавары – дети Черепахи, а бегают быстрее оленя.

– Да, мальчик, ты говоришь правду: я не сомневаюсь, что в беге ты опередил бы все их племя. А у белого человека руки способнее ног. Что же касается меня, то в умении бегать я не смогу поспорить с негодяями.

Ункас уже подошел к двери, чтобы выйти первым, но отшатнулся при этих словах и занял прежнее место в углу хижины. Соколиный Глаз, слишком занятый своими мыслями, чтобы заметить это движение, продолжал разговор:

– Впрочем, Ункас, ты беги, а я снова надену шкуру и попробую взять хитростью там, где не могу взять быстротой ног.

Молодой могиканин ничего не ответил, но спокойно сложил руки и прислонился к одному из столбов, поддерживавших стену хижины.

– Ну, – сказал разведчик, посмотрев на него, – чего же ты медлишь? У меня останется достаточно времени, так как негодяи бросятся сначала за тобой.

– Ункас остается, – послышался спокойный ответ.

– Для чего?

– Чтобы сражаться вместе с братом моего отца и умереть с другом делаваров.

– Да, мальчик, – сказал Соколиный Глаз, сжимая руку Ункасу своими железными пальцами, – если бы ты покинул меня, это был бы поступок, более достойный минга, чем могиканина. Но я считал нужным сделать тебе это предложение, так как молодость любит жизнь. Ну, там, где ничего не поделаешь боевой храбростью, приходится пускать в дело уловки. Надевай шкуру медведя; я не сомневаюсь, что ты можешь изобразить его так же хорошо, как и я.

Ункас молча и быстро нарядился в шкуру животного и стал ожидать распоряжений своего старого товарища.

– Ну, друг, – сказал Соколиный Глаз, обращаясь к Давиду, – перемена одежды будет очень выгодна для вас, так как вы плохо снаряжены для жизни в пустыне. Вот, возьмите мою охотничью рубашку и шапку и дайте мне ваше одеяло и шляпу. Вы должны доверить мне вашу книгу, очки и свистульку. Если встретимся когда-нибудь в лучшее время, вы получите все это назад и большую благодарность в придачу.

Давид расстался со всеми названными предметами с такой охотой, которая могла бы сделать большую честь его щедрости, если бы не то обстоятельство, что перемена эта была выгодна ему во многих отношениях. Соколиный Глаз не замедлил надеть одежду Гамута; когда очки скрыли его беспокойные глаза, а на голове появилась треуголка, он легко мог при свете звезд сойти за певца, так как по росту они не слишком отличались друг от друга.

— Скажите, вы склонны поддаваться чувству трусости? — спросил он певца, желая хорошенько обсудить все, прежде чем делать какие-либо распоряжения.

— Мои занятия мирные, а мой характер, смею надеяться, склонен к милосердию и любви, — ответил Давид, несколько обиженный такой прямой атакой, — но никто не может сказать, чтобы я когда-нибудь, даже в затруднительных обстоятельствах, забывал веру в Господа.

— Главная опасность для вас будет в тот момент, когда дикари увидят, что их обманули. Если вас не убьют сразу, значит, вас спасет то, что они считают вас человеком не в своем уме; тогда у вас будут все основания, чтобы, когда придет ваше время, умереть у себя в постели. Если же вы останетесь здесь, то должны сесть в тени и играть роль Ункаса до тех пор, пока хитрые индейцы не откроют обмана, тогда, как я уже говорил вам, наступит для вас время испытания. Итак, выбирайте: бежать или оставаться здесь.

— Я останусь здесь вместо делавара, — твердо сказал Давид. — Он сражался за меня храбро и великодушно, и я готов сделать для него не только это, но и гораздо большее.

— Вы говорите, как мужчина. Опустите голову и подберите ноги — их необычайная длина может слишком рано выдать истину. Молчите как можно дольше, а затем, когда придется заговорить, хорошо было бы, если бы вы сразу разразились одним из тех криков, которые свойственны вам: это напомнило бы индейцам, что вы человек невменяемый. Но если они скальпируют вас, чего, я уверен, они не сделают, то будьте спокойны: Ункас и я не забудем этого и отомстим за вас, как следует истым воинам и верным друзьям.

— Погодите, — сказал Давид, видя, что они собираются уходить. — Я недостойный, смиренный последователь того, кто учил не воздавать злом за зло. Поэтому, если я паду, не приносите жертв моим смертным останкам, но простите тех, кто лишит меня жизни; а если и вспомните их иногда, то пусть это будет в молитвах о просвещении их умов и вечном блаженстве.

Разведчик смутился и задумался.

— Это совсем не похоже на закон лесов, — сказал он, — но, если поразмыслить, это прекрасно и благородно. — Он тяжело вздохнул и прибавил: — Да благословит вас Небо, друг мой! Я думаю, что вы идете по довольно верному пути, если взглянуть на него как следует, имея перед глазами вечность.

Сказав это, разведчик подошел к Давиду и пожал ему от всей души руку; после этого он сейчас же вышел из хижины в сопровождении одетого медведем Ункаса.

Как только Соколиный Глаз увидел, что за ним наблюдают гуроны, он вытянулся во весь свой высокий рост, стараясь изобразить сухую, жилистую фигуру Давида, поднял руку как бы для отбивания такта и запел, стараясь подражать псалмопевцу. К счастью, для успеха этого рискованного предприятия ему приходилось иметь дело с ушами, мало знакомыми со сладкими звуками. Необходимо было пройти вблизи группы дикарей, и голос разведчика становился все громче и громче по мере приближения к ним. Когда они подошли совсем близко, гурон, говоривший по-английски, вытянул руку и остановил разведчика.

– Что же делаварский пес? – сказал он, наклоняясь и стараясь разглядеть выражение глаз того, кого он принимал за певца. – Он испугался?.. Когда же мы услышим его стоны?

В ответ на это раздалось яростное рычание, так походившее на рев настоящего медведя, что молодой индеец опустил руку и отскочил в сторону. Соколиный Глаз, боявшийся, чтобы голос не выдал его хитрым врагам, с радостью воспользовался этим мгновением и разразился таким взрывом музыкальных звуков, который в более утонченном обществе назвали бы какофонией. Но среди его слушателей эти звуки только дали ему еще более прав на уважение, оказываемое дикарями тем, кого они считают сумасшедшими. Маленькая кучка индейцев отступила, пропустив, как они думали, колдуна и его вдохновенного помощника.

Со стороны Ункаса и разведчика требовались необычайная смелость и сила воли, чтобы продолжать свой путь так же величественно, как они шли и мимо хижин, в особенности когда беглецы заметили, что любопытство взяло верх над страхом и караульщики подошли к хижине, чтобы убедиться в действии колдовства на пленника. Малейшее неловкое или нетерпеливое движение Давида могло выдать их, а выгадать время было необходимо. Громкие крики мнимого псалмопевца привлекли многих любопытных, которые следили за уходившими, стоя у порога своих хижин; раза два-три им пересекали дорогу некоторые из воинов, подстрекаемые суеверием или осмотрительностью. Но никто не останавливал их; темнота ночи и дерзость попытки благоприятствовали их замыслу.

Беглецы уже выбрались из селения и быстро приближались к густому лесу, когда из хижины, где был заключен прежде Ункас, раздался протяжный громкий крик. Могиканин вздрогнул.

— Погоди! — сказал разведчик, хватая друга за плечо. — Пусть они крикнут еще раз. Это был только крик удивления!

Медлить было нечего, так как в следующее же мгновение новый взрыв криков наполнил воздух и разнесся по всему лагерю. Ункас сбросил с себя медвежью шкуру. Соколиный Глаз слегка ударил его по плечу и проскользнул вперед.

— Ну, пусть теперь дьяволы гонятся по нашим следам! — сказал разведчик, вынимая из куста два заряженных ружья; размахивая над головой «оленебоем», он подал Ункасу его ружье: — По крайней мере двое из них найдут свою смерть.

Они опустили свои ружья, как делают это охотники, готовясь к началу действий, бросились вперед и вскоре исчезли во мраке леса.

## Глава XXVII

Антоний. Я буду помнить.
Ведь слово Цезаря – закон.

Шекспир.
*«Юлий Цезарь»*

Любопытство дикарей, оставшихся у темницы Ункаса, одержало верх над их страхом перед колдуном.

Осторожно подкрались они к щели, сквозь которую пробивался слабый свет огня. В продолжение нескольких минут они принимали Давида за своего пленника, но затем случилось именно то, что предвидел Соколиный Глаз. Певец, утомленный долгим сидением в скорченном положении, постепенно стал вытягивать свои ноги, и наконец одна из ног коснулась угасавших углей и отбросила их в сторону. Сначала гуроны подумали, что это сила чародейства так изуродовала могиканина. Но когда Давид, не подозревая, что за ним наблюдают, повернул голову и показал свое простодушное лицо, всякие сомнения рассеялись даже у легковерных дикарей. Они бросились в хижину и, накинувшись без всякой церемонии на сидевшего там человека, немедленно увидели обман. Тогда раздался первый крик, который услышали беглецы. За ним последовал второй, в котором зазвучали злоба и жажда мести. Как ни был тверд Давид в своем намерении прикрыть бегство своих друзей, он все же подумал, что наступил его последний час.

У него не было ни книги, ни камертона; пришлось обратиться к памяти, редко изменявшей ему.

Громким, полным вдохновения голосом он запел первые стихи погребального псалма, чтобы приготовиться к переходу в другой мир. Индейцы вовремя вспомнили о его безумии и, выбежав из хижины, подняли на ноги все население лагеря.

Лишь только раздались звуки тревоги, двести человек уже были на ногах, готовые отправиться в бой или в погоню за врагом. Известие о бегстве пленника быстро распространилось, и все члены племени, с нетерпением ожидая распоряжений начальников, собрались вокруг хижины, где обычно происходили совещания. Понятно, что присутствие хитрого, умного Магуа оказалось необходимым при таком неожиданном событии. Имя его сейчас же стало передаваться из уст в уста, и все с изумлением оглядывались вокруг, не видя его среди толпы. За ним тут же послали, с требованием, чтобы он явился немедленно.

В то же время самым проворным и ловким из молодых воинов приказано было под прикрытием леса обойти прогалину, чтобы удостовериться, не замышляют ли чего-нибудь против гуронов их подозрительные соседи – делавары. Женщины и дети бегали из стороны в сторону; во всем лагере царило страшное волнение. Но мало-помалу всеобщее беспокойство стало ослабевать, и через несколько минут старейшие вожди собрались в хижине для важного совета.

Громкий гул многочисленных голосов возвестил о приближении отряда, которому предстояло сообщить еще более удивительную новость. Толпа расступилась, и несколько воинов вошли в хижину, неся на руках злополучного колдуна, которого Соколиный Глаз так долго держал в неволе.

Гуроны по-разному относились к этому человеку: некоторые из них слепо верили в силу колдуна, другие считали его обманщиком. Но теперь все слушали его с глубочайшим вниманием. Когда он окончил свой короткий рассказ, выступил отец больной женщины и, в свою очередь, рассказал все, что было ему известно. Эти два рассказа дали надлежащее направление поискам, к которым гуроны немедленно приступили со своей обычной осмотрительностью. Они поручили осмотреть пещеру самым умным и храбрым воинам. Так как времени терять было нельзя, воины сейчас же встали и молча вышли из хижины. Когда они дошли до входа в пещеру, младшие пропустили вперед старших, и все пошли по низкой темной галерее, готовые в случае надобности пожертвовать собой и в то же время опасаясь неизвестного противника.

Первое помещение в пещере было по-прежнему мрачно и безмолвно. Больная лежала на том же месте и в той же позе, хотя среди отряда были очевидцы, уверявшие, что видели, как ее уносил в лес «лекарь белых людей». Тогда глаза всех присутствующих устремились на отца больной. Раздраженный этим немым обвинением и в глубине души смущенный таким непонятным обстоятельством, вождь подошел к постели и недоверчиво взглянул в лицо больной, как бы сомневаясь, она ли это. Дочь его была мертва.

Естественное чувство горя одержало на мгновение верх над всеми остальными чувствами, и старый воин прикрыл глаза рукой. Потом он овладел собой, взглянул на своих товарищей и, указывая на труп, сказал на языке своего народа:

— Жена моего молодого друга покинула нас! Великий Дух гневается на своих детей!

Печальное известие было встречено торжественным безмолвием. После короткого молчания один из старейших индейцев только что хотел заговорить, как вдруг из соседнего помещения выкатился какой-то темный предмет. Все невольно отшатнулись, не зная, с кем приходится иметь дело, и смотрели с удивлением на этот незнакомый предмет, пока слабый свет не осветил искаженного, но по-прежнему свирепого и угрюмого лица Магуа. Общий крик изумления последовал за этим открытием.

Но как только окружающие поняли истинное положение вождя, ножи мелькнули в воздухе, и вскоре Магуа был освобожден от связывавших его пут и получил возможность говорить. Гурон встал и отряхнулся, как лев, выходящий из своего логовища. Однако ни одного слова не сорвалось с его уст, только рука судорожно играла ручкой ножа, а угрюмые глаза пристально оглядывали всех присутствующих, как будто ища, на кого излить первый порыв гнева.

К счастью для Ункаса, разведчика и даже Давида, рука его не могла достать их. Магуа задыхался от бешенства. Видя вокруг себя только дружеские лица, он заскрежетал зубами и сдержал свою ярость, за неимением жертвы, на которую мог бы излить ее. Однако проявление его гнева было замечено всеми окружающими, и прошло несколько минут, прежде чем кто-нибудь произнес хотя бы одно слово: все боялись рассердить человека, и без того взбешенного до безумия. Когда прошло достаточно времени, самый старший из вождей решился заговорить.

– Мой друг встретил врага, – сказал он. – Скажи, где он находится, чтобы гуроны могли ему отомстить.

– Пусть делавар умрет! – громовым голосом проговорил Магуа.

Снова наступило долгое выразительное молчание, прерванное через некоторое время с должной осторожностью тем же вождем.

– У молодого могиканина быстрые ноги, но мои воины идут по его следу.

– Разве он ушел? – спросил Магуа глубоким гортанным голосом, как бы выходившим из самой глубины груди.

– Злой дух появился между нами и ослепил наши глаза.

– «Злой дух»! – насмешливо повторил Магуа. – Это дух, который взял жизнь стольких гуронов, дух, который убил моих воинов у водопада, который скальпировал их у целебного источника и связал теперь руки Хитрой Лисице!

– О ком говорит мой друг?

— О собаке, у которой под белой кожей скрывается сердце и хитрый ум гуронов, — о Длинном Карабине.

Это ужасное имя произвело сильное впечатление на слушателей. После нескольких минут размышления, когда воины сообразили, что грозный, смелый враг только что был в их лагере, изумление уступило место ярости, и все бешенство, клокотавшее в груди Магуа, внезапно передалось его товарищам. Некоторые из них скрежетали зубами от гнева, другие изливали свои чувства в громких криках, иные бешено размахивали кулаками в воздухе, как будто враг мог пострадать от этих ударов. Но этот внезапный взрыв негодования вскоре утих, и все быстро погрузились в мрачное, сдержанное молчание, обычное для индейцев во время бездействия.

Магуа, который успел между тем обдумать все случившееся, изменил свое поведение и принял вид человека, знающего, что делать и как поступать с достоинством в таком важном вопросе.

— Пойдем к моему народу, — сказал он, — он ожидает нас.

Его товарищи молча согласились с ним, и все вышли из пещеры и вернулись в хижину совета. Когда они сели, все глаза устремились на Магуа, и по этому движению он понял, что должен рассказать о том, что произошло с ним. Он встал и рассказал все, ничего не прибавляя и не скрывая. Он изобличил хитрость, пущенную в ход Дунканом и Соколиным Глазом, и даже самые суеверные из индейцев не могли усомниться в истине его слов. Слишком очевидно было, что они обмануты самым дерзким, оскорбительным образом.

Когда Магуа окончил свой рассказ, все собравшееся племя — так как, в сущности, тут были все его воины – осталось на своих местах: гуроны переглядывались, как люди, пораженные в равной мере и дерзостью, и успехом своих врагов. Затем они стали обдумывать способ мести.

По следу беглецов послали еще новый отряд преследователей, а вожди приступили к совету. Старшие воины один за другим предлагали различные планы. Магуа выслушивал их в почтительном молчании. К изворотливому гурону вернулись вся его хитрость, все самообладание, и он шел к своей цели с осмотрительностью и искусством. Только тогда, когда высказались все желавшие говорить, он приготовился поделиться своим мнением. Его соображения приобрели особую важность, потому что как раз в это время вернулись некоторые из отправившихся на разведку и сообщили, что следы беглецов ведут прямой дорогой в лагерь их союзников – делаваров. Магуа осторожно изложил перед товарищами свой план. Как и можно было предполагать, благодаря его красноречию план был принят единогласно.

Некоторые из вождей предлагали совершить неожиданное нападение на делаваров, с тем чтобы одним ударом захватить их лагерь и завладеть своими пленниками. Магуа нетрудно было отклонить это предложение, представлявшее так много опасностей и так мало надежд на успех. А потом он изложил свой собственный план действий.

Он начал с того, что польстил самолюбию слушателей. Перечислив многочисленные случаи, в которых гуроны выказывали свою храбрость и отвагу, он перешел к восхвалению их мудрости. Он сказал, что именно мудрость составляет главное различие между бобром и другими зверями, между людьми и животными и, наконец, между гуронами и всем остальным человечеством. Превознося благоразумие, он принялся изображать, каким образом оно применимо к настоящему положению дел. С одной стороны, говорил он, их великий белый отец, губернатор Канады, смотрит суровыми глазами на своих детей с тех пор, как томагавки их окрасились кровью; с другой стороны, народ, такой же многочисленный, как их народ, но говорящий на другом языке, имеющий другие интересы, не любящий гуронов, будет рад всякому предлогу вызвать немилость к ним великого белого вождя. Потом он заговорил о нуждах гуронов, о дарах, которых они вправе ожидать за свои прежние заслуги, об утраченных ими охотничьих областях и местах поселений и о необходимости в подобных критических обстоятельствах следовать более советам благоразумия, чем влечению сердца. Заметив, что старики одобряют его умеренность, но многие из самых ярых и знаменитых воинов хмурятся, он заговорил об окончательном торжестве над врагами. Он даже намекнул, что при достаточной осторожности можно будет истребить всех делаваров. Короче говоря, он так искусно смешал воинственные призывы со словами коварства и хитрости, что угодил склонностям обеих сторон, причем ни одна сторона не могла бы сказать, что вполне понимает его намерения.

Нисколько не удивительно, что мнение Магуа одержало верх. Индейцы решили действовать осмотрительно и единогласно предоставили ведение всего дела вождю, предложившему им такие мудрые советы.

Теперь Магуа достиг наконец того, чего долго добивался. Он не только возвратил утраченное расположение своего народа, но и стал даже его вождем. Он отказался советоваться с другими вождями и принял властный вид, чтобы поддержать достоинство своего положения.

Разведчики были разосланы в разные стороны: шпионам приказали отправиться в лагерь делаваров и выведать все, что нужно; воины были отпущены по домам с предупреждением, что их услуги скоро понадобятся; женщинам и детям было приказано удалиться с указанием, что их удел – молчание.

Покончив со всеми этими распоряжениями, Магуа прошел по лагерю, заходя во все хижины, где, как он рассчитывал, посещение его могло иметь успех. Он поддержал уверенность своих друзей и успокоил колебавшихся. Потом он отправился в свою хижину. Жена, которую вождь гуронов покинул, когда народ изгнал его, уже умерла. Детей у него не было, и теперь он оставался одиноким в своей хижине. Это было то полуразрушенное, уединенное жилище, в котором поселился Давид. В тех редких случаях, когда они встречались, Магуа выносил его присутствие с презрительным равнодушием. Сюда удалялся Магуа, когда заканчивал все дела свои.

Хотя все другие спали, Магуа не знал и не хотел знать отдыха.

Если бы кто-нибудь полюбопытствовал узнать, что делает вновь избранный вождь, он увидел бы, что Магуа просидел в углу хижины, обдумывая свои планы, всю ночь, вплоть до того времени, когда он назначил собираться воинам. По временам ветер, пробивавшийся сквозь щели в хижину, раздувал слабое пламя, поднимавшееся над пылающими углями, и тогда отблески пламени освещали своим колеблющимся светом мрачную фигуру одинокого индейца.

Задолго до рассвета воины один за другим стали входить в уединенную хижину Магуа, пока не собралось двадцать человек. Каждый из них имел при себе ружье и все боевые принадлежности, несмотря на то что раскраска у всех была мирная. Эти свирепые на вид люди входили тихо, совсем бесшумно; некоторые садились в темный угол, другие стояли, словно неподвижные статуи.

Когда собрался весь избранный отряд, Магуа встал, жестом руки приказал воинам идти за собой и сам двинулся впереди всех. Воины пошли за вождем поодиночке, в порядке, известном под названием «индейская шеренга». Они прокрались из лагеря тихо и незаметно, походя скорее на призраков, чем на воинов, жаждущих военной славы, ищущих подвигов отчаянной смелости.

Вместо того чтобы направиться по дороге прямо к лагерю делаваров, Магуа в продолжение некоторого времени вел свой отряд по извилистым берегам ручья и вдоль запруды бобров. Начало уже рассветать, когда они пришли на прогалину, расчищенную этими умными и трудолюбивыми животными. Магуа обла-

чился в свое прежнее одеяние из звериных шкур, на котором виднелось изображение лисицы. На одежде одного из воинов красовалось изображение бобра; это был его особый символ – тотем.

Со стороны этого воина было бы своего рода кощунством пройти мимо могущественной общины своей предполагаемой родни, не выказав ей знаков почтения. Поэтому он остановился и сказал несколько ласковых, дружеских слов, как будто обращаясь к разумным существам. Он назвал бобров своими братьями, напомнил им, что благодаря его покровительству и влиянию они остаются до сих пор невредимы, тогда как жадные торговцы давно уже подговаривают индейцев лишить их жизни. Он обещал и впредь не оставлять их без своего покровительства.

Эту необычайную речь товарищи воина слушали так серьезно и внимательно, как будто слова его производили на всех одинаково сильное впечатление. Раз или два над поверхностью воды показывались какие-то черные тени, и гурон выказывал удовольствие, что слова его не пропали даром. Как раз в ту минуту, как он закончил свое обращение, из хижины, стены которой были в таком жалком виде, что дикари сочли ее необитаемой, выглянула голова большого бобра. Оратор счел такой необычайный знак доверия чрезвычайно благоприятным предзнаменованием и, хотя животное сейчас же спряталось, рассыпался в благодарностях и похвалах.

Когда Магуа нашел, что на изъявление родственной любви воина потрачено достаточно времени, он дал сигнал отправиться дальше. Индейцы двинулись все вместе осторожным шагом, не слышным для людей с обыкновенным слухом.

Если бы гуроны оглянулись, то увидели бы, что животное, снова высунув голову, следило за их движениями с наблюдательностью и интересом, которые легко можно было принять за проявление разума. Действительно, все движения животного были так отчетливы и разумны, что даже самый опытный наблюдатель не в состоянии был бы объяснить это явление; но в ту минуту, когда отряд вошел в лес, все объяснилось. Животное вышло из хижины, и из-под меховой маски показалось мрачное лицо Чингачгука.

## *Глава XXVIII*

Только покороче, прошу вас,
Сейчас время для меня очень
хлопотливое.

Шекспир.
*«Много шума из ничего»*[1]

Племя делаваров — или, вернее, половина племени, — расположившееся в данное время лагерем вблизи временного поселения гуронов, могло выставить приблизительно то же число воинов, что и гуроны. Подобно своим соседям, делавары последовали за Монкальмом на территорию, принадлежавшую английской короне, и производили смелые набеги на охотничью область мохоков. Однако с обычной сдержанностью, свойственной индейцам, они отказались от помощи чужеземцам в тот самый момент, когда те особенно нуждались в ней; делавары велели посланным Монкальма передать ему, что топоры их притупились и необходимо время, чтобы их отточить. Командующий Канады, как тонкий политик, решил, что умнее иметь пассивных друзей, чем превратить их в открытых врагов неуместно суровыми мерами.

В то время, когда Магуа вел в лес свой молчаливый отряд, солнце, вставшее над лагерем делаваров, осветило людей, предававшихся занятиям, свойственным более позднему времени дня. Женщины бегали из хи-

[1] *Перевод* Т. Щепкиной-Куперник.

жины в хижину: одни — приготовляя утреннюю еду, другие — прибирая внутренность хижины; большинство останавливались, чтобы перекинуться между собой несколькими словами. Воины стояли отдельными группами; они больше раздумывали о чем-то, чем говорили, а если и произносили несколько слов, то с видом людей, дорого ценящих свое мнение. Повсюду между хижинами виднелось множество принадлежностей для охоты, но никто не брался за них. Там и сям какой-нибудь воин осматривал свое оружие. Иногда глаза многих воинов сразу устремлялись на большую хижину в центре поселка, словно она составляла предмет размышлений всех этих людей.

На самом краю плоской возвышенности, на которой был расположен лагерь, внезапно появился какой-то человек. Он был безоружен, и разрисовка скорее смягчала, чем увеличивала природную суровость его строгого лица. Когда он приблизился настолько, что делавары могли видеть его, он сделал жест, выражавший его дружественные намерения, сначала подняв руку к небу, а затем выразительно прижав ее к груди. Жители поселения ответили на его приветствие и пригласили подойти ближе. Ободренный этой встречей, смуглый незнакомец покинул край природной террасы, где он стоял, резко выделяясь на фоне заалевшего утреннего неба, и важной поступью пошел к середине стана. По мере того как он приближался, слышалось легкое бряцание серебряных украшений на его руках и шее да звон маленьких бубенчиков, окаймлявших его кожаные мокасины. Он любезно приветствовал мужчин, не обращая никакого внимания на женщин. Когда незнакомец дошел до группы людей, по гордым лицам которых можно было догадаться, что это вожди племени, он остановился, и делавары увидели статную, стройную фигуру хорошо знакомого вождя гуронов, известного под именем Хитрой Лисицы.

Его встретили серьезно, молчаливо и настороженно. Стоявшие впереди воины расступились, пропустив лучшего делаварского оратора, говорившего на всех языках северных туземцев.

– Добро пожаловать, мудрый гурон! – сказал делавар на языке макуасов. – Он пришел отведать саккатуш[1] вместе со своими приозерными братьями?

– Он пришел, – повторил Магуа, наклоняя голову с величием восточного государя.

Вождь, протянув руку, взял гурона за запястье, и они снова обменялись дружескими приветствиями. Потом делавар пригласил гостя войти в хижину и разделить с ним утреннюю трапезу. Приглашение было принято, и оба воина спокойно ушли в сопровождении трех-четырех стариков, покинув остальных, снедаемых желанием узнать причины такого необычайного посещения. Однако они не выразили ни единым жестом, ни словом своего нетерпения.

Разговор в продолжение скромного завтрака вели с чрезвычайной осмотрительностью; речь шла только о приключениях на охоте, в которой недавно участвовал Магуа. А между тем каждый отлично знал, что посещение это должно иметь какую-то тайную цель и большое значение для их племени. Когда все насытились, а женщины убрали остатки кушанья и бутыли с напитками, обе стороны приготовились к словесному поединку.

---

[1] С а к к а - т у ш – блюдо, приготовляемое из размолотого маиса и бобов.

— Обратил ли мой великий канадский отец снова свое лицо к его детям — гуронам? — спросил оратор делаваров.

— Разве было когда-нибудь иначе? — возразил Магуа. — Он называет мой народ самым любимым.

Делавар торжественно наклонил голову, будто бы соглашаясь с тем, что он считал заведомой ложью, и продолжал:

– Томагавки ваших воинов были очень красны!

– Так было прежде, но теперь они блестящи и тупы, потому что ингизы мертвы, а делавары – наши соседи.

Вождь ответил на этот умиротворяющий комплимент только движением руки и замолчал. Тогда Магуа, как будто вспомнив о чем-то при упоминании о резне, спросил:

– Не беспокоит ли моя пленница моих братьев делаваров?

– Мы рады ей.

– Путь между делаварами и гуронами короток и открыт – пришли ее к моим женщинам, если она беспокоит моего брата.

– Мы рады ей, – возразил вождь делаваров внушительнее прежнего.

Магуа, сбитый с толку, молчал в продолжение нескольких минут, по-видимому равнодушный к тому, что первая попытка вернуть Кору не увенчалась успехом.

– Оставляют ли мои воины делаварам место для охоты в горах? – заговорил он после некоторого молчания.

– Ленапы – господа в своих собственных горах! – ответил вождь несколько высокомерно.

– Это хорошо: справедливость управляет поступками краснокожих. Зачем им чистить томагавки и точить ножи друг против друга! Разве мало здесь бледнолицых?

Трое из присутствующих издали одобрительное восклицание.

Магуа подождал немного, чтобы слова его могли подействовать смягчающим образом на делаваров, и потом прибавил:

— Не видали ли мои братья следов чужих мокасин в лесах? Не нападали ли они на следы белых людей?

— Пусть приходит мой канадский отец, — уклончиво ответил вождь, — его дети готовы видеть его.

— Великий вождь приходит курить трубку с индейцами в их вигвамах. Гуроны также бывают рады видеть его. Но у ингизов длинные руки и ноги, которые никогда не устают. Моим молодым людям показалось, что они видели следы ингизов вблизи селения делаваров.

— Они не найдут ленапов спящими.

— Это хорошо. Воин, глаза которого открыты, может видеть врага, — сказал Магуа, еще раз меняя тему разговора, так как убедился, что ему не обмануть своего собеседника. — Я принес подарки моему брату.

Хитрый вождь встал, заявив о своих щедрых намерениях, и торжественно разложил подарки перед ослепленными взорами хозяев. Подарки состояли большей частью из дешевых безделушек, снятых с женщин во время резни в крепости Уильям-Генри. Лукавый гурон выказал не меньше умения в распределении побрякушек, чем в выборе их. Самые драгоценные он отдал двум из важнейших вождей, остальные подарки он роздал младшим с такими любезными и кстати сказанными комплиментами, что никто из них не имел повода быть недовольным.

Этот хорошо рассчитанный ход вождя гуронов немедленно дал положительные результаты. Торжественное выражение лиц делаваров сменилось более радушным. Перемена в особенности отразилась на вожде. Некоторое время он рассматривал доставшуюся на его долю обильную часть добычи и затем проговорил очень выразительно:

— Мой брат — мудрый вождь. Мы рады ему.

— Гуроны любят своих братьев делаваров, — ответил Магуа. — И почему им не любить своих братьев! Они окрашены тем же солнцем, и их праведные люди будут после смерти охотиться в одних и тех же местах. Краснокожие должны быть друзьями и смотреть во все глаза на белых людей... Не встречал ли мой брат шпионов в лесу?

Делавар, имя которого в переводе означало «Твердое Сердце», забыл на этот раз о непоколебимости. Выражение его лица смягчилось, и он снизошел до того, что стал говорить более определенно:

— Возле моего лагеря были чужие мокасины. Следы их дошли до моих хижин.

— Мой брат выгнал собак? — спросил Магуа, не напоминая вождю его прежние увиливания от прямого ответа.

— Этого нельзя сделать. Странник — всегда желанный гость для детей племени ленапов.

— Странник, но не шпион.

— Разве ингизы послали бы шпионами своих женщин? Не сказал ли вождь гуронов, что он взял в плен женщин во время сражения?

— Он не солгал. Ингизы послали своих разведчиков. Они были в моих вигвамах, но не нашли никого, кто мог бы приветствовать их. Тогда они убежали к делаварам, потому что, говорят они, делавары — наши друзья; их души отвратились от канадского отца.

Удар был нанесен великолепно и в более цивилизованном обществе доставил бы Магуа репутацию искусного дипломата. Недавнее отсутствие делаваров во время сражения вызвало, как им хорошо было известно, много упреков со стороны их французских союзников, и они чувствовали, что впредь те будут относиться к их поступкам недоверчиво и настороженно. Нетрудно было предвидеть, что подобное положение окажется весьма невыгодным для них впоследствии. Отдаленные поселения делаваров, их места охоты и сотни их женщин и детей – все это находилось на французской территории. Поэтому тревожное известие было принято, как и рассчитывал Магуа, если не со страхом, то с явным неудовольствием.

– Пусть мой отец взглянет в лицо мне, – сказал Твердое Сердце, – он не увидит в нем перемены. Правда, мои молодые люди не вышли на тропу войны – они видели вещие сны, в которых им было указано не делать этого. Но они любят и почитают великого белого вождя.

– Поверит ли он этому, когда услышит, что величайший его враг нашел приют в лагере его детей? Когда ему скажут, что кровожадный ингиз курит у вашего огня? Что бледнолицый, убивший так много его друзей, расхаживает среди делаваров? Что вы, мой великий канадский отец не так глуп!

– Где тот ингиз, которого боятся делавары, – возразил вождь, – который убил моих молодых людей? Кто смертельный враг моего великого отца?

– Длинный Карабин.

Делаварские воины вздрогнули, услыхав хорошо известное имя. По их изумлению ясно было видно, что они впервые узнали, что в их власти находится человек, приобретший такую славу среди французских союзников.

– Что хочет сказать мой брат? – спросил Твердое Сердце с удивлением.

– Гуроны никогда не лгут! – холодно ответил Магуа; он прислонился головой к краю хижины и прикрыл смуглую грудь своей легкой одеждой. – Пусть делавары пересчитают своих пленников; среди них они найдут одного, кожа которого не красна и не бела.

Наступила долгая пауза. Вождь отошел в сторону посоветоваться с товарищами, а посланцы отправились, чтобы собрать старейшин племени.

Один за другим воины входили в хижину, и важное известие, сообщенное Магуа, передавалось каждому. Все встречали его с изумлением. Новость передавалась из уст в уста, и вскоре во всем лагере поднялось сильное волнение. Женщины бросили работу, стараясь уловить отдельные слова, нечаянно срывавшиеся с уст воинов. Мальчики, оставив свои игры, расхаживали среди взрослых, с любопытством и восторгом прислушиваясь к отрывистым восклицаниям отцов, выражавших свое удивление перед смелостью ненавистного врага.

Когда возбуждение несколько улеглось, старики решили серьезно обдумать, чего требовали честь и безопасность их племени в таких щекотливых и затруднительных обстоятельствах. Во все время этого движения, среди общего волнения Магуа не только не покинул своего места, но остался в той же позе, неподвижный и внешне совершенно равнодушный к тому, что происходило вокруг него. Но ничто не ускользало от его бдительного взгляда. При его знании народа, с которым он имел дело, Хитрая Лисица предвидел каждую меру, на которую решались вожди; можно сказать, что во многих случаях он знал их намерения прежде, чем сами они сознавали их.

Совещание делаваров было непродолжительно. Когда оно окончилось, общая суматоха возвестила, что за совещанием вождей должно немедленно последовать торжественное собрание всего племени.

Такие собрания происходили только в самых важных случаях.

Хитрый гурон, коварный и мрачный наблюдатель, сидел поодаль. Он понимал, что его предложения будут обсуждаться на собрании всего племени. Потом Магуа вышел из хижины и молча подошел к площадке перед лагерем, где уже начали собираться воины.

Прошло около получаса, пока все, включая женщин и детей, не заняли свои места. И когда солнце стало подниматься над верхушками горы, у подножия которой делавары устроили свой лагерь, большинство их уже сидели на своих местах. А когда его яркие лучи брызнули из-за очертаний деревьев, окаймлявших возвышенность, число собравшихся превышало тысячу.

Только старейшие и опытнейшие имели право изложить перед собранием предмет обсуждения. Пока один из таких людей не обнаружит желания говорить, никакие воинские подвиги, природные таланты или ораторский дар нс оправдали бы юношу, решившегося прервать молчание. В данном случае престарелый воин, который должен был говорить, долго молчал, по-видимому, взволнованный важностью того, что ему предстояло сообщить. Молчание тянулось гораздо дольше обыкновенной паузы, предшествующей совету; но даже самый младший из мальчиков не обнаруживал нетерпения. По временам глаза кого-либо из индейцев поднимались от земли, к которой были как бы прикованы взоры большинства, и обращались к одной из хижин, отличавшейся от остальных только тем, что она была лучше других защищена от непогоды.

Наконец в толпе пробежал тихий шепот, и все сразу поднялись со своих мест. В это мгновение дверь хижины, о которой только что шла речь, отворилась; оттуда вышли трое людей и медленно направились к месту совета. Все они были стары, старше всех присутствовавших стариков; но тот, который шел посредине, опираясь на своих товарищей, насчитывал столько лет, сколько редко выпадает на долю человека. Его фигура, некогда стройная и прямая, как кедр, теперь согнулась под гнетом более чем столетней жизни. Упругая, легкая походка, обычная для индейца, исчезла; старик медленно совершал свой долгий путь, дюйм за дюймом. Его темное сморщенное лицо составляло резкий контраст с длинными белоснежными прядями, рассыпавшимися по плечам в таком изобилии, словно оповещая, что прошла вечность, когда в последний раз волосы были пострижены.

Одежда этого патриарха, ибо так можно было его назвать, была богата и внушительна, но вполне соответствовала простым обычаям людей его племени. Она была сделана из лучших звериных шкур, лишенных шерсти и покрытых причудливыми рисунками, изображавшими его былые боевые подвиги. На груди его красовались медали, некоторые из серебра, а две из золота. Это были дары белых, полученные им в течение его долголетней жизни. На руках и на ногах у него сверкали золотые браслеты. На голове его, которую волосы покрывали сплошь, так как старик давно уже не участвовал в военных походах, виднелось нечто вроде диадемы. Украшавшие эту диадему драгоценности горели среди трех ниспадавших страусовых перьев, выкрашенных в черный цвет и составлявших резкий контраст с белоснежными прядями волос. Его томагавк почти исчезал под накладным серебром, а рукоятка ножа горела, словно рог из массивного золота.

Лишь только утих глухой шум, вызванный появлением уважаемого старца, имя Таменунд стало передаваться шепотом из уст в уста. Магуа слыхал о славе мудрого и справедливого делавара. Ему даже приписывали редкое свойство тайного общения с Великим Духом. Поэтому Магуа выступил немного вперед, чтобы получше разглядеть черты лица человека, решение которого могло оказать огромное влияние на судьбу вождя.

Глаза старика были закрыты, будто утомились от продолжительного созерцания игры человеческих страстей.

Цвет его кожи казался темнее цвета кожи большинства окружающих, так как бесчисленные перепутанные линии образовали сложные и вместе с тем красивые узоры, нататуированные чуть ли не по всему его телу.

Таменунд прошел мимо безмолвно наблюдавшего за ним гурона, не обращая на него никакого внимания и продолжая опираться на своих двух почтенных спутников; он прошел к возвышению, где собрались делавары, и сел в центре с величием монарха и с видом отца.

Ничто не могло быть выше того благоговения и той любви, с которой встретил народ старца. После значительной паузы, требуемой приличиями, главные вожди поднялись со своих мест; подойдя к патриарху, они торжественно возлагали его руки на свою голову, по-видимому, прося благословить их. Более молодые вожди довольствовались тем, что дотрагивались до его одежды или даже только приближались к нему, чтобы дышать одним воздухом с престарелым, справедливым и храбрым человеком. Из молодых воинов решались подходить только те, кто отличался какими-либо выдающимися подвигами; главная же масса считала себя счастливой тем, что могла смотреть на лицо так глубоко почитаемого и горячо любимого человека. Когда были закончены все проявления любви и уважения, вожди возвратились на свои места, и молчание воцарилось во всем лагере.

Между тем один из престарелых спутников Таменунда сказал что-то шепотом нескольким юношам; они тотчас же встали, вышли из толпы и вошли в хижину, служившую, как уже было замечено, предметом особого внимания в продолжение целого утра. Через несколько минут они появились снова, ведя к судилищу людей, бывших причиной этого торжественного собрания. Толпа расступилась, образуя проход; когда прошли все, она снова сомкнулась, образовав вокруг пленников плотное кольцо.

## *Глава XXIX*

Все сели. Ахиллес
с такою речью
Поднялся королю
великому навстречу...
Поп.
*«Илиада»*

Впереди пленников стояла Кора, держа руки Алисы в своих руках. Великодушная девушка не обращала никакого внимания на грозные лица дикарей, окружавших ее со всех сторон, она не испытывала никакого страха за себя и не сводила глаз с бледного, испуганного лица дрожащей Алисы. Рядом с ними стоял Хейворд. Соколиный Глаз встал несколько позади из уважения к их более высокому званию, о котором не мог забыть даже в минуту, когда положение их сравнялось. Ункаса не было между пленниками. Когда снова воцарилось безмолвие, после долгой внушительной паузы один из престарелых вождей, сидевших рядом с патриархом, встал и спросил громко на вполне понятном английском языке:

— Который из моих пленников Длинный Карабин?

Ни Дункан, ни разведчик не ответили на этот вопрос. Первый окинул взглядом мрачное, безмолвное собрание и отшатнулся, когда взгляд его упал на злобное лицо Магуа. Он сразу понял, что хитрый дикарь имеет какое-то отношение к их вызову на собрание, и решился употребить все возможные усилия, чтобы помешать осуществлению его кровавых планов. Ему уже пришлось видеть быструю расправу индейцев, и он опасался, что для его друга предназначалась подобная же казнь. Без долгих размышлений Дункан внезапно решился во что бы то ни стало выручить своего друга, хотя бы ценой своей жизни. Но, прежде чем он успел сказать что-либо, вождь повторил вопрос, громче и отчетливее выговаривая слова.

— Дайте нам оружие, — высокомерно ответил молодой человек, — и поместите нас вон там, у леса. Наши дела ответят на этот вопрос.

— Так это вы тот воин, имя которого так хорошо знакомо нам? — сказал вождь, глядя на Хейворда с тем интересом, который всегда вызывает вид человека, прославившегося добродетелями или пороками или выдвинувшегося благодаря случайности. — Что привело белого человека к делаварам?

— Нужда. Я пришел за пищей, кровом и друзьями.

— Не может быть. Леса полны дичи. Для головы воина не нужно другого крова, кроме безоблачного неба, а делавары — не друзья ингизов. Довольно! Язык сказал то, чего не говорило сердце.

Дункан замолчал, не зная, как продолжать; но разведчик, внимательно прислушивавшийся ко всему, что происходило вокруг, смело выступил вперед.

— Я не отозвался на имя Длинный Карабин не из стыда и страха, потому что ни одно из этих чувств не свойственно честному человеку, — сказал он, — но я не желаю признавать за мингами право давать какие-либо прозвища человеку, которому друзья дали особое имя за его природные дарования. Да и название это неверно: «оленебой» — простое ружье, а вовсе не карабин. Но я действительно тот человек, который получил имя Натаниэля от семьи и лестное имя

Соколиного Глаза от делаваров, живущих на своей реке. Я тот, кто более всего заинтересован в своем имени и кого ирокезы, не испросив совета, назвали Длинным Карабином.

Глаза всех присутствующих, внимательно оглядывавших Дункана, мгновенно обратились на высокую, словно вылитую из железа фигуру Соколиного Глаза. Не было ничего удивительного в том, что двое людей заявляли свои права на такую честь: самозванцы были небезызвестны туземцам, хотя и редко встречались между ними. Несколько стариков посоветовались между собой и, по-видимому, решили хорошенько расспросить гурона.

– Мой брат сказал, что змея заползла в мой лагерь, – сказал вождь гурону. – Кто это?

Магуа указал на разведчика.

– Неужели мудрый делавар поверит лаю волка? – воскликнул Дункан, еще более убеждаясь в злых намерениях своего старинного врага. – Собака никогда не лжет, но слыхано ли, чтобы волк говорил правду?

Молния сверкнула в глазах Магуа, но, вспомнив, что ему следует сохранять присутствие духа, он молча отвернулся с презрительным видом, уверенный, что проницательность индейцев не замедлит открыть, на чьей стороне правда. Он не ошибся: после нового короткого совещания осмотрительный делавар объявил о решении вождей в очень осторожных выражениях.

– Моего брата назвали лгуном, – сказал он, – и его друзья рассердились. Они хотят показать, что он сказал правду. Дайте пленникам ружья, и пусть они докажут, который из них Длинный Карабин.

Магуа сделал вид, будто считает эти слова комплиментом, и кивнул в знак согласия, уверенный, что истина будет быстро доказана таким искусным стрелком, как разведчик.

Друзьям-соперникам сейчас же дали в руки оружие и велели стрелять через головы сидящей толпы в глиняный сосуд, случайно оказавшийся на пне, ярдах в пятидесяти от того места, где они стояли. Хейворд улыбнулся про себя при мысли, что ему придется состязаться с разведчиком, но решил поддерживать обман, пока не узнает замыслов Магуа. Он старательно поднял ружье, прицелился три раза и выстрелил; пуля пробила дерево в нескольких дюймах от сосуда. Восклицания удовольствия показали, что этот выстрел индейцы сочли доказательством большого умения в обращении с ружьем. Даже Соколиный Глаз кивнул головой, как будто желая сказать, что это лучше, чем он ожидал. Но вместо того чтобы выразить желание состязаться со стрелком, выстрелившим так удачно,

он стоял некоторое время, опершись на ружье, погруженный в глубокое раздумье.

Из этой задумчивости его вывел один из молодых индейцев. Он дотронулся до плеча разведчика и сказал на ломаном английском языке:

– Может ли бледнолицый выстрелить лучше?

– Да, гурон! – воскликнул Соколиный Глаз, поднимая правой рукой короткое ружье и грозя им Магуа с такой легкостью, как будто это была камышовая тросточка. – Да, гурон, я мог бы теперь убить тебя, и никакая земная сила не предотвратила бы этого! Парящий в воздухе сокол не более уверен в своей победе над горлицей, чем я в том, что мог бы сейчас пробить тебе сердце пулей! И почему бы мне не сделать этого? Почему? Только потому, что этим я мог бы навлечь беду на голову нежных, невинных созданий!

Разгоревшееся лицо разведчика, гневный взгляд, выпрямившаяся во весь рост фигура – все это вызвало чувство благоговейного страха у всех слушавших его. Делавары затаили дыхание в ожидании; но Магуа, хотя и не верил в снисхождение врага, продолжал стоять, словно прикованный к месту, среди окружившей его толпы.

– Попади туда, – повторил молодой делавар, стоявший рядом с разведчиком.

– «Попади туда»! Дурак! Куда? – крикнул Соколиный Глаз, продолжая гневно размахивать ружьем над головой.

– Если белый человек – тот воин, за которого он выдает себя, – проговорил престарелый вождь, – пусть он попадет ближе к цели.

Разведчик громко расхохотался, потом перебросил ружье в вытянутую левую руку; раздался выстрел – по-видимому, вследствие сотрясения, – и в воздух взлетели осколки сосуда и рассыпались во все стороны. Почти в то же время раздался звук падения ружья, с презрением брошенного на землю разведчиком.

В первую минуту присутствующие были восхищены и изумлены. Затем в толпе пронесся тихий, все усиливающийся шепот. Некоторые открыто выражали свой восторг перед такой несравненной ловкостью, но большинство были склонны думать, что ловкий выстрел – простая случайность. Хейворд поддержал мнение, которое было ему на руку.

– Это простая случайность! – крикнул он. – Нельзя стрелять не прицелясь!

– Случайность! – повторил взволнованный житель лесов, не обращая внимания на знаки, украдкой подаваемые ему Хейвордом, который молил, чтобы он не открывал обмана. – Что же, и тот лжец-гурон считает это случайностью? Дайте ему ружье, поставьте нас лицом к лицу прямо, без всяких уверток, и пусть Провидение и наши собственные глаза решат спор.

– Вполне ясно, что гурон – лгун, – хладнокровно возразил Хейворд. – Вы же сами слышали, что он назвал вас Длинным Карабином.

Невозможно сказать, какие доводы привел бы упрямый Соколиный Глаз, чтобы удостоверить свою личность, если бы снова не вмешался старый делавар.

– Сокол, спускающийся с облаков, может вернуться, когда пожелает, – сказал он. – Отдайте им ружья.

На этот раз разведчик жадно схватил ружье; Магуа, ревниво следивший за каждым движением стрелка, не видел уже причин для опасения.

– Ну, докажем теперь перед лицом всего этого племени делаваров, кто из нас лучший стрелок! – крикнул разведчик, ударяя по дулу ружья пальцем, который столько раз спускал роковой курок. – Видите, майор, бутыль из тыквы, что висит вон на том дереве? Если вы стрелок, годный для пограничной службы, то вы пробьете ее.

Дункан взглянул на указанный ему предмет и приготовился к новому испытанию. Это был маленький сосуд из тыквы, какие постоянно употребляются индейцами. Он свешивался на кожаном ремне с высохшей ветки небольшой сосны в сотне ярдов от спорящих. Как уже было сказано, Дункан был неплохим стрелком, а теперь он решил приложить все старания, чтобы показать себя в полном блеске. Едва ли он проявил больше осмотрительности и точности при прицеле, если бы от результата этого выстрела зависела его жизнь. Он выстрелил. Три-четыре индейца бросились к дереву, на котором висела тыква, и громкими криками объявили, что пуля попала в дерево совсем близко от цели. Воины приветствовали это известие одобрительными возгласами и вопросительно взглянули на соперника молодого офицера.

– Недурно для королевского гвардейца! – сказал Соколиный Глаз, смеясь своим беззвучным задушевным смехом. – Но если бы мое ружье часто позволяло себе подобные уклонения от настоящей цели, то много куниц, мех которых пошел на дамские муфты, гуляло бы в лесах и не один лютый минг, отправившийся за окончательным расчетом на тот свет, выкидывал бы еще и теперь свои дьявольские штуки! Надеюсь, что у женщины, которой принадлежит эта тыква, есть еще много таких в запасе в вигваме, потому что этой уже не суждено больше хранить воду!

Соколиный Глаз, говоря эти слова, насыпал пороху на полку и взвел курок. Окончив свою речь, он отставил ногу и стал медленно поднимать дуло от земли ровным, плавным движением. Когда дуло оказалось

на одном уровне с глазом, разведчик остановил его на мгновение и стал недвижим, словно человек и ружье были изваяны из камня. Сверкнуло яркое, блестящее пламя. Молодые индейцы бросились вперед, но по их тревожным поискам и разочарованным взглядам ясно было видно, что они не нашли никаких следов пули.

– Ступай, – сказал старый вождь разведчику тоном, полным отвращения, – ты волк в собачьей шкуре! Я поговорю с Длинным Карабином ингизов.

– Ах! Будь у меня в руках то ружье, которое дало мне прозвище, я обязался бы прострелить ремень и уронить тыкву, не разбивая ее, — заметил, нисколько не смущаясь, Соколиный Глаз. — Дураки, если вы хотите найти пулю искусного стрелка здешних лесов! Вы должны искать ее в самом предмете, а не вокруг него.

Индейские юноши сразу поняли смысл его слов — на этот раз он говорил на делаварском языке, — сняли тыкву с дерева и высоко подняли ее кверху с восторженными криками, показав толпе дырку в дне сосуда; пуля, войдя в горлышко сосуда, вышла с противоположной его стороны. При этом неожиданном зрелище громкие крики восторга вылетели из уст воинов. Этот выстрел разрешил вопрос и подтвердил молву о меткости Соколиного Глаза. Любопытные восхищенные взоры, только что обратившиеся было на Хейворда, устремились теперь на крепкую фигуру разведчика. Когда несколько стихло внезапное шумное возбуждение, старый вождь снова принялся за расспросы.

— Зачем ты хотел заткнуть мне уши? — обратился он к Дункану. — Разве делавары так глупы, что не сумеют отличить молодого барса от кошки?

— Они еще поймут, какая лживая птица — гурон, — сказал Дункан, стараясь подделаться под образный язык туземцев.

— Хорошо, мы узнаем, кто заставляет людей закрыть уши... Брат, — прибавил вождь, обращая свой взор на гурона, — делавары слушают.

Призванный этими прямыми словами объяснить свои намерения, гурон встал со своего места. С решительным, величественным видом он вошел в самый центр круга, остановился перед пленниками в позе оратора и приготовился говорить. Но прежде чем открыть рот, он обвел взглядом круг напряженных лиц, как бы обдумывая выражения, соответствующие пониманию его слушателей. Он бросил на разведчика взгляд, полный враждебности, смешанной с уважением; на Дункана взглянул с чувством непримиримой ненависти; еле удостоил заметить дрожавшую фигуру Алисы; но когда взор его упал на непреклонную, властную и в то же время красивую фигуру Коры, он остановился на ней с выражением, определить которое было бы очень трудно. Потом, полный своих темных замыслов, он заговорил на языке, употребляемом в Канаде, так как знал, что он понятен для большинства его слушателей.

— Дух, создавший людей, дал им различную окраску, — начал хитрый гурон. — Некоторые из них чернее неповоротливого медведя. Эти должны быть рабами, и он велел им работать всегда, подобно бобру. Вы можете слышать их стоны, когда дует южный ветер, стоны более громкие, чем рев бизонов; они раздаются вдоль берегов большого Соленого Озера, куда за ними приходят большие лодки и увозят их толпами. Некоторых он создал с лицами бледнее лесного горностая; этим он приказал быть торговцами, слугами своих женщин и волками для своих рабов. Он дал этому народу крылья голубя — крылья, которые никогда не устают летать, — детенышей больше, чем листьев на деревьях, и алчность, готовую поглотить всю Вселенную. Он дал им голос, похожий на крик дикой кошки, сердце, похожее на заячье, хитрость свиньи — но не лисицы — и руки длиннее ног оленя. Своим языком белый человек затыкает уши индейцам; сердце бледнолицего учит его нанимать за плату воинов, чтобы они сражались за белых людей; хитрость помогает ему собирать блага земли, а руки его захватывают всю землю от берегов соленой воды до островов Большого Озера. Великий Дух дал ему достаточно, а он хочет иметь все. Таковы бледнолицые... Других людей Великий Дух сотворил с кожей более блестящей и красной, чем это солнце, – продолжал Магуа, выразительно указывая вверх, на огненное светило, лучи которого пробивались сквозь туман на горизонте. – Он отдал им эту землю такой, какой сотворил ее: поросшей лесом, наполненной дичью. Краснокожие дети Великого Духа жили привольно. Солнце и дождь растили для них плоды, ветры освежали их летом. Если они сражались между собой, то для того только, чтобы доказать, что они мужчины. Они были храбры, справедливы, они были счастливы...

Тут оратор остановился, снова глядя вокруг, чтобы узнать, возбудила ли его легенда сочувствие слушателей. Всюду он встречал глаза, жадно впивавшиеся в его глаза, высоко поднятые головы, раздувавшиеся ноздри.

– Если Великий Дух дал разные языки своим краснокожим, – продолжал он тихим, печальным голосом, – то для того, чтобы все животные могли понимать их. Некоторых он поместил среди снегов вместе с их двоюродным братом – медведем. Других он поместил вблизи заходящего солнца по дороге к счастливым полям охоты, иных – на землях вокруг пресных вод, но самым великим, самым любимым он дал пески Соленого Озера. Знают ли мои братья имя этого счастливого народа?

– Это были ленапы! – крикнуло голосов двадцать.

– Это были ленни-ленапы, – сказал Магуа, склоняя голову с притворным благоговением перед их былым величием. – Это были племена ленапов! Солнце вставало из соленой воды и садилось в пресную воду, никогда не скрываясь с их глаз. Но к чему мне, гурону лесов, рассказывать мудрому народу его предания! Зачем напоминать ему о вынесенных им оскорблениях, о его былом величии, о подвигах, славе, счастье, о его потерях, поражениях, несчастьях! Разве между этим народом нет того, кто видел все это и знает, что это правда?.. Я кончил. Мой язык молчит, потому что свинец давит мне сердце. Я слушаю.

Когда голос оратора умолк, лица и глаза повернулись в сторону старца Таменунда. С той минуты, как он сел на свое место, и до этого мгновения патриарх не открывал рта. Согбенный от слабости и, по-видимому, не сознавая, где находится, он безмолвно сидел во время всей этой суеты. Однако при звуках приятного, размеренного голоса гурона он обнаружил некоторые признаки сознания и поднял раза два голову, как будто прислушиваясь к его словам. Но когда хитрый Магуа назвал имя его народа, старик взглянул на толпу пустым, ничего не выражающим взглядом, словно призрак. Он сделал усилие, чтобы подняться, и, поддерживаемый стоявшими около него вождями, встал на ноги в величественной позе, несмотря на то что шатался от слабости.

– Кто вспоминает о детях ленапов? – сказал он глубоким гортанным голосом, прозвучавшим со страшной силой благодаря гробовой тишине, царившей в толпе. – Кто говорит о том, что прошло? Разве из яйца не выходит червь, из червя – муха, чтобы погибнуть? Зачем говорить делаварам о хорошем прошлом? Лучше возблагодарить Маниту за то, что осталось.

– Это говорит вейандот, – сказал Магуа, подходя ближе к тому месту, на котором стояли старики, – друг Таменунда.

– «Друг»! – повторил мудрец, мрачно нахмурившись; в глазах его появился суровый блеск, делавший их когда-то такими страшными. – Разве минг управляет землей? Что привело сюда гурона?

– Жажда справедливости. Его пленники здесь, у его братьев, и он пришел за тем, что принадлежит ему.

Старец обернулся к одному из поддерживавших его вождей и выслушал его краткое объяснение. Потом он взглянул на просителя, некоторое время рассматривал его с глубоким вниманием и наконец проговорил тихо и как бы нехотя:

– Правосудие – закон великого Маниту. Дети мои, накормите чужеземца... А потом, гурон, возьми свое и уходи.

Высказав это торжественное решение, патриарх сел и снова закрыл глаза, словно больше радуясь видениям своего богатого прошлого, чем событиям и людям реального мира. Не нашлось ни одного делавара, достаточно смелого, для того чтобы возроптать против этого приговора. Едва Таменунд произнес свое решение, четверо или пятеро молодых воинов стали позади Хейворда и разведчика и ловко и быстро опутали им руки ремнями. Магуа обвел присутствующих торжествующим взглядом. Видя, что его пленники-мужчины не в состоянии противиться ему, он перевел свои глаза на ту, которой дорожил больше всех. Кора встретила его взгляд таким спокойным, твердым взглядом, что решимость его поколебалась. Припомнив свою прежнюю уловку, он взял Алису из рук воина, на которого она опиралась, и, сделав знак Хейворду, чтобы он следовал за ним, двинулся в толпу, расступившуюся перед ним. Но Кора, вместо того

Andriolli

чтобы повиноваться ему, как он ожидал, бросилась к ногам патриарха и громко воскликнула:

– Справедливый, почтенный делавар, мы взываем к твоему милосердию, полагаясь на твою мудрость и могущество! Останься глухим к словам этого коварного, безжалостного чудовища! Он отравляет твой слух ложью, чтобы насытить свою жажду крови. Ты, который жил долго и видел много зла, должен знать, как смягчить бедствия несчастных!

Глаза старика тяжело раскрылись, и он снова взглянул на толпу. Когда голос просительницы достиг его ушей, он медленно перевел глаза в ее сторону и наконец остановил их на девушке. Кора стояла на коленях; прижав руки к груди, она оставалась в этом положении и с благоговением смотрела на поблекшие, но все еще величественные черты патриарха. Лицо Таменунда постепенно изменялось, выражение восхищения показалось на нем, и черты его озарились умом, который за сто лет перед тем умел заражать своим юношеским пылом многочисленные племена делаваров. Он встал без поддержки, по-видимому без усилия, и спросил голосом, поразившим своею твердостью слушателей:

– Кто ты?

– Женщина из ненавистного тебе племени ингизов, но женщина, которая никогда не делала зла тебе и не могла бы, если б и захотела, сделать зло твоему народу. Она просит твоей помощи.

– Скажите мне, дети мои, – продолжал патриарх хриплым голосом, обращаясь к окружающим, но не отрывая глаз от коленопреклоненной Коры, – где стоят теперь лагерем делавары?

– В горах ирокезов, за прозрачными источниками Хорикэна.

— Много раз приходило и уходило знойное лето, с тех пор как я пил воду моей родной реки, — продолжал мудрец. — Белые жители Хорикэна — самые справедливые из белых людей, но они ощущали жажду и взяли себе реку. Неужели они хотят преследовать нас и здесь, в нашем лагере?

— Мы никого не преследуем, ничего не домогаемся, — ответила Кора. — Мы приведены к вам как пленники и просим только позволения отправиться мирно к нашим родным. Разве ты не Таменунд, отец, судья, я бы сказала — пророк этого народа?

— Я — Таменунд, удрученный годами.

— Семь лет назад один из твоих воинов попал в руки белого вождя на границе этих владений. Он утверждал свою принадлежность к роду доброго и справедливого Таменунда. «Ступай, — сказал белый вождь, — ты свободен, потому что происходишь из рода Таменунда». Помнишь ли ты имя этого английского воина?

— Помню, когда я был веселым мальчиком, — сказал патриарх с обычной для глубокой старости ясностью воспоминаний, — я стоял на песках морского берега и видел большую лодку с крыльями белее, чем у лебедя, и шире, чем у орла, — она шла от восходящего солнца.

— Нет-нет, я говорю не о таком отдаленном времени, а о милости, оказанной недавно одним из моих родственников воину из твоего рода.

— Может быть, это было тогда, когда ингизы и голландцы сражались из-за охотничьих полей делаваров? Тогда Таменунд был вождем и в первый раз оставил лук для молнии бледнолицых...

— Нет, не тогда, — прервала его Кора, — гораздо позже. Я говорю о том, что случилось совсем недавно, можно сказать — вчера. Нет, ты не мог этого забыть!

— Только вчера, — сказал старик с трогательным пафосом, — дети ленапов были владыками мира! Рыбы Соленого Озера, птицы и лесные звери признавали их своими сагаморами!

Кора в отчаянии опустила голову и в продолжение минуты боролась с тяжелым горем. Потом, подняв свое красивое лицо с блестящими глазами, она продолжала:

— Скажи мне, есть ли у тебя дети?

Старик взглянул на нее со своего возвышения с добродушной улыбкой на истощенном лице, потом медленно обвел глазами всех присутствующих и ответил:

— Я отец целого народа.

— Для себя я ничего не прошу, я готова нести кару за грехи моих предков. Но та, что стоит рядом со мной, до сих пор не испытывала тяжести небесного гнева. Она дочь старого человека, дни которого близятся к концу. Многие, очень многие любят ее! Она добра и слишком дорога для многих, чтобы стать жертвой этого негодяя!

— Я знаю, что бледнолицые — гордое, алчное племя. Я знаю, что они не только заявляют права на землю, но считают, что самые низшие из людей их цвета лучше сагаморов красного человека. Собаки и вороны их племени, — продолжал старик, — стали бы лаять и каркать, если бы они взяли в свои вигвамы женщину, цвет кожи которой не был бы белее снега. Но пусть они не слишком похваляются перед лицом Маниту! Они пришли в эту землю со стороны восходящего солнца и могут уйти в сторону заходящего.

Я часто видел, как саранча объедала листья деревьев, но время цветения снова наступало для них.

– Это так, – сказала Кора, глубоко вздыхая, как будто выходя из оцепенения. – Но тут есть еще один человек из твоего собственного племени, которого не привели к тебе. Выслушай его, прежде чем позволить гурону с торжеством удалиться отсюда.

Заметив, что Таменунд с недоумением оглядывается вокруг, один из сопровождавших его сказал:

– Это Змея, краснокожий наемник ингизов. Мы оставили его, чтобы пытать.

– Пусть он придет, – сказал мудрец.

Он снова сел на свое место, и, пока воины ходили, чтобы исполнить его приказание, стояла такая тишина, что ясно был слышен шелест листьев в соседнем лесу.

## *Глава XXX*

Откажете – позор
законам вашим!
Тогда в Венеции
бессильно право!
Так отвечайте:
будет он моим?

Шекспир.
*«Венецианский купец»*

Тревожное молчание длилось несколько минут. Потом толпа заколыхалась, расступилась и снова сомкнулась. В ее живом кругу стоял Ункас. Глаза, до сих пор с любопытством изучавшие черты старца, теперь устремились с тайным восхищением на стройную, гибкую фигуру пленника. Ни присутствие всеми почитаемого старца, ни исключительное внимание, возбуждаемое им, не нарушили самообладания молодого могиканина. Лицо Ункаса не утратило своего выражения спокойного внимания и детской любознательности и тогда, когда, обведя глазами присутствующих, он встретил враждебные взгляды вождей. Но когда взгляд его упал на фигуру Таменунда, юноша медленными, неслышными шагами прошел к тому месту, где сидел мудрец, и остановился прямо перед ним. Тут он стоял, зорко наблюдая за всем происходящим вокруг него, пока один из делаварских вождей не сказал Таменунду о его присутствии.

– На каком языке говорит пленник с Маниту? – спросил патриарх, не открывая глаз.

– Как и его отцы, на языке делаваров, – ответил Ункас.

При этом внезапном и неожиданном известии среди толпы пробежал тихий яростный гул, который можно было бы сравнить с рычанием льва. Действие этих слов на мудреца было так же сильно, но выразилось иначе. Он прикрыл рукой глаза, как будто для того, чтобы лишить себя возможности видеть постыдное зрелище, и повторял тихим гортанным голосом только что слышанные слова.

– Делавар! Я дожил до того, что видел племена ленапов изгнанными из мест, где издавна горели их костры совета, и рассеянными среди гор ирокезов, словно стада оленей! Я видел, как топоры чужого народа вырубали наши леса, которым не причинили вреда даже небесные ветры; я видел, как в вигвамах людей жили звери, бегающие по лесам, и птицы, летающие над деревьями; но никогда еще не встречал делавара настолько низкого, чтобы вползти подобно ядовитой змее в лагерь своего народа!

– Лживые птицы открыли свои клювы, – возразил Ункас самыми мягкими нотами своего музыкального голоса, – и Таменунд услышал их песни.

Мудрец вздрогнул и склонил голову набок, как будто стараясь уловить замирающие звуки далекой мелодии.

– Не спит ли Таменунд? – воскликнул он. – Что за голос раздается в его ушах? Неужели зимы отодвинулись назад? Неужели к детям ленапов снова возвращается лето?

За потоком несвязных слов, вырвавшихся из уст Таменунда, последовало торжественное, почтительное безмолвие. Его народ легко принял эти непонятные слова за одну из тех таинственных бесед, которые старец, как полагали присутствующие, вел с Великим Духом, и все в страхе ожидали результатов откровения. После долгого, терпеливого ожидания один из его старых товарищей заметил, что мудрец забыл о занимавшем всех вопросе, и решился напомнить ему о стоявшем перед ним пленнике.

– Лживый делавар дрожит, опасаясь услышать слова Таменунда, – сказал он. – Эта собака воет, когда ингизы указывают ему след.

– А вы, – сказал Ункас, оглядываясь кругом, – собаки, которые визжат от радости, когда какой-нибудь француз бросает вам объедки своего оленя.

Ножей двадцать сверкнуло в воздухе, и столько же воинов вскочило на ноги при этом язвительном и, может быть, заслуженном ответе; но жест одного из вождей остановил взрыв их негодования. В это время Таменунд сделал движение, показывавшее, что он собирается говорить.

– Делавар, – сказал он, – ты мало достоин своего имени. Мой народ не видит яркого солнца в продолжение многих зим; а воин, покидающий свое племя, когда тучи нависли над ним, – изменник вдвойне. Закон Маниту справедлив. Так должно быть. Пока реки текут и стоят горы, пока цветы на деревьях появляются и исчезают, так должно быть... Он ваш, дети мои! Поступите с ним по закону.

Никто не шевельнулся, все затаили дыхание и молчали, пока последнее слово приговора не вылетело из уст Таменунда. Тогда раздался громкий крик, объединивший всех присутствующих в одном чувстве мести, страшный крик, возвещавший об их жестоких намерениях. Среди этих продолжительных диких криков один из вождей объявил громким голосом, что пленник присуждается к пытке огнем. Круг распался, и восторженные восклицания слились с шумом и суматохой приготовлений к пытке. Хейворд бешено вырывался из рук державших его людей. Соколиный Глаз оглядывался вокруг с особенным, тревожным выражением в глазах, а Кора снова бросилась к ногам патриарха, моля его о милосердии.

Однако Ункас сохранил ясное спокойствие в эти ужасные минуты. Равнодушным взглядом смотрел он на приготовления и, когда к нему подошли мучители, встретил их твердым, непоколебимым взглядом. Один из них, разъяренный больше других, схватил молодого воина за ворот рубашки и разорвал ее. Затем с воплем дикой ярости он подскочил к своей жертве. Но внезапно он изменил свое намерение, словно какая-то сверхъестественная сила вмешалась, чтобы спасти Ункаса. Глаза делавара, казалось, выкатились из орбит, рот открылся, и вся фигура словно окаменела от изумления. Медленным движением он поднял руку и показал пальцем на грудь пленника. Товарищи его столпились вокруг, и все взгляды с удивлением устремились на прекрасное, татуированное голубой краской изображение маленькой черепахи на груди пленника.

Одно мгновение Ункас наслаждался своим триумфом, глядя со спокойной улыбкой на эту сцену. Затем он отстранил толпу гордым, высокомерным движением руки, вышел на середину с царственным видом и заговорил голосом, возвышавшимся над шепотом изумления, пробегавшим в толпе.

– Люди ленни-ленапов! – сказал он. – Мой род поддерживает Вселенную! Ваше слабое племя стоит на моей броне! Разве огонь, зажженный делаваром, может сжечь сына моих отцов? – прибавил он, с гордостью указывая на простой знак на его груди. –

Кровь, происходящая от такой породы, потушила бы ваше пламя. Мой род – родоначальник всех племен!

– Кто ты? – спросил Таменунд, вставая на ноги скорее от поразивших его звуков этого голоса, чем от смысла слов пленника.

– Ункас, сын Чингачгука, – скромно ответил пленник, отворачиваясь от толпы и склоняя голову из уважения к личности и годам старика, – один из сыновей великой Унамис – Черепахи.

– Последний час Таменунда близок! – воскликнул мудрец. – День наконец близится к ночи! Благодарю Маниту за то, что здесь есть тот, кто заменит меня у костра совета! Ункас, внук Ункаса, наконец найден! Дайте глазам умирающего орла взглянуть на восходящее солнце!

Юноша легко, но с гордым видом взбежал на возвышение, откуда был виден всей волнующейся, изумленной толпе. Таменунд не мог насмотреться на него, видимо вспоминая былые дни счастья.

– Не стал ли я юношей? – наконец проговорил пораженный старец. – Неужели я видел во сне все эти зимы? Видел народ мой, рассеянный, как песок, гонимый ветром, видел ингизов, более многочисленных, чем листья на деревьях? Стрела моя не испугала бы лани; рука моя высохла, как ветвь мертвого дуба; улитка перегнала бы меня в беге; а между тем передо мной стоит юный Ункас, такой же, как в былые дни, когда мы вместе сражались с бледнолицыми! Ункас, барс своего племени, старший сын ленапов, мудрейший сагамор могикан! Скажите мне, делавары, неужели Таменунд проспал сто зим?

Глубокое молчание, последовавшее за этими словами, достаточно ясно выражало благоговейный трепет, с которым народ принял слова патриарха. Никто

не смел отвечать – все ожидали затаив дыхание, что произойдет дальше. Ункас, все время смотревший в лицо старика с любовью и глубоким почтением, решился заговорить.

– Четыре воина из рода Ункаса жили и умерли, с тех пор как друг Таменунда водил свой народ на войну, – сказал он. – Кровь Черепахи текла в жилах многих вождей, но все они вернулись в землю, из которой пришли, кроме Чингачгука и его сына.

– Это правда... Это правда... – заметил старец; луч воспоминаний рассеял его забытье. – Но мудрецы часто говорили, что два воина древнего рода живут еще в горах ингизов. Почему же так долго пустовали их места у костра совета делаваров?

При этих словах молодой человек поднял свою голову, все время склоненную в знак уважения к Таменунду; возвысив голос так, чтобы его слышала вся толпа, и как будто желая раз навсегда объяснить образ действия своей семьи, он заговорил:

– Некогда мы спали там, где можно слышать гневный ропот Соленого Озера. Тогда мы были правителями и сагаморами всей страны. Но когда у каждого ручья стали попадаться бледнолицые, мы пошли вслед за оленями, назад, к нашей родной реке. Делаваров не стало. Только немногие из воинов остались пить воду любимой реки. Тогда предки мои сказали: «Здесь мы будем охотиться. Воды этой реки бегут в Соленое Озеро. Если мы пойдем в сторону заходящего солнца, то найдем потоки, которые бегут в великие озера сладкой воды; могиканин умрет там, как умирают рыбы моря в прозрачных источниках. Когда Маниту будет готов, то скажет: «Идите», – и мы пойдем по реке к морю и вернем себе свое». Вот, делавары, во что верят дети Черепахи! Наши глаза устремлены к восходящему солнцу, а не к заходящему! Мы знаем, откуда оно приходит, но не знаем, куда уходит. Довольно!

Потомки ленапов слушали слова Ункаса с тем уважением, которое внушает суеверный страх, и тайно наслаждаясь тем образным языком, на котором говорил юный сагамор. Ункас внимательно следил своими умными глазами за слушателями и, убедившись, что его слова произвели выгодное впечатление, постепенно отбросил свой властный тон. Окинув взглядом безмолвную толпу, окружавшую возвышение, на котором сидел Таменунд, он впервые увидел связанного разведчика. Ункас пробрался сквозь толпу к своему другу, быстрым, гневным движением ножа перерезал связывающие его тело ремни и дал знак толпе расступиться.

Индейцы повиновались молча и снова сомкнулись в круг, как до появления Ункаса. Он взял разведчика за руку и подвел его к патриарху.

– Отец, – сказал он, – взгляни на этого бледнолицего: это справедливый человек, друг делаваров и гроза макуасов.

– Какое имя заслужил он своими подвигами?

– Мы называем его Соколиным Глазом, – ответил Ункас, называя разведчика его делаварским прозвищем, – потому что зрение никогда не изменяет ему. Мингам он известен своим верным ружьем, и они называют его Длинным Карабином.

– Длинный Карабин! – воскликнул Таменунд, открывая глаза и сурово смотря на разведчика. – Моему сыну не следовало бы называть его другом.

– Я называю другом того, кто на деле показывает себя другом, – ответил молодой вождь спокойно и твердо. – Если делавары приветствуют Ункаса, то и Соколиный Глаз находится среди друзей.

– Бледнолицый убил многих из моих воинов. Его имя славится ударами, которые он нанес ленапам.

– Если какой-нибудь минг нашептал это на ухо делаварам, то этим только доказал, что он лживая птица, – сказал разведчик.

Он решил, что для него наступило время оправдаться в таких оскорбительных обвинениях.

– То, что я убивал макуасов, я не стал бы отрицать даже на их советах у костра. Но никогда моя рука не принесла вреда делавару, так как я дружески отношусь к ним и ко всем, кто принадлежит к их племени.

Легкий одобрительный шепот пробежал среди воинов, обменявшихся друг с другом взглядами, говорившими, что эти люди начинают сознавать свое заблуждение.

– Где гурон? – спросил Таменунд.

Магуа смело выступил и стал перед патриархом.

– Справедливый Таменунд не будет удерживать то, что гурон дал ему на время, – сказал он.

– Скажи мне, сын моего брата, – проговорил мудрец, отворачиваясь от мрачного лица Хитрой Лисицы и с радостью устремляя свой взор на открытое лицо Ункаса, – имеет ли гурон над тобой право победителя?

– Нет. Барс может иногда попадаться в ловушки, расставленные женщинами, но он силен и знает, как выпрыгнуть из них.

– А Длинный Карабин?

– Смеется над мингом... Ступай, гурон, спроси у своих женщин, каков из себя медведь.

– А чужеземец и белая девушка, которые вместе пришли в мой лагерь?

– Должны идти свободно по какому угодно пути.

– А женщина, которую гурон оставил у моих воинов?

Ункас не отвечал.

– А женщина, которую минг привел в мой лагерь? – строго повторил Таменунд.

– Она моя! – крикнул Магуа, с торжеством потрясая рукой перед Ункасом. – Могиканин, ты знаешь, что она моя!

– Мой сын молчит, – сказал Таменунд, стараясь понять выражение лица юноши.

– Это правда, – тихо ответил Ункас.

Последовала короткая красноречивая пауза, во время которой ясно было, как неохотно толпа признавала справедливость требований минга. Наконец мудрец, которому принадлежало право решения, сказал твердым голосом:

– Уходи, гурон.

– А как он уйдет, справедливый Таменунд, – спросил коварный Магуа, – с пленницей или без нее? Вигвам Хитрой Лисицы пуст. Поддержи его, отдав то, что ему принадлежит.

Старец сидел некоторое время погруженный в глубокое раздумье; потом он наклонил голову к одному из своих почтенных товарищей и спросил:

– Этот минг – один из вождей своего племени?

– Первый среди своих соплеменников.

– Чего же ты еще хочешь, девушка? Великий воин берет тебя в жены. Иди, твой род не угаснет.

– Лучше, в тысячу раз лучше, чтобы он угас, – воскликнула с ужасом Кора, – чем подвергнуться такому унижению!

– Гурон, ее душа в палатках ее отцов. Девушка, которая идет замуж поневоле, приносит несчастье в вигвам.

– Она говорит языком своего народа, – возразил Магуа, смотря с горькой иронией на свою жертву. – Она из рода торгашей и торгуется из-за ласкового взгляда. Пусть Таменунд скажет что следует.

– Возьми за нее выкуп, а от нас пожелание тебе счастья.

– Я не возьму ничего, кроме того, что принес сюда!

– Ну так уходи с тем, что принадлежит тебе! Великий Маниту запрещает делавару быть несправедливым.

Магуа подскочил к своей пленнице и с силой схватил ее за руку. Делавары отступили в полном молчании, и Кора, как бы сознавая, что мольбы будут напрасны, приготовилась беспрекословно подчиниться своей участи.

— Погоди, остановись! — крикнул Хейворд, выскакивая вперед. — Сжалься, гурон! За нее дадут такой выкуп, что ты станешь первым богачом в твоем племени.

— Магуа — краснокожий, он не нуждается в побрякушках бледнолицых.

— Золото, серебро, порох, свинец — все, что нужно воину, будет в твоем вигваме, все, что необходимо великому вождю!

— Хитрая Лисица очень силен! — крикнул Магуа, бешено потрясая рукой, в которой держал руку несопротивлявшейся Коры. — Месть в его руках.

— Боже всемогущий, — сказал Хейворд, в отчаянии сжав руки, — неужели ты допустишь это? Тебя, справедливый Таменунд, молю о пощаде!

— Слова делавара сказаны, — ответил старик, закрывая глаза и опускаясь на свое место. — Мужчины не говорят дважды.

— Великий вождь поступает мудро и благоразумно, не теряя времени на повторение того, что уже сказано, — проговорил Соколиный Глаз, делая Хейворду знак, чтобы он замолчал, — но каждый воин должен, в свою очередь, хорошенько обдумать решение, прежде чем всадить томагавк в голову своего пленника... Гурон, я не люблю тебя и вообще не могу сказать, чтобы кто-нибудь из мингов видел снисхождение с моей стороны. Можно смело предположить, что война окончится не скоро и много еще ваших воинов встретится со мной в лесу. Ну, так рассуди, кого ты предпочитаешь привести пленником в свой лагерь: эту женщину или такого человека, как я?

— Неужели Длинный Карабин отдаст свою жизнь за женщину? — нерешительно спросил Магуа, который уже собрался уходить из лагеря со своей жертвой.

– Нет-нет, я этого не говорил! – ответил Соколиный Глаз, отступая с надлежащей осторожностью при виде жадности, с которой Магуа слушал его предложение. – Это была бы слишком неравная мена: отдать воина в полном расцвете сил за девушку, даже лучшую здесь, на границах... Я мог бы согласиться отправиться на зимние квартиры теперь же, по крайней мере за шесть недель до того, как опадут все листья, с условием, что ты отпустишь девушку.

Магуа отрицательно покачал головой и сделал толпе знак расступиться.

– Ну хорошо, – прибавил разведчик с видом человека, еще не пришедшего к окончательному решению, – я добавлю еще «оленебой». Поверь слову опытного охотника, это ружье не имеет себе равного.

Магуа ничего не ответил на это предложение и продолжал прилагать усилия, чтобы раздвинуть толпу.

– Может быть... – сказал разведчик, теряя свое напускное хладнокровие, – может быть, если бы я согласился научить ваших воинов, как владеть этим ружьем, ты бы изменил свое решение?

Магуа снова приказал расступиться делаварам, которые продолжали окружать его непроницаемым кольцом в надежде, что он согласится на мирное предложение.

– Чему суждено быть, то должно случиться раньше или позже, – продолжал Соколиный Глаз, оборачиваясь к Ункасу с печальным, смиренным взглядом. – Негодяй знает свое преимущество и пользуется им! Да благословит тебя Бог, мальчик! Ты нашел себе друзей среди своего родного племени; я надеюсь, что они будут так же верны тебе, как я. Что касается меня,

то рано или поздно я должен умереть, и большое счастье, что мало кто будет плакать обо мне. Этим чертям, по всей вероятности, удастся завладеть моим скальпом, а днем раньше, днем позже – это не имеет значения. Да благословит тебя Бог! – проговорил суровый житель лесов, опуская голову.

Но он тотчас же поднял ее и, смотря печальным взглядом на юношу, прибавил:

– Я люблю вас обоих – тебя и твоего отца, Ункас, хотя у меня с вами разный цвет кожи. Скажи сагамору, что в самые тревожные минуты я никогда не забывал о нем. Прошу тебя, думай иногда обо мне, когда будешь идти по счастливому пути. Ты найдешь мое ружье в том месте, где мы спрятали его, возьми его и оставь себе на память. И слушай, мальчик: так как ваши обычаи не отрицают мести, не стесняйся пускать это ружье в дело против мингов. Это несколько смягчит горе обо мне и успокоит твою душу... Гурон, я принимаю твое предложение: освободи эту женщину. Я – твой пленник.

При этом великодушном предложении в толпе раздался тихий, но ясный шепот; даже самые свирепые из делаваров выражали одобрение при виде такой мужественной решимости. Магуа остановился, и одно мгновение казалось, будто он поколебался. Но, взглянув на Кору глазами, в которых свирепость как-то странно сочеталась с выражением восторженного удивления, он принял окончательное решение.

Он выразил свое презрение к предложению разведчика, надменно вскинул голову и сказал твердым, уверенным голосом:

– Хитрая Лисица – великий вождь, он не меняет своих решений... Пойдем, – обратился он к пленнице, властно кладя руку ей на плечо. – Гурон не пустой болтун: мы идем.

Девушка отшатнулась с горделивым видом, полным женского достоинства; ее темные глаза вспыхнули, яркий румянец, похожий на прощальный луч заходящего солнца, разлился по лицу.

– Я ваша пленница, и, когда наступит время, я буду готова идти хотя бы на смерть, но сила здесь ни при чем, – холодно проговорила она и, обернувшись к Соколиному Глазу, прибавила: – От души благодарю вас, великодушный охотник! Ваше предложение бесполезно, я не могла бы принять его, но вы можете оказать мне услугу даже большую, чем та, которую вы так великодушно предлагали. Взгляните на это несчастное, изнемогающее дитя! Не покидайте ее, пока она не доберется до места, где живут ее друзья! Я не стану говорить, – прибавила она, крепко пожимая жесткую руку разведчика, – что ее отец наградит вас, – люди, подобные вам, стоят выше наград, – но он будет благодарить и благословлять вас. Боже мой, если бы я могла услышать благословение из его уст в эту ужасную минуту!..

Голос ее внезапно прервался; она молчала в течение нескольких минут, потом подошла к Дункану, продолжавшему поддерживать ее лишившуюся чувств сестру, и добавила более спокойным тоном:

– Мне остается еще обратиться к вам. Нечего говорить, чтобы вы берегли сокровище, которым будете обладать. Вы любите Алису, Хейворд, и ваша любовь простила бы ей тысячу недостатков! Но она добра, кротка, мила, как только может быть живое существо. В ней нет ни одного такого недостатка, который мог бы заставить покраснеть самого гордого из людей. Она красива... О, удивительно красива! – прибавила она с любовью и печалью, кладя смуглую руку на мраморный лоб Алисы и откидывая золотые волосы, падавшие на глаза девушки. – А душа ее чиста и белоснежна. Я могла бы сказать еще многое, но пощажу вас и себя...

Голос ее замер, она наклонилась над сестрой. После долгого, горестного поцелуя она поднялась и со смертельно бледным лицом, но без малейшей слезинки в лихорадочно горящих глазах повернулась к дикарю и сказала с прежним надменным видом:

– Ну, теперь я готова идти, если вам угодно.

– Да, уходи, – крикнул Дункан, передавая Алису на руки индейской девушки, – уходи, Магуа, уходи! У делаваров есть свои законы, которые запрещают удерживать тебя, но я... я не обязан подчиняться им. Ступай, злобное чудовище, чего же ты медлишь?

Трудно описать выражение, с которым Магуа слушал слова молодого человека. Сначала на лице его мелькнуло злорадство, но в следующее же мгновение оно сменилось обычным холодным, хитрым выражением.

– Лес открыт для всех, – отвечал он. – Щедрая Рука может идти туда.

– Постойте! – крикнул Соколиный Глаз, хватая Дункана за руку и насильно удерживая его. – Вы не знаете коварства этого дьявола. Он заведет вас в засаду, а ваша смерть...

– Гурон... – прервал его Ункас. До сих пор, покорный строгим обычаям своего племени, он оставался внимательным, серьезным слушателем всего, что происходило перед ним. – Гурон, справедливость делаваров исходит от великого Маниту. Взгляни на солнце. Оно стоит теперь около верхних ветвей вон тех кустов. Твой путь открыт и не длинен. Когда солнце поднимется над деревьями, по твоим следам пойдут люди.

– Я слышу карканье вороны! – сказал Магуа с насмешливым хохотом. – Догоняй! – прибавил он, взмахнув рукой перед толпой, медленно расступившейся перед ним. – Вейандоту не страшны делавары! Собаки, зайцы, воры, я плюю на вас!

Его презрительные слова были выслушаны делаварами в мертвом, зловещем молчании. Магуа беспрепятственно направился к лесу в сопровождении своей спутницы, под защитой нерушимых законов гостеприимства индейцев.

## *Глава XXXI*

Ф л ю э л л е н. Избивать мальчишек и обоз! Это противно всем законам войны. Более гнусного злодейства и придумать нельзя. Скажите по совести, разве я не правду говорю?

Ш е к с п и р.
*«Генрих V»*

Пока враг и его жертва были еще на виду у толпы, делавары оставались неподвижными, словно прикованные к месту, но, как только гурон исчез, могучие страсти вырвались наружу и толпа заволновалась, как бурное море. Ункас продолжал стоять на возвышении, не отрывая глаз от фигуры Коры, пока цвет ее платья не смешался с листвой леса. Сойдя с возвышения, он молча прошел среди толпы и скрылся в той хижине, из которой вышел. Наиболее серьезные и наблюдательные воины заметили гнев, сверкавший в глазах молодого вождя, когда он проходил мимо них. Таменунда и Алису увели, женщинам и детям приказано было разойтись. В продолжение следующего часа лагерь походил на улей потревоженных пчел, дожидавшихся только появления своего предводителя, чтобы предпринять отдаленный полет.

Наконец из хижины Ункаса вышел молодой воин; решительными шагами он прошел к маленькой сосне, росшей в расселине каменистой террасы, содрал с нее кору и безмолвно вернулся туда, откуда пришел.

За ним вскоре пришел другой и оборвал с дерева ветви, оставив только обнаженный ствол. Третий раскрасил голый ствол темно-красными полосами. Все эти проявления воинственных намерений предводителей племени принимались воинами в угрюмом, зловещем молчании. Наконец показался и сам могиканин; на нем не было никакой одежды, кроме пояса и легкой обуви; половина его красивого лица была сплошь разрисована угрожающей черной краской.

Медленной, величественной походкой Ункас подошел к обнаженному стволу дерева и стал ходить вокруг него размеренными шагами, исполняя что-то вроде древнего танца и сопровождая его дикими звуками военной песни своего народа. То песня была печальной, даже жалобной и могла соперничать с песнями птиц; то звуки ее внезапно обретали такую глубину и силу, что слушателей охватывала дрожь. В песне было мало слов, но они часто повторялись. Если бы можно было перевести слова этой необычайной песни, то они звучали бы примерно так:

Маниту! Маниту! Маниту!
Ты велик, ты благ, ты мудр!
Маниту! Маниту!
Ты справедлив!

В небесах, в облаках, о! я вижу
Много пятен – много темных, много красных, –
В небесах, о! я вижу
Много туч.

И в лесах, и вокруг, о! я слышу
Вопли, протяжные стоны и крик,
В лесах, о! я слышу
Громкий крик!

Маниту! Маниту! Маниту!
Я слаб – ты силен; я бессилен.
Маниту! Маниту!
Мне помоги!

Конец каждой строфы Ункас пел громко и протяжно, что вполне соответствовало выраженным в ней чувствам. Первый куплет песни, где выражалось почитание, Ункас пропел спокойно и величаво; второй куплет был описательный; в третьем куплете смешались все ужасные звуки битвы, и, срываясь с уст молодого воина, эта строфа воспринималась как страшный воинственный призыв. В последнем куплете, как и в первом, слышались смирение и мольба. Трижды повторил Ункас эту песнь и три раза протанцевал вокруг дерева.

Когда в первый раз он пропел свой призыв, один суровый уважаемый вождь ленапов последовал его примеру и запел тот же мотив, хотя с другими словами. Воин за воином присоединялись к танцующим, и так все воины, наиболее известные храбростью среди своих соплеменников, приняли участие в пляске. Вся эта сцена внушала безотчетный страх. Грозные лица вождей казались еще страшнее от дикого напева, в котором сливались их гортанные голоса. Ункас глубоко всадил в дерево свой томагавк и испустил крик, который мог быть назван его личным боевым кличем. Это означало, что он берет на себя предводительство в задуманном походе.

Сигнал пробудил все страсти, дремавшие до сих пор в делаварах. Около ста юношей, удерживаемых до тех пор застенчивостью, свойственной их возрасту, бешено кинулись к воображаемой эмблеме врага и стали раскалывать дерево, щепа за щепой, пока от него ничего не осталось – одни только корни в земле.

Как только Ункас вонзил в дерево свой томагавк, он вышел из круга и поднял глаза к солнцу, которое как раз подходило к той точке, которая означала конец перемирия с гуронами. Выразительным жестом руки он сообщил об этом факте, и возбужденная толпа, прекратив мимическое изображение войны, с криками радости стала приготовляться к опасному походу против врага.

Вид лагеря сразу изменился. Воины, уже вооруженные и в боевой раскраске, снова стали спокойны; казалось, всякое сильное проявление чувств было невозможно для них. Женщины высыпали из хижин с песнями, в которых радость и печаль смешивались так, что трудно было решить, какое чувство одерживает верх. Никто не оставался без занятия. Кто нес свои лучшие вещи, кто — детей, кто вел стариков и больных в лес, расстилавшийся с одной стороны горы. Туда же удалился и Таменунд после короткого, трогательного прощания с Ункасом; мудрец расстался с ним неохотно, как отец, покидающий своего давно потерянного и только что найденного сына. Дункан в это время отвел Алису в безопасное место и присоединился к разведчику. Выражение лица Хейворда показывало, что он со страстным нетерпением ожидает предстоящей борьбы.

Но Соколиный Глаз слишком привык к боевому кличу и военным приготовлениям туземцев, чтобы выказывать какой-либо интерес к происходившей перед ним сцене. Он только бросил мельком взгляд на воинов, которые собрались вокруг Ункаса; убедившись в том, что сильная натура молодого вождя увлекла за собой всех, кто был в состоянии сражаться, разведчик улыбнулся. Потом он отправил мальчика-индейца за своим «оленебоем» и за ружьем Ункаса. Подходя к лагерю делаваров, они спрятали свое оружие в лесу на тот случай, если им суждено будет очутиться в плену; кроме того, безоружным было удобнее просить защиты у чужого племени. Послав мальчика за своим драгоценным ружьем, разведчик поступил со свойственной ему осторожностью. Он знал, что Магуа явился не один, знал, что шпионы гурона следят за каждым движением своих новых врагов на всем протяжении леса. Поэтому ему самому было бы опасно пойти за ружьем; всякого воина могла также постичь роковая участь; но мальчику опасность угрожала только в том случае, если бы его намерение было открыто.

Когда Хейворд подошел к Соколиному Глазу, разведчик хладнокровно дожидался возвращения мальчика.

Между тем мальчик с сердцем, бьющимся от гордого сознания оказанного ему доверия, полный надежд и юношеского честолюбия, с небрежным видом прошел по прогалине к лесу. Он вошел в лес недалеко от того места, где были спрятаны ружья, и, как только листва кустарников скрыла его темную фигуру, пополз, словно змея, к желанному сокровищу. Удача улыбнулась ему: через минуту он уже летел с быстротой молнии по узкому проходу, окаймлявшему подошву террасы, на которой находилось поселение. В обеих руках у него было по ружью. Он уже добежал до скал и перепрыгивал с одной на другую с невероятной ловкостью, когда раздавшийся в лесу выстрел показал, насколько справедливы были опасения разведчика. Мальчик ответил слабым, но презрительным криком; сейчас же с другой стороны леса вылетела вторая пуля. В следующее мгновение мальчик показался наверху, на площадке горы. С торжеством подняв над головой ружья, он направился с видом победителя к знаменитому охотнику, почтившему его таким славным поручением.

Несмотря на живой интерес, который питал Соколиный Глаз к судьбе своего посланца, он взял «оленебой» с удовольствием, заставившим его на время забыть все на свете. Он внимательно осмотрел ружье, раз десять-пятнадцать спускал и взводил курок, убедился в исправности замка и тогда только повернулся к мальчику и очень ласково спросил, не ранен ли он. Мальчик гордо взглянул ему в лицо, но ничего не ответил.

– Ага! Я вижу, мошенники ссадили тебе кожу на руке, малый! – сказал разведчик, взяв руку терпеливого мальчика. – Приложи к ране растертые листья ольхи, и все пройдет. А пока я перевяжу тебе руку знаком отличия. Рано ты начал ремесло воина, мой храбрый мальчик, и, вероятно, унесешь множество почетных шрамов с собой в могилу. Я знаю многих людей, которые снимали скальпы, а не могут показать таких знаков. Ну, ступай, – прибавил Соколиный Глаз, перевязав рану, – ты будешь вождем!

Мальчик ушел, гордясь струившейся кровью более, чем мог бы гордиться своей шелковой лентой любой царедворец, и вернулся к своим сверстникам, которые смотрели на него с восхищением и завистью.

Все были так озабочены в эту минуту, что подвиг отважного мальчика не привлек к себе всеобщего внимания и не вызвал тех похвал, которые он заслужил бы в более спокойное время. Зато позиция и намерения врагов стали ясны делаварам. Тотчас же был послан отряд воинов, чтобы выгнать скрывавшихся гуронов. Задача эта была быстро исполнена, потому что гуроны удалились сами, увидев, что они обнаружены. Делавары преследовали их на довольно далеком расстоянии от лагеря и затем остановились, ожидая распоряжений, так как боялись попасть в засаду. Оба отряда притаились, и в лесах снова воцарилась глубокая тишина ясного летнего утра.

Спокойный на вид Ункас собрал вождей и разделил свою власть. Он представил разведчика как заслужившего доверие и испытанного воина. Когда Ункас увидел, что индейцы хорошо приняли разведчика, он поручил ему начальство над отрядом в двадцать человек. Ункас объявил делаварам положение, которое занимал Хейворд в войсках ингизов, и затем предложил офицеру занять командную должность в одном из отрядов. Но Дункан отказался от этого назначения, сказав, что желает служить волонтером под началом разведчика. Затем молодой могиканин назначил различных туземных вождей на ответственные посты и, так как времени осталось мало, отдал приказ выступать. Более двухсот человек повиновались ему молча, но охотно.

Они вошли в лес совершенно беспрепятственно и спокойно дошли до мест, где укрывались их собственные разведчики. Здесь Ункас велел остановиться, и вожди собрались на совет. Тут предлагались различные планы, но ни один из них не соответствовал желаниям пылкого предводителя. Если бы Ункас последовал влечению своего сердца, он немедленно повел бы воинов на приступ и, таким образом, предоставил бы первой же стычке решить исход борьбы; но подобный образ действий противоречил всем обычаям его соплеменников. Поэтому он соблюдал осторожность.

Совет продолжался уже некоторое время без всякого результата, когда с той стороны, где находились враги, показалась одинокая фигура человека. Он шел очень поспешно: можно было предполагать в нем посланца, отправленного врагами для мирных переговоров. Однако когда незнакомец был ярдах в ста от густых деревьев, под тенью которых совещались вожди делаваров, он пошел медленнее, очевидно в нерешительности, куда идти, и наконец остановился. Теперь все глаза устремились на Ункаса, как бы ожидая его распоряжений.

– Соколиный Глаз, – тихо сказал молодой вождь, – он никогда не будет больше говорить с гуронами.

– Последняя минута наступила для него, – лаконично сказал разведчик, просовывая длинный ствол своего ружья сквозь листву и прицеливаясь для рокового выстрела. Но вместо того чтобы спустить курок, он опустил дуло и разразился припадком своего беззвучного смеха. – Я-то, грешный, принял этого несчастного за минга! – сказал он. – Только когда стал присматриваться, ища у него между ребер местечко, куда можно было бы всадить пулю, я вдруг... поверишь

ли, Ункас?.. я вдруг увидел инструмент музыканта! Да ведь это не кто иной, как тот, кого называют Гамутом! Смерть его никому не нужна, а вот жизнь, если только его язык способен на что-нибудь иное, кроме пения, может быть полезна для наших целей. Если звуки не потеряли своей силы над ним, то я скоро поговорю с этим честным малым голосом гораздо более приятным, чем разговор моего «оленебоя».

Сказав это, Соколиный Глаз отложил ружье в сторону и пополз среди кустарников. Когда он очутился на таком расстоянии, что Давид мог услышать его, он попробовал те музыкальные упражнения, которые проделывал с таким успехом и блеском в лагере гуронов. Нельзя было обмануть тонкий слух Гамута (да, по правде сказать, трудно было кому-либо другому, кроме Соколиного Глаза, произвести такие звуки); он слышал раз эти звуки и, следовательно, сразу узнал, кто может издавать их. Бедняк, казалось, почувствовал большое облегчение. Он пошел по тому направлению, откуда раздавался голос, – задача для него настолько же нетрудная, как если бы ему пришлось отыскивать по звуку артиллерийскую батарею, – и скоро нашел спрятавшегося певца.

– Хотел бы я знать, что подумают об этом гуроны! – со смехом проговорил разведчик, беря за руку товарища и отводя его дальше. – Если негодяи вблизи и слышали меня, то, наверное, скажут, что здесь два одержимых вместо одного. Но здесь мы в безопасности, – сказал он, указывая на Ункаса и его спутников. – Теперь расскажите нам про все замыслы мингов на чистом английском языке, без всяких взвизгиваний.

Давид в безмолвном удивлении смотрел на окружавших его вождей свирепого, дикого вида. Но присутствие знакомых лиц успокоило его, и он вскоре овладел собой настолько, что мог дать разумный ответ.

– Язычники вышли в большом количестве, – сказал Давид, – и, боюсь, с дурными намерениями. За последний час в их жилищах слышались завывания и нечестивые восклицания радости. По правде сказать, от всего этого я бежал к делаварам искать мира.

– Твои уши не много выиграли бы от перемены, если бы ты был побыстрее на ногу, – несколько сухо заметил разведчик. – Но оставим это! Где же гуроны?

– Они скрываются в этом лесу, в засаде, как раз между этим местом и своим поселением, и в таком количестве, что благоразумнее было бы вам вернуться назад.

Ункас окинул взглядом ряд деревьев, прикрывавших его воинов, и проговорил:

— Магуа?

— Среди них. Он привел девушку, которая жила с делаварами, и оставил ее в пещере, а сам, словно бешеный волк, стал во главе своих дикарей. Не знаю, что могло так сильно разъярить его...

— Вы говорите, что он оставил ее в пещере? — перебил его Хейворд. — Хорошо, что мы знаем, где она находится. Нельзя ли сделать что-нибудь, чтобы освободить ее немедленно?

Ункас вопросительно взглянул на разведчика.

— Что скажет Соколиный Глаз? — спросил он.

— Дайте мне двадцать вооруженных людей, и я пойду направо вдоль берега реки, мимо хижин бобров, и присоединюсь к сагамору и полковнику. Оттуда вы услышите наш боевой клич — при таком ветре его легко расслышать за милю. Тогда, Ункас, ударь на врага с фронта. Когда они подойдут к нам на расстояние выстрела, мы нанесем им такой удар, что линия их войск погнется, как ясеневый лук. После этого мы возьмем их поселение и уведем девушку из пещеры. Затем можно будет покончить с гуронами: или, по способу белых людей, дать сражение и победить их, или, на индейский манер, действовать засадами и под прикрытием. Может быть, в этом плане не хватает учености, майор, но с отвагой и терпением его можно будет исполнить.

— Мне очень нравится этот план, — сказал Дункан, понимая, что освобождение Коры было главной задачей разведчика, — очень нравится! Испробуем его немедленно.

После короткого, но зрелого обсуждения план был принят и сообщен различным частям отряда; установили определенные сигналы, и вожди разошлись, каждый на указанное ему место.

## *Глава XXXII*

И будет всех чума косить
подряд.
И не погаснут факелы, доколь
Без выкупа не отошлет назад
Ту черноокую красавицу
король.

Поп.
*«Илиада»*

Когда собрался весь маленький отряд Соколиного Глаза, разведчик взял ружье и, дав знак следовать за собой, повернул на несколько десятков футов назад к речке, которую они только что перешли. Тут он остановился, подождал, пока вокруг него собрались воины, и спросил на делаварском языке:

– Знает ли кто-нибудь из молодых людей, куда течет эта речка?

Один из делаваров, показав, как два пальца соединяются у ладони, ответил:

– Прежде чем солнце пройдет свой путь, малые воды сольются с большими. – Затем он добавил, вытянув руку: – Там живут бобры.

– Я так и думал, – сказал разведчик, всматриваясь в просветы между верхушками деревьев, – судя по направлению реки, а также по расположению гор. Мы будем идти под прикрытием этих берегов до тех пор, пока не увидим гуронов.

Воины издали обычное краткое восклицание, выражавшее согласие, но, заметив, что предводитель собирается уже стать во главе отряда, сделали знак, что не все еще улажено. Соколиный Глаз, отлично понявший значение этих взглядов, обернулся и увидел, что позади отряда идет учитель пения.

— Знаете ли вы, друг мой, — серьезно и с некоторым оттенком гордости от сознания возложенной на него обязанности спросил разведчик Гамута, — что это отряд отборных храбрецов, состоящий под командой человека, который не оставит их без дела? Может быть, через пять минут и уж никак не более, чем через полчаса, мы натолкнемся на гуронов, живых или мертвых.

— Хотя я и не осведомлен о ваших намерениях, — возразил Давид, лицо которого несколько раскраснелось, а обыкновенно спокойные, невыразительные глаза горели необычайным огнем, — но я путешествовал долгое время с девушкой, которую вы ищете; мы пережили вместе много радостей и горя. Теперь я, хотя и не воинственный человек, с радостью готов опоясать себя мечом и сразиться за нее!

Разведчик колебался, как бы раздумывая, следует ли принимать такого странного волонтера.

— Вы не умеете обращаться с оружием, — наконец сказал он.

— Конечно, я не хвастливый, кровожадный Голиаф[1], — возразил Давид, вытаскивая пращу из-под своей пестрой безобразной одежды, — но, может быть, и слабый Давид вам будет полезен. В дни моей юности я много упражнялся с пращой и, верно, не вполне разучился владеть ею.

[1] Голиаф — мифический герой, богатырь, олицетворение силы.

– Да, – сказал Соколиный Глаз, холодно поглядывая на ремень и пращу, – эта штука, пожалуй, пригодилась бы против стрел и даже ножей, но французы снабдили каждого минга хорошим ружьем. Впрочем, вы обладаете особым даром оставаться невредимым среди огня, а так как вам это удавалось до сих пор... майор, у вас взведен курок, преждевременный выстрел может обойтись нам в двадцать скальпов, потерянных совершенно напрасно... то вы можете идти за нами, певец: вы можете быть полезны нам своими криками.

– Благодарю вас, мой друг, – ответил Давид, приготовляя для своей пращи запас камней. – Хотя я и не одержим желанием убивать, но сильно пал бы духом, если бы вы не взяли меня.

– Помните, – сказал разведчик, многозначительно показывая на своей голове то место, которое еще не успело зажить на голове Гамута, – мы идем воевать, а не музицировать. Пока не раздастся военный клич, говорить должны только ружья.

Давид кивнул головой, как бы давая согласие на эти условия. Соколиный Глаз еще раз внимательно оглядел спутников и дал знак идти вперед.

Около мили путь их шел вдоль реки. Хотя обрывистые берега и густые кусты, окаймлявшие реку, скрывали путников, они все же предприняли все предосторожности, известные индейцам. С правой и с левой стороны шли или, вернее, ползли воины, зорко вглядывавшиеся в лес; через каждые несколько минут отряд останавливался, прислушиваясь чутким ухом, не раздадутся ли какие-нибудь подозрительные звуки. Однако они дошли совершенно беспрепятственно до того места, где маленькая река терялась в большой.

Тут разведчик снова остановился и стал оглядываться вокруг, чтобы собрать какие-либо сведения.

– Славный будет денек для сражения! – сказал он по-английски Хейворду, взглянув на большие тучи, плывшие по небу. – Яркое солнце и сверкающий ствол не помогут верному прицелу. Все хорошо для нас: ветер дует с их стороны, так что до нас будут доноситься от них шум и дым, а это уже немало; между тем как с нашей стороны сначала раздастся выстрел, а потом уже они узнают, в чем дело... Но вот кончается наше прикрытие. Бобры жили по берегам этой реки целые сотни лет, и теперь между их кладовыми и плотинами, как вы сами видите, есть много пней, но мало деревьев.

Соколиный Глаз довольно верно обрисовал открывшуюся перед ним картину. Река то сужалась, пробивая себе путь в расселинах скал, то, попадая на равнину, широко разливалась, образуя нечто вроде небольших озер.

Всюду на берегу виднелись остатки погибших деревьев. Некоторые стволы еще скрипели на своих шатающихся корнях, с других деревьев была содрана кора, в которой так таинственно заключается источник жизни. Как призраки былых и давно умерших поколений, валялись поросшие мхом стволы деревьев.

Вряд ли до этого кто-нибудь осматривал все эти мелкие детали с таким серьезным вниманием, как их разглядывал разведчик. Он знал, что поселение гуронов находилось в полумиле вверх по реке, и разведчика одолевало обычное нетерпение, свойственное человеку, желающему скорей обнаружить притаившуюся опасность; но Соколиный Глаз был очень обеспокоен тем, что не находил нигде ни малейшего признака присутствия врага.

Несколько раз ему хотелось поднять воинов в наступление и захватить поселение гуронов врасплох, но большой опыт разведчика удерживал его от столь опасного и бесполезного эксперимента. Соколиный Глаз внимательно вслушивался, не доносятся ли звуки военных действий оттуда, где находился Ункас. Но слышались только вздохи ветра, которые порывами проносились по лесу, предвещая бурю. Наконец, поддавшись собственному нетерпению, разведчик, вопреки своему опыту, решил действовать, и, не скрываясь больше, воины осторожно двинулись вверх по речке.

Разведчик притаился в кустарнике, а воины залегли в лощине, по которой протекала речка. Едва заслышав тихий, ясный сигнал своего командира, весь отряд выбрался на берег и, подобно темным призракам, в молчании окружил разведчика. Соколиный Глаз пошел вперед, за ним поодиночке двинулись делавары, ступая точно по следам охотника, чтобы оставить лишь один след.

Как только отряд вышел из-под прикрытия деревьев, сзади раздался залп из нескольких ружей, и один из делаваров, высоко подпрыгнув, словно раненый олень, упал плашмя на землю, мертвый.

– Я боялся именно такой дьявольской штуки с их стороны! – воскликнул разведчик по-английски и прибавил на делаварском языке: – Становитесь под прикрытие, молодцы, и стреляйте!

Отряд мгновенно рассеялся, и прежде чем Хейворд пришел в себя от изумления, он увидел, что остался один с Давидом. К счастью, гуроны уже отступили, и они были в безопасности от выстрелов. Но, очевидно, такое положение вещей не могло долго продолжаться; разведчик первый бросился преследовать убегающих, посылая выстрел за выстрелом и перебегая от дерева к дереву.

По-видимому, в первом нападении гуронов участвовало не много воинов; число их, однако, сильно увеличивалось, по мере того как бывшие впереди отступали к своим друзьям, и вскоре ответный огонь с их стороны почти сравнялся по силе с выстрелами наступавших делаваров. Хейворд бросился в середину сражающихся и, подражая тактике своих товарищей, стал стрелять.

Бой разгорался все сильнее и упорнее. Раненых было мало, так как оба отряда держались под защитой деревьев. Но счастье стало постепенно изменять Соколиному Глазу и его отряду. Проницательный разведчик скоро заметил угрожавшую ему опасность, но не знал, как избежать ее. Он понимал, что отступление могло оказаться еще более опасным, и потому решил оставаться на месте, хотя видел, что число неприятелей с фланга все прибывает. Делаварам стало трудно удерживаться под прикрытием, они почти совсем прекратили огонь. В эту затруднительную минуту, когда они думали, что вражеское племя постепенно окружает их, делавары вдруг услышали боевой клич и грохот выстрелов, раздавшиеся из-под сводов леса, оттуда, где был Ункас.

Результаты этого нападения дали себя знать тотчас же и принесли большое облегчение разведчику и его друзьям. По-видимому, враги ошиблись в оценке численности преследующего их отряда, и большинство гуронов повернули против нового противника.

Соколиный Глаз, ободряя своих воинов и голосом и собственным примером, приказал им нападать на врага как можно энергичнее. Воины немедленно и очень удачно исполнили приказание своего вождя.

Гуроны принуждены были отступить, и бой с более открытого места, на котором он начался, перешел в чащу, где нападающим удобнее скрываться. Тут сражение продолжалось с большим жаром и, по-видимому, с сомнительным успехом. Хотя никто из делаваров не был убит, но многие из них ослабели от потери крови, так как раненых было уже много вследствие невыгодного положения отряда.

Соколиный Глаз воспользовался удобным случаем, чтобы стать под дерево, которое прикрывало Хейворда, большинство его воинов находились вблизи него, немного направо, и продолжали частую, но бесплодную стрельбу по скрывшимся врагам.

– Вы молодой человек, майор, – сказал разведчик, опуская приклад «оленебоя» на землю и устало опираясь на его ствол, – может быть, вам придется вести когда-нибудь армию против мингов. Вы видите, тут главное дело в проворстве рук, меткости глаза и умении найти себе прикрытие. Ну что бы вы сделали здесь, если бы у вас под командой были королевские войска?

– Штыки проложили бы дорогу.

– Да, вы говорите разумно с точки зрения белого человека, но здесь, в пустыне, предводитель должен спросить себя, сколькими жизнями он может пожертвовать. Кавалерия, вот что решило бы дело.

– Лучше в другое время поговорим об этом, – заметил Хейворд, – а теперь не перейти ли нам в наступление?

– Я не вижу ничего дурного в том, что человек проведет минуту отдыха в полезных размышлениях, – ответил разведчик. – Что касается нападения, то мера эта не особенно мне по душе, так как тут приходится жертвовать несколькими скальпами.

Впрочем, — прибавил он, наклоняя голову и прислушиваясь к шуму отдаленной битвы, — если мы хотим быть полезными Ункасу, то надо очистить дорогу от этих негодяев!

Он повернулся быстро, с решительным видом и прокричал своим индейцам несколько слов на их языке. В ответ на его слова раздался громкий крик, и все воины поспешно вышли из-за прикрывавших их деревьев. При виде множества темных фигур, внезапно появившихся перед их глазами, гуроны дали залп поспешно и вследствие этого неудачно. А делавары бросились к лесу большими прыжками, словно барсы, почуявшие добычу. Впереди всех был Соколиный Глаз. Он размахивал своим страшным оружием и воодушевлял воинов примером. Некоторые из более старых и опытных гуронов, которых не устрашил маневр врага, выстрелили из своих ружей и оправдали опасения разведчика, сразив трех воинов впереди отряда. Но этот удар не остановил стремительности нападения. Делавары ворвались туда, где укрывался неприятель, и вскоре уничтожили всякие попытки сопротивления со стороны гуронов.

Рукопашная схватка была очень короткой. Осажденные поспешно отступали, пока не добрались до противоположного края чащи, где и засели под прикрытием, сражаясь с отчаянным упорством. В эту критическую минуту, когда счастье снова начало изменять делаварам, позади гуронов послышался звук ружейного выстрела, и пуля со свистом вылетела из-за одной из хижин бобров. Вслед за выстрелом послышался страшный, яростный боевой клич.

– Это сагамор! – воскликнул Соколиный Глаз и ответил на клич своим громовым голосом: – Ну, теперь мы окружили их и спереди и с тыла!

Действие этого выстрела на гуронов было поразительно. Приведенные в отчаяние нападениями с тыла, воины сразу рассеялись, не думая ни о чем, кроме бегства. Многие из них пали под пулями и ударами делаваров.

Мы не станем останавливаться на свидании между разведчиком и Чингачгуком или на еще более трогательной встрече Хейворда с Мунро. Достаточно было нескольких коротких, поспешно сказанных слов, чтобы объяснить положение и тех и других. Потом Соколиный Глаз указал своему отряду на сагамора и передал главное предводительство в руки вождя могикан. Чингачгук принял предводительство с величавым достоинством. Он повел отряд назад через чащу; на равнине, где было достаточно деревьев для прикрытия, он отдал приказ остановиться.

Впереди почва опускалась довольно круто, и перед глазами делаваров простиралось узкое, темное лесистое ущелье, тянувшееся на несколько миль. В этом густом лесу Ункас все еще продолжал сражаться с главными силами гуронов.

Могиканин и его друзья подошли к краю обрыва и стали внимательно прислушиваться к долетавшему до них шуму битвы. Несколько птиц, спугнутых со

своих гнезд, летали над деревьями долины; то тут, то там легкие клубы дыма поднимались над деревьями, указывая, где всего жарче схватка.

— Поле битвы, кажется, подвигается вверх, — сказал Дункан, кивнув в сторону, откуда раздался новый залп, — и если мы ударим на врага отсюда, пожалуй, не много пользы принесем нашим друзьям.

— Гуроны свернут в ущелье, где лес гуще, — сказал разведчик, — и тогда мы очутимся как раз с фланга... Ступай, сагамор. Ты едва поспеешь вовремя, чтобы испустить военный клич и повести своих молодых воинов. Я останусь здесь. Ты знаешь меня, могиканин: ни один гурон не пройдет к тебе с тыла без того, чтобы «оленебой» не предупредил тебя об этом.

Индейский вождь остановился на минуту, наблюдая за битвой; оба отряда постепенно поднимались все выше по обрыву — верный знак, что делавары одерживали верх. Он не покинул своего поста до тех пор, пока не убедился в близости и друзей и врагов, пока пули делаваров не защелкали по земле, словно град, предшествующий грозе. Соколиный Глаз, Мунро, Хейворд и Давид отошли на несколько шагов и стали под деревьями, ожидая исхода битвы со спокойствием, свойственным только очень опытным бойцам.

Скоро выстрелы перестали тревожить эхо в лесу; казалось, они раздавались уже на открытой местности. Потом на опушке леса стали показываться воины; дойдя до прогалины, они собирались все вместе, как будто готовились дать тут последний отпор. Скоро образовалась сплошная линия темных фигур. Хейворд испытывал сильное нетерпение и тревожно поглядывал на Чингачгука. Вождь все еще сидел на утесе и следил за битвой с таким видом, словно он находился на этом посту только для того, чтобы наблюдать за ходом сражения.

— Делавару пора ударить по врагу! — сказал Дункан.

— Нет, нет еще! — ответил разведчик. — Когда делавар почует близость друзей, он даст им знать, что находится здесь... Смотрите, смотрите, негодяи сбились в одну кучу вон под теми соснами, словно пчелы, возвратившиеся после полета! Господи Боже мой! Да любая женщина могла бы всадить пулю в такой клубок проклятых мингов!

В эту минуту раздался боевой клич, и с десяток гуронов упали от залпа, данного Чингачгуком и его отрядом. В ответ на этот залп из лесу донесся другой боевой клич, и в воздухе раздался громкий вой, словно тысяча голосов слилась в этом звуке. Гуроны дрогнули, ряды их раскололись, и Ункас во главе сотни воинов прорвался из лесу через эту брешь.

Молодой воин махнул руками вправо и влево, указывая на врага своим воинам. Разбитые гуроны бросились снова в лес, преследуемые победоносными воинами племени ленапов. Прошло не более минуты, а звуки уже замирали в различных направлениях и постепенно терялись под сводами леса. Но одна маленькая кучка гуронов, очевидно не желавшая искать прикрытия, медленно, с мрачным видом продолжала подниматься по косогору, только что покинутому Чингачгуком и его отрядом. Магуа выделялся в этой группе своим свирепым лицом и высокомерными, властными движениями.

Ункас остался почти один, так как, желая продолжать преследование врагов, разослал почти всех своих воинов. Но он забыл всякую осторожность, когда в глаза ему бросилась фигура Хитрой Лисицы.

Он испустил боевой клич, на который отозвалось шесть-семь воинов, и ринулся на врага, не обращая внимания на неравенство сил. Магуа, внимательно следивший за ним, остановился, со злобной радостью готовясь встретить нападение. Но в ту минуту, когда он думал, что неосмотрительность предаст пылкого врага в его руки, раздался снова боевой клич, и на подмогу Ункасу бросился Соколиный Глаз в сопровождении белых воинов. Гурон сейчас же отступил и начал быстро подниматься вверх по косогору.

Не время было приветствовать или поздравлять друг друга; Ункас, хотя и знал о присутствии своих друзей, продолжал преследование с быстротой ветра. Напрасно Соколиный Глаз кричал ему, чтобы он остерегался засады, — молодой могиканин пренебрегал неприятельским огнем и принудил врага бежать так же стремительно, как бежал он сам. Вскоре преследуемые и преследователи на небольшом расстоянии друг от друга вошли в селение вейандотов.

Ободренные видом своих жилищ, хотя и утомленные преследованием, гуроны остановились у хижины совета и стали биться с яростью отчаяния. Нападение делаваров походило на ураган. Томагавк Ункаса, выстрелы Соколиного Глаза, твердая еще рука Мунро — все было пущено в дело, и земля вскоре была усеяна трупами их врагов. Но Магуа, несмотря на горячее участие, которое он принимал в битве, остался невредим. Когда хитрый вождь увидел, что все его товарищи пали, он испустил крик гнева и отчаяния и покинул поле сражения с двумя своими друзьями, уцелевшими в битве.

Ункас бросился за ним; Соколиный Глаз, Хейворд и Давид бежали следом за молодым вождем. Разведчик делал все, что мог, выставив вперед дуло своего ружья и защищая им друга, словно заколдованным щитом. Магуа сделал было последнюю попытку отомстить за все свои потери, потом, отказавшись от этого намерения, одним прыжком скрылся в чаще. Враги его последовали за ним, и неожиданно все они проскользнули в известную уже читателю пещеру. Соколиный Глаз радостно заявил, что теперь победа в их руках. Преследователи бросились в длинный, узкий проход как раз вовремя, чтобы увидеть убегавших гуронов. Вопли женщин и плач детей, сотни испуганных голосов отдавались под гулкими сводами. Вся пещера при тусклом, неверном свете казалась преддверием ада.

Ункас не спускал глаз с вождя гуронов, как будто только он один на свете существовал для него. Хейворд и разведчик бежали за ним по пятам, волнуемые общим с ним чувством. Путь их в темных, мрачных проходах становился все запутаннее; фигуры убегавших воинов виднелись реже и менее отчетливо. Одну минуту друзья думали, что потеряли след гуронов, как вдруг светлое платье мелькнуло у отдаленного прохода, который, по-видимому, шел к горе.

— Это Кора! — вскрикнул Хейворд голосом, в котором ужас смешивался с восторгом.

— Кора! Кора! — повторил Ункас, кидаясь вперед с быстротой оленя.

— Это девушка! — кричал разведчик. — Мужайтесь, леди! Мы идем! Мы идем!

При виде пленницы погоня началась снова с удесятеренной быстротой. Но путь был неровен и местами почти непроходим. Ункас бросил свое ружье и перепрыгивал через все препятствия с головокружительной быстротой, Хейворд последовал его примеру, хотя минуту спустя оба они могли убедиться в безумии своего поступка, услышав звук выстрела, который успели дать гуроны, пробегая по проходу в горы. Пуля, пущенная одним из них, слегка ранила молодого могиканина.

— Мы должны схватиться с ними врукопашную! — сказал разведчик, отчаянным прыжком перегоняя своих друзей. — Негодяи перебьют нас всех на этом расстоянии. Смотрите, они держат девушку так, чтобы она служила щитом для них!

Хотя товарищи не обратили внимания на его слова или, вернее, не слышали их, они последовали его примеру и с невероятными усилиями подобрались к беглецам настолько близко, чтобы видеть, как два воина вели Кору, а Магуа распоряжался, отдавая приказания к бегству. Одно мгновение все четыре фигуры ясно вырисовывались на фоне неба, а затем исчезли. Вне себя от отчаяния, Ункас и Хейворд напрягли усилия, и без того почти нечеловеческие, и выбежали из пещеры как раз вовремя, чтобы заметить, каким путем удалились преследуемые. Приходилось подниматься в гору опасной, трудной тропой.

Разведчик, обремененный ружьем, шел позади Хейворда; Хейворд следовал по пятам Ункаса. Всевозможные препятствия преодолевались с невероятной быстротой; при других обстоятельствах эти препятствия казались бы непреодолимыми. К счастью для преследователей, гуроны, задерживаемые Корой, не могли бежать так быстро.

— Стой, собака вейандот! — кричал Ункас, потрясая блестящим томагавком. — Делавар приказывает тебе остановиться!

— Я не пойду дальше! — крикнула Кора, внезапно останавливаясь на краю утеса, высившегося над глубокой пропастью. — Убей меня, если хочешь, гурон: я не пойду дальше!

Huyot

Индейцы, державшие девушку, немедленно занесли над ней свои ножи, но Магуа остановил их поднятые руки. Он вынул свой нож и обернулся к пленнице.

– Женщина, выбирай, – сказал он, – или вигвам Хитрой Лисицы, или его нож!

Кора, даже не взглянув на него, упала на колени и, протянув руки к небесам, проговорила кротким, но твердым голосом:

– Господи, реши мою судьбу!

– Женщина, – повторил Магуа хриплым голосом, напрасно стараясь поймать хоть один взгляд ее ясных блестящих глаз, – выбирай!

Однако Кора не обращала на него никакого внимания. Гурон задрожал и высоко занес руку с ножом, но нерешительно опустил ее, как бы сомневаясь. После недолгих колебаний он снова поднял клинок; как раз в это время над его головой раздался пронзительный крик, и Ункас, прыгнув со страшной высоты на край утеса, упал между ними. Магуа отступил, но один из его спутников воспользовался этим мгновением и всадил нож в грудь Коры.

Гурон бросился, словно тигр, на оскорбившего его соплеменника, но тело упавшего между ними Ункаса разделило бойцов. Магуа, обезумевший от совершенного на его глазах убийства, всадил нож в спину распростертого делавара, издав при этом нечеловеческий крик. Но Ункас, вскочив на ноги, подобно раненому барсу, кинулся на убийцу Коры и бросил его мертвым к своим ногам; на это ушли его последние силы. Потом суровым, неумолимым взглядом он посмотрел на гурона, и в глазах его выразилось все, что он сделал бы с ним, если бы силы не оставили его.

Магуа схватил бессильную руку делавара и вонзил ему нож в грудь три раза подряд, пока Ункас, все время продолжавший смотреть на него взором, полным беспредельного презрения, не упал мертвым к его ногам.

— Сжалься, сжалься, гурон! — кричал сверху Хейворд; он задыхался от ужаса. — Пощади его, и тебя пощадят!

Победоносный Магуа взмахнул окровавленным ножом и испустил крик, полный дикой, свирепой радости и торжества, такой громкий, что звуки его донеслись до тех, кто сражался в долине на тысячу футов ниже утеса. В ответ на этот крик раздался другой, вылетевший из уст разведчика. Его высокая фигура быстро приближалась к дикарю; он перепрыгивал через опасные утесы такими большими, смелыми прыжками, словно обладал способностью двигаться по воздуху. Но когда охотник добрался до места ужасного убийства, он нашел там уже только мертвые тела.

Разведчик взглянул мимоходом на жертву и окинул затем взглядом препятствия, которые должны были встретиться при подъеме. На самой вершине горы, на краю головокружительного обрыва, стояла какая-то фигура с поднятыми руками, в страшной, угрожающей позе. Соколиный Глаз не стал рассматривать лицо этого человека, но вскинул ружье и прицелился. Вдруг с вершины горы на голову одного из беглецов-гуронов упал камень, и затем показалось пылающее негодованием лицо честного Гамута. Из расселины горы показался Магуа. Спокойно и равнодушно он перешагнул через труп последнего из своих товарищей, перескочил через другую широкую расселину и поднялся на гору, туда, где его не могла достать рука Давида. Ему оставалось сделать только один прыжок, чтобы спастись. Но прежде чем прыгнуть, гурон остановился и, грозя кулаком в сторону разведчика, крикнул:

– Бледнолицые – собаки! Делавары – трусливые женщины! Магуа оставляет их на горах в добычу воронам!

Он хрипло рассмеялся, сделал отчаянный прыжок и сорвался, успев все же ухватиться руками за куст на краю утеса. Соколиный Глаз припал к земле, словно хищный зверь, готовый сделать прыжок; он дрожал от нетерпения, как лист дерева, колеблемый ветром. Магуа повис на руках во весь рост и нащупал ногами камень, на который мог встать. Потом, собрав все силы, он сделал попытку взобраться на утес; это удалось ему, он уже коснулся коленями гребня горы... Именно в то мгновение, когда враг как бы свернулся в комок, разведчик прицелился, и в тот же миг раздался выстрел. Руки гурона ослабели, тело его отклонилось назад, только ноги оставались в том же положении. Он обернулся, взглянул на врага с непримиримой злобой, с непередаваемо свирепым, вызывающим видом. Но руки Магуа выпустили ветку, за которую держались; одно мгновение видно было, как его темная фигура стремительно летела вниз головой мимо кустарника, окаймлявшего гору, — летела к своей гибели.

## *Глава XXXIII*

Был каждый доблестен
и смел,
Они разбили мусульман.
Валялись груды вражьих тел,
Ручьями кровь текла из ран.
Когда победное «ура»
Предсмертный заглушило
стон,
Увидели друзья, что им
Вдруг улыбнулся он.
Бой кончен. Веки он смежил
И умер просто, как и жил...

Халлек

Солнце, вставшее на следующее утро, застало племя ленапов в печали. Умолкли звуки битвы, делавары насытили свою старинную жажду мести, истребив целое поселение гуронов. Сотни воронов, поднимавшихся над голыми вершинами гор или пролетавших шумными стаями над лесом, указывали путь к недавнему полю сражения.

Не слышно было ни радостных восклицаний, ни торжественных песен. Чувство гордости и восторга сменилось глубоким унынием.

Хижины были покинуты; вблизи них широким кругом стояла толпа людей с грустными, нахмуренными лицами.

Шесть делаварских девушек, распустив свои длинные темные волосы, которые теперь свободно падали им на грудь, стояли неподвижно в стороне; только по временам они подавали признаки жизни, рассыпая душистые лесные травы и цветы на ложе, где под покровом индейских одежд покоились останки благородной, прекрасной Коры. Тело ее было обернуто простой, грубой тканью, а лицо навсегда скрыто от взгляда людей. В ногах ее сидел Мунро. Его покрытая сединами голова была низко опущена; изборожденное морщинами лицо, наполовину скрытое рассыпавшимися в беспорядке прядями седых волос, выражало боль тяжелой утраты. Рядом с ним стоял Гамут с обнаженной головой; его грустный, тревожный взгляд беспрестанно переходил с томика, из которого можно было почерпнуть так много святых изречений, на существо, которое было дорого его сердцу. Хейворд стоял вблизи, прислонясь к дереву, мужественно стараясь подавить порывы горя.

Но как ни печальна, ни грустна была эта сцена, она была далеко не столь трогательна, как та, что происходила на противоположном конце поляны. Ункас в самых великолепных, богатых одеждах своего племени сидел, словно живой, в величественной, спокойной позе. Над головой его развевались роскошные перья, ожерелья и медали украшали в изобилии его грудь. Но глаза его были неподвижны, безжизненны.

Перед трупом стоял Чингачгук, без оружия, без украшений, без раскраски; только синяя эмблема его племени ярко выступала на обнаженной груди сагамора. С того времени как собрались все его соплеменники, могиканин не сводил пристального взгляда с безжизненного лица своего сына.

Вблизи стоял разведчик в задумчивой позе, опираясь на свое роковое оружие мести. Таменунд, поддерживаемый старейшинами своего племени, сидел на возвышении, откуда мог смотреть на безмолвное, печальное собрание.

В стороне от толпы стоял воин в чужестранной форме; за ним — его боевой конь, находившийся в центре всадников, очевидно приготовившихся отправиться в далекое путешествие. По одежде воина видно было, что он занимал важное место при губернаторе Канады. Но он явился слишком поздно, чтобы исполнить данное ему поручение — примирить пылких противников, — и теперь присутствовал молчаливым свидетелем при последствиях битвы, которую ему не удалось предотвратить.

День приближался уже к полудню, а между тем толпа пребывала все в том же тяжелом безмолвии. Иногда раздавалось тихое, заглушенное рыдание; но в толпе не было заметно ни малейшего движения. Только по временам поднимался кто-нибудь, чтобы оказать простые, трогательные почести умершим.

Наконец делаварский мудрец протянул руку и встал, опираясь на плечи своих товарищей. Он казался очень слабым, словно с того времени, как он говорил в последний раз со своим племенем, прошел целый век.

— Люди ленапов! — сказал он глухим голосом. — Лицо Маниту скрылось за тучей! Взор его отвращен от нас, уши закрыты, язык не дает ответа. Вы не видите его, но кара его перед вами. Откройте ваши сердца, и пусть души ваши не говорят лжи. Люди ленапов! Лицо Маниту скрыто за тучами!

За этими простыми, но страшными словами наступило глубокое безмолвие, как будто дух, которому они поклонялись, сам произнес эти слова. Даже безжизненный Ункас казался живым существом в сравнении с неподвижной толпой, окружавшей его.

Но когда постепенно впчатление от этих слов несколько ослабело, тихие голоса начали песнь в честь умерших. То были женские голоса, мягкие и невыразимо печальные. Когда кончала одна певица, другая продолжала хвалу или жалобу. По временам пение прерывалось общими взрывами горя.

Одна из девушек начала восхваление покойного воина скромными намеками на его качества. Она называла его «барсом своего племени», говорила о нем как о воине, чей мокасин не оставлял следа на росе; прыжок его походил на прыжок молодого оленя; глаза были ярче звезд в темную ночь; голос во время битвы могуч, как гром Маниту. Она напоминала о матери, которая родила его, и пела о счастье быть матерью такого сына.

Другие девушки еще более тихими голосами упомянули о чужестранке, почти одновременно с молодым воином покинувшей землю. Они описывали ее несравненную красоту, ее благородную решимость.

После этого девушки заговорили, обращаясь к самой Коре со словами, полными нежности и любви. Они умоляли ее быть спокойной и не бояться за свою будущую судьбу. Спутником ее будет охотник, который сумеет исполнить малейшее ее желание и защитить ее от всякой опасности. Они обещали, что путь ее будет приятен, а ноша легка. Они советовали ей быть внимательной к могучему Ункасу. Потом в общем бурном порыве девушки соединили свои голоса в песне в честь могиканина. Они называли его благородным, мужественным, великодушным.

В самых нежных словах они сообщили ему, что знают о влечении его сердца. Делаварские девушки не привлекали его; он был из племени, некогда владычествовавшего на берегах Соленого Озера, и его желания влекли его к народу, который жил вблизи могил его предков. Раз он выбрал белую девушку – значит, так нужно. Все могли видеть, что она была пригодна для полной опасностей жизни в лесах, а теперь, прибавляли девушки, мудрый владыка земли перенес ее в те края, где она может быть счастлива навеки.

Потом, переменив свой напев, плакальщицы вспомнили о другой девушке – Алисе, рыдавшей в соседней хижине. Они сравнивали ее с хлопьями снега – с легкими, белыми, чистыми хлопьями. Они знали, что она прекрасна в глазах молодого воина, так похожего на нее цветом кожи.

Делавары слушали как зачарованные; по их выразительным лицам ясно было, как глубоко их сочувствие. Даже Давид охотно прислушивался к тихим голосам девушек, и задолго до окончания пения по восторженному выражению его глаз было видно, что душа его глубоко потрясена.

Разведчик – единственный из белых, понимавший песни, – очнулся от раздумья, в которое он был погружен, и наклонил голову как бы для того, чтобы уловить смысл песни.

Когда девушки заговорили о том, что ожидало Кору и Ункаса, он покачал головой, как человек, сознающий заблуждения их простых верований, и, приняв прежнюю позу, оставался в таком положении, пока не окончилась церемония погребального обряда.

Чингачгук составлял единственное исключение из всей толпы туземцев, так внимательно следивших за совершением обряда. За все это время взгляд его не отрывался от сына, и ни один мускул на застывшем лице не дрогнул даже при самых отчаянных или трогательных взрывах жалоб.

Все его чувства как бы замерли, для того чтобы глаза могли в последний раз взглянуть на черты, которые он любил так долго и которые скоро будут навсегда сокрыты.

Когда пение окончилось, из толпы выступил воин, известный своими подвигами, человек сурового, величественного вида. Он подошел к покойнику медленной поступью и стал рядом с ним.

– Зачем ты покинул нас, гордость делаваров? – начал он, обращаясь к безжизненному телу Ункаса. – Время твоей жизни походило на солнце, когда оно еще только встает из-за деревьев, твоя слава была ярче его света в полдень. Кто из видевших тебя в битве подумал бы, что ты можешь умереть? Твои ноги походили на крылья орла, рука была тяжелее падающих ветвей сосны, а голос напоминал голос Маниту, когда он говорит в облаках. Гордость делаваров, зачем ты покинул нас?

Следом за ним, в строгом порядке, подходили другие воины.

Когда большинство самых знаменитых людей племени отдали свою дань покойному, восхвалив его в песнях или речах, снова наступило глубокое, внушительное безмолвие.

Тогда в воздухе послышался какой-то тихий звук, похожий на музыку, такой тихий, что нельзя даже было разобрать, откуда он доносился. За ним последовали другие звуки, все повышавшиеся, пока до слуха присутствующих не донеслись сначала протяжные, часто повторяющиеся восклицания, а затем и слова. По раскрытым губам Чингачгука можно было догадаться, что это его песнь — песнь отца. Хотя ни один взгляд не устремился на него, но по тому, как все присутствующие подняли головы, прислушиваясь, ясно было, что они ловили эти звуки так же внимательно, как слушали самого Таменунда. Но напрасно они прислушивались. Звуки, только что усилившиеся настолько, что можно было разобрать слова, стали снова ослабевать и дрожать, словно уносимые дуновением ветра. Губы сагамора сомкнулись, и он замолк. Делавары, поняв, что друг их не в состоянии победить силой воли свои чувства, перестали прислушиваться и с врожденной деликатностью обратили свое внимание на погребение девушки-чужестранки.

Один из старейших вождей сделал знак женщинам, стоявшим вокруг Коры. Девушки подняли носилки с телом Коры на плечи и пошли медленным, размеренным шагом с новой жалобной песней, восхвалявшей покойную. Гамут, все время внимательно следивший за обрядом, теперь наклонился к отцу девушки, находившемуся почти в бессознательном состоянии, и шепнул ему:

— Они несут останки твоей дочери. Не пойти ли нам за ними и присмотреть, чтобы ее похоронили по-христиански?

Мунро вздрогнул. Бросив вокруг себя тревожный взгляд, он встал и пошел за скромной процессией. Друзья окружили его с выражением горя, которое было слишком сильно для того, чтобы назвать его просто сочувствием. Даже молодой француз, глубоко взволнованный ранней, печальной кончиной такой красивой девушки, принял участие в процессии. Но когда последняя женщина племени присоединилась к траурному шествию, мужчины-ленапы сомкнули снова свой круг перед Ункасом, как прежде безмолвные, торжественные и неподвижные.

Место, выбранное для могилы Коры, оказалось небольшим холмом, на котором росла группа молодых сосен, бросавших унылую тень на землю. Дойдя до этого места, девушки положили свою ношу на землю и стали скромно ждать какого-нибудь знака со стороны близких Коры, что они удовлетворены совершенным обрядом. Тогда разведчик, один только знакомый с их обычаями, сказал на языке делаваров:

— Дочери мои хорошо поступили: белые люди благодарят их.

Девушки, обрадованные похвалой, положили тело в гроб, искусно сделанный из березовой коры, и затем опустили его в мрачное последнее жилище. Так же просто и безмолвно они засыпали могилу, прикрыв свежую землю листьями и цветами. Но когда добрые создания закончили свое печальное дело, они остановились, показывая этим, что не знают, как им следует поступить дальше. Разведчик снова обратился к ним.

— Вы, молодые женщины, достаточно сделали, — сказал он, — душа бледнолицего не требует ни пищи, ни одежды... Я вижу, — прибавил он, взглянув на Давида, который открывал свою книгу, видимо приготовляясь запеть какую-нибудь священную песнь, — что тот, кто лучше меня знает христианские обычаи, собирается заговорить.

Женщины скромно отошли в сторону и из главных действующих лиц превратились в покорных, внимательных зрителей происходившей перед ними сцены. Все время, пока Давид изливал свои набожные чувства, у них не вырвалось ни одного жеста удивления, ни одного нетерпеливого взгляда. Они слушали, как будто понимая значение чуждых им слов и чувство глубокой печали, которое должны были выражать эти слова.

Взволнованный только что происшедшей сценой и своими собственными чувствами, учитель пения превзошел самого себя. Он закончил свой гимн, как и начал, среди глубокого, торжественного безмолвия.

Когда последние звуки гимна достигли слуха присутствующих, боязливые взгляды украдкой устремились на отца покойной, и тихий, сдержанный шепот пробежал среди рядов собравшихся. Мунро обнажил свою седую кудрявую голову и окинул взглядом окружавшую его толпу робких, тихих женщин. Потом дал знак рукой разведчику, чтобы тот слушал его, и проговорил:

– Скажите этим добрым женщинам, что убитый горем старик благодарит их...

Голова Мунро снова упала на грудь, и он уже начал погружаться в то состояние оцепенения, из которого его вывела предыдущая сцена, когда молодой француз, о котором упоминалось раньше, решился слегка дотронуться до его локтя. Когда ему удалось обратить на себя внимание погруженного в печаль старика, он указал ему на группу молодых индейцев, несших легкие, плотно закрытые носилки, а затем поднял руку вверх, показывая на солнце.

— Я понимаю вас, сэр, — проговорил Мунро с напускной твердостью, — я понимаю вас. Это воля Неба, и я покоряюсь ей... Кора, дитя мое! Если бы молитвы убитого горем отца могли иметь какое-либо значение для тебя, как счастлива была бы ты теперь!.. Идемте, джентльмены, — прибавил он, оглядываясь вокруг с величественным видом, хотя страдания, искажавшие его измученное лицо, были слишком велики, чтобы он мог скрыть их. — Наш долг выполнен, идемте отсюда!

Хейворд повиновался приказанию, заставившему его удалиться от места, где он чувствовал, что каждое мгновение может потерять самообладание. Пока его спутники садились на лошадей, он успел пожать руку разведчику и повторить уговор встретиться с ним в рядах британской армии. Потом он вскочил в седло и, пришпорив коня, подъехал к носилкам, откуда доносились тихие, подавленные рыдания Алисы – единственный признак ее присутствия.

Таким образом все белые люди, за исключением Соколиного Глаза, – Мунро с опущенной на грудь головой, Хейворд и Давид, ехавшие в грустном молчании в сопровождении адъютанта Монкальма и его свиты, – проехали перед делаварами и вскоре исчезли в густом лесу.

Но делавары не забыли тех, с которыми их связало общее горе. Многие годы спустя в их племени все еще ходила легенда о белой девушке и молодом воине-могиканине. Через разведчика они узнали впоследствии, что Седая Голова вскоре умер, а Щедрая Рука отвез его белокурую дочь далеко в селение бледнолицых, где она наконец перестала лить слезы и лицо ее снова начало озаряться улыбкой. Но это события уже позднейших лет. А пока Соколиный Глаз вернулся к месту, куда его влекло с неотразимой силой.

Он поспел как раз вовремя, чтобы бросить прощальный взгляд на Ункаса, которого делавары уже облекли в его последнюю одежду из звериных шкур. Индейцы остановились, чтобы дать разведчику возможность бросить долгий любящий взгляд на черты усопшего; потом тело Ункаса завернули, с тем чтобы уже никогда не открывать. Выступила процессия, похожая на первую, и все племя собралось вокруг временной могилы вождя – временной, так как впослед-

ствии его останки должны были покоиться среди останков его соплеменников.

Делавары шли к могиле Ункаса. Вокруг новой могилы были те же серьезные, опечаленные лица, царило то же гробовое молчание, наблюдалось то же почтительное уважение, как и у могилы Коры. Тело покойного было помещено в сидячем положении, в позе, выражавшей покой, лицом к восходящему солнцу, вблизи него были положены орудия войны и охоты. Могилу зарыли и приняли меры, чтобы защитить ее от нападения диких зверей.

Погребение было окончено, и все присутствующие обратились к следующей части обряда.

Чингачгук снова стал предметом общего внимания. Он еще ничего не говорил, а между тем все ожидали услышать что-нибудь поучительное от такого мудрого воина. Сознавая желание народа, суровый, сдержанный воин поднял голову и открыл лицо, до тех пор скрытое в складках одежды, и твердым взглядом обвел всех присутствующих. Его крепко сжатые, выразительные губы раскрылись, и в первый раз за всю долгую церемонию голос его прозвучал так, что был слышен всем.

– Зачем печалятся мои братья? – сказал он, смотря на скорбные, угрюмые лица окружавших его воинов. – О чем плачут мои дочери? О том, что молодой человек пошел на счастливые поля охоты, что вождь с честью прожил время своей жизни? Он был добр, он был справедлив, он был храбр. Кто может отрицать это? Маниту нуждается в таком воине, и он призвал его. Что же касается меня, сына и отца Ункаса, то я – лишенная хвои сосна на просеке бледнолицых. Род мой удалился и от берегов Соленого Озера, и от делаварских гор. Но кто может сказать, что змей племени позабыл свою мудрость! Я одинок!

– Нет, нет! – крикнул Соколиный Глаз. Он все время пристальным взглядом смотрел на строгие, словно застывшие черты своего друга, сохраняя самообладание, но тут не выдержал. – Нет, сагамор, ты не одинок! Мы, может быть, различны по цвету кожи, но нам суждено идти по одному пути. У меня нет родных и – я могу сказать, как и ты, – нет своего народа. Ункас был твой сын, краснокожий по природе, и, может быть, ближе тебе по крови, но, если я когда-нибудь забуду юношу, который так часто сражался в битвах бок о бок со мной и спокойно спал рядом в часы отдыха, пусть тот, кто создал всех нас, какого бы цвета мы ни были, забудет меня! Мальчик покинул нас, но ты не одинок, сагамор!

Чингачгук схватил руку разведчика, в горячем порыве протянутую над свежей могилой Ункаса, и в этой дружеской позе два мужественных и неустрашимых воина склонили головы. Горячие слезы капали на землю, орошая могилу Ункаса, словно капли падающего дождя.

Среди тишины, вызванной таким взрывом чувств двух самых знаменитых воинов этой страны, Таменунд возвысил свой голос.

– Довольно! – сказал он. – Ступайте, дети ленапов, гнев Маниту еще не иссяк! Зачем оставаться Таменунду? Бледнолицые – хозяева земли, а день краснокожих еще не настал. Мой день был слишком долог. В утро моей жизни я видел сынов Унамис счастливыми и сильными, а теперь, на склоне моих дней, дожил до того, что видел смерть последнего воина из мудрого племени могикан!

# *Оглавление*

Литературно-художественное издание
әдеби-көркемдік баспа

ВСЕМИРНАЯ КЛАССИКА ПРИКЛЮЧЕНИЙ

**Джеймс Фенимор Купер**

**ПОСЛЕДНИЙ ИЗ МОГИКАН,**
**или ПОВЕСТВОВАНИЕ О 1757 ГОДЕ**
(орыс тілінде)

Художник *М. Э. Андриолли*

В оформлении переплета использованы иллюстрации
*А. Симанчука* и *А. Воробьева*

Ответственный редактор *В. Карпова*
Художественный редактор *В. Безкровный*
Технический редактор *М. Печковская*
Компьютерная верстка *Е. Мельникова*
Корректор *О. Супрун*

ООО «Издательство «Эксмо»
123308, Москва, ул. Зорге, д. 1. Тел. 8 (495) 411-68-86.
Home page: **www.eksmo.ru** E-mail: **info@eksmo.ru**

Өндіруші: «ЭКСМО» АҚБ Баспасы, 123308, Мәскеу, Ресей, Зорге көшесі, 1 үй.
Тел. 8 (495) 411-68-86.
Home page: www.eksmo.ru E-mail: info@eksmo.ru.
Тауар белгісі: «Эксмо»
Қазақстан Республикасында дистрибьютор және өнім бойынша
арыз-талаптарды қабылдаушының
өкілі «РДЦ-Алматы» ЖШС, Алматы қ., Домбровский көш., 3«а», литер Б, офис 1.
Тел.: 8(727) 2 51 59 89,90,91,92, факс: 8 (727) 251 58 12 вн. 107; E-mail: RDC-Almaty@eksmo.kz
Өнімнің жарамдылық мерзімі шектелмеген.
Сертификация туралы ақпарат сайтта: www.eksmo.ru/certification

Сведения о подтверждении соответствия издания согласно законодательству РФ
о техническом регулировании можно получить по адресу: http://eksmo.ru/certification/

Өндірген мемлекет: Ресей
Сертификация қарастырылмаған

Дата изготовления / Подписано в печать 01.08.2017. Формат 84x108 1/32.
Гарнитура «NewBaskerville». Печать офсетная. Усл. печ. л. 26,88.
Доп. тираж 3000 экз. Заказ № 7104

Отпечатано с готовых файлов заказчика
в АО «Первая Образцовая типография»,
филиал «УЛЬЯНОВСКИЙ ДОМ ПЕЧАТИ»
432980, г. Ульяновск, ул. Гончарова, 14

Оптовая торговля книгами «Эксмо»:
ООО «ТД «Эксмо». 142700, Московская обл., Ленинский р-н, г. Видное,
Белокаменное ш., д. 1, многоканальный тел. 411-50-74.
E-mail: **reception@eksmo-sale.ru**

По вопросам приобретения книг «Эксмо» зарубежными оптовыми покупателями *обращаться в отдел зарубежных продаж ТД «Эксмо»*
E-mail: **international@eksmo-sale.ru**

*International Sales: International wholesale customers should contact Foreign Sales Department of Trading House «Eksmo» for their orders.*
**international@eksmo-sale.ru**

По вопросам заказа книг корпоративным клиентам, в том числе в специальном оформлении, *обращаться по тел. +7 (495) 411-68-59, доб. 2261.*
E-mail: **ivanova.ey@eksmo.ru**

Оптовая торговля бумажно-беловыми и канцелярскими товарами для школы и офиса «Канц-Эксмо»:
Компания «Канц-Эксмо»: 142702, Московская обл., Ленинский р-н, г. Видное-2, Белокаменное ш., д. 1, а/я 5. Тел./факс +7 (495) 745-28-87 (многоканальный).
e-mail: **kanc@eksmo-sale.ru**, сайт: **www.kanc-eksmo.ru**

**В Санкт-Петербурге:** в магазине «Парк Культуры и Чтения БУКВОЕД», Невский пр-т, д.46.
Тел.: +7(812)601-0-601, **www.bookvoed.ru**

*Полный ассортимент книг издательства «Эксмо» для оптовых покупателей:*
**Москва**. ООО «Торговый Дом «Эксмо». Адрес: 142701, Московская область, Ленинский р-н, г. Видное, Белокаменное шоссе, д. 1. Телефон: +7 (495) 411-50-74. **E-mail:** reception@eksmo-sale.ru
**Нижний Новгород.** Филиал «Торгового Дома «Эксмо» в Нижнем Новгороде. Адрес: 603094, г. Нижний Новгород, улица Карпинского, дом 29, бизнес-парк «Грин Плаза». Телефон: +7 (831) 216-15-91 (92, 93, 94). **E-mail:** reception@eksmonn.ru
**Санкт-Петербург.** ООО «СЗКО». Адрес: 192029, г. Санкт-Петербург, пр. Обуховской Обороны, д. 84, лит. «Е». Телефон: +7 (812) 365-46-03 / 04. **E-mail:** server@szko.ru
**Екатеринбург.** Филиал ООО «Издательство Эксмо» в г. Екатеринбурге. Адрес: 620024, г. Екатеринбург, ул. Новинская, д. 2щ. Телефон: +7 (343) 272-72-01 (02/03/04/05/06/08). **E-mail:** petrova.ea@ekat.eksmo.ru
**Самара.** Филиал ООО «Издательство «Эксмо» в г. Самаре. Адрес: 443052, г. Самара, пр-т Кирова, д. 75/1, лит. «Е». Телефон: +7 (846) 269-66-70 (71…73). **E-mail:** RDC-samara@mail.ru
**Ростов-на-Дону.** Филиал ООО «Издательство «Эксмо» в г. Ростове-на-Дону. Адрес: 344023, г. Ростов-на-Дону, ул. Страны Советов, 44 А. Телефон: +7(863) 303-62-10. **E-mail:** info@rnd.eksmo.ru
Центр оптово-розничных продаж Cash&Carry в г. Ростове-на-Дону. Адрес: 344023, г. Ростов-на-Дону, ул. Страны Советов, д.44 В. Телефон: (863) 303-62-10. Режим работы: с 9-00 до 19-00. **E-mail:** rostov.mag@rnd.eksmo.ru
**Новосибирск.** Филиал ООО «Издательство «Эксмо» в г. Новосибирске. Адрес: 630015, г. Новосибирск, Комбинатский пер., д. 3. Телефон: +7(383) 289-91-42. **E-mail:** eksmo-nsk@yandex.ru
**Хабаровск.** Филиал РДЦ Новосибирск в Хабаровске. Адрес: 680000, г. Хабаровск, пер.Дзержинского, д.24, литера Б, офис 1. Телефон: +7(4212) 910-120. **E-mail:** eksmo-khv@mail.ru
**Тюмень.** Филиал ООО «Издательство «Эксмо» в г. Тюмени. Центр оптово-розничных продаж Cash&Carry в г. Тюмени. Адрес: 625022, г. Тюмень, ул. Алебашевская, 9А (ТЦ Перестройка+). Телефон: +7 (3452) 21-53-96/ 97/ 98. **E-mail:** eksmo-tumen@mail.ru
**Краснодар.** ООО «Издательство «Эксмо» Обособленное подразделение в г. Краснодаре
Центр оптово-розничных продаж Cash&Carry в г. Краснодаре
Адрес: 350018, г. Краснодар, ул. Сормовская, д. 7, лит. «Г». Телефон: (861) 234-43-01(02).
**Республика Беларусь.** ООО «ЭКСМО АСТ Си энд Си». Центр оптово-розничных продаж Cash&Carry в г.Минске. Адрес: 220014, Республика Беларусь, г. Минск, проспект Жукова, 44, пом. 1-17, ТЦ «Outleto». Телефон: +375 17 251-40-23; +375 44 581-81-92. Режим работы: с 10-00 до 22-00. **E-mail:** exmoast@yandex.by
**Казахстан.** РДЦ Алматы. Адрес: 050039, г. Алматы, ул.Домбровского, 3 «А». Телефон: +7 (727) 251-58-12, 251-59-90 (91,92,99). **E-mail:** RDC-Almaty@eksmo.kz
**Украина.** ООО «Форс Украина». Адрес: 04073, г.Киев, Московский пр-т, д.9. Телефон: +38 (044) 290-99-44. **E-mail:** sales@forsukraine.com

Полный ассортимент продукции издательства «Эксмо»
**можно приобрести в магазинах «Новый книжный» и «Читай-город».**
Телефон единой справочной: 8 (800) 444-8-444. Звонок по России бесплатный.

Интернет-магазин ООО «Издательство «Эксмо»
**www.book24.ru**
Розничная продажа книг с доставкой по всему миру.
Тел.: +7 (495) 745-89-14. E-mail: **imarket@eksmo-sale.ru**

BOOK24.RU
ИНТЕРНЕТ-МАГАЗИН
BOOK24.RU

ISBN 978-5-699-77388-6
9 785699 773886 >

Знак информационной продукции согласно Федеральному закону от 29.12.2010 г. N 436-ФЗ

**12+**